PATRICIA KOELLE

Flaschenpost vom Leben

GLÜCKSHAFEN-REIHE

FISCHER
TASCHENBUCH

MIX
Papier | Fördert gute Waldnutzung
FSC® C083411

Originalausgabe
Erschienen bei FISCHER Taschenbuch

Dieses Werk wurde vermittelt durch
die Literarische Agentur Michael Gaeb.
Redaktion: Susanne Kiesow
Satz: Fotosatz Amann, Memmingen
Druck und Bindung: CPI books GmbH, Leck
ISBN 978-3-596-70989-2

Für Frank,
bei dem ich angekommen und
mit dem ich überall glücklich bin.

Und für das Licht am Himmel und das,
was es uns allen immer wieder zu geben hat,
ganz gleich, was sonst geschieht.

Pixie

Roseburg, Harz

2021

1

»Guten Morgen, Pixie! Hast du heute endlich ein neues Kapitel mitgebracht, das du mir vorlesen kannst?«

Pixie blieb erschrocken stehen. Woher hatte Lotte schon wieder gewusst, dass sie sich näherte? Die alte Gärtnerin hatte ihr doch den Rücken zugewandt und war damit beschäftigt, eine Spinnwebe aus dem Auge einer der Putten auf der steinernen Brüstung zu entfernen. Und Pixies Turnschuhe machten auf dem Gras kein Geräusch.

»Du brauchst dich gar nicht wundern. Ein Leben lang auf die Vögel und all die kleinen Geschöpfe zu lauschen macht feine Ohren«, sagte Lotte, warf ihr einen verschmitzten Seitenblick zu und griff sich einen Pinsel aus der ledernen Tasche an ihrem Gürtel. Sorgsam reinigte sie damit das Gesicht der Putte vollends. Es wäre kein Wunder gewesen, wenn das Kerlchen geniest hätte.

»Ich habe schon etwas geschrieben«, sagte Pixie, in der sofort die dunkle Verzweiflung der letzten schlaflosen Nacht wieder hochkam. »Aber es ist noch nicht vorzeigbar.« Fast meinte sie, den Pinsel auf der eigenen Nase zu spüren. Wenn sich ihre verflixte Phantasie doch nur endlich wieder einmal nützlich machen würde!

»Das behauptest du seit Wochen.« Lotte schlug den Staub nachdrücklich aus den Borsten. Das Klopfen hallte in der Grotte unter ihnen wider.

»Weil es stimmt.« Pixie lehnte sich zerknirscht auf die warme Brüstung und sah zum Brocken hinüber. Friedlich lagen die Felder, Dörfer und Hecken in der Spätsommersonne, dahinter hockte gemütlich Norddeutschlands höchster Berg im Dunst. Es hatte sie immer amüsiert, dass man ihn schlichtweg den »Brocken« getauft hatte. Er wirkte beruhigend auf sie, wohl weil er so ungerührt und zuverlässig gegenwärtig war. Bei anderen Wetterlagen im Harz sah man ihn oft gar nicht, doch er tauchte stets unversehrt wieder aus den Wolken auf. Sie wünschte sich nur, das wäre mit ihrer Zuversicht bezüglich des Schreibens genauso. Sie hatte unbedingt gerade hierherkommen wollen, so sehr hatte sie dieser Ort berührt und fasziniert. Voller Hoffnung und Energie war sie gewesen. Doch die Puttenpärchen entlang der großzügigen Parkterrasse schienen ihr wesentlich lebendiger als die paar Seiten Text, die sie gestern getippt hatte.

Die Skulpturen waren vielfältig beschäftigt, sie stritten sich, küssten sich, trugen Gefäße, träumten in die Gegend, spielten mit Vögeln oder aßen Früchte. Pixies eigene Figuren dagegen kamen ihr neuerdings hölzern vor, erschreckend unecht. Dabei liebte sie, seit sie denken konnte, nichts mehr als das Schreiben. Normalerweise konnte sie gar nicht anders. Die Worte waren bis vor kurzem aus ihr herausgeflossen wie das Wasser aus den Brunnen des Parks.

Doch der Architekt Bernhard Sehring, der sich mit diesem unkonventionellen Märchenschloss einst einen Traum erfüllen konnte, hatte anscheinend mehr Durchsetzungskraft, Phantasie und Ausdauer besessen als sie selbst. Weil sein Werk so verrückt war, war Pixie darauf verfallen, sich genau hier eine Anstellung zu suchen. Sie war sich sicher gewesen, an diesem Ort endlich wieder zu ihren alten Fähigkeiten und der neuen Geschichte zu finden, die sie umtrieb, ohne dass sie sie greifen konnte.

»Schade«, meinte Lotte und lehnte sich neben sie an das sonnenwarme Geländer. »Sagtest du nicht, bis September würdest du auf jeden Fall ein Stück vorangekommen sein?«

»Ich hab ja nicht gesagt, *wann* im September«, murmelte Pixie.

»Vielleicht versuchst du, zu perfekt zu sein?«, überlegte Lotte. »Sieh mal, als der Herr Sehring damals die Roseburg und ihren verwunschenen Garten zu bauen begann, da hat er einfach in einem unbeschwerten Stilmix alles durcheinandergemischt, was ihm gefiel. Römische Säulen, ägyptische Sphinxe, Putten und Brunnen und Mauern, Türme, das Mausoleum, all die Brücken und Terrassen. Er scherte sich nicht um das, was andere dachten oder für richtig hielten. Er importierte manches aus Italien und ließ anderes kurzerhand aus Beton gießen. Er pflanzte exotische und einheimische Gehölze durcheinander, und sie gedeihen heute noch bestens. Seine Vision hat bis jetzt Bestand, weit über hundert Jahre später. Warum machst du es mit deiner Geschichte nicht auch so? Hat doch bisher ganz gut geklappt. Ich jedenfalls freue mich auf die Fortsetzung.« Streng begegnete sie Pixies Blick. »Ich will dir keinen Druck machen. Nur Mut.«

»Ich weiß, Lotte. Deswegen wollte ich ja genau hierher, weil es hier so ungewöhnlich und phantasievoll ist. Hier schien mir alles möglich, auch für mich. Und du machst mir eine Menge Mut! Allein schon, dass jemand wie du … ich meine …« Sie wurde rot und ärgerte sich.

»Dass jemand so Uraltes wie ich deine Bücher mag, obwohl sie für junges Gemüse gedacht sind?«, ergänzte Lotte trocken. »Ich glaube, für gute Geschichten gibt es kein bestimmtes Alter, ebenso wie der Herr Sehring als angesehener Architekt mit kindlicher Freude ein völlig verrücktes Märchenschloss errichten konnte.«

»Das wäre schön.« Pixie fand es trotzdem schwer vorstellbar. Fantasy war ein Genre, das nicht jeden ansprach. Außerdem gab es ihre Geschichten noch nicht in gedruckter Form. Das konnte sie sich nicht leisten, und einen Verlag hatte sie bisher nicht ansprechen wollen. Aber ausgerechnet Lotte fand E-Books toll. »Dieses Leseding liegt so schön leicht in meiner Hand, da bedankt sich meine Arthritis«, hatte sie erklärt. »Und ich kann die Schrift groß stellen, da ist die Brille, die immerzu weg ist, nicht mehr nötig. Ich kann sogar unter dem Sternenhimmel lesen, wenn ich will, weil man keine Lampe mehr braucht. Das ist genial!«

Trotzdem hatte Pixie ihr das letzte Buch vorgelesen, in Etappen, während der Mittagspausen. Lotte hatte das genossen.

Im Laufe der Zeit hatte sich Pixie zu ihrem glücklichen Erstaunen eine wachsende Leserschaft aufgebaut. Mit sechzehn hatte sie zu schreiben begonnen, aus reinem Vergnügen und weil sie nicht anders konnte. Da sie fürchtete, ausgelacht zu werden, vorsichtshalber unter dem Pseudonym Ellie Ennis. Jetzt, elf Jahre später, warteten so viele treue Fans auf ihre Fortsetzungen, dass sie niemanden enttäuschen wollte. Am wenigsten sich selbst. Geschichten zu verfassen machte ihr immer noch ungemein Freude. Warum also hakte es auf einmal? Startschwierigkeiten hatte sie bei jedem Buch. Sie musste sich erst hineinfinden, das war normal. Doch diesmal dauerte es viel zu lange. Irgendetwas beschwerte sie und bremste sie komplett aus. War es vielleicht, dass sie inzwischen so gründlich zu Ellie Ennis geworden war, dass Pixie Paleske irgendwo darunter erstickt wurde?

Wenn Lian jetzt hier wäre, hätte sie mit ihm darüber sprechen können. Bestimmt wüsste er Rat, wie immer. Da fiel ihr etwas ein. Sie zog ihr Handy aus der Tasche und suchte ein Bild heraus, das sie Lotte vor die Nase hielt. »Guck mal, das hat mir Lian vorhin geschickt. Wie glücklich er aussieht, findest du nicht? Endlich! Das freut mich so für ihn.«

Lotte kniff die Augen zusammen. »Ist das seine neue Freundin?«

»Ja, Anna-Lisa. Sie passen perfekt zusammen.« Ob sie selbst auch einmal so jemanden finden würde? So richtig war ihr das noch nie gelungen, nicht auf Dauer. Aber im Moment vermisste sie in dieser Hinsicht nichts. Nur manchmal eben wäre jemand zum Reden schön, jemand, der sie ohne lange Erklärungen verstand.

»Woher kennt ihr beide euch noch mal?«, fragte Lotte.

»Von früher. Als ich ein Teenager war, habe ich Lian zu meinem selbstgewählten Patenonkel erklärt, und er hat mitgespielt und mich mit Nordseewasser getauft. Wir hatten es beide nicht leicht und haben uns trotz des großen Altersunterschieds gegenseitig unsere Sorgen anvertraut. Er ist jetzt meine einzige Familie. Deshalb ist das so geblieben.«

»Gut so«, meinte Lotte entschieden. »Und nun an die Arbeit, Frau Hilfsgärtnerin! Das nützt gegen Sorgen immer noch am besten. Und das Zwitschervolk füttert sich auch nicht von allein.«

Nur zu gern schob Pixie alle Bedenken beiseite und machte ch auf zu der Voliere an der Burg, in der ein Schwarm Kaarienvögel residierte, dessen Gesänge man durch den halen Park hörte. Für Pixie gehörten diese Klänge unwiderrufich zur Magie des Ortes. Der auffälligste Hahn besaß eine dunkle Beatlesfrisur. Lotte hatte ihn ausgerechnet Fiffi getauft.

»Warum Fiffi?«, hatte Pixie am ersten Tag entgeistert gefragt.

Lotte zuckte mit den Schultern. »Weil mir nichts anderes eingefallen ist. Du bist die Schriftstellerin, nicht ich.«

Dabei stellte Pixie bald fest, dass Lotte jede Menge zu erzählen hatte. Doch das waren wahre Geschichten aus ihrem Leben.

Von ihren eigenen konnte man das nicht behaupten. Die hatte sie damals als eine reine Persiflage auf die üblichen Fantasy-Epen begonnen. Sie hatte die ewigen Helden satt. Statt auf edlen, kämpferischen und praktisch unbesiegbaren Drachen ritten ihre Figuren auf überdimensionierten Flughörnchen mit einem Hang zum Schluckauf. In der Phantasiewelt, die sie erschaffen hatte, ging es nicht um kriegerische, heroische Völker mit hochdramatischer Leidensfähigkeit, die sich gegenseitig bekämpften oder Unholde besiegen mussten. Stattdessen teilten sich ein Feenvolk mit leicht machohaften Zügen und eine Koboldsippe mit einem absurden Ordnungsfimmel den Lebensraum. Die Feen bauten auf Nebelfeldern immer neue Blumenarten an. Mithilfe von unberechenbaren Geistern, die sich »Fixe Ideen« nannten, sorgten sie dafür, dass sich die Samen bunter und lebenshungriger Gewächse überall verteilten und Wurzeln schlugen, während die Kobolde mit Rasenmähern bewaffnet auf sanftmütige, jedoch hartnäckige Weise versuchten, das Ganze so zu gestalten, wie es ihnen genehm war.

Pixie hatte sich damals mit Hilfe dieser kleinen Erzählungen abreagiert und das Ganze als Witz betrachtet, allerdings schließlich auf das Drängen einer Freundin hin als Fortsetzungsroman auf einem Blog online gestellt. Das Pseudonym war nützlich, weil sie sich auf ihren Schulabschluss konzentrieren und keine Fragen beantworten wollte. Niemals hatte sie in Betracht gezogen, dass aus der Handvoll Stammleser ihres Blogs so rasch mehr werden würden. Dass es, als sie den Link und ein paar Leseproben auf Facebook veröffentlichte, mit den Leserzahlen rasant nach oben gehen sollte. Und dass sie von vielen Seiten Zuspruch, die Bitten um mehr Geschichten und schließlich Forderungen nach einem E-Book erhalten würde. Immer noch aus reinem Jux hatte sie tatsächlich mit Lians Hilfe ein E-Book formatiert, lektorieren lassen und veröffentlicht – immer noch als Ellie Ennis.

Was sie nach der mittleren Reife machen wollte, darauf hatte sie keine Antwort gehabt, und ihr Großvater drängte sie auch nicht dazu.

Das war der erste Band ihrer Flughörnchen-Reihe gewesen, von der sie damals nicht geahnt hatte, dass es eine Serie werden würde. Diese hatte sich seitdem stetig fortgesetzt – jedes Jahr ein Roman. Pixies Figuren wurden mit ihr gemeinsam erwachsen und älter, die Leserschaft auch. Diese Leserschaft wuchs immer noch, aber nur langsam. Pixie konnte nicht annähernd von den Einnahmen leben und nahm regelmäßig irgendwelche neuen Jobs an. Das inspirierte sie, und den ganzen Tag am Schreibtisch sitzen zu müssen wäre für sie ohnehin unerträglich gewesen.

Abends öffnete sie in ihrem engen Pensionszimmer in Alexisbad den Laptop, saß eine Weile ratlos davor, tippte drei Worte, dann schloss sie ihn entnervt wieder.

»Das hat einfach keinen Zweck«, sagte sie traurig zu einem Marienkäfer, der auf der Fensterbank hin- und herlief. Sie ließ ihn hinaus, dann setzte sie die Schutzbrille auf und widmete sich ihrem Hobby. Kürzlich erst hatte sie für Lian und Anna-Lisa Anhänger mit germanischen Runen angefertigt, die ihr als Glücksbringer und Denkanstoß passend erschienen.

»Das bedeutet uns sehr viel, Pixie! Es ist viel origineller als Freundschaftsringe«, hatte Lian am Telefon gesagt. Sie kannte ihn gut genug, um die ehrliche Begeisterung in seiner Stimme zu hören.

Pixie hatte eine Schwäche für alles Keltische und Nordische. Es war die Klarheit und Naturverbundenheit, die sie ansprach. Mit Sonnenwendfesten konnte sie zum Beispiel mehr anfangen als mit Weihnachten oder Ostern. Sie benutzte je nach Bedarf das keltische oder das germanische Runenalphabet. Ogham oder Futhark. Die Anhänger hatte sie aus glatten Flusskieseln hergestellt, in die sie ein dünnes Loch gebohrt hatte, durch das sich eine Lederschnur ziehen ließ. Mit ihrem elektrischen Gravierstift ritzte sie die Runen hinein und behandelte die Oberflächen danach mit Specksteinöl. Für Lian hatte sie aus gegebenem Anlass eine Rune gewählt, die für Freude, Partnerschaft und Harmonie stand.

Auch Lotte trug inzwischen einen. Für sie hatte Pixie die Rune Sowilo ausgesucht, die unter anderem Sonne und Gesundheit symbolisierte. Jetzt aber entschied sich Pixie für einen Stein, der halb hell, halb dunkel war und nicht ganz oval in seiner Form. Dieser Anhänger war für sie selbst gedacht, darum wollte sie ihn nicht perfekt haben. Das Unrunde entsprach ihrer gegenwärtigen Verfassung besser. Sie gravierte die Rune Berkano hinein, die einem »B« ähnelte. Die Rune von Erneuerung und Wachstum. Vielleicht würde ihr das symbolisch bei ihrem neuen Manuskript helfen.

Sie lächelte, als sie den Stein polierte. »Jeder davon ist auch für dich, Moina«, dachte sie. Denn es war ihre irische Großmutter Moina gewesen, die ihr die Runenalphabete nahegebracht hatte, zusammen mit den Sagen und Geschichten, die sie erzählte, und den Liedern, die sie mit ihrer warmen, brüchig gewordenen Stimme sang. Moinas Geschichten waren bestimmt die Ursache dafür, dass Pixie selbst nicht anders konnte, als immer wieder Geschichten zu erzählen. Moina war es auch gewesen, die ihr ihren Namen gegeben hatte, in dem Augenblick, als sie das Kind kurz nach der Geburt zu Gesicht bekommen hatte. – »*Look at that, the child is a pixie!*« – »Seht euch das an, das Kind ist ein Kobold!«, hatte sie ausgerufen. Das hatte an den schwarzen Locken und den leicht abstehenden und ungewöhnlich spitzen Ohren gelegen, derentwegen man Pixie später in der Grundschule geneckt hatte. Das hatte sie nicht gestört, sie war eher stolz darauf. Meist respektierte man sie sowieso. Denn manch eines der anderen Kinder war sich nicht sicher, ob sie nicht doch eine Verbindung zu mythischen Wesen hatte und womöglich jemanden mit einem unangenehmen Zauber belegen konnte, wenn man sie zu sehr ärgerte.

Diese Ohren und ihr Name prädestinierten sie geradezu für das Schreiben von Fantasybüchern. Heutzutage kamen ihr die spitzen Ohren wegen der Wirkung auf ihren Profilbildern durchaus zupass. Es machte sie als Autorin von Geschichten über Feen und Kobolde noch glaubwürdiger und ein bisschen geheimnisvoll. Sie versteckte ihre Ohren nicht, im Gegenteil. Sie klemmte ihre schulterlangen schwarzen Locken dahinter und schmückte das rechte mit einer silbernen Ohrmanschette. Oft war das ein Drache, manchmal eine Blätterranke, eine Eidechse oder ein Bogen aus Seetieren. Das war ihr Markenzeichen geworden.

Bald hing das neue Amulett um ihren Hals, ein ermutigendes kleines Gewicht auf ihrer Haut. Sie postete ein Bild davon und erklärte die Bedeutung, um ihren Fans wenigstens etwas Interessantes zu bieten. Dass es noch kein Zitat aus der neuen Geschichte gab, ließ manche bereits ungeduldig werden. *Wann erscheint das neue Buch?*, schrieben sie. *Gibt es schon eine Leseprobe?*

Sie freute sich doch so sehr über dieses Interesse. Sie wollte niemanden enttäuschen. Hoffentlich würde die Rune Wirkung zeigen. Sie lächelte ein wenig spöttisch über sich selbst, als sie noch einmal aus dem Fenster in das dunkle Tal blickte, bevor sie sich schlafen legte. Nur zu gut wusste sie, dass sie dafür schon selbst sorgen musste und das Symbol nur eine Mahnung sein konnte, die sie an sich richtete.

Gegenüber zogen sich kaum sichtbar die Gleise der Selketalbahn entlang, dahinter floss klar und sprudelnd die Selke.

Das würde der Fluss unbeirrt weiter tun, und auch sonst würde es die Welt nicht verändern, ob Pixie ein neues Buch schrieb oder nicht. Im Grunde spielte es keine Rolle. Warum machte sie sich also solchen Stress?

Weil sie schreiben wollte! Weil das ihr Leben war und sie sich nichts anderes vorstellen konnte. Dazu war sie geboren. Das wenigstens wusste sie. Auch noch, als sie in einen Traum glitt, in dem aufmüpfige altmodische Federhalter eine Rolle spielten. Und eine widerborstige Speicherkarte, die alle Worte löschte, kaum dass sie sie geschrieben hatte.

2

Am folgenden Tag hatte Pixie frei. Zum Glück, denn sie war erschöpft nach dieser Nacht, in der sie erneut mehrmals aufgewacht war. Schließlich hatte sie sich ein Glas Wasser geholt, es an ihre heiße Stirn gedrückt und den Mond über dem Wald betrachtet. Sie sah, wie das kühle Licht die Gleise in silberne Stränge verwandelte, die einem geschwungenen magischen Weg gleich in die neblige Ferne wiesen. Die Silhouette eines abgestellten Waggons, vorn mit einer roten Warnleuchte, wirkte wie ein rätselhaftes Ungeheuer. Es hätte eine Szene aus einer ihrer Geschichten sein können. Doch wohin würde ihr eigener Weg sie führen? Sicher lag es an der Uhrzeit, dass sie sich unendlich einsam fühlte.

Die Wolfsstunde nannte man es, wenn zwischen drei und vier Uhr morgens viele Menschen aufwachten, grübelten und nur schwer wieder einschlafen konnten. Angeblich lag das am Hormonspiegel und war normal, nur nützte ihr dieses Wissen jetzt nichts.

Eigentlich war sie doch gar nicht einsam. Lotte war inzwischen mehr als nur eine Kollegin und Vorgesetzte, und dann waren da ja auch noch Lian und ihre Freundin Emily in England. Aber weder Emily noch Lian waren hier, und ein Videocall war manchmal hilfreich, doch nicht dasselbe.

Pixie kuschelte sich wieder ins Bett, damit ihr wenigstens äußerlich warm wurde. Sie wusste ja, was los war. Sie vermisste ihren Großvater Nathan, bei dem sie aufgewachsen war – jedenfalls, wenn er sie nicht gerade in Irland bei Moina, ihrer Großmutter väterlicherseits, untergebracht hatte. Manchmal war er auf einem Törn gewesen, der aus Forschungsgründen unvermeidbar, jedoch für ein kleines Mädchen völlig ungeeignet war. Meistens aber hatte sie bei ihm sein können. Irgendwie machte er es möglich und hatte unterwegs durch Privatlehrer, häufig aber selbst für ihre Schulbildung gesorgt. Als sie erwachsen war, hatte sie dann mal hier, mal dort gewohnt. Trotzdem hatte sie ihn immer wieder besucht oder auf seinen Schiffstouren begleitet, wenn es ging.

Moina war schon lange tot und fehlte ihr immer noch. Dagegen war es nur drei Jahre her, dass Nathan plötzlich gestorben war, weit in seinen Achtzigern und passenderweise auf einem Segelboot. So hatte er es sich immer gewünscht. Doch er war ihr Fels in aller Brandung gewesen. Es schmerzte sie tief, dass er nicht mehr da war. Manchmal konnte Pixie immer noch nicht glauben, dass nicht irgendwann das Telefon klingeln würde. »Mein Kobold, ich muss unbedingt das neue Bootsmodell ausprobieren! Sie ist eine Schönheit. Noch nie waren die Paneele so leicht! Selbst bei Regen macht sie Tempo, du wirst staunen. Du kommst doch mit, oder? Dann kannst du mir auch deine neue Geschichte vorlesen.« Bald darauf wären sie an irgendeiner der Küsten dieser Welt über die Wellen geflogen. Nathan hätte ihr genau erklärt, warum diese neue Solarzelle, die er entwickelt hatte, noch effektiver funktionierte und günstiger war als alle zuvor und dass man damit einer umweltverträglichen Schifffahrt wieder einen Riesenschritt nähergekommen war …

»Ach, Thani!«, flüsterte Pixie in die Dunkelheit. Draußen fuhr ein Auto vorbei und zerriss für einen Moment die Stille. Sie war beinahe dankbar dafür. Die Lichtkegel der Scheinwerfer glitten wie ein Gruß über die Zimmerwand und verschwanden wieder.

Nathan hatte bereits Solarboote entworfen, als die Welt noch nichts davon gehört hatte, in der Öffentlichkeit niemand das Wort Klimawandel kannte und von Energiewende noch lange nicht die Rede war. Mit Sonnenkraft über die Meere getragen zu werden faszinierte ihn zutiefst, und so blieb es sein Leben lang. Daraus folgte, dass er sich nie lange an einem Ort aufgehalten hatte. »Neue Einfälle kommen immer aus der Landschaft«, sagte er. »Von Inseln, Ufern, Küsten.«

Pixie fröstelte immer noch und rollte sich unter ihrer Bettdecke zusammen. An ihre Eltern konnte sie sich kaum erinnern. Einen Geruch, der vage Klang einer Stimme, tiefdunkle Haare wie ihre eigenen. Aber nach dem Unfall hatten Nathan und Moina ihr alles gegeben, was sie brauchte, und noch viel mehr.

Nun war da nur noch Lian, ihr Wahlpatenonkel, den sie aus den Ferien auf Amrum kannte.

Und das Meer. Das hatte sie schon immer begleitet. Es hatte ihre Tränen abgewaschen und dafür gesorgt, dass sie sich in Trauerphasen manchmal trotzdem leicht fühlte, hatte erst das Kind, dann die junge Frau abgekühlt und getragen und getröstet. Es hatte ihr flammende Sonnenunter- und -aufgänge geschenkt, wenn es in ihr dunkel war, und einen weiten Horizont, wenn sie sich eingeengt fühlte. War sie einmal eine Weile fern von ihm, während ihres Studiums oder weil sie einen Job im Inland hatte, wartete es bei ihrer Rückkehr zuverlässig und unverändert auf sie, so wie es schon dagewesen war, als Nathan und Moina noch Kinder waren, und immer noch da sein würde, wenn es Pixie nicht mehr gab. Die Nähe von Wasser beruhigte sie unweigerlich und schaffte Klarheit in ihren Gedanken. Wenn es nicht das Meer sein konnte, dann halfen auch ein See, ein Fluss oder ein Bach.

Darum beschloss sie etwas später an diesem Morgen, der ein wenig verhangen daherkam, zum Selkefall zu fahren, einem ihrer Lieblingsplätze, seit sie ihn kurz nach ihrer Ankunft entdeckt hatte.

Auf Frühstück hatte sie noch keinen Appetit. Sie packte eine Thermoskanne Tee in den Rucksack, ein Käsebrot, Obst und ihr Tablet und machte sich auf den Weg. Nebelflecken lagen unten im Tal. Die Selketalbahn ratterte vorbei, und im Café Elysium, wo sie gern aß, wenn sie nicht kochen mochte, fegte jemand die Terrasse. »Guten Morgen!«, rief sie hinüber und bekam ein freundliches Nicken zurück.

Vom Parkplatz aus war es noch ein Stück zu laufen. Das tat ihr wie immer gut. Ein Schritt nach dem anderen, ein Rhythmus, der allmählich ruhiger wurde, das Gefühl von Erde und Wurzeln unter den Sohlen, leichter Wind in den Bäumen, der erste gelbe Blätter wie freundliche Konfetti um sie herumsegeln ließ. Das Wissen vorwärtszukommen, auch wenn es nur auf einem Spaziergang war und immer noch nicht mit ihrer Geschichte. Von Ferne schon hörte sie das heitere Plätschern, das die Spinnweben aus ihren Gedanken spülen würde.

Auch über dem Wasser zogen letzte Nebelfetzen wie feenhafte Wesen. *Pixies*, dachte sie. Naturgeister. Seelenverwandte. Nirgends richtig zu Hause, immer umhergetrieben. Frei, aber manchmal ziellos. Sie setzte den Rucksack auf einem Stein ab und blickte noch einmal auf ihr Handy, ob etwas Wichtiges gekommen war, bevor sie es zur Sicherheit im Reißverschlussfach verstaute. Da war eine Mail von Anna-Lisa – nanu? Von ihr wusste Pixie nur, dass sie Fotografin war und jetzt Lians Freundin. Sie hatten noch nie Kontakt gehabt. Sicher wollte sich Anna-Lisa nur aus Höflichkeit für den Anhänger bedanken. Das konnte warten.

Anderes dagegen nicht. Pixie schloss den Rucksack, zog die Sneaker und Socken aus und watete ins flache, glasklare Wasser. Genussvoll schloss sie die Augen. »Hach!«, sagte sie laut zum Erschrecken einer Amsel. Die Kälte fuhr wie ein erfrischender Schock durch sie hindurch, von den Sohlen bis zu ihren Ohren. Sofort fühlte sie sich hellwach und völlig eins mit der Wunderwelt um sie herum, die sich ihr offenbarte, als sie die Augen wieder öffnete. Die Sonne kämpfte sich jetzt durch und ließ die filigranen Farne, die sich an die dunklen Steine klammerten, grün aufleuchten. Die verschiedenen Arme des Wasserfalls begannen, nach und nach zu glitzern, wo sie schneeweiß schäumend über die Stufen sprangen, spritzten und funkelnde Tropfen ins Gras streuten. Im Rauschen und Fließen klang gelegentlich ein glockenheller Unterton, wenn das Wasser auf einen hohlen Stein traf. Der sandig-kieselige Boden schimmerte goldbraun unter ihren Füßen. Die Selke reichte Pixie hier unterhalb des Falls nur bis zu den Knöcheln, während sie zu der

Halbinsel watete, auf der ein Baum in einem Farnnest wuchs. Dort lehnte sie sich an den Stamm, wärmte ihre Füße auf dem Moos in der aufsteigenden Sonne und ließ ihre Gedanken fließen wie das Wasser.

Ähnliches war es auch, was sie an der Roseburg von Anfang an fasziniert hatte, seit sie ein Bild der verspielten Wasserachse gesehen hatte, die den Park teilte. Von einem Becken ins andere floss es dort durch die Mäuler mystischer Wasserspeier, die jeder für sich eine Fantasygeschichte wert gewesen wären. Jedes Becken, jede Stufe war anders gestaltet, aus dunkel gewordenem Stein, von Treppen flankiert, mit Blumenkübeln und Figuren und Säulen bestückt, geschickt bepflanzt und mit Brunnen und Fontänen ergänzt. Das Ganze hätte kitschig sein können, war aber stattdessen von einer ganz eigenen, würdevollen, einzigartigen, verwegenen Schönheit, die zeitlos Mut zum Träumen machte und für die, die es sehen wollten, hinter jeder verwunschenen Kurve ein Märchen bereitlegte. Im Park drumherum gab es Terrassen, unvermutete Sitzgruppen unter exotischen Bäumen und schattige Tunnel, die in überraschende Tiefen zu geheimnisvollen Veranden führten, dann wieder geschwungene Brücken mit versteckten steinernen Bänken darunter. Ständig taten sich neue Perspektiven auf, aus der Ferne gemütlich bewacht vom Brocken und durchzogen vom immerwährenden Gesang der Kanarienvögel. Pixie hatte trotz ihrer Arbeit als Hilfsgärtnerin noch längst nicht alle Winkel entdeckt. Vielleicht kam sie deshalb nicht mit ihrer Geschichte voran? Da war immer das Gefühl, dass sie etwas Entscheidendes übersah, egal, durch welches Dickicht sie sich beim Unkrautzupfen kämpfte oder wie gründlich sie dornige Zweige kürzte, die einen der unzähligen Pfade versperrten.

Das Foto gestern von Lian und Anna-Lisa hatte sie noch unruhiger gemacht. »Warum nur?«, fragte sie den Baum.

Dann, mitten in der berauschenden Klarheit des Selkefalls, begriff sie es. Der Anblick von Lians Gesicht war schuld daran, dass sie noch mehr als sonst an Nathan denken musste und sich schmerzlich zurücksehnte in eine einfachere Zeit. Damals, als sie sich nur um ihre Schulaufgaben sorgen musste, mit Lian und Nathan und manchmal Emily lachen konnte und das Meer immer in der Nähe war. Vor allem auf Amrum, wenn sie dort bei Rhea wohnten, der Tochter von Nathans bester Freundin, die wie eine Mutter zu ihr war.

Pixie kletterte zurück ans Ufer, fischte ihr Handy heraus, machte ein Bild vom lichterfüllten Wasserfall und schickte es an Emily nach England.

Hier ist es so schön, aber ich finde, wir sollten uns mal wieder auf Amrum treffen, wie früher, für eine Ferienwoche, was meinst du?

Die Antwort kam schnell. *Ja, irgendwann bestimmt, das wäre schön. Aber in absehbarer Zeit geht das leider nicht. Ich schreibe an meiner Doktorarbeit. Pass auf dich auf! Du hast es doch gut dort.*

Ja, das hatte sie. Aber sie hätte sich gern wieder einmal so glücklich gefühlt wie die bronzene Trompeterin, die glänzend und leichtfüßig auf einer Säule hoch über dem Park der Roseburg thronte und ihre überschäumende Lebensfreude hinaustrompetete.

Um die seltsame Leere in sich zu füllen, machte Pixie es sich auf einem Baumstamm gemütlich, aß ihr Brot und schenkte sich Tee ein. Von dem Plätschern wurde sie schon wieder müde. Um nicht einzudösen und ihren freien Tag zu verschwenden, stellte sie das Display auf volle Helligkeit, damit sie die Mail von Anna-Lisa lesen konnte. Inzwischen war eine weitere Nachricht gekommen von einer Frau, die sie nicht kannte. Bestimmt nur Spam. Doch dann sah sie bei beiden Mails den Betreff.

WICHTIG stand bei der Fremden oben drüber, bei Anna-Lisa *Ergänzung zu Remys Nachricht.*

Eine Ergänzung, also war die Nachricht von dieser Remy kein Spam und sollte wohl zuerst gelesen werden. Was wollte sie von ihr? War das wieder eine Anfrage von einem dubiosen Pseudoverlag, der naive Autoren geschickt mit Veröffentlichungsangeboten lockte, nur um ihnen hohe Summen für nichts abzuknöpfen? Nun, Pixie hatte ohnehin kein Manuskript, das sie hätte anbieten können. Sie war gerade mal beim fünften Kapitel, und mit keinem davon war sie zufrieden.

Neugierig war sie trotzdem und öffnete die Mail.

Hallo, Pixie Paleske!
Bitte wundere dich nicht. Lian hat dich für einen Auftrag empfohlen, für den ich unbedingt bald jemanden finden möchte, denn die Sache liegt mir sehr am Herzen. Anna-Lisa wird dir Näheres erklären. Ich bin Lian für den Tipp sehr dankbar. Ich habe auf deiner Website gesehen, wie phantasievoll und gewissenhaft du bist und wie neugierig auf so viel Verschiedenes, vor allem auf Orte, Menschen und Geschichten. Daher glaube ich, du wärst wunderbar geeignet für genau diese Sache, und ich würde mich freuen, dich kennenzulernen! Lian meint, eine Abwechslung würde dir momen-

tan guttun, also vielleicht können wir uns gegenseitig helfen? Eine fürstliche Summe kann ich nicht zahlen, aber ich denke, es könnte sich trotzdem für dich lohnen, sowohl finanziell als auch auf andere Weise. Ich weiß nicht, wie lange es dauern würde, vielleicht einige Wochen? Einfach wird es sicher nicht. Es geht darum, etwas zu finden, was dich vermutlich an die Nordsee führen würde. Lian sagt, ihr kennt euch von dort, also kennst du dich da sicher ein wenig aus. Bitte überlege, ob du dazu bereit wärst. Je eher du beginnen könntest, desto besser. Ich würde mich sehr freuen und bin gespannt auf deine Antwort!
Herzlich,
Remy Kreyhenibbe.

Das Impressum sagte etwas davon, dass die Frau Herausgeberin einer Zeitschrift war.

Pixie ließ das Tablet sinken. Lian! Wie kam er darauf, dass sie eine Abwechslung brauchte, ausgerechnet sie, die ohnehin nie lange irgendwo blieb? Ach so, sicher meinte er nicht vom Ort, sondern von ihrer Tätigkeit. Natürlich, sie hatte ihm ja von ihren Schwierigkeiten beim Schreiben erzählt! Und ebenso wusste er, wie gut ihr die Nähe zum Meer tat, wenn sie in einer Krise steckte. Er hatte also noch vor ihr selbst daran gedacht.

Eine zaghafte Aufregung kribbelte in ihr. Warum nicht? Dann würde sie eben ohne Emily an die Küste fahren, ganz allein wieder mal, dafür mit einem Auftrag in der Tasche, den sie nur allzu gut gebrauchen konnte. Auf ihrem Konto war es schon lange kritisch. Das Gehalt als Hilfsgärtnerin ergänzte die knappen Tantiemen aus den Buchverkäufen kaum.

Doch so spontan diese neue Zuversicht in ihr aufgekeimt war, so schnell verflog sie auch wieder. Wenn sie jetzt ging, würde sie womöglich nicht zurückkehren. Dieser Hilfsjob hier war keiner, wo man einfach Urlaub bekam, kaum dass man angefangen hatte. Sie würde kündigen müssen. Und wenn sie Remy zusagte, würde sie zumindest dieses Buch wahrscheinlich nie zu Ende schreiben. Denn dann war sie vollends und endgültig aus der aktuellen Stimmung gerissen. Dann würde die Geschichte, von der sie sicher war, dass sie hier auf der Roseburg verborgen lag, vielleicht niemals erzählt werden und immer vorwurfsvoll als verpasste Möglichkeit in ihrem Hinterkopf bleiben wie ein Gewicht. Und sie müsste Lotte zu plötzlich im Stich lassen.

Das ging alles nicht! Nein. Das wollte sie nicht, egal, worum es sich handelte! Auf gar keinen Fall.

Sie öffnete Anna-Lisas Mail nur, um herauszufinden, wie sie am höflichsten absagen konnte.

3

Liebe Pixie,
wir kennen uns nicht, aber Lian hat so viel und herzlich von dir berichtet, dass mir ist, als wäre es so. Zunächst danke für den schönen Anhänger, er gefällt mir sehr und bringt bestimmt Glück!

Remy hat mich gebeten, dich zu informieren, worum es bei ihrem Anliegen geht. Geschichten sind ja dein Thema, deshalb werde ich dir die Informationen wie eine kleine Geschichte erzählen, aber es ist alles wahr.

Lian wird dir von der Halbinsel Darß berichtet haben, wo er nun schon länger arbeitet und ich ihn kennengelernt habe. Ich selbst bin auf dem Darß aufgewachsen, bevor ich für lange Zeit ins Ausland ging. Damals lebte hier ein alter Mann, ein Kapitän im Ruhestand. Kapitän Fiete Flömer, so hieß er, aber alle nannten ihn nur Flömer. Er wollte es so. Flömer bedeutete mir eine Menge, und nicht nur mir. Er war ein Ruhepol für so viele, die im Umkreis wohnten, und auch für manchen Feriengast.

Wir haben hier einen kleinen, malerischen Hafen. Dort liegen die alten hölzernen Zeesboote mit den braunen Segeln. Eines davon gehört meinem Vater, schon deshalb habe ich oft Zeit dort verbracht. Es gab kaum ein Wetter, bei dem Flömer nicht am Ende des Stegs saß und auf das Wasser hinaussah. Hinter seinem Ohr steckte stets ein Stück Kreide. Damit schrieb er oft ein Wort auf den Steg, über das er nachdenken wollte. Er war immer da, wenn man einen Rat brauchte oder einfach jemanden zum Zuhören, ähnlich wie Momo in Michael Endes Buch. Nur dass Flömer als sehr lebenserfahrener, weltoffener und weitgereister Mann natürlich eine andere Art Weisheit besaß als jenes kleine Mädchen in der Erzählung. Was er sagte, half meist irgendwie oder tröstete, ohne dass er jemals einem anderen seine Meinung aufgedrängt hätte. Er brachte einen dazu, selbst entspannter nachzudenken. Häufig bot er seinem Gesprächspartner die Kreide an und schlug vor, das Wort auf den Steg zu schreiben, das ihn gerade am meisten bewegte. Dabei kamen erstaunliche Sachen heraus, und man war hinterher häufig ein ganzes Stück weiter. Flömer hatte nie Probleme damit, über Gefühle zu reden. Er lachte und weinte mit uns, schwieg oder sang mit uns, nahm uns in den Arm oder klopfte uns auf die Schulter, was eben gerade am besten passte.

Eine Familie hatte er nicht, doch er schien über Zwischenmenschliches unglaublich viel zu wissen. Wohl von der ständigen Seeluft war er gesund bis ins hohe Alter. Auch seine Lebenseinstellung hat bestimmt dazu beigetragen. Als er irgendwann doch hinfällig wurde, kümmerten sich alle um ihn. Er bekam einen Rollstuhl, und irgendjemand schob ihn immer in den Hafen und holte ihn wieder ab, versorgte ihn mit Essen und schrieb auch für ihn die Worte auf den Steg, um die er bat. Flömer wurde hunderteins. Nun liegt er seit zehn Jahren auf dem Friedhof der Schifferkirche in Ahrenshoop, umgeben von vielen, die ihn sehr gern gehabt haben und die ihn ihr Leben lang gekannt haben.

Sogar die Feriengäste von früher fragen noch manches Mal nach ihm oder schreiben wieder ein Wort auf den Steg. Er ist hier nicht vergessen, er bleibt ein Teil des Ortes und, wie man so schön sagt, »eine Person von öffentlichem Interesse«. Aus diesem Grund entstand der Wunsch, mehr darüber herauszufinden, wie sein Leben ausgesehen hat, bevor er sich zur Ruhe setzte. Denn über sich *selbst hat er fast niemals gesprochen. Remy möchte nun seine Geschichte in ihrer Zeitschrift veröffentlichen und auf diese Art seiner gedenken. Er ist übrigens entfernt mit ihr verwandt.*

Und warum gerade jetzt, nach über zehn Jahren?, wirst du dich fragen, wenn sie doch selbst keine Zeit hat, diese Geschichte aufzuspüren.

Ja, und da komme ich ins Spiel. Wie du weißt, bin ich Fotografin. Es gab hier eine antike Kamera, die ich auf einem Dachboden fand und die man mir geschenkt hat, weil ich mich für solche schönen Apparate interessiere. Als ich sie da oben zwischen dem Gerümpel herausgezogen habe, nahm ich auch eine alte lederne Tasche mit Zubehör mit. Als ich diese später öffnete, entdeckte ich darin, in ein schwarzes Tuch gewickelt, zu meiner Überraschung ein Flaschenschiff. Es war nicht nur ungewöhnlich groß, es war auch ungewöhnlich sorgfältig gefertigt, ein wahres Kunstwerk. Wenig später fand ich durch einen Zufall heraus, dass Flömer es gebaut hat. Und nicht nur das. In dem hölzernen Ständer war ein Siegelring versteckt, der wohl ihm gehörte, und ein aufgerolltes Dokument.

Das also sind die Hinweise, denen nachgegangen werden soll. Flömer hat mein Leben stark geprägt, als ich sehr jung war, und noch heute ist mir manchmal, als ob ich hilfreiche Worte von ihm höre, wenn ich in einer schwierigen Situation stecke. Damals habe ich nicht darüber nachgedacht, wie sein Leben wohl gewesen ist. Nun, da ich älter bin, wüsste ich auch sehr gern mehr über ihn, doch ich bin mit meinem gerade erst eröffneten Fotostudio voll ausgelastet und kann mich der Sache leider ebenso wenig widmen wie Remy.

Dass das Schiff etwas mit ihm zu tun hat, hätte mich nicht überraschen sollen. Wir hatten früher eine Nachbarin, Henny, die mir erzählte, dass sie nur wegen Flömer einmal drei Bernsteinschiffe als Glücksbringer gekauft hat. Er hat ihr damals den Gedanken in den Kopf gesetzt, dass Schiffe mehr tragen können als nur Fracht, nämlich auch kostbare Erinnerungen und Erfahrungen, kurzum, alles, was einem im Leben widerfährt und man nicht vergessen möchte.

Lian sagt, dein Großvater hat Solarboote gebaut. Vielleicht ist das ja eine Verbindung zum Thema, an die du anknüpfen kannst?

Wenn die Sache mit Flömer dein Interesse weckt und du Lust hättest, diese Aufgabe zu übernehmen, sag bitte Bescheid. Denk in Ruhe darüber nach. Remy hat dir ja schon mitgeteilt, dass du dann wohl an die Nordsee müsstest. Ein Umweg hierher auf den Darß wäre unnötig weit für dich. Wir könnten uns in der Mitte treffen, denn ich habe demnächst einen Fotoauftrag in der Lüneburger Heide. Dort könnte ich dir alle Informationen übergeben, die du brauchst, und auch das Flaschenschiff. Remy meint, du solltest es auf alle Fälle mitnehmen. Lian wird mich begleiten, so hättet ihr eine schöne Gelegenheit, euch wiederzusehen.

Ich soll dich ganz herzlich von ihm grüßen, und wir sind gespannt, was du sagst.
Alles Gute, Anna-Lisa

PS: Deine Geschichten von den Flughörnchen gefallen mir sehr, sie sind eine wunderbare Ablenkung nach einem anstrengenden Arbeitstag.

Ein Tropfen fiel auf das Display. Überrascht sah Pixie auf. Es hatte sich bewölkt, ein Schauer zog über das Tal. Das Plitschen des Regens auf der Oberfläche mischte sich in das Rauschen des Wasserfalls. Pixie war von Anna-Lisas Erzählung so gefangen gewesen, dass sie einen Moment brauchte, um sich in der Gegenwart zurechtzufinden. Hastig steckte sie das Tablet in den Rucksack, rückte unter ein dichtes Blätterdach und zog ihre Kapuze über den Kopf. Der Tee in ihrer Tasse war kalt geworden, sie füllte warmen aus der Thermoskanne nach und überlegte.

Dieser Kapitän Flömer erinnerte sie ein wenig an Nathan. Gegen ihren Willen hatten Anna-Lisas Worte sie in den Bann gezogen. Es war wie immer: Sofort entstanden Bilder in Pixies Vorstellung, leuchtend und lebendig, samt den dazugehörigen Gerüchen und Geräuschen und so dreidimensional, dass ihr war, als hätte sie das schon alles erlebt. Genau das war es, was sie dazu gebracht hatte, Geschichten zu schreiben: Die Bilder mussten heraus, sonst wurden es zu viele in ihrem Kopf. Dort gerieten sie durcheinander, verwirrten ihre Gefühle und verstopften ihr Denken. Wenn sie einmal da waren, gab es kein Zurück.

Sie sah das kunstvolle Miniaturschiff deutlich vor sich und Anna-Lisas Erstaunen, als sie es aus dem Tuch wickelte, das etwas muffig roch. Wie nach Jahrzehnten zum ersten Mal Licht auf die alte Flasche gefallen war, wie es auf dem Glas glänzte und dahinter die mystische Schönheit des Schiffes zutage trat. Sah einen alten Mann mit einem Stück Kreide hinter dem Ohr und seltsamerweise mit Nathans Gesicht. Wie seine Hände, sicher schon etwas zittrig, dieses Schiff gebaut hatten – mit viel Mühe, weil es ihm wichtig war. Man sah ihm an, dass er wusste, es würde das Letzte sein, das er schuf – oder war es sogar das Einzige? Sie sah, wie er es liebevoll in das Tuch gewickelt und in der Tasche verwahrt hatte. Aus einem bestimmten Grund? Für eine bestimmte Person? Oder nur, weil es ihn zufrieden machte? Weil er sich etwas beweisen musste? Etwas hinterlassen wollte, das von ihm erzählte, wenn er nicht mehr da war?

Die unerwartete Deutlichkeit ihrer Vorstellungen war erfrischend, fand Pixie. Vielleicht konnte sie doch noch schreiben?

Und warum hatten diese Informationen, dieser Auftrag ausgerechnet den Weg zu ihr gefunden? Vielleicht, weil sie Kapitän Flömers Hang zu Worten mit ihm gemeinsam hatte. Sollte es sie inspirieren? Die Idee mit der Kreide fand sie wunderbar und bedauerte, dass sie keine besaß. Aber das ging auch anders. Sie hob einen Zweig auf und schrieb damit in den halbtrockenen Schlamm am Ufer.

UNENTSCHLOSSEN
VERLOCKEND

Versonnen betrachtete sie die Buchstaben. Flömer hatte recht! Wenn man das, was in einem vorging, nach außen holte, konnte man es klarer sehen. Von beiden Worten erschien ihr das zweite wesentlich freundlicher. Denn Worte besaßen Persönlichkeiten, das hatte sie bereits gemerkt, als sie lesen gelernt hatte.

Über den Buchstaben T versuchte jetzt eine Ameise zu laufen, doch der Sand hatte sich an den Rändern aufgetürmt und machte es ihr schwer. Ein Käfer dagegen war in das U gefallen und lief von einem Ende zum anderen und zurück, ohne zu merken, dass er ganz leicht hätte herausklettern können. Ein bisschen wie ich in letzter Zeit, dachte Pixie. Wahrscheinlich hat Lian recht. Ich muss mal etwas ganz anders machen. Etwas Wirkliches.

Sie schrieb dieses dritte Wort unter die anderen.

Und da war alles klar.

Als sie es da stehen sah, überflutete sie das Heimweh nach dem Meer, dem Wind, dem Watt und seinem Geruch so heftig, dass es sie fast umwarf.

»Danke, Flömer!«, sagte sie unwillkürlich laut. Da hatte sie diesen Mann, der nicht mehr lebte, nie gekannt und bis eben nichts von ihm gewusst, und trotzdem hatte er ihr gerade geholfen. Sie hob ein Stück Rinde auf und warf es in die Selke, sah, wie es fortgetragen wurde, seinen Weg durch die Steine suchte, einen Moment an einer Wurzel hängenblieb und dann in der Ferne verschwand.

Wann und wo werdet ihr in der Heide sein? Sag Anna-Lisa, ich komme, schrieb sie an Lian.

Während sie auf eine Antwort wartete und der Regenschauer allmählich wieder abzog, überlegte sie, was Lotte wohl dazu sagen würde, wenn Pixie alles hinschmiss, nachdem sie erst vor einigen Monaten auf der Roseburg angefangen hatte. Es war zwar von Anfang an klar gewesen, dass es nur ein Aushilfsjob für die Saison sein würde. Sie war keine Gärtnerin, sie war eben nur jung und konnte anpacken. Lotte arbeitete auch bloß noch, um ihre Rente etwas aufzubessern und weil sie nicht anders konnte. In Gebäuden hielt sie es schwer aus, sie musste sich, wann immer möglich, draußen aufhalten.

Lotte hatte Pixie von Anfang an fasziniert. Die alte Frau schien eins zu sein mit dem verwunschenen Park und den verwitterten, geheimnisvollen Figuren. Lotte Eichhorn war 1945 geboren worden, kurz vor Kriegsende, in einem Magdeburger Luftschutzkeller, während draußen ein Bombenhagel niederging. Wahrscheinlich kam daher ihr unstillbarer Hunger nach Licht und Luft, behauptete sie. Pixie fand es plausibel. Lottes Mutter hatte nach dem Krieg eine Anstellung auf der Roseburg gefunden, als Dienstmädchen. Die kleine Lotte durfte im Park spielen. Die Erinnerung an die zahllosen Wege, die Grotten und Brücken und Brunnen und all die steinernen Figuren hatten sich in ihr Gedächtnis gebrannt. Als ihr Vater aus dem Krieg zurückkam, gingen sie fort. Doch es zog Lotte zurück in ihr verlorenes Paradies. Auf der Roseburg eröffnete die DDR eine Ausbildungsstätte für Geflügelzüchterinnen, und 1963 ging Lotte dorthin. Nicht weil ihr Herz an der Geflügelzucht hing, sondern an der Roseburg – und warum nicht Hühner züchten? Nach Ende der Ausbildung musste sie wieder einmal fort. In den frühen siebziger Jahren konnte sie immerhin zu ihrer großen Freude mit ihrem frisch angetrauten Ehemann einige Tage ihrer Flitterwochen in einem Gästezimmer der Roseburg verbringen. Zurück im Alltag gelang ihnen wenig später die Flucht in den Westen, und die Burg war fortan völlig unerreichbar.

Dann kam die Wende. Lottes Mann war da schon krank und starb bald danach. Als Lotte, die mittlerweile in einem Veterinäramt tätig gewesen war, das Rentenalter erreicht hatte, kehrte sie endlich auf die Roseburg zurück. Die hatte da gerade den Besitzer gewechselt und wurde restauriert. Lotte bot sich an, dabei zu helfen, den verwahrlosten Park wieder in Ordnung zu bringen. Schließlich konnte sie sich genau erinnern, wie er einmal gewesen war.

Seitdem war sie so etwas wie der gute Geist des Parks. Pixie konnte ihr ewig zuhören, so viel hatte Lotte aus ihrem wechselvollen Leben zu erzählen, wenn sie es denn tat. Die Details hatte Pixie erst nach und nach durch behutsames Nachfragen herausbekommen können. Nun würde sie wohl nie alles erfahren.

An dem Park mit seiner Magie hing sie inzwischen selbst. Er bewies, dass der verwirklichte Traum eines Menschen – wie hier des Architekten Bernd Sehring – zur Heimat eines anderen werden konnte. Auch zu einer seelischen. Ihr größter Wunsch war, dass eines Tages eines ihrer Bücher den einen oder anderen Leser in dieser Art berühren würde.

Davon aber war sie noch weit entfernt. Irgendetwas musste sich verändern, musste geschehen, um ihr den Weg dahin zu weisen.

Pixie wusste, dass die Roseburg eine unvergessliche Stelle auch in ihrem Lebenslauf bleiben würde. Und doch! Vielleicht war sie einfach zu sprunghaft, aber auf einmal zog es sie mit Macht an die Nordsee und in dieses neue, andere Abenteuer. Ausnahmsweise hatte sie ein konkretes Ziel: möglichst viel über diesen Kapitän herauszufinden, der ihrem Großvater ein wenig ähnelte. Sich mit etwas aus dem echten Leben zu beschäftigen, nicht mit Phantasiegestalten. Sicher würde sie das erden.

Die Sonne brach wieder durch und weckte in den Tropfen auf den Gräsern kleine Regenbogen. Im selben Augenblick meldete ihr Handy eine Nachricht.

In der letzten Septemberwoche! In der Pension Heidelerche. Wir buchen Zimmer und zahlen dir eine Übernachtung, dann können wir alles in Ruhe besprechen. Von da hättest du es nicht mehr so weit. In Ostfriesland ist zunächst auch schon für eine Unterkunft gesorgt, wenn du dich dafür entscheidest. Ich freue mich sehr, dich zu sehen. Liebe Grüße, Lian.

Darunter ein Link zu der Pension. Die sah nett aus.

»Na dann, Flömer«, sagte Pixie zu den Worten im Schlamm. »Mal sehen, ob ich dich finde.«

Sie hatte sich entschieden, ohne es gemerkt zu haben.

»Mach es!«, sagte Lotte. »Das klingt spannend. Ich werde dich vermissen, aber ich bin ja nicht allein, weißt du doch. Die restlichen Gärtner können gut anpacken, auch wenn sie nicht so viel Phantasie und Liebe zum Park haben wie du. Der Fiffi und sein Volk passen sowieso auf. Und ewig werde ich die Arbeit auch nicht mehr machen können.« Sie hob die Schultern. »Der Park braucht uns nicht. Der wird noch lange da sein, hoffentlich, auch wenn er bald wieder einmal den Besitzer wechselt. Er wird mal mehr, mal weniger gepflegt sein, aber er wird bleiben.«

Lotte hatte recht, dachte Pixie. Die anderen Kollegen würden schon auf sie achtgeben, wenn Pixie ihnen noch mal Bescheid sagte.

»Aber eins muss klar sein«, sagte Lotte beim Abschied und hob streng einen Finger. »Wenn du was schreibst, schickst du es mir! Per E-Mail! Nicht mit dem kleinen Kästchen da.« Mit Handys konnte sie sich nicht anfreunden.

»Versprochen, Lotte. Aber das kann dauern. Ich hab ja erst mal eine andere Arbeit.«

»Die hattest du hier auch, und trotzdem flutschte es bei

den ersten Kapiteln. Vergiss nicht, was du bist und wirklich willst. Und meld dich mal, Mädchen.«

»Das mach ich.« Sie umarmte Lotte und spürte die Zerbrechlichkeit unter der Stärke. Pixie hasste Abschiede. Es hatte schon zu viele davon gegeben in ihrem Leben. Damit niemand ihre Tränen sah, lief sie die gefühlt unendlich lange, schmale, steinerne Treppe hinunter, deren Eingang sich unauffällig hinter einem Busch befand. Die ging um mehrere Ecken, hatte oben ein Dach, war auf der einen Seite von einer Wand aus demselben verwitterten Stein und auf der anderen von Säulen flankiert und wirkte wie ein verwunschener Tunnel in die Unterwelt. An die Säulen drängte sich von außen ein Urwald, dessen dämmriges grünes Licht die ausgetretenen Stufen färbte. Ganz unten gelangte man in ein kühles, quadratisches Versteck, von dem aus man den unteren Ausguck und den Turm der Burg sehen konnte mitsamt einem der strengen Wasserspeier, der von hier unten aus den Himmel zu bewachen schien. Hierhin hatte sich Pixie oft mit ihrem Pausenbrot zurückgezogen, oder wenn sie nachdenken wollte. Sie hatte auf der Bank sogar ein Kapitel geschrieben, als es ihr noch gut von der Hand ging.

Jetzt weinte sie sich in dieser ungestörten Zuflucht eine ganze Weile aus.

Danach ging es ihr besser. Sie putzte sich die Nase und stieg wieder hinauf. Als Letztes wollte sie sich noch von den beiden marmornen Sphinxen verabschieden, deren große, erhobene Pfoten sie oft morgens zum Gruß berührt hatte, nur so, weil die beiden so nett aussahen und wie Maskottchen ihrer Tage waren. »Behütet mir die Lotte!«, sagte sie leise. »Und den Park.«

Die beiden blickten ungerührt über das Tal.

Ein neues Kapitel ihres Manuskripts hatte sie nicht geschrieben, aber dafür wieder mal eines in ihrem Leben abgeschlossen. Wie es weitergehen würde, wusste sie nicht, weder beim einen noch beim anderen. »Das hängt jetzt von dir ab, Flömer«, dachte sie, während sie in Alexisbad ihre wenigen Sachen packte. »Schließlich bist du Kapitän. Die wissen doch immer den richtigen Kurs, oder?«

4

Mit Lian und Anna-Lisa war sie erst nachmittags verabredet, und die Fahrt würde nicht einmal drei Stunden dauern. So beschloss Pixie, sich zuvor noch mit einem Ausflug zu den Gegensteinen zu belohnen, dem östlichsten Ausläufer der Teufelsmauer. Diese lückenhafte Reihe gewaltiger und bizarrer Felsen, in Wirklichkeit ein Überbleibsel der Kreidezeit, waren der Sage nach Reste eines gescheiterten Projekts des Teufels. Pixie war zuversichtlich, dass dieses Scheitern nicht ansteckend war und ihrem eigenen Vorhaben nicht schaden würde, wenn sie den großen Gegenstein bestieg. Sie war anfangs schon einmal hier gewesen, und den Blick in die Weite wollte sie unbedingt noch einmal genießen. Außerdem würde es sie auf das einstimmen, was vor ihr lag, denn damals hatte sie der Ausguck oben deutlich an den Bug eines mächtigen Schiffes erinnert. Wenn man die Augen halb zukniff, wirkten die verschwimmenden blauen Bergrücken in der Ferne dazu wie Wellen.

Auch diesmal war sie überwältigt von den tiefschwarzen Steinformationen, die mitten im grünen Land so mächtig aufragten, dass sie sich winzig darunter vorkam. Es war einschüchternd und gleichzeitig befreiend, denn es zeigte ihr wieder einmal deutlich, dass es keinen großen Unterschied machen würde, was sie tat. Außer für ihr eigenes Glück natürlich. Ob sie ein neues Buch schrieb oder nicht, ob sie den Auftrag dieser Remy erfüllen konnte oder versagen, es würde nichts Wesentliches verändern. Diese Felsen würden weiter in den Himmel ragen, der Selkefall wie immer ins Tal rauschen und die Sphinxen in der Roseburg jeden Tag den Sonnenaufgang anblinzeln. Im schlimmsten Fall würde sie wieder einmal pleite sein – aber sie hatte immer noch eine bescheidene Rücklage, die Nathan ihr hinterlassen hatte und die sie streng für absolute Notfälle hütete. Sie wollte unbedingt allein zurechtkommen, so wie er es ihr beigebracht und selbst immer gehalten hatte. Auch Moina war das stets gelungen. Unabhängigkeit war Pixie extrem wichtig, und zum Leben brauchte sie nicht viel, denn Dinge hatten wenig Bedeutung für sie. Ein paar funktionelle und gemütliche Lieblingsklamotten, ihr Laptop, ihr Gravierwerkzeug, ein bescheidenes Dach über dem Kopf und genug zu essen hatten ihr bisher immer genügt.

Sie war völlig außer Atem, als sie oben ankam. Der Fels war glitschig und die hineingehauenen Stufen waren nur mit Händen und Füßen zu erklimmen. Außer ihr war niemand anwesend, nur weit in der Tiefe bewegten sich ameisengleich zwei Wanderer am Feldrand. Hier oben pfiff der Wind scharf. Sie hielt sich vorsichtshalber am Gipfelkreuz fest. Auf dem Wald lag ein erster goldener Schimmer, der den Herbstbeginn ankündigte. Jetzt, da die Abschiedsmelancholie von gestern vorüber war, lief ein Schauer freudiger Aufregung durch Pixie. Sie liebte den Herbst. Sie war gespannt auf das Abenteuer der Suche nach Flömers Spuren. Und sie würde das Meer wiedersehen!

Lange stand sie dort und beobachtete ein Paar Greifvögel, das majestätisch und gelassen auf der Thermik seine Kreise zog. Tief atmete sie die von der noch warmen Erde aufsteigende würzige Luft ein, die nach Wald und Blättern und Kräutern roch, und auch nach Pilzen. Als ein Schwatzen in ihre Ohren drang, blickte sie hoch und entdeckte eine Formation Wildgänse. Pixie lächelte. Oft hatte sie eine seltsame Sehnsucht erfasst, wenn sie Zugvögel sah. Jedes Mal wäre sie am liebsten mitgeflogen.

»Hey, gute Reise, ihr! Diesmal bin ich auch unterwegs«, rief sie ihnen zu, und der Wind riss ihr die Worte vom Mund und trug sie nach oben.

Nicht auf Federflügeln war sie unterwegs, aber auf gedanklichen. Diese Landschaft würde sie vielleicht auch einmal zu einer Geschichte inspirieren, notierte sich Pixie im Kopf, als sie die sandige Straße in der Lüneburger Heide entlangfuhr. Sie passierte vorsichtig einige Pferdekutschen, rumpelte durch Schlaglöcher und gelangte so zur Pension Heidelerche, einem Fachwerkhaus zwischen Wacholderbüschen und weiten Heideflächen, auf denen nach der Blütezeit noch ein mystischer Hauch Violett lag. Pixie parkte und umrundete das Haus auf der Suche nach dem Eingang. Da sah sie Lian an einem von mehreren Tischen im Garten vor einem Eisbecher sitzen, eine blonde Frau neben sich und mit einem glücklicheren Ausdruck, als sie ihn je zuvor an ihm gesehen hatte. Er sprang auf, als er sie bemerkte, kam ihr entgegen und umarmte sie lange und herzlich. »Mein Patenkind! Gut siehst du aus.«

»Und du erst!« Er trug ihren Anhänger, und ebenso die Frau, die ihn so offensichtlich glücklich machte.

»Das ist Anna-Lisa!«, stellte Lian sie vor.

»Hallo, Pixie, schön, dich kennenzulernen.« Anna-Lisas

Händedruck war fest und ihr Lächeln herzlich. Pixie mochte die Wärme und Offenheit in ihren blauen Augen.

»Ich freue mich auch.«

»Möchtest du so einen superleckeren Eisbecher mit frischen Heide-Heidelbeeren?«, erkundigte sich Lian.

»Klar, warum nicht«, entschied Pixie. Das war schließlich immer Nathans Lehre gewesen: *Genieß die kleinen, einfachen Freuden, sie machen die Fäden aus, die das Leben zusammenhalten.*

Eine Freude war es wirklich. Die Heidelbeeren schmeckten dunkel, süß, herb und geheimnisvoll, nach Waldschatten und Herbstanfang. Pixie spürte den Aromen nach, während sie Neuigkeiten austauschten. Die Schatten wurden allmählich länger, die Luft kühl. Nachdem die Kellnerin das Geschirr abgeräumt hatte, lehnte sich Lian zurück. »Jetzt aber zum Thema! Ich denke, wir geben dir einfach mal das Material, das wir haben, was meinst du? Dann kannst du es mit auf dein Zimmer nehmen, es durchsehen und die Sache überschlafen, ehe du entscheidest, ob du den Auftrag übernehmen möchtest. Obwohl, ich denke, du hast dich schon entschieden. Sonst wärst du nicht hier.«

»Ach was, ich wollte dich bloß sehen, Patenonkel.« Aber er kannte sie zu gut. Und doch hatte sie schon wieder Zweifel. »Was ist eigentlich, wenn ich nichts herausfinde?«

»Dann wird dir Remy trotzdem die vereinbarte Summe für deinen Arbeitsaufwand zahlen. Niemand weiß, ob es überhaupt noch etwas herauszufinden gibt. Es ist nur ein Versuch. Bei den Dokumenten liegt ein Vertragsentwurf. Da steht alles drin.« Lian schob ihr einen dicken Umschlag zu. »Und hier ist dein Zimmerschlüssel.«

»Jetzt noch das Wichtigste.« Anna-Lisa bückte sich nach

einer Tasche, stellte sie vorsichtig auf den Tisch und nahm etwas heraus. Pixie sah zu, wie sie einen länglichen Gegenstand aus einem schwarzen Tuch wickelte und ihr reichte.

Die letzten Sonnenstrahlen fielen schräg durch die Bäume und legten einen Glanz auf das zartgrüne Glas einer erstaunlich großen Flasche, die schwer in ihren Händen lag. Das Schiff war viel größer, als sie es sich vorgestellt hatte. Andächtig und zugleich beklommen starrte sie darauf. Ihr war, als hätte sie in diesem Moment eine Verantwortung übernommen. Für die Geschichte eines Mannes, den sie nicht gekannt hatte und der sie dennoch an ihren Großvater erinnerte. Dessen Vor- und Nachname wie ihr eigener mit dem gleichen Buchstaben begann. Fiete Flömer. Pixie Paleske. Das erschien ihr wie ein Zeichen. Sie wusste, dass sie sich ein wenig zu sehr an Zeichen klammerte, aber bisher hatte sie sich selten geirrt. Vielleicht besaß sie ja einfach nur den guten Instinkt, den ihr Moina bescheinigt hatte. *Wer Geschichten erzählt, hat ihn. Du auch.*

Im Inneren sah sie das Schiff und erkannte auf den ersten Blick, dass hier jemand gewusst hatte, was er tat. »Eine Viermastbark«, stellte sie fest. »Fockmast, Großmast, Kreuzmast, Besanmast. So ähnlich wie die *Passat*, die in Travemünde als Museumsschiff liegt. Die sind früher als Hochseefrachter gefahren. Für Weizentransporte zwischen Europa und Australien zum Beispiel.«

Anna-Lisa und Lian wechselten einen Blick. »Ich wusste es, sie kennt sich aus!«, sagte Lian. »Nathan hat ihr so viel beigebracht. Er konnte gar nicht anders. Moderne Solarboote waren seine Leidenschaft, aber er hat alles Wissen über Seefahrt aufgesaugt, was ihm begegnete.«

»Ist Kapitän Flömer auf so einer Bark gefahren?«, wollte Pixie wissen. Das Schiff war aufgrund seiner Größe ausgesprochen fein und detailreich gearbeitet, aber es waren keine Menschen zu entdecken, nur ein Seehund im Meer nahe der Bordwand. Ihre Vorstellungskraft begann bereits zu arbeiten, beinahe glaubte sie, eine winzige Figur am Steuerrad zu sehen … Sie nahm sich zusammen und betrachtete den Flaschenhals, der mit einem Korken verschlossen und mit einer Schnur und einem Siegel gesichert war. Auf dem Siegel war ein F zu sehen, das einer Windflüchterkiefer ähnelte. »F für Flömer«, stellte sie fest.

»Ja«, sagte Anna-Lisa, »und hier ist der Siegelring dazu.«

Der Ring war schwer. An den Seiten des Runds, das man in den Siegellack drückte, verlief ein schwungvolles, reliefartiges Wellenmuster. Das eingravierte F in Form einer Kiefer war hier noch besser zu erkennen.

»Ist das echtes Gold?«, fragte Pixie ehrfurchtsvoll. »Den soll ich aber nicht etwa mitnehmen, oder?«

»Wir denken, du solltest sowohl das Schiff als auch den Ring mitnehmen. Keiner von uns hat Bedenken deswegen. Es könnte für die Suche wichtig sein.«

Pixie wusste nicht, was größer war: ihr Unbehagen, auf Wertsachen aufpassen zu müssen, oder die fassungslose Rührung darüber, dass man ihr dermaßen vertraute. »Meint Remy das auch?«

»Ja, ausdrücklich. Sie sagt, solche Gegenstände haben einen guten Einfluss auf Geschichten. Es zieht sie dahin, wo sie hingehören, meint sie. Es hat etwas damit zu tun, dass Flömer immer von Strömungen sprach. Ich kann mich selbst noch daran erinnern«, sagte Anna-Lisa. »Er sagte immer,

Strömungen gibt es überall, auch an Land, nur unsichtbar. Sie tragen vieles fort und weiter und zurück und am Ende dorthin, wo es hingehört. Er meinte nicht nur Dinge damit. Ich fand es tröstlich, und bis jetzt hat es sich für mich bewahrheitet.«

»Für mich auch«, meinte Lian, »auch wenn es ganz schön lange gedauert hat.«

»Er hat nie behauptet, dass es schnell geht«, meinte Anna-Lisa. »Der Ring war in dem hölzernen Ständer verwahrt, der ist auch in der Tasche. Am besten nimmst du alles mit in dein Zimmer und siehst es dir in Ruhe an. Das Dokument, das auch darin war, liegt in dem Umschlag. Du kannst es unbeschwert lesen, es ist eine Kopie, das Original war etwas brüchig. Remy hat es sicher aufbewahrt.«

»Okay.« Pixie kniff die Augen zusammen und versuchte, den Namen des Schiffes zu lesen, der winzig auf den Bug gepinselt war. *»Licht as en Feer?«*

»Ja. Das ist Plattdeutsch. Es heißt *Leicht wie eine Feder*«, erklärte Anna-Lisa.

»Ungewöhnlich. Ist das ein Schiff, das es wirklich gegeben hat?«

»Nicht mit diesem Namen. Du wirst erfahren, warum es so heißt, wenn du Flömers Worte liest.« Anna-Lisa stand auf. »Tut mir leid, aber ich muss los, ich möchte noch ein paar Aufnahmen in der Abenddämmerung machen.«

»Sie ist immer und überall Fotografin. Sie kann nicht anders«, sagte Lian mit einem zärtlichen Unterton.

»Viel Erfolg!«, wünschte Pixie ihnen. »Ich gehe hoch. Ich bin neugierig auf die Papiere.«

»Möchtest du nachher noch etwas essen?«, fragte Lian. »Wir könnten uns im Restaurant verabreden …«

»Ich glaube nicht. War viel los heute.« Pixie würde an diesem Tag nichts mehr herunterbekommen. Nicht nur weil es ein großer Eisbecher gewesen war. Auch vor Müdigkeit nach ihrer Wanderung heute früh, der Fahrt und dem Nachklang des Abschieds von Lotte, der Selke und der Roseburg. Dann die Aufregung, Lian wiederzusehen, Anna-Lisa kennenzulernen, ein neues Abenteuer zu beginnen. Und nun dieses Schiff, das so seltsam zu ihr sprach, auch wenn sie keine Ahnung hatte, was und warum.

»Das verstehe ich. Morgen früh wollen wir zum Sonnenaufgang einen Spaziergang machen, Anna-Lisa möchte fotografieren. Magst du mitkommen? Dann treffen wir uns um sechs am Eingang.«

»Ist gut.« Das wollte sie nicht versäumen. Ein Sonnenaufgang war das Beste am Tag und machte unweigerlich Mut, das hatte sie schon als kleines Mädchen entdeckt, als sie mit Nathan an der Reling seines jeweils aktuellen Testbootes stand und beobachtete, wie der Tag über dem Meer geboren wurde. Silber und Rosa und Gold, in einem Crescendo aus leuchtendem Dunst über dem Horizont und Funkeln auf dem Wasser. Wer wusste schon, ob sie jemals wieder hier sein würde und das an diesem Ort erleben konnte.

Das Zimmer unter dem moosigen Reetdach war eng und schlicht, aber herrlich ruhig mit Ausblick über eine Wiese und eine geschwungene Mauer aus Findlingen, auf der Weidenröschen ihre fedrigen Samen in den Wind fliegen ließen. Pixie stellte sorgsam die Tasche mit dem Schiff ab. Den Siegelring knotete sie an ein stabiles Lederband und hängte ihn sich um, damit sie ihn nicht verlor. Dann ließ sie sich rückwärts auf das Bett fallen und versuchte erst einmal, an gar nichts zu denken.

Klare und kluge Entscheidungen kann man nur aus einer Ruhe heraus treffen, hatte Nathan ihr eingeschärft. Er hatte sehr oft Entscheidungen treffen müssen.

Pixie lauschte auf das wehmütige Zirpen der Grillen draußen, auf die Rufe eines Rotschwänzchens, auf den Wind, bis es still in ihr wurde.

5

Als sie aufstand und ans Fenster trat, war es dunkel geworden. Für die Fliegengaze im Rahmen war sie dankbar, denn eine Mücke sirrte hartnäckig dagegen und versuchte, ins Zimmer zu gelangen. »Denkste!«, sagte Pixie. Draußen waren so viele Sterne zu sehen, dass sie darüber fast wieder die Zeit vergaß. Die Roseburg schloss früh ihre Tore, und in Alexisbad sah man zwar auch Sterne, aber schon wegen der Enge des Tals nicht ganz so viele. Hier jedoch war die Nacht beinahe so schwarz wie auf See, der Himmel ein weites, silberfunkelndes Gewölbe.

Pixie schickte einen stillen Gruß an Nathan hinauf zum Polarstern, dann schaltete sie die Lampe in der Ecke ein und wickelte behutsam das Schiff mit seinem Ständer aus dem Tuch. Sie platzierte es auf den Tisch und zündete zu beiden Seiten die Kerzenstumpen aus Bienenwachs an, die sie zusammen mit einer Werbung für Heidehonig auf einem Regalbrett vorgefunden hatte. Die Flammen spiegelten sich in dem grünlichen Glas, ließen das Licht über das Deck wandern und die Masten bewegliche Schatten auf die Tischplatte werfen, als wäre die Bark in einer sanften Dünung unterwegs. Gedankenvoll betrachtete sie den historischen Segler. Was faszinierte sie so daran, dass sie das Schiff immer wieder berühren wollte, dass es ihren Blick nicht losließ, dass es eine seltsam sehnsüchtige Unruhe in ihr auslöste? War es nur, weil sie Nathan vermisste? Das Leben mit ihm hatte mit solchen Schiffen doch nicht das Geringste zu tun gehabt. Es war eher so, als wollte dieses kleine Modell sie auf eine große innere Reise locken. Aber warum und wohin? Wollte die *Licht as en Feer* sie etwas über die Strömungen des Lebens lehren, von denen dieser Kapitän Flömer gesprochen hatte?

Leicht wie eine Feder hatte sie sich schon lange nicht mehr gefühlt, nicht seit Nathans Tod. Höchstens für Momente, wenn sie begeisterte Briefe von Lesern erhielt, denen sie glückliche Lesestunden geschenkt hatte.

Schließlich öffnete sie den Umschlag. Den Vertragsentwurf legte sie beiseite, er sah kurz und übersichtlich aus und war jetzt nicht das Wichtigste. Sie nahm ein Blatt zur Hand, das die Überschrift trug:

Was wir über Flömer wissen.

Fiete Flömer, geboren 1910. Ururenkel von Claas Kreyhenibbe, der in der ersten Hälfte des 19. Jahrhunderts Leuchtturmwärter in Ahrenshoop war, und seiner Frau Frenja, einer Geschichtenerzählerin. Er erwähnte einmal, nicht in Ahrenshoop geboren worden zu sein, dennoch betrachtete er es als seine Heimat. Als Kapitän war er auf den Weltmeeren unterwegs, auch in der DDR-Zeit genoss er das nötige Vertrauen. Nach seiner aktiven Laufbahn blieb er schließlich in Ahrenshoop und war dort meist im Hafen zu finden. Familie hatte er keine, doch einsam war er nie. Er wurde zu so etwas wie einem lebendigen Wahrzeichen. Alt und Jung ruhten sich bei ihm aus, holten sich Rat, Trost oder genossen einfach nur seine weise und heitere Gesellschaft. Er konnte einem aber, wenn nötig, auch einmal so etwas wie einen freundlichen Anstoß geben, denn eines mochte er nicht: wenn jemand Lebenszeit verschwendete. Mit Verschwendung meinte er nicht, gedankenverloren irgendwo zu sitzen und sich an der Natur zu erfreuen, ganz im Gegenteil. Er meinte Jammern und sich hängen lassen. Jakob Hellmond, Anna-Lisas Vater, hatte sein Zeesboot deswegen »Levenstied« genannt, damit er und seine Fahrgäste daran erinnert wurden.

Flömer hörte jedem zu, aber er sprach nie von sich. Er nahm sich nicht wichtig. Es fragte ihn wohl auch kaum jemand nach seinem Leben. Meist war jeder mit sich selbst beschäftigt, außerdem wirkte er so in sich ruhend und zufrieden, dass man gar nicht darauf kam. Anders als viele alte Menschen erzählte Flömer nicht vom Krieg oder seiner Jugend. Für ihn war immer die Gegenwart von Bedeutung. Er blieb bis zum Schluss neugierig und hörte gern von etwas, das er noch nicht kannte.

Erst als er starb und der Pfarrer eine Rede halten wollte, fiel uns auf, wie wenig wir über diesen Mann wussten. Ich habe mir damals schon vorgenommen, mehr herauszufinden, aber anderes war immer dringender. Jetzt, da Anna-Lisa das Flaschenschiff gefunden hat, bin ich beschämt und fest entschlossen, diesmal der Sache nachzugehen. Es ist, als hätte Flömer ein Zeichen geschickt. Vielleicht ist es eine jener Strömungen, von denen er so gern sprach, vielleicht ist es die Zeit, die dafür gesorgt hat. Vielleicht ist jetzt genau der richtige Augenblick dafür.
Remy Kreyhenibbe

Pixie legte das Blatt beiseite. Flömer wurde ihr immer sympathischer. Er hatte also an unsichtbare Strömungen geglaubt, nicht nur im Wasser, auch an Land, im Leben. War das nicht ihrem eigenen Vertrauen in Zeichen ähnlich?

Sie nahm ein weiteres Blatt. Hier hatte Remy geschrieben:

Foto aus dem Flaschenschiffständer, lag bei Flömers Brief, wenn man das als Brief bezeichnen kann. Eher ist es seine eigene – typisch kurze – Abschiedsrede. Wir hätten sie bei der Beerdigung vorlesen können, aber er hat dafür gesorgt, dass wir sie erst viel später finden würden. Meine Recherche hat ergeben, dass Flömer das Flaschenschiff mit voller Absicht in der Kameratasche verborgen haben muss. Daniel aus dem Teeladen konnte sich auf Nachfrage dunkel daran erinnern, dass er bei Flömer nicht lange vor dessen Tod entrümpelt und saubergemacht hat. Flömer bat ihn, nebst anderen Sachen die alte Kamera mit Zubehör auf Henning Weritz' Dachboden zu bringen, wo seit Ewigkeiten alter Kram aufbewahrt und weitergegeben wurde, ein inoffizieller Flohmarkt sozusagen. Flömer wusste ganz genau, dass die meisten Dinge dort auf unbestimmte Zeit bleiben und einstauben würden. Dass Anna-Lisa als professionelle Fotografin bemerkt hat, dass die Tasche zu der Kamera gehörte und sie mitnahm, war ein Glücksfall, mit dem nicht unbedingt zu rechnen war.

Das Foto zeigt meiner Meinung nach den Hafen von Carolinensiel, wie er etwa zwischen den Kriegen ausgesehen haben könnte. Das ist aber nicht sicher, weil schwer zu erkennen, ich ordne es nur aufgrund des einen halben Gebäudes im Hintergrund zu. Leider sieht man auch den Namen des Kutters nicht ganz, weil ausgerechnet davor die Kisten stehen. Nur die ersten beiden Buchstaben und den letzten. Es ist der einzige Hinweis, den wir haben, ich denke, Flömer hat das Bild aus genau diesem Grund beigelegt, eben weil es ein Hinweis ist. Er wollte es uns nicht zu einfach machen, damit wir entscheiden können, ob wir wirklich mehr wissen wollen. So könnten wir auch alles ratlos weglegen und die Sache für immer im

Sande verlaufen lassen. Flömer glaubte stets daran, dass man die Freiheit haben muss zu entscheiden und nicht zu etwas gedrängt werden sollte.

In Carolinensiel könnte man anfangen zu suchen. Gut möglich, dass sich einer der Alteingesessenen an den Kutter erinnert.

Das Bild war unten an das Papier geheftet, ein moderner Druck, aus dem jemand, sicher Anna-Lisa, versucht hatte, das meiste herauszuholen. Es war geschärft, aufgehellt und der Kontrast hochgedreht, aber die Vorlage war eindeutig ein vergilbtes, sehr altes Schwarzweißfoto gewesen. Es zeigte im Hintergrund stürmische Wolken und den erwähnten Teil eines Gebäudes, ein Haus, das durch wenig auffiel. Man konnte es höchstens an der Anordnung der Fenster identifizieren. Die Tür war schon nicht mehr auf dem Bild. Der Kutter im Vordergrund war unscharf. Pixie entzifferte »Ko« als Beginn des Namens und ein »r« am Ende. Fischkisten und ein Poller verdeckten den Rest.

Carolinensiel. Das war Neuland für Pixie. Sie war tatsächlich noch nie in Ostfriesland gewesen. Nur auf den nordfriesischen Inseln. Amrum, Sylt, Föhr, die Halligen. Und in Dänemark.

Flömer gab ihnen also ein Rätsel auf. Sie liebte Rätsel und war geübt darin, sie zu lösen. Besonders solche, bei denen man um eine Ecke denken musste. Nathan hatte ihr oft eine Schulaufgabe als Rätsel formuliert, und mancher Sturm war durchgestanden worden, indem sie Rätselhefte durchgearbeitet hatten, um sich abzulenken. Es hatte ihr gegen ihre Angst geholfen. Auf so etwas musste man sich konzentrieren.

Nun war noch die Fotokopie von Flömers Brief übrig. Pixie, die auf einmal müde wurde, legte sich damit auf das Bett. Die Handschrift war altmodisch, die Rechtschreibung auch. Sie brauchte eine Weile, bis sie die Zeilen entziffert hatte. Vorsichtshalber tippte sie alles in ihren Laptop, um es nicht noch einmal tun zu müssen.

Es ist eine sehr lange Zeit her, seit ich zuerst ein Flaschenschiff gebaut habe. Aber es ist für mich manchmal wie gestern. Ich war noch so jung, meine Finger geschickter als heute, dafür habe ich nun mehr Erfahrung. Damals hatte ich es auf See gelernt, von Morris, einem alten Smutje aus England. Ich war fast noch ein Kind, hatte Heimweh und wurde als Jüngster von den Älteren in der Mannschaft ausgelacht und drangsaliert. Morris war anders, seine Freundlichkeit mein Leuchtturm. Er litt unter Gicht in den Zehen und lenkte sich damit von seinen Schmerzen ab. Er zeigte mir, wie man so ein Schiffsmodell baut und in eine Flasche bekommt, denn das erschien mir wie Magie und hat mich unendlich fasziniert. Ich habe ihm geholfen, doch allein habe ich es erst später gewagt. Da sollte es ein Geschenk für jemanden sein und war mir äußerst wichtig. Daß es mir gelungen ist, hat mir großen Mut gemacht, den ich zu dem Zeitpunkt gut gebrauchen konnte.

Ein Schiff, dachte ich damals und denke heute genauso, besteht aus lauter Möglichkeiten. Ein geschwungener, stabiler Rumpf, Masten, Segel, Takelage, Steuer. Jedes Teil steht für etwas, und doch funktioniert nur alles zusammen. Es trägt dich über Tiefen, es bringt dich zu neuen Erlebnissen, es ermöglicht dir, mit dem Wind zu segeln oder Strömungen zu nutzen. Es kann für dich Lasten tragen. Du kannst es mit Schätzen füllen, und ich meine kein Gold. Du kannst Stürme darin überleben – oder kentern, wie im Leben, aber selbst dann kannst du dich noch daran festhalten, mit etwas Glück. Im Kleineren gilt das auch für Boote. Ein Ruderboot kann man nur mit der Kraft seiner Arme bewegen und steuern, wie tröstlich ist das!

Ein Schiff ist gleichzeitig etwas, das Optimismus fordert – wozu es bauen oder betreten, wenn man nicht eine Hoffnung hat auf ein Abenteuer, auf Entspannung, auf einen Fang oder auf ein Ziel? Es muss kein fernes Ziel sein, manchmal ist es auch nur die Weite und der Himmel darüber schon ein paar Meter vom Steg weg.

Ein Schiff ist auch etwas Ästhetisches, zumindest oft, früher häufiger als heute. Etwas, das den Sinn für Schönheit tief befriedigen kann. Der Anblick eines kunstvollen Flaschenschiffs ließ aus allen genannten Gründen immer einen frohen Schauer durch mich fahren. Jetzt bin ich nahe am letzten Ziel, am Ende meines langen Lebens, und darum trieb es mich dazu, noch einmal eines zu bauen. Mir hat jemand ein wenig dabei geholfen, da meine Finger etwas steif geworden sind nach allem, was sie in diesem Leben fest angepackt oder sanft berührt haben. Ein junger Mensch mit so geschickten Händen wie ich sie hatte, als Morris mich das Handwerk gelehrt hat. Ich hoffe, es wird einmal anderen Freude bringen oder Trost, daß ich dieses Können weitergegeben habe.

Auf einer Viermastbark wie dieser bin ich selbst noch gefahren, unter anderem mit einer Salpeterfracht aus Chile. Da lag noch so viel vor mir, und ich fühlte mich leicht, wenn ich in die Segel hinaufblickte und dem Wind darin lauschte. Leicht, aber auch bang – ich wußte ja nicht, was kommt. Heute fühle ich mich wieder leicht, jedoch ohne jede Sorge. Leicht wie die Feder einer Möwe im Wind, denn ich stehe am Ende eines langen Lebens, das oft schwer war und doch immer voller Farben und erlebter Herzenswärme und Dankbarkeit. Ich bin ein durch und durch zufriedener Mensch, und ich bin an dem Ort, an dem ich mich mit einer einzigen Ausnahme stets am meisten zu Hause gefühlt habe.

Die Flasche habe ich auf einem Fest mit lieben Freunden geleert, so wird sie das Schiff wohlwollend schützen.

»Licht as en Feer« – *ein Schiff diesen Namens hat es nie in Wirklichkeit gegeben, aber ihre Schwesternschiffe, denen sie nachempfunden ist. Sie wird ihrem Namen gerecht werden und es in sich bewahren, mein glückliches Gefühl der Leichtigkeit. Zusammen mit einem tief empfundenen Dank an einen besonderen Menschen und viele andere, die mir danach begegneten. Wer weiß, wohin die Zeit und die Menschen dieses Schiff eines Tages führen werden, lange nachdem ich nicht mehr bin. Vielleicht zurück an den Anfang? Ich habe da eine Ahnung, eine sehr alte, die ich nie bezweifelt habe, doch wenn es anders kommt, wird es auch einen guten Sinn ergeben. Die Dinge suchen sich ihren Weg. Ein freundlicher Wind wird zur rechten Zeit in seine Segel fahren. Ich vertraue auf die Menschen und auf die Strömungen.*
Flömer, im September 2011

Die Kerzen waren heruntergebrannt, als Pixie die Datei speicherte, den Laptop zuklappte und alles sorgfältig zurück in den Umschlag steckte. Den Vertrag überflog sie nur, unterschrieb und legte das Papier neben den Schlüssel, um es morgen nicht zu vergessen. Sie würde es machen wie Flömer und den Menschen vertrauen – jedenfalls Anna-Lisa und dieser Remy. Schon weil sie Lian blind vertraute, der sie bei den geringsten Bedenken niemals in etwas hineingezogen hätte.

Das Schiff sah jetzt, da die Kerzen kurz vor dem Verlöschen waren, noch geheimnisvoller aus. Ob ich am Ende meines Lebens auch ein zufriedener Mensch sein werde?, fragte sich Pixie. Sie wollte unbedingt herausfinden, wie es bei Flömer dazu gekommen war. Sie wollte mehr über diesen Menschen erfahren, der so viel erlebt und so viele berührt hatte und am Ende dermaßen mit sich im Reinen war. Nathan war wohl auch zufrieden mit seinem Leben gewesen, doch er hatte nie eine solche Ruhe gefunden. Allerdings war er auch nicht hundert geworden.

Jetzt aber war sie erschöpft und schaffte es nur noch, auf dem Handy den Wecker zu stellen, sich die Zähne zu putzen und dann in einen tiefen Schlaf zu versinken.

Nachts, als sie einmal kurz aufwachte, klangen Flömers Worte durch ihre Gedanken wie ein Echo. Das Schiff sollte also eigentlich an einen bestimmten Ort. An den Anfang. Flömers Anfang? Doch wo sollte das sein?

6

Als der Klingelton sie weckte und sie verschlafen durch das Fenster spähte, begann gerade die nautische Dämmerung, in der man schon den Horizont sehen konnte, aber auch noch die hellen Sterne und die Planeten. Das war die Zeit, in der die Seefahrer mit einem Sextanten die Höhe der Sterne über dem Horizont messen und so ihre eigene Position bestimmen konnten. Außerdem war es eine seltsame, mystische Stunde, in welcher der gerade aus der Dunkelheit schlüpfende Tag nicht mehr war als eine Möglichkeit und ein großes Geheimnis. Pixie wusch sich hastig das Gesicht mit kaltem Wasser, bis sie halbwegs wach war, fischte warme Kleidung aus ihrem Gepäck, bürstete sich flüchtig durch die Haare. Sie war schon halb aus der Tür, als sie noch an ihren Runenanhänger dachte und ihre Lieblingsohrmanschette anklemmte, den Drachen. Erst jetzt fühlte sie sich für den Tag gerüstet. Der Siegelring von Flömer hing an seinem Band unsichtbar unter ihrem Pullover. Es mochte sinnvoll sein, dass sie ihn mitnahm, aber sie würde froh sein, wenn sie ihn Remy zurückgeben konnte.

»Guten Morgen! Wie hast du geschlafen?«, begrüßte Lian sie unten vor der Tür. Er klang unverschämt wach.

»Gut. Eigentlich schlafe ich immer noch.« Sie erwiderte seine Umarmung.

Anna-Lisa war dabei, ihren Kamerariemen zu entwirren.

»Hier. Ehe ich es vergesse. Der unterschriebene Vertrag.« Pixie reichte ihr das Papier.

»Oh. Danke!« Anna-Lisa verwahrte es in ihrem Rucksack. »Ich finde es so schön, dass du das machst! Und Remy wird auch sehr froh sein.«

»Das ist eine gute Entscheidung für alle, denke ich.« Lian nickte beifällig.

»Ich konnte einfach nicht mehr zurück«, murmelte Pixie.

Lian warf ihr einen amüsierten Blick zu. »Das wird schon seinen Grund haben.«

Anna-Lisa marschierte zielstrebig los. Lian und Pixie folgten ihr. Die niedrigen Reetdachhäuser mit dem Fachwerk duckten sich vor dem Silberblau des Himmels wie brütende Hennen in die Wiesen, über denen in Bodennähe dichter Nebel lag. Ein Rotschwänzchen pfiff durch die Stille. Die dunklen Silhouetten bizarrer Wacholderbäume, die überall verteilt in der Heide standen, wirkten wie lebendige Urzeitwesen. Es erschien Pixie, als wäre sie in die Landschaft einer ihrer eigenen Fantasygeschichten geraten. »Wohin gehen wir?«, erkundigte sie sich. Währenddessen war es rasch heller geworden. Das verhaltene Leuchten verfing sich im Dunst und erfüllte ihn mit immer mehr Mystik.

»Zum Aussichtspunkt am Totengrund«, erklärte Anna-Lisa.

Lian schmunzelte, als er Pixies Gesicht sah. »Die Sage erzählt, er heißt so, weil da einst zwei verfeindete Gruppen von Riesen kämpften und es viele Opfer gab«, erklärte er. »Die wahrscheinlicheren Thesen besagen, dass es entweder einfach deshalb ist, weil der Boden so trocken und unfruchtbar ist, dass er für die Bauern nutzlos war. Oder aber, weil ein toter Gletscher, dessen Ende die Verbindung verloren hatte, dort abschmolz und so das Tal entstand.«

»Okay.« Wenn die Geister der Riesen aus dem Nebel auftauchen sollten, hatte sie ja ihren Drachen, der sie beschützte, dachte Pixie. Sie lachte über sich selbst, während sie stehen blieb und staunend zu einer uralten, gewundenen Kiefer aufsah, die so mächtig und eigenwillig wundersam war, dass ihr die Worte fehlten. Als sie sich umwandte, um Lian darauf aufmerksam zu machen, bemerkte sie, dass Anna-Lisa mit der Kamera auf sie zielte.

»Entschuldige, Pixie. Ich konnte nicht anders. Wenn du willst, lösche ich es wieder.« Anna-Lisa lächelte sie an. »Es sah so schön aus, wie du da versunken den Baum betrachtet hast, in diesem weichen Licht. Sieh mal.« Sie rief das Porträt auf dem Display auf und hielt es ihr hin. Pixie staunte. Sie wirkte ein wenig wie ein Waldgeist, aber auch ganz sie selbst. Ihre dunklen, windzerzausten Haare waren so wild wie die lang benadelten Äste der Kiefer, die in dem diffusen Morgenlicht fast dieselbe Farbe hatten. Das Licht ließ den silbernen Drachen glänzen, der auf ihrem Ohr hockte, so dass er beinahe lebendig zu sein schien. Der Blick in ihren Augen war selbstvergessen und verträumt. So hatte sie sich noch nie gesehen.

»Anna-Lisa, das gefällt mir sehr. Ich mag sonst Bilder von mir nicht besonders. Aber das hier … Könnte ich das als Profilbild haben? Für meine Autorenaccounts?«

»Ja, sie ist eine Meisterin ihres Fachs«, sagte Lian zärtlich und legte den Arm um Anna-Lisa.

»Unsinn, das bin ich noch lange nicht, aber danke. Natürlich kannst du es haben, sehr gerne«, meinte die. »Ich schicke es dir nachher zu, wenn ich es aus den Rohdaten konvertiert habe. Jetzt lasst uns weitergehen, ich möchte rechtzeitig zum Aussichtspunkt kommen.«

Während Anna-Lisa flott voranlief, fiel Lian neben Pixie mit ihr in Gleichschritt.

»Du, was ich dich noch fragen wollte nach deiner Bemerkung vorhin – habe ich dich zu arg überrumpelt damit, dir diesen Auftrag zu vermitteln? Ich wollte dich wirklich nicht überreden. Es war nur so ein Gefühl, dass es eine gute Idee sein könnte.«

»Überrumpelt schon. Ich war sogar erst ein bisschen unwirsch«, gab sie zu. »Aber du hattest völlig recht damit. Ich hab mich nur noch im Kreis gedreht und wurde immer unglücklicher. Ich komme mit der neuen Geschichte einfach nicht weiter. Das ist mir noch nie passiert.«

»Hast du eine Ahnung, was der Grund dafür sein könnte?«

Sie schüttelte den Kopf. »Nein, eben nicht. Und jetzt bin ich dir dankbar. Außerdem, an der See zu sein hat mir bisher immer geholfen, das weißt du ja. Ich brauche wohl eine frische Perspektive. Mich einfach mal auf etwas anderes zu konzentrieren löst vielleicht die Verkrampfung, und dann fließt es wieder.«

»Das wünsche ich dir von Herzen«, sagte er ernsthaft.

»Danke. Das tut gut. Ich bin so froh, dass du immer noch mein Patenonkel sein willst.« Sie lächelte ihn an, und ihr fiel auf, wie gelöst er aussah. So anders als damals auf Amrum. Da war er unglücklich in jemanden verliebt gewesen und hatte nicht gewusst, wo er hingehörte. »Und du? Dir geht es endlich gut, ja?«

»O ja! Ich habe die Liebe meines Lebens gefunden, einen Ort, an dem ich jeden Tag genieße, und einen Beruf, der mich erfüllt. Es ist gar nicht so lange her, da hätte ich das niemals für möglich gehalten.« Er legte ihr kurz einen Arm um die Schultern und drückte sie. »Manchmal dauert es wohl einfach.«

»Klar«, sagte Pixie, »sonst gäbe es ja keine Geschichten, wenn alles schon am Anfang gut wäre.«

Er lachte. »Das stimmt natürlich.«

Trotzdem konnte sie nicht anders, als sich zu fragen, ob es ihr auch einmal so gehen würde wie ihm. Sie hatte momentan weder Sehnsucht nach einer festen Bleibe noch nach einer Beziehung, aber es wäre schon schön gewesen, wenn ihr so geliebter Beruf sie wieder mit Zufriedenheit erfüllt hätte. Und sie damit sogar irgendwann ihren Lebensunterhalt bestreiten könnte. »Weißt du noch, wie wir damals im Watt in einem Schlickloch festgesteckt haben?«, fragte sie.

Er lachte auf. »Das vergesse ich bestimmt nicht! Mein Gummistiefel liegt dort immer noch irgendwo begraben.«

»Wir kamen nicht vor und nicht zurück. So geht es mir gerade mit dem Buch. Dabei möchte ich so wahnsinnig gerne wieder schreiben. Ich fühle mich so verlassen. Im Stich gelassen.«

»Von deiner Muse? Manchmal ist es bei mir auch zum Verzweifeln, wenn ich an einem neuen Rezept arbeite. Mir fallen dann partout nicht die passenden Gewürze ein. Dann plane ich erst einmal ein anderes Gericht. Das hilft. Ich denke, das wird bei dir mit der Suche nach Flömers Lebensgeschichte ähnlich sein. So was wirbelt den Staub im Geist auf, und wenn sich alles wieder setzt, sieht man klarer.«

»Früher hattest du in allen Dingen meistens recht. Ich hoffe, daran hat sich nichts geändert. Oh!« Pixie blieb abrupt stehen. Die Sonne glitt in diesem Moment über den Horizont. Zwischen den Wacholderbüschen hindurch legte sie lange goldene Finger auf die taunasse Heide und ließ ein Meer aus silbernen Tropfen so hell funkeln, dass es blendete. Ein Stück weiter vorn lehnte Anna-Lisa an einem Geländer und fotografierte in die Tiefe. Denn zu ihren Füßen breitete sich ein Tal aus, fast eine Schlucht, von gewaltigen, bizarr gewachsenen alten Bäumen umstanden. Unten war es erfüllt von leuchtendem, treibendem Nebel, in dem die Wacholderbüsche zu buckligen und gehörnten Wesen wurden und die verblühte Heide noch einmal einen Nachklang violetter Farbtöne verliehen bekam. Hohe, filigrane Gräser schimmerten kupfern, und die kleinen Blätter der Heidelbeersträucher glühten herbstrot. »Ist das der Totengrund?«

»Ja.« Anna-Lisa löste das Auge nicht vom Sucher. »Ein ganz besonderer Ort, finde ich.«

»Das kann man wohl sagen!« Es war einer der Orte, an die man immer wieder zurückkehren muss, wen man sie einmal gesehen hat, dachte Pixie, der bei diesem Anblick fast die Luft weggeblieben war. Das Gespräch mit Lian hatte sie ein wenig bedrückt, doch jetzt fühlte sie sich schlagartig besser. Solange es Menschen wie ihn und Anna-Lisa und magische Orte wie diesen gab, würden ihr die Geschichten auf keinen Fall ausgehen. Sie musste sich bestimmt nur ein wenig Zeit geben und mit offenen Augen allem begegnen, was auf sie zukam.

»Bleibt ihr eigentlich noch länger hier?«, erkundigte sie sich auf dem Rückweg, nachdem sie dort alle drei wortlos und andächtig gestanden hatten, bis die Sonne höher gestiegen war, das Leuchten nachließ und der Nebel wich. Allmählich fanden sich andere Wanderer ein und verdrängten die Stille.

»Nein, wir fahren heute auch zurück.« Anna-Lisa fasste sich an die Stirn. »Ach herrje, du fragst dich bestimmt, wo du in Ostfriesland unterkommen sollst! Das hatte ich dir doch versprochen.« Sie klemmte den Deckel auf die Kamera. »Es ist so, ich habe seit kurzem ein Ferienhäuschen dort.« Sie lachte verlegen. »Daran kann ich mich noch nicht ganz gewöhnen. Ich bin absolut unerwartet dazu gekommen. Jedenfalls, da mein neues Fotostudio an der Ostsee liegt und ich in dem Häuschen nicht wohnen kann und will, werde ich es an Feriengäste vermieten und vorerst so das Studio finanzieren. Bis jetzt waren wir noch dabei, aufzuräumen und ein wenig zu renovieren, aber nun ist es bezugsfertig, und du wirst dich bestimmt darin wohlfühlen. Es liegt ein Stück entfernt von Carolinensiel, aber mit dem Auto ist das von dort gut erreichbar.«

»Ich möchte aber nicht, dass du meinetwegen wichtige Einnahmen verlierst«, wandte Pixie ein.

»Tu ich nicht. Remys Zeitschrift übernimmt die Kosten, solange du für sie arbeitest. Hier.« Anna-Lisa blieb stehen und kramte einen Schlüssel mit einem hölzernen Schaf als Anhänger aus dem Seitenfach ihres Rucksacks. Und eine Visitenkarte. »Das ist die Adresse. Im Kühlschrank müsste etwas zu essen sein, wenn du heute Abend ankommst, und die Heizung sollte an sein. Elin kümmert sich um das Waterhuuske, wenn keiner da ist.«

»Waterhuuske?« Wasserhäuschen. Das klang vielversprechend. Aber … »Ein ganzes Haus brauche ich doch nicht!«

»Keine Sorge. Es ist sehr alt und sehr klein. Ich denke, es wird dir gefallen. Und wenn du dann feststellst, dass eine Unterkunft näher an der Küste besser geeignet ist, kannst du dir dort in Ruhe ein Zimmer suchen. Elin wohnt in der Nähe, sie ist nett und kann dir weiterhelfen, wenn du Fragen hast. Ich habe ihre Nummer auf der Karte eingetragen, sie wird das auch für zukünftige Feriengäste tun.«

»Was macht sie denn sonst?«

»Sie ist gerade mit ihrem Studium fertig. Nachhaltiger Tourismus. Ich glaube, sie wartet noch auf die Urkunde. Inzwischen hilft sie ihrer Großmutter im Museumscafé, das ist fußläufig ganz in der Nähe.«

»Fein. Danke.« Dann gab es dort wenigstens eine Ansprechpartnerin. Das war beruhigend.

Nach der Wanderung griffen sie beim Frühstück mit Appetit zu. Die Betreiber, ein älteres Ehepaar namens Kuno und Monika, servierten mit so fröhlicher Freundlichkeit, dass Pixie es besonders genoss. Es schmeckte alles so lecker, dass sie zu viel aß. Vor dem Abend würde sie bestimmt keinen Appetit mehr bekommen.

Lian umarmte sie zum Abschied. »Mach's gut, Pixie, mein Kobold! Halt uns auf dem Laufenden. Melde dich, wenn du Hilfe brauchst oder Probleme hast.«

»Ja, unbedingt!«, bat Anna-Lisa. »Wir sind jederzeit für dich erreichbar.«

»Viel Freude und Erfolg bei deiner Mission«, ergänzte Lian.

Als Pixie den sandigen Weg zurückfuhr, war sie sich auf einmal sicher, dass sie diese Freude haben würde. Sie fühlte sich frei und abenteuerbereit. Die Nordsee wartete auf sie!

7

Sie konnte das Meer riechen, ehe sie die Fensterscheibe herunterließ und obwohl die Küste noch eine Dreiviertelstunde Fahrzeit entfernt war. Der Wind kam von Westen und brachte das vielfältige Aroma von Watt und Wildheit mit, das sie so lange vermisst hatte. Von Tang und Schlick, Werden und Vergehen, Fisch und Salzwasser. Doch vorerst hatte sie es mit einer anderen Form von Wasser zu tun, stellte Pixie fest, als sie in Ostfriesland, Landkreis Aurich, aus dem Auto stieg. Das »Waterhuuske« trug seinen Namen aus gutem Grund. Nur eine schmale, wie ausgestorbene Straße lag zwischen dem winzigen Vorgarten und ein paar Stufen, die zu einem Kanal hinunterführten.

»Es ist ein altes Fehnhaus«, hatte Anna-Lisa ihr erklärt, und Pixie hatte erst googlen müssen, was das war. »Fehn« war vom holländischen Wort »Veen« abgeleitet, das »Moor« bedeutete. Die Fehntjer hatten im 17. Jahrhundert die Moore besiedelt, den Torf abgebaut, der als Brennstoff gebraucht wurde, und die Flächen für die Landwirtschaft erschlossen. Sie hatten die Kanäle geschaffen, um das Land zu entwässern, und mit Flachbodenbooten den Torf abtransportiert. Es war ein äußerst hartes Leben gewesen, und bevor sie genug erwirtschaften konnten, um Häuser wie dieses beiderseits der Kanäle errichten zu können, hatten sie in primitiven Hütten aus Torfplacken gewohnt.

Heute ist das undenkbar, zum Glück renaturiert man jetzt die Moore wieder, anstatt sie zu zerstören, dachte Pixie, als sie sich umsah und versuchte, sich vorzustellen, wie es hier einmal ausgesehen haben mochte. Wild, unberührt und schön, voller Pflanzen und Tiere. Doch die Menschen hatten eine Existenz und den Brennstoff gebraucht und weniger Wissen besessen. Pixie musste zugeben, dass der Kanal mit der weißen Klappbrücke, der alten Windmühle und den kleinen Häusern mit den verschiedenen Vorgärten heutzutage einen anheimelnden Charme besaß. Distelsamen wehten silberglänzend auf einer Brise an ihr vorüber. An den Kanalufern flüsterte hohes Schilf im Wind, Wolkenberge segelten einer Schiffsflotte gleich über einen klarblauen Frühherbsthimmel.

Das Haus aus dunkelroten Klinkern besaß in der Mitte einen spitzen Giebel mit hellgrün gestrichenen Brettern und eine mit einer geschnitzten Rosette verzierte Haustür in derselben heiteren Farbe. Zu beiden Seiten wiesen die symmetrischen Flügel des Gebäudes jeweils zwei oben abgerundete Sprossenfenster auf, deren Rahmen ebenso freundlich pastellgelb waren wie die um die Haustür und oben am Giebelfenster. »Haben wir gerade frisch gestrichen«, hatte Anna-Lisa ihr erzählt. Zwischen den Fenstern rankten gelbe und violette Ramblerrosen, immer noch voller Blüten. Auf den Dachziegeln wuchsen runde Flechten. In dem schmalen Vorgarten blühten Astern in Blau und Pink.

Pixie fischte den Schlüssel aus ihrer Tasche und steckte ihn mit dem eigenartigen Gefühl ins Schloss, ein Eindringling zu sein. Sie hatte in so vielen vorübergehenden Unterkünften gewohnt, aber nie allein in einem frei stehenden

Haus. Egal, wie klein es sein mochte und obwohl hier jahrzehntelang ein alter Herr ebenfalls allein gelebt hatte, es kam ihr seltsam und irgendwie größenwahnsinnig vor. Lange würde sie bestimmt nicht bleiben. Aber vorerst war sie froh, eine Basis zu haben, von der aus sie ihre Mission starten konnte. Behaglich sah es aus, das musste sie zugeben.

Drinnen roch es nicht unbewohnt und muffig, wie sie erwartet hatte. Sie schnupperte und identifizierte den Duft von Levkojen und … Apfelkuchen? Ein kleiner Windfang führte direkt in einen größeren Raum. Pixie blinzelte. Nach der Helligkeit draußen sah sie zunächst gar nichts bis auf die hellen Rechtecke, die hereinfallendes Sonnenlicht auf den dunklen Dielenboden zeichnete. Schließlich erkannte sie, dass sie in einer offenen Wohnküche stand. Der Küchenecke gegenüber gab es ein weinrotes Sofa neben einem alten Kachelofen, einen niedrigen Tisch und einen Sessel. Kissen in Hellgrün und Pastellgelb, die zu den Farben draußen passten, verliehen eine freundliche Atmosphäre. Die abgeschabten, einfachen Küchenmöbel in der winzigen Kochecke waren mit Kreidefarbe ebenfalls hellgrün gestrichen worden, die Knöpfe weiß und die Wand hinter dem Sofa in einem warmen Sonnengelb. Das Ergebnis war eine gemütliche Mischung aus Frische und ehrwürdigem Alter. Kupferne Kochtöpfe hingen über dem Herd an der Wand und Henkelbecher aus bunter Keramik an einem hakenbestückten Schiffstau.

An den Wänden befanden sich große Fotografien von eigenwilligen Bänken in Landschaften, die laut Signatur von Anna-Lisa stammten. Pixie betrachtete sie bewundernd. Dazwischen hingen runde, ovale und eckige Gegenstände aus sichtlich altem Holz mit schmiedeeisernen Beschlägen,

Haken, Rollen oder Schlaufen daran. Was das wohl einmal gewesen war? Dekorativ sah es jedenfalls aus.

»Schiffsblöcke«, sagte eine Stimme hinter ihr. »Hier hat einmal ein Blockmacher gewohnt. Das sind Umlenkrollen von alten Schiffen, sie waren wichtiger Teil der Takelage.«

Pixie erstarrte und ließ vor Schreck den Schlüssel mit dem Schafsanhänger fallen, den sie noch in der Hand hatte.

»Oh, entschuldige!«, sagte die Stimme betreten, die wenigstens jung und weiblich klang und nicht wie jemand, vor dem sie sich fürchten musste. »Ich war oben. Ich wollte dich nicht erschrecken, ich hab bloß schnell gelüftet und die Blumen vorbeigebracht. Bei Oma Witta blühen die Levkojen noch einmal, und ich dachte, das Haus kann es gebrauchen und es würde dir vielleicht Freude machen. Du bist etwas früher, als ich erwartet habe. Oder ich bin zu spät, wie immer.«

Pixie wandte sich um und stand einer sicher etwas jüngeren Frau mit kupferroten Locken bis zur Taille gegenüber, die sich nach dem Schlüssel bückte und ihn ihr reichte.

»Willkommen, ich bin Elin«, sagte sie und strahlte Pixie an. Das tief stehende Licht fiel durch ein Fenster auf ihr Gesicht und ließ eine Spur Grün in ihren hellbraunen Augen aufleuchten. Ihre offenen Haare schienen zu glühen. »Elin September.«

»September?«

Elin nickte fröhlich. »Irgendeiner meiner weitverbreiteten Vorfahren kam aus Südafrika. Da ist der Name gar nicht selten. Anna-Lisa hat mich beauftragt, das Haus zu behüten, wenn keiner da ist. Ich habe dir ein Bett bezogen und ein bisschen was in den Kühlschrank gestellt. Der Apfelkuchen ist von Oma Witta aus dem Museumscafé.«

»Oh. Das ist toll. Vielen Dank. Ich bin Pixie.« Sie erholte sich noch immer von ihrem Schreck, aber ihr gefiel Elin, ihre Art, wie sie »behüten« gesagt hatte, und der Blumenstrauß, den sie jetzt auf einem Fass entdeckte, das als Beistelltisch diente. Das und der Kuchen daneben erklärten den Duft.

»Ich weiß. Anna-Lisa hat dich ja angekündigt. Ich hoffe, du fühlst dich wohl.« Elin sah sich prüfend um. »Meine Nummer hast du ja. Schreib mir einfach, wenn du Fragen hast oder etwas brauchst. Oder komm morgen im Café vorbei, das ist im Museum gleich drüben ein Stück hinter der Mühle. Ich lass dich jetzt in Ruhe, du bist bestimmt müde und möchtest dich einrichten. Zum Garten geht es dort raus.« Sie zeigte auf einen schweren Vorhang aus ähnlich dunkelrotem Stoff wie das Sofa. »Der Vorhang ist, damit es nicht so durch die Tür zieht, wenn es kalt ist.«

»Es gibt einen Garten?« An diese Möglichkeit hatte Pixie gar nicht gedacht.

»Klar. Es wird dir hier gefallen.«

Elin fädelte ihre Arme in eine bunte, übergroße Strickjacke.

»Ich werde nicht lange bleiben«, sagte Pixie.

»Na und? Ist doch egal wie lange, genieß es einfach. Lass dir den Kuchen schmecken, und bis bald!«

»Danke für alles, auch an deine Oma!«, rief Pixie ihr nach. Elin winkte, ohne sich noch einmal umzudrehen, dann fiel die Haustür zu. Es war, als wäre ein übermütiger Windstoß durch das Haus gegangen. Pixie blieb einen Moment mitten in der Stube stehen und sammelte ihre verstreuten Gedanken wieder ein. Dann schnupperte sie am Kuchen. Prompt knurrte ihr Magen, und sie tat, wonach der Duft verlangte:

Sie suchte in den Schubladen nach einer Gabel, setzte sich an den Tisch und aß bis zum letzten Krümel alles auf, bevor sie den altmodischen, aber blanken Teekessel aufsetzte, einen Becher vom Tau nahm und in einer enormen Dose Tee aufstöberte.

Mit dem Becher in der Hand stand sie am Fenster. Auf einmal war sie todmüde. Hinter den Bäumen jenseits des Kanals färbte sich der Himmel rot und legte dieselbe Farbe auf die Wasseroberfläche. Pixie überlegte, ob sie sich auf die Stufen an der Böschung setzen sollte, beschloss dann aber, das auf morgen zu verschieben. Stattdessen holte sie nur ihr Gepäck herein und schleppte es die schmale Treppe hinauf. Oben fand sie zwei winzige Zimmer mit schrägen Wänden vor und ein noch winzigeres, aber funktionelles Bad. In dem Raum zum Kanal hinaus war das Bett mit einer Tagesdecke abgedeckt. In dem anderen war es einladend mit Wäsche in einem heiteren Möwenmuster bezogen. Außerdem gab es einen kleinen Schreibtisch. Darüber hing eine weitere Fotografie Anna-Lisas. Es war schwarzweiß und zeigte eine alte Frau, die in einem wehenden Kleid in den Wellen stand, den Blick in die Ferne gerichtet. Man sah an einer Unschärfe, dass ihre langen Haare und der Rock im Seewind flatterten. Sie war klein in der grandiosen Weite, doch gerade darum so voller Würde und Lebendigkeit. Am Strand ruhte ein Mann auf einem gefallenen Baum aus und sah ihr zu. *Hella und Quentin, Ahrenshoop*, lautete der Titel darunter.

Auf dem Nachttisch stand eine unregelmäßig geformte Glasvase in klaren Blautönen mit einem Sträußchen aus rosa Cosmeen, weinroten Astern, zarten Gräsern und weißen

Herbstmargeriten. Die Wirkung war umwerfend. Elin hatte eindeutig ein Talent für geschmackvolle Blumenarrangements. Als Pixie den Strauß betrachtete, entspannte sich alles in ihr.

Auf dem Kissen fand sie eine Tüte mit Schokoladenkeksen, und ein leichter Duft nach Lavendel lag in der Luft.

Ein eigenartiges Gefühl überkam sie. Seit Nathans Tod hatte sie sich nie wieder irgendwo so willkommen und geborgen gefühlt. Ob es an der Nähe zur Küste lag, an dem Haus, daran, dass Anna-Lisa, der es gehörte, nun praktisch Familie war, oder an Elins Freundlichkeit? Pixie wusste es nicht und nahm sich vor, es einfach zu genießen. Sie war ohnehin zu müde, um weiter darüber nachzudenken.

Vom Fenster aus erkannte sie in der zunehmenden Dämmerung unten eine große Trauerweide, die das meiste vom Garten verdeckte. Das konnte sie morgen erkunden. Jetzt zog sie die sonnengelbe Gardine zu, öffnete ihren Koffer, benutzte die Dusche und fiel sofort danach in tiefen Schlaf.

Die Gardine hätte sie nicht gebraucht, stellte sie fest, als sie morgens erstaunlich ausgeruht aufwachte. Gegenüber stand kein Haus, von dem jemand hätte hereinsehen können. Da war nur der Blick über Wiesen und Felder, über denen die Sonne gerade aufgegangen war. Dunst lag noch in den Senken und links in der Ferne über einem Fluss, sicher die Flumm, die Anna-Lisa erwähnt hatte.

Die Weide im Garten leuchtete im schönsten Grüngold, allerdings nur, wenn die jagenden Wolken das Licht hindurchließen. Das Ergebnis war eine Art dramatisches Flackern. Die Nacht war kühl gewesen. Pixie öffnete das Fenster. Ihr Atem ließ kleine Dampfwolken hinaustreiben. Sie fuhr zusammen, als etwas Schwarzes in der Dachrinne landete und mit einem lauten Krächzen den Kopf nach ihr reckte. Doch sie fing sich schnell. »Aha! Du musst Salix sein, die zutrauliche Dohle!«, sprach sie den Vogel mit beruhigender Stimme an. »Du kannst mich nicht erschrecken. Anna-Lisa hat von dir erzählt. Der alte Herr, der hier gewohnt hat, hat dich mal geheilt, als du jung und verletzt warst. Ich hoffe, es geht dir gut.«

Salix krächzte noch einmal, diesmal leiser, dann flog sie davon, nicht ohne einen Klecks in der Rinne zu hinterlassen. Pixie musste lachen. »Das ist wohl auch eine Form der Begrüßung.«

Sie zog sich an, diesmal ein warmes Sweatshirt. Sie musste sich erst daran gewöhnen, dass nicht mehr Sommer war. Hier nahe der Küste hatte die Luft noch mehr Biss. Im Kühlschrank fand sie Butter, Käse, Brombeermarmelade und im Korb daneben Vollkornbrot. Eine Schale mit Äpfeln war auch da. Elin hatte an alles gedacht. Pixie musste lächeln, als sie an ihre herzliche neue Bekanntschaft mit den kupferfarbenen Haaren dachte. Diese Frau hatte etwas von einer verschmitzten Fee aus einer irischen Erzählung. Moina hätte sie bestimmt gemocht. Moina hätte auch dieses Haus gefallen. Moina und Nathan fehlten ihr hier besonders. Diese Umgebung schrie förmlich danach, dass man die Freude darüber teilen konnte. Sie schrieb eine Nachricht an Anna-Lisa, um es wenigstens ihr zu sagen. Dann machte sie sich Frühstück.

Freut uns sehr, dass es dir so gut gefällt!, antwortete Anna-Lisa. *Lass dir Zeit, und finde dich in Ruhe zurecht.*

Schön und gut, aber Pixie hatte einen Auftrag zu erfüllen, also sollte sie langsam in Schwung kommen.

8

Bevor sie sich auf die Suche nach Flömers Vergangenheit machte, war ein Blick in den Garten überfällig, zumal Pixie auch Lotte und den Park der Roseburg überraschend schmerzlich vermisste. Das Krächzen der Dohle war kein Ersatz für das Lied der Kanarienvögel dort. Sie schob den schweren Vorhang beiseite. Dahinter fand sie einen kurzen Flur, von dem ein Abstellraum mit Geräten abging und eine Tür, die sich mit Geduld und einem Riegel öffnen ließ.

»Oha!« Sie wusste nicht, wo sie zuerst hinsehen sollte. Das Grundstück lag hier tiefer, ein paar Stufen führten von einer kleinen Terrasse hinunter. Der Garten war nicht groß, dafür barst er geradezu vor Fülle. Herbstlich verwuschelt war er, aber umso schöner. Für Rasen war kein Platz verschwendet worden. Überall blühten noch Rosen, drängten sich dunkelrote Astern, ein Regenbogen aus welkenden Dahlienblüten, Gräser, Ringelblumen, himmelblauer und weißer Borretsch und die Samenstände von Fenchel, Karde und Disteln. Girlanden rankender Kapuzinerkresse in Gelb, Orange und Rot verflochten sich mit blauen Trichterwinden. Farne wurden gerade goldgelb, wilder Wein änderte sich hin zu feuerrot. Verzückt wanderte Pixie einen Weg aus Natursteinplatten entlang und stieß auf ein unregelmäßig geformtes Wasserbecken, in dem vergilbende Seerosenblätter eine einzige letzte Blüte umgaben. Die große Trauerweide schützte wie ein goldener, schwingender Rock eine Bank, die unter ihr auf einem gefliesten Platz stand, und spiegelte sich zart im Wasser.

Doch das Erstaunlichste entdeckte sie hinter dem Baum. »Das gibt's nicht!«, sagte sie laut, mit dem Ergebnis, dass Salix wieder auftauchte, auf die Rückenlehne der Bank flog, sich empört aufplusterte und Pixie fragend anstarrte.

Das Grundstück war hinten durch einen Wall aus Erde, Gras und Feldsteinen begrenzt, der sich daraus ergab, dass die Wiese dahinter wieder höher lag. Zusätzlich war er etwas aufgeschüttet worden, wahrscheinlich mit der Erde vom Ausschachten des Beckens, um das Grundstück vor Überflutung zu schützen. Was Pixie aus der Fassung brachte, war aber etwas anderes. Aus einem Rohr im Wall floss Wasser, das durch mehrere kleine gemauerte Stufen, Rinnen und Bambusrohre wie ein Wasserfall hinabfloss bis in das Becken. Pixie betrachtete das Ganze erst ungläubig, dann beklommen. Es wirkte wie eine Miniaturausgabe der hundert Meter langen Wasserachse im Park der Roseburg! Wie war das möglich? Es musste ein Zeichen sein! Bedeutete es, dass sie hätte dort bleiben müssen? Oder sollte es ihr Mut machen, dass sie die richtige Entscheidung getroffen hatte?

Das Wasser, stellte sie fest, wurde aus einem Graben abgeleitet, der hinter dem Wall lag, wohl ein kleiner Seitenarm der Flumm. An einer tiefer gelegenen Stelle floss es aus dem Becken durch ein Rohr wieder nach draußen zurück.

Das Schönste aber war, dass an den Enden der Rinnen und zwischen den Becken kleine Metallplättchen und Glöckchen aufgehängt waren, die vom fließenden Wasser leise und unaufdringlich zum Klingen gebracht wurden. Diese zarte

Musik vermischte sich harmonisch mit dem Plätschern. Je länger Pixie lauschte, desto bezauberter war sie. Diese Töne konnten gar nicht anders, als sie zu beruhigen.

Sie beschloss, darin ein gutes Zeichen zu sehen. Schließlich erinnerte es sie auch an ihren geliebten Selkefall.

Pixie widerstand der Versuchung, sich auf die Bank zu setzen und einfach nur ewig zu lauschen und zuzusehen. Das konnte sie später tun, wenn sie etwas erreicht hatte. Als sie hineingehen wollte, blieb ihr Blick noch an etwas anderem hängen. Da stand die steinerne Skulptur eines innigen Pärchens, offenbar schon sehr lange Zeit, so moos- und flechtenbewachsen, wie sie war. Die Frau trug einen Blumenkranz, der Mann etwas längere Locken, die von einer Brise bewegt wurden. Sie blickten verträumt hinauf in die Krone der Weide.

Pixie stupste die Frau ein wenig an, wie um guten Tag zu sagen. Dann schrieb sie an Anna-Lisa. »Wer ist das?«

Die Antwort kam sofort.

Alte Mythologie. Ganz dein Ding. Zephyros, der Gott des Westwindes, und Flora, seine Frau, Göttin der Vegetation und der Jugend. Sie leisten allen wohlwollende Gesellschaft, die sich im Waterhuuske aufhalten.

Sie war also doch nicht allein hier. Seltsam getröstet kehrte Pixie ins Haus zurück, amüsiert über sich selbst.

Drinnen holte sie den Umschlag aus dem Koffer und breitete alles auf dem Tisch vor dem weinroten Sofa aus, in dem sie versank wie in großzügigen weichen Armen. Das Flaschenschiff stellte sie vorsichtig in die Mitte, wo das Licht aus dem Fenster darauf fallen konnte.

Licht as en Feer. Das Schiff in der Flasche übte dieselbe Faszination auf sie aus wie beim ersten Mal. Hier noch mehr als in der Heide, wo es etwas deplatziert gewirkt hatte. Pixie nahm eine Lupe zur Hand, die sie in der Küchenecke gefunden hatte. Wahrscheinlich hatte der alte Mann, der hier gelebt hatte, nicht mehr so gut sehen können. Damit betrachtete sie die Details genauer. Die Masten, das Steuerrad, die Reling, die Takelage. Bugspriet, Flaggenknopf, Klüverbaum, Wanten. Begriffe, die sie irgendwann von Nathan oder Seeleuten in seinem Bekanntenkreis aufgeschnappt hatte. Da waren auch Schiffsblöcke, genau solche, wie sie hier an den Wänden hingen, nur winzig klein.

Nun betrachtete sie das alte Foto und fragte sich, was der Fotografierende damals hatte aufnehmen wollen. Die Sturmwolken? Nein, den Kutter wahrscheinlich. Vielleicht hatte er sich beeilen müssen, weil es zu regnen begonnen hatte, und so übersehen, dass die Kisten und der Poller den Namen verdeckten. Oder der Name war nicht wichtig gewesen. Möglicherweise hatte er nur die Kamera ausprobiert? Aber warum hatte Flömer dann das Bild so lange aufgehoben und seiner letzten Botschaft beigefügt? »Na schön, Kapitän. Das ist nicht das erste Rätsel, das ich lösen werde«, sagte sie in die Stille hinein.

Noch einmal las sie Flömers Worte sowie Remys Informationen und recherchierte einiges im Netz. Am frühen Nachmittag zog sie ihre Jacke an und spazierte den Kanal entlang, über die Brücke und auf die Teestube zu, die Elin erwähnt hatte und die jetzt gerade geöffnet haben sollte. Elins Oma Witta, die so guten Kuchen backte, lebte sicher schon lange hier. Es konnte sein, dass ihr die Fotografie etwas sagte, auch wenn Carolinensiel noch ein Stück entfernt war. An der Küste kannten sich doch hier bestimmt die meisten aus.

Es war kühler geworden und windig, die Wolken flogen nur so über einen blauen Himmel, und Herbstblätter wirbelten in Ecken. Als Pixie die Tür der Teestube öffnete, wurde sie geradezu hineingetrieben. Drinnen dagegen war es warm und gemütlich. Viel Holz, alte Möbel und ein Duft nach Schokolade und Gebäck. Elins leuchtende Haare waren nicht zu übersehen. Sie servierte gerade an einem der Tische und blickte auf, als Pixie hereinkam. »Oh, hallo!« Sobald das Tablett leer war, kam sie herüber. »Wie schön, dass du da bist. Ist alles gut bei dir? Kommst du zurecht im Waterhuuske? Hast du gut geschlafen? Kann ich dir irgendwie helfen? Magst du was essen?«

Pixie musste lachen. »Danke. Ja zu allem davon.«

»Fein, setz dich. Was möchtest du? Schokoladenkuchen, Marmorkuchen, Pflaumenkuchen?«

Pixie entschied sich für Marmorkuchen und einen Kakao.

»So, und wie kann ich helfen?«, erkundigte sich Elin, als sie serviert hatte, und setzte sich zu ihr. Es war nicht voll in der Teestube, dazu war es noch zu früh am Tag.

Pixie reichte ihr das Foto. »Weißt du, wo das ist? Und sagt dir vielleicht der Kutter etwas?«

»Oh. Das sieht alt aus. Von wann ist es?«

»Das wissen wir nicht genau. Auf jeden Fall nach 1930. Eher später. Aber auch nicht viel später.« Anna-Lisa und Remy nahmen jedenfalls an, dass das Bild aus Flömers Jugendzeit stammte und für etwas stand, was ihn früh geprägt hatte.

Elin betrachtete die Aufnahme eingehend. »Ich weiß nicht.

Ich bin hier nicht aufgewachsen, und in letzter Zeit war ich zum Studium ganz woanders, in Eberswalde.«

»Stimmt. Nachhaltiger Tourismus, das hat Anna-Lisa erzählt. Finde ich klasse. Hast du schon deine Urkunde bekommen, auf die du gewartet hast?«

»Nein, noch nicht. Ist nicht eilig. Ich bin gern hier in der Teestube, und Oma Witta kann meine Hilfe gut gebrauchen. Aber sie ist genau die Richtige, was deine Frage angeht. Ich hole sie mal.«

Kurze Zeit später kam sie mit einer zierlichen Frau wieder, die Elins Locken hatte, wenn auch in Weiß und kürzer. Sie trug eine Schürze, trocknete sich die Hände an einem Geschirrtuch ab und strahlte, als würden sie sich schon immer kennen. »Moin, Pixie! Ich höre, du hast eine Frage. Zeig mal her, das Foto.« Sie fischte eine Brille aus der Schürzentasche und hielt das Bild unter die Lampe an der Wand. »Ah. Carolinensiel. Das da war mal die Post, schon zu Kaiserzeiten.«

»Das Gebäude im Hintergrund?«

»Ja. Inzwischen ist es ein Restaurant mit Ferienwohnungen drüber.«

»Und der Kutter? Sagt der Ihnen etwas?«

Witta schüttelte den Kopf. »Nein. Der sieht aus wie viele andere Kutter auch. Schade, dass man den Namen nicht lesen kann. Aber ich denke, vor Ort könnte jemand womöglich etwas wissen. Gibt viele Liebhaber in solchen Dingen, und das ist ja jetzt ein Museumshafen dort. Zwischendurch war er schon mal versandet und außer Betrieb. Solche Kutter sind da kaum noch, eher Tjalken. Tut mir leid, dass ich dir nicht weiterhelfen kann.« Tjalken, das waren Plattbodenschiffe mit nur einem Mast.

»Das hat mir schon geholfen. Jetzt weiß ich, dass es wirklich Carolinensiel ist. Und danke noch für den Apfelkuchen!«

»Freut mich, dass er dir geschmeckt hat. Komm jederzeit gerne und hol dir etwas. Ich muss wieder in die Küche. Viel Glück bei deiner Suche!«

»Wirst du heute noch hinfahren?«, fragte Elin.

Pixie überlegte und blickte hinaus. Die Wolken waren dichter geworden, es sah nach Regen aus. »Nein. Gleich morgen früh. Ich habe vorher noch was zu tun.«

»Dann bis bald! Ich drücke die Daumen. Melde dich, wenn du was brauchst.«

Pixie wusste auf einmal ganz genau, was sie jetzt machen wollte. Erst fuhr sie ein paar Lebensmittel einkaufen und fügte in der Schreibwarenabteilung noch etwas hinzu. Zurück im Waterhuuske schickte sie eine Nachricht an Remy und Anna-Lisa. Dann setzte sie sich an den Schreibtisch und schrieb. Nicht an ihrer Geschichte. Und nicht auf dem Laptop. Sondern mit ihrem alten Füllfederhalter in das dicke Notizbuch, das sie gekauft hatte. Es war kitschig, mit einem glitzernden Leuchtturm auf dem Umschlag, umtost von höchst unwahrscheinlich geformten Wellen. Aber es war das Einzige, das es im Laden gegeben hatte, und es war ihr egal. Sie schrieb auf, was ihr durch den Kopf ging. Das hatte sie schon viel zu lange nicht gemacht! Kleine Eindrücke, die sie nicht vergessen wollte. Oma Wittas Lachfalten. Der Duft im Garten und der Geruch im Wohnzimmer. Die Schiffsblöcke. Elins ehrliche Freundlichkeit. Der Geschmack vom Kuchen. Salix. Die Musik des Wassers draußen. Die Farben der Weide und der Blüten im Garten. Das Licht auf dem

Kanal, die weiße Brücke, die sich irgendwie bedeutsam anfühlte, jedes Mal, wenn sie darüber ging, als würde sie in eine Oase der Ruhe führen, weit ab von der Welt. Ihre Vorfreude auf das Meer. Das Gefühl, allein in diesem Haus zu sein. Die Sätze hörten nicht auf, flossen leicht durch sie hindurch wie draußen die Flumm entlang der Felder.

Sie schrieb diesmal nicht, um irgendetwas damit zu machen. Und spürte, wie sich dabei etwas in ihr löste, eine Bremse, die sie seit Wochen am Arbeiten gehindert hatte. Es war das perfekte Schreibtraining. Sie vergaß die Zeit und schrak erst auf, als es draußen donnerte und Regen gegen die Scheibe prasselte.

Pixie riss das Fenster auf und sog den Duft von Regen tief ein. Erst als der Wind die Tropfen hereintrieb, schloss sie es wieder, dann ging sie hinunter, kochte sich Nudeln und schnippelte Salat, was ihr in der bescheidenen Küchenecke überraschend Spaß machte. Es war ein wenig wie früher mit Nathan, in der engen Kombüse auf einem seiner Boote. Zwischendurch tauschte sie mit Lian Nachrichten aus, dann mit Emily.

Das Haus würde dir gefallen! Da können wir vielleicht mal ein paar Tage Urlaub machen, wenn du deinen Doktortitel hast, schrieb sie ihrer Freundin nach England und fügte Bilder an.

Oh, sehr gern, das ist ja mal was Besonderes! Finde ich gut, dass du diese Sache machst. Ich bin ein bisschen neidisch, kam die Antwort mit Smileys und Umarmung.

Ich hoffe bloß, ich werde etwas herausfinden. Es ist schon unangenehm genug, dass ich beim Schreiben versage.

Du versagst nicht. Du brauchst eine Pause, Schätzchen! Das ist was ganz anderes. Sei nachsichtig mit dir. Druck ist schlecht für die

Schöpferkraft. Detektiv spielen ist jetzt genau das Richtige. Viel Spaß! Genieß es einfach.

Wenn du das sagst. Danke. Dir auch viel Erfolg!

Vielleicht war es tatsächlich richtig, Emilys Rat zu befolgen. Etwas anderes blieb ihr sowieso nicht übrig. Kurz entschlossen kuschelte sich Pixie mit einer warmen Hafermilch und einem Buch auf das weinrote Sofa, während draußen irgendwo hinter der Wolkenwand die Sonne unterging.

9

Als Pixie aufwachte, war es noch dunkel. Behaglich streckte sie sich, stopfte sich ein Kissen hinter den Rücken und griff nach ihrem Laptop. Sie scrollte kurz durch die Nachrichten, doch die restliche Welt schien von unter dem Dach des Waterhuuske angenehm weit weg. Dann sah sie nach den E-Mails. Da war eine von Remy.

Liebe Pixie,
herzlichen Dank, dass du dich für den Auftrag entschieden hast! Das weiß ich sehr zu schätzen.

Ich habe in einem Album endlich eine Aufnahme von Flömer aufgestöbert, die ich dir zukommen lassen kann, damit auch du weißt, wie er ausgesehen hat. Sie ist allerdings erst kurz vor der Jahrtausendwende entstanden, da war er ja schon sehr alt. Außerdem habe ich ein paar Zitate wiedergefunden. Ich habe mir seine Worte damals manchmal aufgeschrieben, weil sie mich als Teenager beeindruckt und getröstet haben. Auch später noch. Ich hatte sie mitgeschnitten, auf Mamas altem Diktafon. Ich wollte ja damals schon Journalistin werden. Die Tonaufnahmen gibt es nicht mehr, aber die ungefähren Abschriften. Zwei davon möchte ich dir mit auf den Weg geben:

»Am Ende läuft alles auf das Blau am Horizont hinaus. Darin kannst du alles verlieren und alles finden.«

Und: »Das Meer ist unser gemeinsames Gedächtnis. Wie die

Mineralien aus der Erde, die es salzig machen, so werden die Spuren von dem, was uns geschieht, in das Wasser gespült und von den Strömungen hierhin und dorthin getragen, fort und auch wieder zurück. Nichts geht verloren. Manches bleibt in den Tiefen erhalten, und anderes kommt überraschend wieder an die Oberfläche. Die Zeit ist keine Einbahnstraße, sondern ein Meer, das in Bewegung ist.«

Seit du losgefahren bist, sehe ich ihn ständig vor mir, beinahe so klar wie damals. Er scheint mit einer seiner Strömungen so lebendig wieder mitten in meinen Gedanken aufgetaucht zu sein wie ein Kormoran im Wasser nach dem Tauchen. Diese uralte lederne Schirmmütze, die er auf dem Foto aufhat, trug er fast immer. Und auch wenn wir anderen schon längst froren, war er gern nur im kurzärmeligen Pullover unterwegs. Es war, als ob er dermaßen eins mit dem Wind und dem Himmel war, dass ihm kaum je kalt wurde.

Am meisten liebte er die Dämmerung. Da war er immer auf dem Steg, morgens wie abends. Abends nannten wir das die Flömerzeit, denn dann saßen wir gern bei ihm und holten uns Rat und Trost. Es war eine gute Art, den Tag zu beenden. Und es war immer, als ob in seinen Augen ein Licht lag, auch lange nachdem die Sonne untergegangen war. Als er noch jünger war, trug er einmal einen Bart und versuchte sich im Pfeiferauchen, um dem üblichen Bild eines Kapitäns zu entsprechen, ich glaube, weil er den Kindern Vergnügen bereiten wollte, deren Vorstellung er nicht entsprach. Aber er gab beides rasch wieder auf, denn es passte nicht zu ihm. Flömer war eben Flömer.

Ich bin so gespannt, was du herausbekommst und ob das Flaschenschiff seinen Platz findet, wo auch immer er meinte,

dass es hinsollte. Viel Glück, und denke dabei vor allem immer auch an deine eigene Geschichte. Das ist wichtig.
Liebe Grüße
Remy

Meinte Remy ihr neues Buch oder grundsätzlich Pixies Leben? Sie dachte einen Augenblick darüber nach. Vielleicht beides? Dann öffnete sie den Anhang, auf einmal ungeduldig, Flömers Gesicht zu sehen. Es ging ihr mit ihm bereits wie mit den bisherigen Figuren in ihren Büchern. Die standen ihr nahe, sie war eng mit ihnen befreundet, sie wurden ganz und gar lebendig für sie. Dennoch hatte sie diese nur erfunden. Und jetzt? Flömer war doch eine reale Person gewesen!

Die Fotografie war etwas ausgeblichen, wie Fotografien aus alten Alben es häufig sind. Remy hatte sie wohl absichtlich nicht digital retuschiert, die Wirkung war verträumt und gleichzeitig eindringlich. Flömer stand auf dem Steg, mit dem Rücken zum Wasser und der Abendsonne im Gesicht. Anscheinend war er mit jemandem außerhalb des Bildes in ein Gespräch vertieft, denn er schien aufmerksam zu lauschen und hatte den einen Arm erhoben, die Hand zum Horizont hin geöffnet, wie um das Licht darin zu halten. Es war ein schmales, kluges und gütiges Gesicht, dachte Pixie. Das Stück Kreide steckte deutlich sichtbar hinter seinem geräumigen, leicht abstehenden Ohr. Sein leichtes Lächeln offenbarte eine kleine Zahnlücke, und der Ausdruck seiner Augen war voller heiterem, wachem Verständnis.

»Ich hätte dich gern kennengelernt«, sagte Pixie leise. »Zum Glück hatte ich Nathan. Thani und du, ihr hättet euch bestimmt super verstanden. Ihr hättet lange Gespräche über

Schiffe und Seefahrt führen können. Ob ich dein Rätsel lösen kann, weiß ich nicht, aber ich werde mir Mühe geben.«

Sie speicherte das Bild, bedankte sich kurz bei Remy und zog sich entschlossen an. »Auf nach Carolinensiel«, sagte sie zu Salix, die auf dem Fensterbrett landete und fragend ins Zimmer sah. »Und vorher gibt es Frühstück. Aber unten!«

Sie nahm ihren Tee und ein Brot mit hinaus auf die Terrasse und spendierte Salix eine Walnuss. Davon stand eine Schale in der Küche. Amüsiert sah sie zu, wie die Dohle die Nuss aus der Höhe auf die Steine fallen ließ, um sie zu knacken. Am Ende bekam Salix auch das Brot, denn Pixie hatte keinen Appetit.

Der Himmel war launisch, schwere graue Wolken fegten eilig von West nach Ost, und dazwischen blitzten blaue Lücken. Pixie spürte ein aufgeregtes Kribbeln, denn der Wind trug den Geruch der Nordsee in sich. Auf einmal hielt sie nichts mehr hier. Sie ließ das Geschirr ungespült in der Küche stehen und machte sich auf den Weg, dankbar für die zuversichtliche Stimme des Navis, die sie in der unbekannten Gegend leitete.

Vierzig Minuten nur bis Carolinensiel. In Pixie stieg die Vorfreude. Fast vergaß sie für den Augenblick, warum sie unterwegs war. Sie würde die See sehen. Und vor allem einen Hafen!

Sie wusste nicht, woher es kam, aber der Anblick eines Hafens, egal wie klein oder groß, hatte schon immer ihr Herz hüpfen lassen und ihr Tränen in die Augen getrieben, weil es sie so tief berührte und berauschte. So war es gewesen, seit sie sich erinnern konnte. Sie hatte es nie erklären können, nicht einmal sich selbst. Nathan, der am glücklichsten war, wenn er auf einem schwimmenden Untersatz einen Hafen verlassen und hinausfahren konnte, hatte sich vergeblich bemüht, es zu verstehen. Pixie hatte versucht, es aufzuschreiben, für ihn, doch sie hatte ausnahmsweise keine Worte gefunden, die genügten. Es war wie eine erschütternde, tiefe Sehnsucht in ihr, die von Häfen irgendwie befriedigt wurde, ein Hunger, ein Bedürfnis, das älter war als sie selbst. Ob sie in ferner Vergangenheit Vorfahren gehabt hatte, die von einem seefahrenden Volk stammten? Einem Fischervolk, welches auf das Hinausfahren und Wiederkehren angewiesen war? Pixie war gar nicht sehr darauf aus, auf dem Wasser unterwegs zu sein. Das hatte sie oft genug gehabt, und manchmal wurde sie sogar seekrank. Doch in Häfen zu stehen und die Schiffe mit all ihren Details gründlich zu betrachten, die gebogenen Reflexionen in den Bullaugen, das Tun der Fischer zu beobachten, das Kommen und Gehen, die Möwen und Kormorane, das Spiel des Lichts auf dem Wasser zu sehen, dem hohlen, satten Gluckern unter den Rümpfen zu lauschen und dem Wind in Leinen und Fahnen – davon konnte sie niemals genug bekommen. Es erfüllte sie mit einer freudigen, gespannten Energie, die ihr das Gefühl gab, dass für den Moment alles perfekt und richtig war und es vollauf genügte, einfach nur mit allen Sinnen anwesend und lebendig zu sein.

Vielleicht war es, weil Häfen Orte waren, an dem so viel Bedeutendes zusammentraf, was Leben ausmachte. Was dieses Leben aufbrechen, verändern, erschüttern, weiten, heilen, bereichern konnte. In Häfen war es immer schon um Grundbedürfnisse wie Nahrung, Schutz und Freiheit gegangen.

Um Handel und Austausch und Verbindungen in die Ferne. Aber auch um alles Menschliche: Träume, Hoffnungen und Sehnsüchte, um Mut oder Notwendigkeit zum Aufbruch, um Ausruhen, um Rückkehr und Heimkehr, Scheitern und Gelingen. Man erfuhr Neues, musste Freunde und Geliebte verabschieden oder durfte sie endlich wiedersehen, und es war möglich, Fremden zu begegnen, die man sonst niemals getroffen hätte.

Nach einigem Suchen fand Pixie in einer Seitenstraße einen Parkplatz und machte sich zu Fuß auf zu jenem Museumshafen, in dem das Gebäude auf dem Foto zu finden war. Carolinensiel-Harlesiel gehörten zusammen, hatte sie beim Nachlesen erfahren, und es gab ungewöhnlicherweise ganze drei Häfen in dem Ort: den Museumshafen, den Yachthafen und den Außenhafen.

Was das Wort »Siel« bedeutete, hatte sie auch wissen wollen, denn bei den meisten Häfen an der friesischen Nordseeküste handelte es sich um sogenannte Sielhäfen. Ein Siel, hatte sie festgestellt, bezeichnete Schleusen und Wehre, die bei der Entwässerung eingedeichten Landes den Wasserfluss regelten. An Sielen spülte das abfließende Binnenwasser tiefe Rinnen in das Watt. Solche Orte eigneten sich natürlich gut für Häfen. Rund um die Hafenbecken, Sielzüge und Deiche waren oft Siedlungen entstanden. Zur Überquerung des Wassers baute man Klappbrücken, damit Segelboote mit aufragenden Masten sie durchfahren konnten.

Hinter einer Häuserreihe fand sich Pixie auf einer Brücke wieder, die den Fluss Harle überquerte. Von hier tat sich endlich ein Blick über den Hafen auf. Sie entdeckte das Gebäude vom Foto, das jetzt ein Restaurant war, sah niedrige Häuser mit roten Ziegeldächern, die aus Klinkern gebaut oder weiß verputzt waren. Eine Uferpromenade, grasige Böschungen mit Treppen und weißen Geländern. Trauerweiden, und vor allem rundherum verschiedene alte, hölzerne Kutter, die auf den ersten Blick so perfekt und so schön wie aus einem Bilderbuch wirkten.

Lange sah sie umher, dann erst bemerkte sie, dass in ihrer Nähe eine bronzene Skulptur stand. Eine nicht mehr ganz junge Frau, fast lebensgroß, war auf einem niedrigen Podest aus Klinkern platziert, damit sie ungehindert über das Brückengeländer hinweg auf den Hafen sehen konnte. Sie hatte schulterlange Haare, die im Wind wehten, und trug ein bodenlanges Kleid mit halblangen Ärmeln. Ihre Haltung wirkte, als wollte sie sich gerade hinhocken, um das Segelboot in ihren Händen ins Wasser zu setzen. Der blankgewetzte Fleck an ihrer Kehrseite, der daher kam, dass Vorübergehende nicht widerstehen konnten, sie dort anzufassen, nahm ihr kein bisschen ihrer Würde. Doch was Pixie unvermittelt so berührte, dass es ihr Tränen in die Augen trieb, war der Ausdruck im Gesicht und der Haltung der Figur. Mit tiefem Ernst und hochkonzentriert, aber dabei weich, liebevoll und zuversichtlich, blickte die Frau auf das Schiff, und so hielt sie es auch, achtsam, beschützend, voller Zärtlichkeit und Sorge.

Pixie schossen dabei sofort jede Menge Bilder durch den Kopf. Schiffe in Unwettern auf See, die Angst der Besatzung. Schiffe auf weiten Reisen, von denen man nicht wusste, ob sie jemals wiederkehren würden. Familien, die auf Ehemann und Vater warteten. Ein neues Leben, das voller Ungewissheit auf der anderen Seite des Ozeans begonnen wurde. Briefe, die man einem solchen Schiff anvertraut hatte, damit langersehnte Nachrichten endlich die Angehörigen erreichten. Rettungsboote, die auf Helfer warteten oder auf das Sichten einer Küste.

Und dann war da noch etwas anderes. Genau diese behutsame Art, in der die so gelungen dargestellte Frau das kleine Boot hielt, war dieselbe, mit der Pixie einmal ihre Geschichten in die Welt schicken wollte, wenn ihr das endlich gelang. Hier war ein Abbild für das, wofür sie nie die Worte gefunden hatte.

Es machte sie glücklich und traurig zugleich, denn in diesem Augenblick ahnte sie, dass die witzige Flughörnchenwelt, die sie geschaffen hatte, dafür niemals genügen würde. Auf dem Meer des Lebens war das nicht seetüchtig, diese Art Erzählung konnte jemanden unterhalten, jedoch nicht über Tiefen tragen.

Vielleicht musste sie ganz von vorne anfangen. Gleichzeitig durfte sie ihre Leser nicht enttäuschen, die ihr so lange treu geblieben waren und sie ermutigt hatten. Sie musste das angefangene Buch unbedingt fertig schreiben. Seeleute brachten zu Ende, was sie begonnen hatten, sie mussten die Küste erreichen und konnten nicht mittendrin damit aufhören. Sie suchte nach einem Taschentuch, fand keines und wischte sich die Tränen mit dem Ärmel ab.

»So geht es mir auch manchmal, wenn ich die Caroline sehe«, sagte eine Stimme neben ihr. Pixie blinzelte noch einmal und sah dann zu jemandem auf, der jetzt freundschaftlich die Hand auf die Schulter der Figur gelegt hatte. Wenigstens nicht auf den Po. Es war ein Mann etwa in Pixies

Alter, vielleicht ein wenig älter. Er hatte einen zerzausten Schopf sonnengebleichter Haare, eine gesunde Wetterbräune und erste Lachfalten um wolkengraue Augen. Sein Ausdruck war so ernst und offen wie jener der Skulptur.

»Wirklich? *Du* heulst auch?« Skeptisch betrachtete sie ihn.

»Ich war noch nie der Ansicht, dass ›zu Tränen gerührt‹ etwas ist, das irgendwem peinlich sein sollte«, erwiderte er. »Ganz im Gegenteil. Gelungene Kunst sollte genau das bewirken, finde ich.«

»Sie heißt also Caroline?«

Er wies auf eine Plakette, die Pixie übersehen hatte.

Caroline, aufgestellt zur 275-Jahr-Feier des Ortes.
Zur Erinnerung an den Cliner Wind, der für Lebensfreude, Weltoffenheit, Tatkraft und Wagemut steht.
Künstler Petersen und Petersen, Esens

Ein Denkmal für Lebensfreude und Weltoffenheit. Wie wunderbar. Wo gab es so etwas? »Oh! Das gefällt mir.« Vielleicht würde ja von Carolines Tatkraft und Wagemut etwas auf sie übergehen?

Jetzt lächelte er. »Carolinensiel wurde ursprünglich nach der Fürstin Sophie Caroline benannt. Ihr Mann war Fürst Georg Albrecht von Ostfriesland. Die Porträts kannst du im Museum betrachten, das hat nur jetzt gerade nicht offen.«

»Wann regierte der denn?«, wollte sie wissen.

»Anfang des achtzehnten Jahrhunderts. Er war der vierte Fürst Ostfrieslands und hatte es nicht leicht. 1717 verwüstete die Weihnachtsflut große Teile des Landes. Weit über zweitausend Menschen starben.«

Davon hatte sie schon einmal gehört. Das hatte die ganze Küstenlinie verändert. »Und was hat es mit dem Cliner Wind auf sich?«

»Der Hafen war nach Emden zu seiner besten Zeit der zweitgrößte an der ostfriesischen Küste, daher war viel Betrieb. Mitte des neunzehnten Jahrhunderts gab es hier über fünfzig See- und Wattschiffe und vierzig Kapitäne. Dadurch hat sich eine weltoffene Lebensweise entwickelt, die bei den Bauern in der Gegend auf ziemliches Befremden stieß. Für diese lebendige und besondere Atmosphäre bürgerte sich der Ausdruck ein, dass hier eben der ›Cliner Wind‹ wehe.«

»Davon könnte die Welt mehr gebrauchen«, sagte sie eher zu sich als zu ihm.

»Wie wahr. Ich bin übrigens Friso. Friso Tönjes.«

»Pixie Paleske.«

Er lächelte. »Pixie. Das passt«, meinte er. Wahrscheinlich mit Blick auf ihre Ohren. Vielleicht sollte sie auch anfangen, ein Stück Kreide dahinter zu tragen? Groß genug waren sie ja.

»Bist du so eine Art Stadtführer? Weil du so viel weißt?«, fragte sie.

»Nö. Nur hier aufgewachsen. Und was machst du hier? Urlaub?« Er nickte zu der Skulptur hin. »Caroline behütet die Schiffe vor Gefahren, weißt du. Vielleicht kann ich auch etwas Gutes tun und dir noch irgendwie weiterhelfen? Suchst du was Bestimmtes?«

Das konnte man wohl sagen. Aber wie sollte sie ihm das erklären?

Immerhin, irgendwie musste sie ja anfangen.

10

»Vielleicht kannst du mir wirklich helfen.« Pixie hatte das alte Bild abfotografiert, öffnete es jetzt auf ihrem Handy und hielt es ihm hin. »Hast du diesen Kutter schon einmal gesehen? Oder sagt dir das Foto sonst etwas?«

»Darf ich?« Er nahm das Handy entgegen, betrachtete das Bild eingehend und vergrößerte den Bug des Kutters. »*Ko*… und …*r*. Nein, sagt mir nichts. Von wann ist das?«

»Etwa aus den dreißiger Jahren.«

»Auf jeden Fall ist es hier im Hafen.« Er gab ihr das Handy zurück. »Ist es wichtig für dich, etwas darüber herauszufinden?«

»Ja. Es gehört zu meiner Arbeit.«

»Bist du Historikerin? Oder Journalistin oder so was?«, fragte er interessiert.

Sie zögerte. »Eher *so was*.« Wie viel durfte sie ihm wohl erzählen? Sie hatte vergessen, Remy oder Anna-Lisa nach Vertraulichkeit zu fragen, und im Vertrag war ihr nichts darüber aufgefallen. Immerhin war das hier so etwas wie eine Familienangelegenheit. Und Remy plante eventuell eine Veröffentlichung darüber, zumindest in ihrer Zeitschrift. Am besten fragte sie nachher noch einmal nach.

»Schon gut, du musst mir nichts erzählen«, sagte Friso und lächelte sie beruhigend an. »Aber wenn du magst, komm doch mit. Meine Schwester Venja und ich haben einen kleinen Betrieb an der Promenade. Sie ist immer gut informiert. Vielleicht weiß sie etwas, was dir bei deiner geheimen Mission weiterhilft.«

»Gerne.« Sie warf Caroline einen letzten Blick zu und folgte ihm. Sie kam sich schäbig vor, dass sie so wenig verraten hatte. »Ich bin keine Journalistin, aber ich schreibe Geschichten.« Das war unverfänglich.

»Aha, also recherchierst du«, meinte er verständnisvoll.

»Ja, gewissermaßen.« Nur eben für Remy. Aber man konnte schließlich nie wissen. Egal, wo Pixie war, irgendetwas kam dabei immer für die Geschichten heraus – feine Details, inspirierende Orte oder auch bestimmte Gesichter. Zum Beispiel, wenn sie so offen und echt waren und in die Umgebung passten wie Frisos …

Sie spazierten am Hafenbecken entlang, vorbei an Schiffen mit Namen wie *Gebrüder* und *Wattvogel*, die sie sich unbedingt später noch in Ruhe ansehen musste. Dann an der Harle.

»*Pumphusen?*« Pixie entdeckte ein Straßenschild. »Heißt so diese Promenade?«

»Ja, klar. Das ist unsere Adresse. *Verpuusten*, *Pumphusen*.«

»*Verpuusten?*« Pixie kam sich allmählich vor wie ein einziges Fragezeichen. Friso schien das nicht zu stören.

»Wir verleihen eine besondere Sorte Tretboote, und wir bieten Tee, Espresso, Kakao mit Milch oder Hafermilch, Fisch- und vegetarische Sandwiches und kleine Gerichte an, und Friesenkekse natürlich. Alles, was glücklich macht. Mit anderen Worten, man kann sich bei uns ausruhen, verschnaufen, erholen. Auf Plattdeutsch *Verpuusten*.«

»Das klingt richtig schön.« Sie hätte wohl doch vernünftig frühstücken sollen. Ihr Magen knurrte.

Friso lachte. »Ist es auch. Venja kann so was.«

»Leckere Dinge machen?«

»Das sowieso. Und dafür sorgen, dass Menschen sich wohlfühlen. Von wo kommst du eigentlich?«

»Momentan wohne ich in Großefehn.« In ihrer Tasche vibrierte es. »Entschuldige kurz.« Es war eine Nachricht von Elin.

Alles gut bei dir oder kann ich helfen? Habe gerade Zeit.

Danke, aber ich bin in Carolinensiel.

Super, ich bin gespannt, ob du etwas herausfindest.

Ich auch, dachte Pixie.

Unterdessen hatte Friso auf seinem eigenen Handy herumgetippt. »Was schreibst du denn für Geschichten, Pixie? Ich kann unter deinem Namen gar nichts finden.«

»Ach so. Da musst du unter Ellie Ennis gucken.«

»Ein Pseudonym? Spannend.«

»Eher anstrengend«, murmelte sie, aber Friso war schon wieder vertieft.

»Oh, cool! Du hast ja eine Menge Fans. Ich lese gern mal Fantasy, aber auf dich bin ich noch nicht gestoßen. Ich lade mir gleich mal was herunter.«

»Ach, ich weiß nicht, ob das so dein Ding ist …«

»Warum sollte es das nicht sein?«, fragte er. »Magst du deine eigenen Geschichten nicht?«

»Doch. Schon. Aber …« Wie sollte sie das jetzt erklären, dieses Unbehagen, das sie neuerdings oft beschlich? »Es ist nur, wenn jemand Geld und Zeit für meine Texte ausgibt, ist es doch ein großer Vertrauensvorschuss. Ich befürchte dann irgendwie immer, denjenigen zu enttäuschen.«

»Na, dafür kann man heutzutage ja kostenlose Leseproben herunterladen. Wer dann kauft, weiß doch, was er tut. Und deine Fans wissen sowieso, was sie erwarten können, denke ich. Der Inhalt klingt jedenfalls prima. Genau was ich brauche, um mich von den Abrechnungen ablenken zu können.«

»Ich war sehr jung, als ich damit angefangen habe. Dann hat es sich irgendwie verselbständigt.«

»Rechtfertigst du dich gerade? Wofür? Wenn es seitdem gut läuft, scheint es doch vielen Leuten zu gefallen.«

»Schon. Ja. Ich freue mich ja auch. Ich stecke bei der aktuellen Geschichte bloß gerade total fest.«

»Na, dann bist du hier bei uns genau richtig. Lass dir den Cliner Wind um die Nase wehen, das kann bestimmt helfen.«

»Das wäre schön.«

»Und ein Heringssandwich von Venja kann dabei auch nicht schaden«, schlug er vor. »Körper und Geist gehören ja bekanntlich zusammen, wenn es um Wohlbefinden geht. Hier sind wir schon. Da vorn ist das *Verpuusten.*«

Pixie sah ein niedriges, blau und weiß gestrichenes Haus mit einem roten Ziegeldach und einer großzügigen, überdachten Holzterrasse, auf der Menschen an kleinen Tischen saßen, manche mit einer Decke über den Knien gegen den frischen Wind. Der Schriftzug *Verpuusten* war mit unregelmäßigen geschwungenen Pinselstrichen in großen weißen Buchstaben über die Tür geschrieben, direkt auf die blaue Wand. Neben die Tür war ein weißer Leuchtturm gemalt und hier und da eine stilisierte fliegende Möwe. Der Effekt war leicht und locker, heiter wie ein Sommertag und ein unbeschwertes Willkommen.

»Verzeihung, vermieten Sie die Tretboote?«, sprach jemand Friso an.

»Ja, da sind Sie richtig.« Während er Auskunft gab, machte Pixie ein Bild vom *Verpuusten*, das sie an Emily schicken wollte. Dabei fiel ihr auf, dass der gemalte Leuchtturm eine leuchtend orangene Tür mit einer gelben Sonne darauf hatte. Die Tür war sehr schief und passte farblich nicht, aber sie wirkte unwiderstehlich fröhlich.

»Die Tür hab ich gemalt«, verkündete jemand. Pixie ließ das Handy sinken und entdeckte ein paar große, dunkle Augen, die zu ihr aufsahen. »Bist du meine Tante?«, fragte das Mädchen, das etwa acht Jahre alt sein mochte. Ein weites, offenes Lächeln offenbarte eine Zahnlücke, lange schwarze Locken waren windzerzaust, und aus den zu kurzen Jeans staken schmale Barfußbeine.

»Ja hallo, wer bist du denn? Ich bin Pixie.«

Friso hatte seine Kunden versorgt und kam zu ihnen herüber. Er nahm die Kleine bei der Hand. »Das ist Tamani. Meine Nichte.« Er blickte von dem Kind zu Pixie und zurück. »Pixie ist nicht deine Tante, Tamani, aber ich verstehe, wie du darauf kommst. Ihr seht euch ja wirklich ähnlich! Hast du einen indischen Vater wie Tamani?«

»Das nicht. Aber einen indischen Großvater väterlicherseits und eine indische Großmutter mütterlicherseits.« Da sie keinem von beiden jemals begegnet war, hatte sie daran fast nie gedacht. Aber Tamani ähnelte tatsächlich einigen ihrer eigenen Kinderfotos.

Die Kleine schob die Unterlippe vor. »Ich hab immer nur Onkels. Nie eine Tante.«

Friso hockte sich hin und zog denselben Schmollmund so

treffend, dass Pixie lachen musste. »Ich dachte, du hast mich gern«, sagte er traurig.

Tamani tätschelte ihm den Kopf. »Tu ich ja, Friso. Aber eine Tante wär lustig. Mit der kann man sich über Frauensachen unterhalten.«

»Was für Sachen?«, erkundigte sich Pixie. »Vielleicht können wir uns ja trotzdem darüber unterhalten, auch wenn ich nicht deine Tante bin. Wir könnten so tun als ob. Weißt du, ich hab mir mal selber einen Onkel ausgesucht, weil ich keinen hatte und unbedingt einen haben wollte.«

Friso stand auf und wischte sich theatralisch über die Stirn. »Au weia. Jetzt hast du was angerichtet!«

Tamani zeigte auf den Drachen an Pixies Ohr. »Das Silberne da. Was is'n das? Kann ich das mal ausprobieren?«

»Das ist eine Ohrmanschette. Ich glaube, dafür ist dein Ohr noch zu klein. Aber warte mal.« Sie kramte in der Seitentasche ihres Rucksacks und fand ein zierliches Exemplar mit einem winzigen glitzernden Schmetterling daran, den sie mal als Bonus zu einer Bestellung dazubekommen hatte. Es war ihr zu kitschig gewesen, also hatte sie es an den Reißverschluss der Innentasche geklemmt, um ihn besser aufziehen zu können. Aber in Tamanis Alter liebte man Bling-Bling, das wusste sie noch sehr genau. »Sieh mal, hier. Wollen wir mal probieren, ob das passt?«

»Au ja!« Tamanis Augen wurden noch größer.

»Ist das okay?«, fragte sie Friso.

»Na klar. Aber nimm dich in Acht vor meiner Nichte. Tamani bedeutet *Wunsch*. Das nimmt sie wörtlich.«

»Es ist ein wunderschöner Name. Mein Großvater hieß Anando, das bedeutet *der Glückliche*. Sag mir gleich Bescheid, wenn es kneift, ja?« Vorsichtig legte Pixie den zarten Ring um das kleine Ohr, nachdem sie ihn etwas enger gebogen hatte. Tamanis Ohren waren nicht spitz, aber wie ein Kobold oder Elfenwesen wirkte sie trotzdem.

»Nee, kneift gar nicht.« Vor Aufregung hüpfte Tamani von einem Fuß auf den anderen. Pixie stellte das Handy auf Selfiemodus und hielt es Tamani hin, damit sie sich sehen konnte. »Gefällt es dir?«

»O ja, toll! Jetzt bin ich auch glücklich. Wie dein Großvater. Ich zeig es Mama.« Eifrig sauste sie ins Haus.

»Hoffentlich hat deine Schwester nichts dagegen.« Pixie fragte sich, ob sie mal wieder zu impulsiv gewesen war.

»Ach was. Venja bestimmt nicht. Komm, setz dich doch. Vielleicht findest du auf der Speisekarte etwas gegen deinen hungrigen Magen? Ich lad dich ein, als Dankeschön, weil du meine Nichte happy gemacht hast.«

»Das musst du doch nicht.« Sie überflog die mit Zeichnungen von Kuttern und Tjalken liebevoll gestaltete Karte. Ihr Bauch meldete sich gleich wieder.

Da kam ein kleiner Wirbelwind angestürmt und setzte sich ihr gegenüber. »Mama gefällt mein Ohr auch! Kannst du jetzt meine Tante sein? Für immer?«

»Ich bin nur zu Besuch hier, weißt du.«

Eine Frau mit hochgesteckten blonden Haaren und Frisos Augen kam an den Tisch. »Ich höre, wir haben Familienzuwachs. Hi, du musst Pixie sein. Venja. Freut mich.«

»Mich auch. Ich hoffe, das war okay mit der Ohrmanschette.«

»Na klar. Sehr nett von dir.« Venja lachte. »Ist ja lustig. Ihr seht euch wirklich ähnlich!«

»Du und Friso auch.« Venja musste ein paar Jahre älter sein als Friso, schätzte Pixie.

»Schon, aber das ist bei Geschwistern ja nicht erstaunlich. Was darf ich dir denn bringen?«

»Ich nehme ein Heringssandwich.« Das war mal etwas anderes als Fischbrötchen. Sie war neugierig darauf. Manchmal vermisste sie die echten amerikanischen Club-Sandwiches, die aus Toastscheiben und viel Truthahn bestanden. Zugegeben, sie waren meist matschig. Aber sie mochte sie trotzdem. Gelegentlich jedenfalls. In Tamanis Alter hatte sie die geliebt.

»Gute Wahl. Tamani, zieh bitte deine Schuhe an, es ist zu kalt.« Venja verschwand drinnen. Friso war bereits wieder im Gespräch mit Kunden.

Tamani rührte sich nicht von der Stelle. »Liest du mir was vor? Eigentlich kann ich schon lesen. Ich bin ja schon fast acht. Aber Vorlesen ist schöner.«

»Hast du denn ein Buch hier?«

Sie hatte kaum zu Ende gesprochen, da war Tamani schon losgeflitzt und im nächsten Augenblick wieder zurück. »Da!«

»Oh! Wilbur und Charlotte! Ein Lieblingsbuch von mir.«

Nathan hatte ihr diese berührende Geschichte des Autors E.B. White von Freundschaft, Mut, Ideenreichtum und unbeschönigtem Leben früher auch vorgelesen. Die Zeichnungen waren ebenso bezaubernd. »Wolltest du nicht deine Schuhe anziehen?«, fragte Pixie.

»Na gut.« Tamani tat es und kletterte auf Pixies Schoß.

Zwei Kapitel später stellte Venja einen Teller vor Pixie. »Lass es dir schmecken. Tamani, Friso braucht deine Hilfe unten bei den Booten.«

»Okay.« Tamani rutschte widerstrebend von Pixies Knien. »Guten Appetit«, wünschte sie.

»Danke schön, Tamani.«

»Sie hilft manchmal bedienen«, erklärte Venja erheitert, »daher diese Höflichkeit.«

»Das sieht ja toll aus.«

»Ich hoffe, es schmeckt dir.« Schon war sie wieder unterwegs, weil jemand an einem anderen Tisch nach ihr rief.

»Danke dir!«, rief Pixie ihr nach.

Sie spürte, wie sie sich entspannte. Die Sonne setzte sich durch, es wurde wärmer. Auf der Harle segelte ein Boot vorbei, sporadisch klang ein Lachen der anderen Gäste herüber. Der Stuhl war bequem, und vom Teller stieg ein köstlicher Duft auf. Pixie nahm beide Hände zu Hilfe, um in das dicke Sandwich zu beißen. Genussvoll schloss sie die Augen. Was für ein Strauß aus Aromen, der sich da auf ihrer Zunge entfaltete! Vorsichtig hob sie das obere Brot an und versuchte zu ergründen, woraus sich Venjas Werk zusammensetzte. Sie selbst verwendete selten viel Zeit aufs Kochen, aber einfache und dennoch leckere Gerichte interessierten sie gerade deshalb.

Hier waren rustikale Brotscheiben anscheinend mit gewürztem Schmand und Rote-Bete-Würfeln überbacken, dann mit Heringsfilet belegt worden. Darauf befand sich ein Pesto, nicht mit Basilikum – vielleicht aus Feldsalat? – und mit Cashewkernen. Und als Krönung eine Mischung aus gebratenen Speck- und Apfelwürfeln auf dem Fisch unter der zweiten Brotscheibe.

»Schmeckt es?«, erkundigte sich Venja im Vorbeilaufen. Sie trug ein volles Tablett mit einer Eleganz, als wöge es nichts. Auch etwas, das Pixie in Gaststätten stets bewunderte. Sie hatte das mit dem Kellnern mehrfach versucht. Es war jedes Mal eine Katastrophe gewesen.

»Es ist göttlich!«

Als sie fast fertig war, kam Friso an ihren Tisch, setzte sich und stibitzte einen Krümel Brot. »Sorry. Ich kann selbst nie genug davon bekommen. Du solltest auch mal die Wraps probieren.«

»Das mache ich bestimmt«, sagte Pixie mit Nachdruck und bedauerte, dass sie zu satt war, um es sofort zu tun.

»Ich hab den anderen Bescheid gesagt, dass du was fragen willst. Sie kommen gleich.«

»Ich wollte nicht stören, Venja hat doch genug zu tun.«

»Ach was, die muss auch mal Pause machen. *Verpuusten* sollten nicht nur die Gäste. Da kommen sie schon.«

Auf einmal waren mehrere Leute um den Tisch. »Das ist mein Mann, Vivaan«, stellte Venja vor.

Vivaan, klein und zierlich, strahlte sie aus dunklen Augen an. »Hallo, Pixie! Es scheint, dass wir etwas gemeinsam haben.«

»Ich habe ihn mir aus Indien mitgebracht«, erklärte Venja mit einem Lachen und griff nach Vivaans Hand. »Ich war jung, wollte die Welt kennenlernen und konnte einfach nicht ohne ihn zurückkommen. Und das ist nun schon dreizehn Jahre her. Unfassbar.«

Vivaan setzte sich neben sie und legte einen Arm um ihre Schultern. »Die beste Entscheidung meines Lebens.«

»Und das ist Winni, der in der Küche alles stemmt, was Venja und ich nicht schaffen.« Friso klopfte einem älteren Mann mit weißblonden Haaren und Sommersprossen auf die Schulter. Er grinste Pixie nur fröhlich an.

»Winni ist hier geboren. Zeig ihm doch mal dein Foto, Pixie«, meinte Friso.

Pixie öffnete das Bild diesmal auf ihrem Tablet, damit es alle besser sehen konnten.

Winni betrachtete es eingehend, dann schüttelte er den Kopf. »Das war vor dem Krieg. Bevor der Hafen hier versandete und der moderne benutzt wurde. Sooo alt bin ich auch wieder nicht. Ich kann aber mal herumfragen. Was willst du wissen, Pixie? Wie der Kutter heißt?«

»Ja. Und wem er gehörte. Eigentlich alles, was herauszufinden ist. So genau weiß ich es selbst nicht. Es ist nur eine vage Spur.«

»Zu was denn?«, wollte Venja wissen. »Ist jemand verschwunden?«

»Zu einer Geschichte. Pixie ist Schriftstellerin«, half Friso, als sie zögerte. Pixie ließ es erst mal so stehen. Bevor sie nicht mit Remy gesprochen hatte, wollte sie keine Einzelheiten verraten. Schriftstellern schien man Merkwürdigkeiten und eine gewisse Zerstreutheit zu verzeihen, das hatte sie schon öfter erlebt. Wie witzig, dachte sie, wo man doch gerade dabei so sehr auf Details achten muss, um Unstimmigkeiten zu vermeiden. Man muss alle Fakten dreimal checken und auf Seite fünfhundertdrei immer noch wissen, was man auf Seite sieben geschrieben hat …

»Ach so!«, meinte Winni dann auch verständnisvoll, und Pixie unterdrückte ein Grinsen.

»Ich kann natürlich erst recht nicht weiterhelfen«, bemerkte Vivaan bedauernd. »Aber wie wäre es, wenn wir das Bild im Büro ausdrucken und an unser Schwarzes Brett hängen, mit der Frage, ob jemand etwas darüber weiß? Hier gehen so viele Menschen ein und aus, auch alteingesessene.«

»Das ist eine gute Idee«, fand Venja. Alle sahen Pixie erwartungsvoll an. Sie überlegte. Ein Aushang in einer kleinen Gaststätte war ja nicht dasselbe wie eine Annonce in der Zeitung. Remy hatte ihr das Bild schließlich gegeben. Und wie sollte sie sonst weiterkommen?

»Ja, das machen wir«, entschied sie. »Vielen Dank, das ist lieb von euch.«

»Unser Beitrag zur Literatur«, meinte Friso verschmitzt. Pixie konnte nur hoffen, dass ihm wenigstens die heruntergeladene Geschichte aus ihrer Phantasiewelt gefallen würde.

11

Als das Foto hing, sah Friso Pixie fragend an. »Na, willst du mal Tretboot fahren?«

»Ein andermal gern. Ich möchte jetzt unbedingt an den Strand. Ich war viel zu lange nicht am Meer.« Sie konnte nicht anders. Es roch schon so sehr nach Nordsee.

»Oh, kann ich mitkommen, Pixie? Bitte!« Tamani fasste nach ihrer Hand.

Pixie zögerte. »Weißt du, von mir aus gern, aber ich glaube, das geht nicht. Deine Mama und dein Onkel kennen mich ja noch gar nicht richtig.«

»Aber ich war auch so lange nicht am Strand! Nie hat einer Zeit!«

Venja blickte bekümmert. »Da hat sie recht. Es ist immer noch Saison, da ist das nicht so einfach.«

»Weißt du was, Friso, ich würde den Bootsverleih eine Weile übernehmen«, bot Winni an. »Es ist gerade nicht so viel los.«

»Ja, und ich lasse den Bürokram liegen und helfe Venja in der Küche. Dann kannst du mit an den Strand, Friso«, stimmte Vivaan ein.

»Au ja, au ja!« Tamani hüpfte herum. »Bitte, Friso, komm mit!«

»Na schön. Da kann ich wohl nicht anders. Nur, wenn es dir recht ist, Pixie?«

Wer konnte dem Blick in Tamanis Augen widerstehen?

Also luden sie Tamani mitsamt Eimer, Schaufel und Handtüchern in Pixies Auto. Friso dirigierte sie zu einem Parkplatz in der Nähe des Campingplatzes. »Ganz so voll wie in der Hochsaison ist es zum Glück nicht mehr«, sagte er.

Kurz sehnte sich Pixie nach dem Frieden und der Einsamkeit des Waterhuuske, als sie die Reihen der vielen identischen Camper stehen sah. Doch als sie an den Strand gelangten, vergaß sie alles. Sie sah das Meer und war sofort zu Hause. Die Menschen, Gebäude, Fahrzeuge, selbst Friso und Tamani verschwanden, und sie sah nur noch den Horizont, war umfangen von Weite, roch diese einzigartige Nordseeluft. Das Wasser lief gerade ab, vorn lag bereits ein Streifen Watt frei, dahinter plätscherten noch kleine Wellen. Die Sonne glitzerte in Prielen und Tümpeln.

Es war, als ob sich ein Nebel aus ihrem Hirn und von ihrer Seele hob, der dort viel zu lange gelegen hatte.

Wie im Traum zog sie die Schuhe aus, spürte den Sand und lief über den befestigenden Asphaltstreifen hinweg direkt ins Watt, spürte den Schlick weich zwischen ihren Zehen. Sie bückte sich nach einem Strang Blasentang und befühlte die Knubbel, hielt ein hellgrünes Blatt Meersalat gegen das Licht. Hob eine Handvoll Muscheln auf, Miesmuscheln, Herzmuscheln, Schwert- und Sandklaffmuscheln, Austern, die Schale einer kleinen Krabbe. Sah einer Gruppe Sanderlingen zu, die nach Nahrung pickten. Diese kleinen, schnellen Vögel hatte sie immer geliebt. Alle noch da, alles alte Freunde. Pixie atmete tief ein, dann breitete sie die Arme aus, wie um mit den Möwen zu fliegen. Ihre Lunge weitete sich, ihre Gedanken auch. Sie schöpfte mit der Hand Wasser, kostete mit der Zungenspitze das Salz und das dunkle, geheimnisvolle Aroma, von dem sie sich als Kind vorgestellt hatte, dass es durch die Adern der Welt floss wie das Blut durch ihre eigenen.

Erst als ein Junge so dicht an ihr vorbeirannte, dass er sie vollspritzte, fiel ihr ein, dass sie ja nicht allein gekommen war. Sie sah sich um und stellte fest, dass Friso etwas abseits der Strandkörbe ein Handtuch ausgebreitet und nicht nur Tamanis, sondern auch ihre achtlos abgestreiften Sneaker säuberlich daneben gestellt hatte. Tamani war bereits mit Schaufel und Eimer beschäftigt. Pixie lief zu ihnen. »Entschuldigt bitte. Das habe ich unbedingt gebraucht! Warum ist das Meer so wichtig für so viele von uns?«

Friso lächelte, dann ließ er sich nach hinten fallen, verschränkte die Arme hinter dem Kopf und blickte hinauf in den blauen Himmel mit den ziehenden Wolken und kreisenden Möwen. »Vielleicht weil es uns den Freiraum schenkt, den wir uns selbst nicht erlauben. Immer scheint irgendetwas wichtig zu sein. Dem Meer ist nichts wichtig. Es ist einfach da. Setz dich doch.« Er klopfte neben sich auf das Handtuch.

Pixie ließ sich im Schneidersitz nieder. »Du klingst wie Flömer.«

»Wer ist Flömer?«

»Erzähle ich dir ein andermal.« Schließlich würde sie wiederkommen müssen, um zu fragen, ob der Aushang etwas ergeben hatte, redete sie sich ein. Und dann waren da ja noch Venjas Wraps, die sie probieren wollte.

»Helft ihr mir?« Tamani stand vor ihnen, in den Händen Tangfahnen. »Wir müssen Lehmwaltern!«

»Lehm… was? Ich dachte, du baust eine Burg?«

»Nö. Sandburgen sind langweilig. Das macht doch jeder. Wir bauen Moordorf.«

»Ein Moordorf? Aus Sand?«

»Das Moormuseum Moordorf. Da waren wir neulich«, erklärte Friso. »Da gibt es Programme für Kinder. Tamani hat sich aus Binsen ein Springseil geflochten, und sie haben gelernt, wie das Lehmwaltern geht.«

»Damit haben die armen Leute früher ihre Häuser gebaut«, erklärte Tamani. »Ich zeig's dir.«

»Die ersten Moorsiedler«, ergänzte Friso. »Man hat aus einem Strohballen Stränge herausgezogen und in Lehmbrei gelegt. Dann arbeitet man den Lehm mit den Händen ein, dreht den Strang und zieht ihn aus dem Lehm.«

»Dann hat man nämlich eine Wurst«, fiel Tamani ein.

»Genau. Und die flicht man dann Lage für Lage durch ein hölzernes Stangengerüst, und so entsteht eine Wand. Ein ganz altes Handwerk. Aber heute entdeckt man das Bauen mit Lehm ja wieder neu. Eine feine Sache, sehr klimafreundlich und nachhaltig. Und auch noch ästhetisch ansprechend.«

»Hast du eigentlich immer schon Tretboote vermietet?«, fragte Pixie.

»Weil ich so schlau bin, meinst du?« Er warf ihr einen amüsierten Blick zu. »Ich bin bloß Onkel. Lesen kann ich auch. Und du? Warst du immer schon so neugierig?«

»Jawohl. Immer. Das ist beruflich notwendig«, meinte sie tiefernst, bevor sie losprustete.

»Kommt ihr jetzt?«, forderte Tamani ungeduldig. »Moordorf muss fertig werden. Da wollen vielleicht die Krabben drin wohnen, damit die Möwen sie nicht erwischen.«

»Klingt vernünftig.« Friso rappelte sich auf, Pixie tat es ihm nach.

»Haben wir denn Stroh?«

»Da nehmen wir doch Tang, und das geht mit Schlick viel besser, weil Lehm haben wir ja auch nicht!«, erklärte Tamani streng. Sie war anscheinend gut im Improvisieren. Auf diese Lockerheit sollte ich mich auch wieder besinnen, wenn das Schreiben nicht so läuft, erkannte Pixie. Früher konnte ich das mühelos. Da war es ein Spiel, so hat doch alles angefangen.

Tamani hatte bereits genug angespülte Stöckchen gesammelt, um drei Rechtecke in den Sand zu stecken. »Wir müssen bloß noch den Tang im Schlick wälzen und dann da überall durchflechten. Jeder macht ein Haus«, wies sie an. »Dann muss bloß noch ein Dach drauf. Da können wir das Gras drüberhängen. Wie Reetdächer.« Sie zeigte auf abgerissenes Dünengras, das ein Sturm über den Sand getrieben und an einem leeren Strandkorb aufgetürmt hatte.

»Gut, dass Salix nicht hier ist, sie würde alles wieder herausziehen«, sagte Pixie und dachte daran, wie die Dohle ihre Socken von dem Stuhl geworfen hatte, auf dem sie trocknen sollten.

»Wer ist das?«, wollte Tamani wissen, und Pixie erzählte ihr von dem frechen Vogel, der schon so lange zum Waterhuuske gehörte. Dann konzentrierten sich alle auf ihr Projekt.

Pixie vergaß alles, während sie flocht und einweichte. Es klappte überraschend gut. Viel Schlick aus dem herangeschleppten Eimer hielt nicht in den »Würsten«, aber der

Tang allein war schon stabil genug. Mit den verschiedenen Sorten konnte man sogar Muster gestalten. Die Tätigkeit hatte etwas Meditatives, das alle Sorgen aus ihren Gedanken vertrieb. Da war nur noch das weiche, feuchte, salzig-aromatische Material in ihren Händen, die zufriedene, schweigende Zusammenarbeit zu dritt, unterbrochen von einem gelegentlichen Schimpfen oder Lachen, wenn etwas sich wieder löste oder komisch aussah.

War das der Grund, warum Flömer Flaschenschiffe gebaut hatte?, überlegte sie, als sie schließlich mit ihrer Hütte samt Grasdach fertig war, sich auf die Fersen setzte und über ihre Stirn wischte. Vielleicht hatte er dabei auch alles vergessen, was ihn beschwerte oder traurig machte, und sich wieder gesammelt.

Tamani lachte hellauf. »Du hast Schmutz auf der Stirn!«

»Ach was. Schlick ist kein Schmutz. Das ist Medizin. Wie Fangopackungen.« Aber sie lachte auch und zog ein Taschentuch aus ihrer Hosentasche. Sie betrachtete das gemeinsame Werk. »Was für ein schönes Dorf!«

»Und das ist eine Schafherde«, meine Tamani und legte eine Gruppe weiße Herzmuscheln in den Sand, mit einer aufrecht gestellten halboffenen Miesmuschel dazu. »Und das ist der Schäfer mit seinem Mantel.« Sie steckte noch eine Samenkapsel hinein, als Kopf. Es wirkte auf berührende Weise echt. Pixie und Friso wechselten einen Blick.

»Vielleicht wird sie mal Künstlerin oder Schriftstellerin wie du. Phantasie und Freude daran hat sie jedenfalls«, meinte Friso leise, als sie zum Handtuch zurückgingen, während Tamani selbstvergessen mit den Schafen spielte.

Pixie legte noch einen kleinen Garten aus hellgrünem

Meersalat, blutrotem Seeampfer und bizarrem Blasentang an, dann kramte sie ihr Handy aus dem Rucksack. Dass sie die allererste Geschichte damals angefangen hatte, war eigentlich aus purem Trotz gewesen. »Diese unleserliche Sauklaue kannst du dir erst leisten, wenn du Schriftstellerin bist!«, hatte ihr die Deutschlehrerin an den Kopf geworfen. Das hatte sie überhaupt erst auf die Idee gebracht, eine Geschichte zu schreiben. Die Freude daran war erst mitten im Text gekommen. Als sie bemerkt hatte, dass sie eine Welt erschaffen konnte. Ja, genau wie Tamani gerade.

»Darf ich Moordorf fotografieren und posten?«, fragte sie.

Er nickte. »Klar doch, wenn Tamani nichts dagegen hat. Bin gespannt, wie das ankommt. Ich bin ja jetzt auch dein Follower.«

Pixie war sich gar nicht sicher, ob ihr das recht war. Irgendwie war es ihr auch ein bisschen peinlich. Warum nur? Sie blätterte im Netz, fand das *Verpuusten* mit dem Bootsverleih und klickte. »Ich jetzt auch eurer.« Das fühlte sich schon besser an. Ausgeglichen. Jedenfalls würden sie sich jetzt nicht mehr aus den Augen verlieren, und das war schön.

Sie legte sich auf den Bauch und fotografierte das Moordorf aus der Perspektive des Schäfers. Dann zeigte sie Tamani die Bilder. »Darf ich die veröffentlichen, damit sich andere darüber freuen und etwas lernen?«

»Ja, toll, damit sie nicht immer nur Sandburgen bauen.«

Lernen von einer jungen Freundin. Architektonische, geschichtliche und handwerkliche Studien an der See, schrieb sie darunter. *Frei nach dem Moormuseum Moordorf.* Von Tamani waren natürlich nur die kleinen Hände zu sehen, wie sie geschickt eine lose Stelle flickte.

»So recht?« Sie hielt es Friso und Tamani hin, die jetzt versuchten, den Sand von ihren kalten Füßen zu bekommen, bevor sie in die Schuhe schlüpften.

Mühsam las Tamani den Text. Bei *architektonisch* mussten sie helfen, der Rest ging. Dann strahlte sie. »Das ist ja toll!«

»Das finde ich auch.« Über ihren Kopf hinweg lächelte Friso Pixie an. »Ich glaube, da muss ich mir ein Dankeschön für Pixie ausdenken.«

»Auf gar keinen Fall! Ich hatte einen wunderschönen Nachmittag.«

»Trotzdem. Es wird dir gefallen. Kommt, jetzt müssen wir erst mal zurück.«

Inzwischen war völlige Ebbe. Leise war das Wattschmatzen zu hören, die kleinen Geräusche, die die Würmer, Schnecken und Muscheln im Schlick machten.

Es dauerte, bis sie alles zusammengepackt und den Weg zurück zum Parkplatz geschafft hatten. Ehe sie ins Auto stiegen, blickte Friso neugierig auf die ersten Kommentare unter Pixies Bildern und las sie vor.

Toll! Das machen wir nach! Mal was anderes!

Wo ist dieses Museum? Wir wollen dahin!

Kann man die Technik irgendwo nachschlagen?

Wo bist du? Wird ein Buch daraus?

Das spielen wir morgen auch. Bei uns gibt es ganz langen Seetang.

Wir nehmen Stroh mit, wenn wir das machen, für Dächer geht das besser als Gras.

»Super, Tamani. Du bringst andere auf Ideen. Und sie lernen was. Find ich cool.«

»Dann müssen wir bald in ein anderes Museum, Friso. Dann können wir für die Kinder wieder eine neue Idee suchen.«

»Das war wohl ein Eigentor«, murmelte er in Pixies Ohr.

»Tja, Onkel Friso. So ist das.«

Pixie fühlte sich seltsam getröstet. Man konnte so viele Menschen erreichen, und es gab trotz allem Bedrückenden auch so viel Schönes in der Welt. Allmählich spürte sie wieder, warum sie schrieb und dass es sich lohnen konnte, nicht aufzugeben. Eigentlich war es doch ganz einfach.

Zurück im *Verpuusten* war es auf der Promenade stiller geworden an diesem kühlen Abend, der sich wieder etwas mehr bewölkt hatte. Auf der Terrasse saßen immer noch Gäste, in die bereitliegenden Decken eingewickelt.

»Na, war es schön?« Winni kam gerade vom Steg hoch. »Ich habe den Bootsverleih eben pünktlich geschlossen. Alle Kunden waren zufrieden, alle Boote sind okay, nur die Nummer Acht quietscht etwas, da muss mal Öl ran. War ein ganz guter Tag.«

»Danke, Winni. Ja, das war eine feine Auszeit. Morgen bist du dran.«

»Ach was, nicht nötig. Ich bin dann mal wieder in der Küche.« Leise pfeifend verschwand er.

»Na, wie war es am Strand?«, erkundigte sich Venja und betrachtete amüsiert ihre Tochter und die Schlickspuren auf deren Shirt.

»Ganz toll, Mama! Wir haben Moordorf gebaut. Da können heute Nacht die Krabben drin schlafen.«

»Na, da freuen sie sich bestimmt.«

»Venja, ich nehme noch mal kurz ein Boot. Sonderfahrt für Pixie. Oder brauchst du mich?«, wollte Friso wissen.

Sie sah sich um. »Nein, es ist ruhig. Wir haben alles im Griff.«

»Kann ich mitkommen, Friso? Bitte!« Tamani setzte ihren Augenaufschlag absolut gekonnt ein, stellte Pixie belustigt fest.

»Bist du noch gar nicht müde?«

»Nööö.«

»Ist das okay, Venja?«

»Klar. Aber hinterher geht's in die Wanne!«

»Na, dann kommt.« Friso steuerte den Steg an, an dem die Boote dümpelten. Das Wasser gluckerte lockend und geheimnisvoll unter den Böden.

»Ich muss eigentlich los. Es wird ja bald dunkel«, wandte Pixie ein.

Friso blieb stehen. »Fährst du nicht gern im Dunkeln? So weit ist es doch nicht bis Großefehn.«

»Es ist nur, weil mir die Strecke nicht vertraut ist. Aber du hast recht. Dafür gibt's ja das Navi.«

»Wir brauchen nicht lange, es wird nur eine kleine Runde. Ich möchte dir bloß mal den Abend vom Wasser aus zeigen.«

Bis jetzt war Pixie so mit allem anderen beschäftigt gewesen, dass sie die Boote noch gar nicht genauer betrachtet hatte. Sie war davon ausgegangen, dass es sich um ganz normale Tretboote handelte. Zum Glück nicht die Kitschigen, die Schwänen nachempfunden waren. Die hatte sie schon als Kind furchtbar albern gefunden. Dafür waren die anderen langweilig.

Diese jedoch nicht. »Das sind ja kleine Krabbenkutter!«, stellte sie verblüfft fest.

»Ganz genau. Und Plattbodenschiffe, genau wie die, die hier im Museumshafen liegen. Nur eben kleiner.« Friso war sichtlich stolz. »Früher fand ich Tretboote meist öde. Als Venja später hier das *Verpuusten* übernommen, umbenannt und ganz neu aufgestellt hat, nachdem es eine Weile leer stand, gehörten der Steg und ein paar Tretboote von der langweiligen Sorte dazu. Da kam mir die Idee, etwas damit anzustellen, was hierher passt und den Leuten Freude macht. Na ja, und dann habe ich mit einem Freund angefangen, sie umzugestalten. Dabei ist es ein wenig mit uns durchgegangen. Es hat ewig gedauert. Aber es war eine tolle Herausforderung, und uns ist immer Neues eingefallen. Am Ende hat es sich gelohnt.«

»Da stimmen alle Details. Ist ja irre.« Bewundernd betrachtete Pixie die geschickte Konstruktion, wie sogar die Takelage komplett mit Netzen so untergebracht war, dass sie kaum die Sicht behinderten. Jedenfalls deutlich weniger als ein Schwanenhals. Und wie stabil und ausgefeilt die Seitenschwerter gefertigt waren, damit sie gut aussahen und es trotzdem verkrafteten, wenn die Freizeitkapitäne mal irgendwo anstießen! »Das kommt bestimmt gut an bei den Feriengästen.«

»Ja, es macht allen einfach Spaß.«

Tamani hatte schon ein Boot ausgesucht und sich auf die hintere Bank gesetzt. Friso stieg ein und reichte Pixie die Hand. Die Sitze waren bequem. Sie lehnte sich zurück und setzte die Füße auf die Pedale. Dann fuhren sie hinaus auf die Harle.

Das Timing war perfekt. Hinter dem *Verpuusten* ging gerade die Sonne unter und färbte die dicken Wolken erst golden, dann rosa, schließlich glühend orange. Die Laternen und die Lichter in den Häusern flammten nacheinander auf und warfen zitternde Spiegelungen ins Wasser. Sie fuhren schweigend, Reden war überflüssig, sogar Tamani blieb still. Der Rhythmus des Tretens hatte etwas hypnotisch Beruhigendes. Auch die Farben des Himmels wiederholten sich auf der Wasseroberfläche. Als Pixie nach unten blickte, war es, als ob sie wie schwerelos durch die goldenen und rosa Wolken hindurchfuhren. Das Boot schien mit seiner Bugwelle eine Spur durch den Himmel zu ziehen.

Über ihnen flogen Fledermäuse lautlos im Zickzack. Enten schnatterten verhalten im Streit um einen Schlafplatz. Vom Ufer her klang leise Gitarrenmusik. Tamani summte jetzt mit, und es machte gar nichts, dass sie manche Töne nicht traf. Eine Welle von Glück überflutete Pixie. So hatte sie es oft mit Nathan empfunden, dass sie so tief in solche Schönheit eintauchte, den Abendfrieden in sich spürte, dieses Leuchten, das alles erfüllte und alles aufwog.

Erst als in den Wolkenlücken Sterne aufblinkten und Tamani hinten hörbar gähnte, steuerte Friso den Steg an.

Nachdem Pixie ausgestiegen war, dauerte es ein wenig, bis sich der Boden unter ihren Füßen wieder fest anfühlte.

Es waren immer noch Gäste da. Das Stimmengemurmel klang zufrieden, ab und zu von einem Lachen und Gläserklingen unterbrochen. Auf den Tischen flackerten Windlichter mit einem herbstlichen Blattmuster in warmen Rot- und Gelbtönen. Vivaan war an einem Grill beschäftigt. Wie er da mit der erhobenen großen Zange vor den glühenden Kohlen stand, die gelegentlich knisternde Funken in den Himmel schickten, wirkte er im rötlichen Widerschein mit seiner zierlichen Gestalt und seinen dunklen Locken und Augen selbst wie eine Art Kobold.

Venja tauchte aus dem Dunkel auf. »Pixie, da ist ein Tisch frei. Du hast bestimmt Hunger. Magst du das Grillgemüse probieren, während ich dieses müde Kind versorge?«

»Lass mal, Venja. Du hast genug zu tun. *Ich* bring sie ins Bett.« Friso nahm Tamani bei der Hand. »Das dauert ein wenig. Gute Nacht, Pixie, und gute Heimfahrt nachher. Komm jederzeit vorbei.«

»Gute Nacht, und danke für alles. Schlaf gut, Tamani!«

Tamani riss sich von seiner Hand los und flüsterte ihrer Mutter etwas ins Ohr. Venja nickte lächelnd. Tamani sauste zu einem leeren Tisch und kam mit einem der Windlichter wieder. »Das ist für dich, Pixie! Dann bist du nicht so alleine, wenn du zu Hause bist. Dann sind wir ein bisschen bei dir.«

Pixie musste schlucken. »Danke, Tamani, das ist aber lieb von euch. Da freue ich mich. Danke, Venja!«

»Eine sehr gute Idee. Nun komm, Krümel!«, sagte Friso bestimmt, und Tamani folgte ihm jetzt bereitwillig.

Dunkel war es nun sowieso. Pixie konnte dem Duft nicht widerstehen. Vivaan winkte sie heran und drückte ihr einen Teller in die Hand. »Was magst du? Gefüllte Champignons? Zucchini? Aubergine? Paprika? Oder Gemüsepäckchen mit Fenchel, Zwiebeln, Avocado, Wasserkastanien und anderem?«

Satt, müde und immer noch glücklich fuhr sie später zurück, ohne Zwischenfall und ohne sich zu verirren. Das

Waterhuuske lag freundlich beleuchtet hinter dem Kanal und wartete auf sie. Der Duft von Elins Blumensträußen hing immer noch in den Räumen, und als sie oben im Schlafzimmer das Fenster kippte, hörte sie unten im Garten gedämpft das Klingen des Wasserspiels.

Sie schlief ein, sobald sie unter die Decke gekrochen war, aber beim Eindämmern dachte sie noch, dass sie diesen Tag so niemals erlebt und diese Menschen nie kennengelernt hätte, wenn Flömer nicht gewesen wäre. Dass Zusammenhänge manchmal komplizierter waren als die Takelage eines Krabbenkutters, und genauso faszinierend.

12

Natürlich kannst du mit Personen, denen du vertraust, über deine Suche sprechen und ihnen auch das Schiff und den Ring zeigen. Ohne Herumfragen und Unterstützung wirst du nicht weiterkommen. So spüre auch ich immer meine Geschichten für die Zeitschrift auf. Bloß eben mit Bedacht und Feingefühl. Ich möchte es nur vorerst nicht in den öffentlichen Medien ausgebreitet sehen. Das verfälscht alles. Viel Erfolg, ich bin gespannt!, schrieb Remy als Antwort auf Pixies Frage, die sie noch vor dem Frühstück abgeschickt hatte.

Sie war erleichtert. Das würde manches einfacher machen, und der Aushang im *Verpuusten* musste ihr kein Unbehagen bereiten.

Von Friso kam auch eine Nachricht. *Ich habe gestern noch ein langes Stück aus deinem Buch gelesen, es gefällt mir richtig gut, und ich konnte an vielen Stellen herzhaft lachen. Von Tamani liebe Grüße, und du sollst bald wiederkommen.*

Pixie wurde es warm ums Herz. Die Freundschaft mit Lotte war besonders, aber der Umgang mit anderen in ihrem eigenen Alter hatte doch gefehlt. Das war ihr vorher gar nicht aufgefallen.

Dennoch sehnte sie sich heute nach Ruhe. Sie hatte von gestern so viele Eindrücke im Kopf, die dort wirbelten und zu Sätzen wurden, weil sie geordnet und festgehalten werden wollten. So setzte sie sich mit ihrem Notizbuch in den

Garten und schrieb auf, was herauswollte, ohne Plan. Flömer hatte recht, Strömungen gab es überall, eben auch in ihren Gedanken und den Worten, die herausdrängten. Sie ließ es wieder locker fließen, und das war erstaunlich erfrischend. An ihr Buch konnte sie später denken. Die Pause war hilfreich, sie spürte es. Einen Anteil daran, dass sie sich so wohlfühlte, hatte sicherlich auch die stetige, leise Wassermusik, die so mystisch klang, als käme sie direkt aus einer von Moinas irischen Feen- und Koboldgeschichten herübergeweht. Nicht zu vergessen die wilde, dichte Fülle der Düfte und Farben des Gartens.

Mittags wärmte sie sich Reste des Grillgemüses auf, die Venja ihr mitgegeben hatte. Es schmeckte immer noch himmlisch. Danach ging sie zur Abwechslung einmal zur Vordertür heraus, setzte sich auf die Stufen am Kanal und dachte angenehm an gar nichts, während auf dem Wasser goldene Birkenblätter vorbeitrieben und Libellen um sie herumschwirrten. Ab und zu lief jemand über die weiße Klappbrücke, dahinter zogen Wolken über den Flügeln der Windmühle vorbei.

»Huhu!« Als jemand sie von hinten ansprach, zuckte sie zusammen. »Pixie, ich bin es doch nur.« Elin lachte hellauf. »Tut mir leid. Anscheinend erschrecke ich dich jedes Mal. Darf ich mich zu dir setzen? Ich habe Kuchen mitgebracht. Omas Kürbiskuchen mit Äpfeln und Schokoguss, superlecker.«

»Das rieche ich schon. Mmmh.« Pixie stand auf. »Da lass uns lieber in den Garten gehen, dann mache ich uns Tee dazu.«

»Noch besser.«

Der Kuchen hätte auch für eine Großfamilie gereicht. Elin fütterte Salix mit einer Nuss, während Pixie zwei Stücke abschnitt und den Tee aufgoss. Damit setzten sie sich unter die Weide. Es war wie in einem grüngoldenen Zelt, das sich im leichten Wind zu den Tönen der Wassermusik bewegte. Pixie konnte von diesem Platz nicht genug bekommen.

»Und? Bist du weitergekommen?«, wollte Elin wissen.

»Bisher nicht. Aber ich habe nette Leute kennengelernt, die einen Aushang gemacht haben und herumfragen wollen, ob jemand etwas über den Kutter auf dem Bild weiß.« Sie erzählte vom *Verpuusten*. Elins Augen blitzten auf.

»Bei denen habe ich auch schon gegessen. Da ist es so lecker! Früher oder später landet jeder mal dort, es ist eine gute Stelle für einen Aushang.«

Dann versank sie in Schweigen. Obwohl sie Elin erst so kurz kannte, ahnte Pixie, dass das ungewöhnlich war. »Bedrückt dich etwas?«, fragte sie. »Ist etwas mit deiner Oma? Der Kuchen ist übrigens wieder großartig. Sag ihr ein liebes Dankeschön.«

»Mach ich. Mit ihr ist alles bestens. Als ich ging, sang sie in der Küche Shantys mit dem neuen Kellner. Nein, es ist nur – ich helfe ja stundenweise in einer Tourist-Info aus. Da gefällt mir vieles nicht, und anderes ärgert mich ungemein. Gestern kam so ein Flyer von einem neuen Hotel rein.« Elin schnaubte. »Die haben ein Riesengrundstück drumrum, und was machen sie damit? Ganz kurzen Rasen und jede Menge Kiesflächen. Alles tot! Das ist nicht nur eine ökologische Sünde und Fahrlässigkeit, das ist auch für die Gäste total unattraktiv. Wo würdest du lieber im Liegestuhl liegen: zwischen Blühinseln wie in dem Garten hier, wo Schmetterlinge flattern, Klee duftet, die Kinder was zu sehen bekommen und du Sichtschutz hast? Oder auf etwas, das in etwa so gemütlich ist wie ein Golfplatz, den es natürlich in der Nähe auch noch gibt? Außerdem bieten sie gar keine Liegestühle an. Nur kalte Marmorbänke. Eckige, nicht mal ein bisschen geschwungen.« Sie schüttelte den Kopf. »Auch die Wege sind wie mit dem Lineal gezogen. Modern soll das sein. Wahrscheinlich irgendwie pseudo-herrschaftlich. Aber wo bleibt die Seele? Warum hat kein Verantwortlicher einen Blick für ansprechende Formen? Warum stört es niemanden, dass dort keine Hummel brummt und kein Vogel kommt, weil er nichts zu fressen, nichts zu trinken und null Deckung findet? Es ist doch kein Wunder, wenn die Menschen sich von der Natur entfremden und sie behandeln wie eine Sache!«

»Es ärgert dich nicht nur, es bringt dich gründlich auf die Palme«, stellte Pixie fest. »Kann ich verstehen. Warum machen sie das, glaubst du?«

»Weil es angeblich schick und edel aussieht. Weil man es schon immer so gemacht hat. Weil sie denken, die Gäste könnten sonst annehmen, dass man die Anlage nicht pflegt. Ach, was weiß ich, was sie denken! Wahrscheinlich gar nichts!« Elin drückte den letzten Krümel auf ihrem Teller heftig mit der Gabel platt. »Es ist einfach eine verpasste Chance, nicht nur für die Umwelt, auch für den Tourismus. Hotels mit solchen Anlagen gibt es im ganzen Land, und eines sieht aus wie das andere. Hauptsache, sie haben eine Wellness-Abteilung mit Whirlpool und Massageangeboten. Das können sie ja haben, es soll den Menschen gut gehen. Aber das schließt doch nicht aus, dass man drumherum mal etwas anders machen kann! Und Wellness für die Seele ist doch auch wichtig, nicht nur ein straffer Po und eine glatt gerubbelte Haut. Es gibt so wunderschöne kleine Boutique-Hotels mit Gärten, die ihre Gäste glücklich machen. Auf ganz einfache Weise, mit Blumenbeeten und lauschigen Sitzecken zum Beispiel. Aber kaum ist etwas größer, muss es anscheinend auch hässlicher und sinnloser werden. Warum bloß?«

»So was Ähnliches hat Nathan mal von Booten gesagt. Bei ihm waren es die Yachten, die ihn aufgeregt haben. Was lernt man denn eigentlich, wenn man das studiert, was du gemacht hast – nachhaltiger Tourismus hieß es, oder?«

»Ja. Nachhaltiges Tourismusmanagement, genau genommen. Zum Beispiel haben wir dort die Optimierung von Selbst- und Zeitmanagement gelernt. Klare Zielformulierung, das Priorisieren von Aufgaben und effektive Organisation von Projekten.«

»Davon könnte ich auch was gebrauchen«, erklärte Pixie betreten. »Das sind Fähigkeiten, die für fast alles nötig sind.«

Elin grinste. »Ich übe noch. Das beherrsche ich nicht gut. Sich ärgern ist jedenfalls nur Zeitverschwendung. Es mangelt mir an Sachlichkeit, sagte die eine Seminarleiterin. Ich hätte zwar das Wissen, wäre aber zu emotional. Eine andere hingegen sagte, ohne Leidenschaft würden wir nichts erreichen.«

»Was für Inhalte gab es noch?« Nathan hätte es bestimmt sehr gut gefunden, dass es dieses Studium gab.

»Na, unter anderem die Grundlagen von ökologischer Nachhaltigkeit mit den Schwerpunkten Klimawandel, Biodiversität und Landschaftsökologie. Umweltauswirkungen von Verkehr, Unterkünften, Gastronomie und Freizeitaktivitäten. Nachhaltige Marketingkonzeption mit einer ganzheitlichen Perspektive, die Wissenschaft und Praxis berücksichtigt. Warte, ich hab noch die Unterlagen.« Elin suchte in ihrem Handy. »Hier: *Die Studierenden sind in der Lage, die Anforderungen des Naturschutzes mit den Bedürfnissen von Freizeit und Tourismus abzustimmen, mittels Besuchermanagementstrategien und -maßnahmen Konflikte zu vermeiden und zu minimieren, naturtouristische Angebote zu entwickeln und zielgruppenspezifisch zu vermarkten.*

Die Studierenden haben Team- und Führungsfähigkeit erworben, können Akteure im Naturtourismus ansprechen, ihr Wissen präsentieren und kompetent vertreten. Die Studierenden können selbständig attraktive naturtouristische Angebote entwickeln sowie Lösungsmöglichkeiten für Konflikte zwischen Naturschutz, Freizeit und Tourismus erarbeiten.«

»Wow. Das klingt großartig. Genau das wird gebraucht.« Pixie dachte an die vielen Küsten und Ufer, die sie mit Nathan erlebt hatte. Wie oft dort Lebensräume von Vögeln und anderen Wasserwesen unnötig zerstört wurden, nicht nur durch die Rücksichtslosigkeit, mit der lärmende Motorboote durch empfindliche Gebiete rasten. »Und? Hast du das Gefühl, du kannst das? Das ist so komplex und es kollidieren so viele Interessen, das stelle ich mir extrem schwierig vor.«

Elin hob die Schultern. »Keine Ahnung! Wenn man es vernünftig macht, brauchen die Interessen meiner Meinung nach kaum zu kollidieren. Man muss natürlich eine gewisse Offenheit dafür schaffen. Die Praxis wird es zeigen. Darauf kann einen kein Studium wirklich vorbereiten. Den meisten Menschen sind Fakten egal, oder sie wollen aus Bequemlichkeit nicht darüber nachdenken. Viele denken irrtümlich, man will ihnen was wegnehmen oder sie an etwas hindern.« Sie blickte finster in ihren Tee. »Ich glaube, man kann wahrscheinlich doch mehr mit Emotionen erreichen. Aber es ist am Ende wohl wie mit Omas Kuchenrezepten. Die Mischung bestimmt, ob etwas gelingt. Und die Erfahrung.«

»Ich wünsche dir jedenfalls sehr viel Erfolg«, sagte Pixie. »Wirst du die Leute von dem Hotel, über das du dich so aufregst, ansprechen?«

»Das bringt nichts. Da ist ja alles schon fertig. Und in deren Augen bin ich noch ein Niemand, eine dumme, junge, idealistische, besserwisserische Gans. Ich könnte höchstens die Gäste anquatschen und sie beeinflussen, dass sie die üblichen Fragebögen entsprechend ausfüllen. Aber das ist bestimmt der falsche Weg.« Sie stellte die Tasse ab. Salix hüpfte heran und mopste den platten Krümel vom Teller. »Weißt du, was ich am liebsten tun würde? Bald mal die Chance bekommen, bei einem neuen Hotelprojekt oder einer Umgestaltung von Anfang an mitmachen zu dürfen. Wirklich beim Konzept mitmischen. Und zwar mit den potenziellen Gästen zusammen.«

»Das klingt doch nach einem guten Plan. Ich wünsche dir sehr, dass es klappt.«

»Wird schon. Irgendwann. Und bis dahin sammle ich eben alle Erfahrungen, die ich kriegen kann. Ich sollte mal mit deiner Venja sprechen, ich denke, sie hat einige davon.« Elin stand auf. »Ich muss ins Museumscafé, Oma ablösen. Komm unbedingt mal wieder vorbei, wenn du magst oder wenn es etwas Neues gibt. Ich drücke die Daumen, dass der Aushang etwas bringt.«

Pixie winkte ihr nach, dann spazierte sie zurück in den Garten und beschäftigte sich damit, die Astern zu stützen und Verblühtes abzuschneiden, damit die letzten Knospen nachtreiben konnten. Danach schickte sie ein Bild davon an Lotte.

Ich betreue hier auch einen Garten mitsamt Wasserspiel, schrieb sie. *Merkwürdig, oder? Wie geht es dir?*

Dann sollte es wohl so sein. Die Sphinxen lassen dich grüßen und Fiffi auch. Hier ist alles in Ordnung. Den Herbst und die Roseburg, mehr brauche ich nicht. Liebe Grüße und viel Freude bei allem, was du tust!

Typisch Lotte. Sie wünschte nicht viel Erfolg, sondern Freude. In ihrem Alter wusste man, was wichtig war. Aber vorankommen musste Pixie trotzdem, schließlich bezahlte Remy sie. Außerdem, auch wenn das schwer zu erklären war, hatte sie das Gefühl, dass Flömer selbst wollte, dass sie seiner Geschichte auf die Spur kam. Vielleicht, weil sie eine Geschichtenerzählerin war wie seine Ururgroßmutter, die Frau des Leuchtturmwärters Claas.

Hoffentlich nützte Elins Daumendrücken bald.

Als eine Weile später eine Nachricht von Friso kam, hoffte sie, es hätte jemand im *Verpuusten* etwas auf dem Bild erkannt. Doch es ging um etwas anderes.

Hey, Pixie, wir waren in Leer, was besorgen, und kommen auf dem Rückweg ganz in deiner Nähe vorbei. Tamani möchte dich unbedingt besuchen. Dürfen wir kurz reinschauen, oder passt es dir nicht?

Sie war selbst überrascht, wie sehr sie sich freute. Zum Glück war noch Kuchen übrig. Sie musste Elins Großmutter unbedingt mal einen Blumenstrauß aus dem Garten vorbeibringen.

Das passt prima, ich möchte euch etwas zeigen!

Super, sind in einer Viertelstunde bei dir.

Pixie setzte Teewasser auf.

Bald klingelte es, so lange, dass Pixie dachte, der Knopf wäre stecken geblieben. Es drückte aber nur ein kleiner, ungeduldiger und sehr entschiedener Finger darauf. Kaum hatte sie die Tür geöffnet, schoss Tamani an ihr vorbei ins Haus. »Huhu, Pixie, ich wollte dich besuchen! Kann ich Salix sehen?«

»Sorry«, sagte Friso verlegen.

»Gar kein Problem, ich freu mich. Tamani, nimm dir am besten eine Walnuss aus der Schale dort und geh dahinten hinaus, wahrscheinlich kommt sie dann. Du kannst sie ruhig rufen.«

Friso sah sich um. »Hübsch hier. Das sind ja alte Schiffsblöcke!«

»Ja, die hat hier früher jemand beruflich angefertigt. Magst du Tee und Kuchen? Und Saft für Tamani?«

»Oh, das wäre toll. Wir mussten für ein Ersatzteil bis nach Leer, und dort hat es ewig gedauert. Wir hatten aber keine Lust mehr, etwas zu essen, die Gaststätten waren alle so voll. Du, diese Fotografien gefallen mir.« Er betrachtete die Wände versonnen. »Das bewundere ich, wenn man das Wesen von Menschen so aufmerksam, behutsam und unaufdringlich einfangen kann. Und dabei so eindrücklich!« Er wandte sich zu ihr um. »Du kannst das auch, mit Worten. Nur, dass du die Menschen als Kobolde und Flughörnchen tarnst.«

Pixie beschäftigte sich mit den Kuchengabeln, damit er ihre Verlegenheit nicht sah. Er hatte ihre Geschichte wohl etwas zu aufmerksam gelesen. Gleichzeitig freute sie sich außerordentlich über seine Bemerkung. Dass er in ihr eine Ähnlichkeit zu Anna-Lisas Begabung sah, machte ihr Mut.

Er nahm ihr das Tablett ab und folgte ihr nach draußen. Dort saß Tamani unter der Weide und unterhielt sich mit Salix, die mit ihrem kräftigen Schnabel die Nussschalen leerte.

Pixie deckte den Tisch auf der Terrasse und schenkte Tee ein. »Tamani, wenn du willst, hier gibt es Kuchen und Johannisbeersaft!«

»Ich komm gleich.« Noch war sie vom Zauber des Gartens gefangen und untersuchte am Wasserspiel erst einmal, woher die Klänge kamen.

»Leider hat noch niemand was zu dem Kutter auf dem Bild gewusst«, sagte Friso, der hungrig den Kuchen verschlang. »Und im Museum übrigens auch nicht, dort habe ich gefragt, als sie geöffnet hatten. Aber das Bild hängt ja noch nicht lange. Interessiert geguckt haben die Gäste jedenfalls.«

»Wahrscheinlich, weil sie sich fragen, warum jemand ein so schlechtes Bild macht«, meinte Pixie. »Es ist schon sehr unwahrscheinlich, dass mich das weiterbringen wird. Andererseits muss Flömer doch etwas dabei im Sinn gehabt haben, als er diese Spur gelegt hat … meinte Remy jedenfalls.« Sie hatte nur laut gedacht, aber Friso war aufmerksam. »Wer ist Flömer? Warum ist das eigentlich so wichtig für deine Geschichten? Ich dachte, du erfindest sie.«

»Das stimmt auch. Aber hier geht es um einen Auftrag. Ich

recherchiere für jemand anderes über das Leben eines Menschen, der wirklich existiert hat. Ein Kapitän Flömer.«

»Aha, du spielst Detektiv. Und dem Kapitän gehörte der Kutter auf dem Bild? Machen Kapitäne nicht etwas anderes als Krabbenfischen?«

»Den Zusammenhang kennen wir eben nicht. Es ist fast die einzige Spur, die wir haben. Wenn Remy – das ist eine entfernte Verwandte von ihm und meine Auftraggeberin –, wenn sie recht hat, dann hat er die absichtlich gelegt. Also muss es eine Lösung für das Rätsel geben.«

»Spannend. Du wolltest uns etwas zeigen? Hat es damit zu tun?« Er schob den leeren Teller fort.

»Ja. Warte mal, bin gleich zurück.« Sie holte das Flaschenschiff und stellte es vor ihn hin. »Schade, dass Venja nicht da ist, aber du kannst es ihr ja erzählen. Das hier hat Flömer nicht lange vor seinem Tod gebaut. Es wurde jetzt erst gefunden, dafür hat er gesorgt. Im Ständer war ein Brief versteckt, und dabei lag das alte Foto.«

»*Licht as en Feer*. Was für eine schöne Viermastbark! Und, was Flaschenschiffe angeht, ein herausragendes Exemplar. So detailreich und liebevoll gefertigt!« Andächtig drehte er es hin und her, betrachtete es von allen Seiten. Tamani kam angerannt.

»Was is'n das?«

Friso nahm sie auf den Schoß. »Ein Flaschenschiff. Weißt du noch, wie ich dir mal erklärt habe, wie man so ein Schiff in die Flasche bekommt?«

»O ja. Du hast mir doch ein ganz kleines geschenkt. Als im Hafen Wintermarkt war. Man muss die Masten umkippen, wenn man es in die Flasche schieben will, und vorher Fäden dranbinden. Dann kann man die Masten mit den Fäden wieder hochmachen, wenn es drin ist. Ein bisschen wie Zaubern, bloß echt. Aber das hier ist riesig groß. Hat du das geschenkt bekommen, Pixie?«

»Nein, nur geliehen. Wir müssen ganz vorsichtig damit sein.«

»Ist doch logo.« Trotzdem lehnte sich Tamani vor, bis ihr Näschen fast an das Glas stieß. »Da ist ja dasselbe Muster vorne dran wie auf dem Kutter von dem ollen Bild! Sind das Schwestern?«

»Schwesternschiffe meinst du«, korrigierte Friso und beugte sich auch vor. »Ist mir gar nicht aufgefallen. Stimmt, da am Bug! Da ist ein ganz dezentes Muster eingeschnitzt. Fällt kaum auf. Zeig doch noch mal das Bild, Pixie.«

Jetzt sah sie es auch. Warum war ihr das nicht aufgefallen? Vielleicht weil sie das Schiff noch nicht bei so hellem Mittagslicht betrachtet hatte. Hastig rief sie das Bild auf und vergrößerte den Bug auf dem Display. »Tatsächlich!«

Friso sah genau hin, dann nickte er. »Sie hat recht, auch wenn man auf dem Foto nur das vorderste Stück sieht, weil der Rest ebenso wie der Name verdeckt ist. Es ist dieselbe Verzierung! Wie eine Borte, etwa einen Meter lang zu beiden Seiten, nur dezent eingeschnitzt.«

»Das sind Schmetterlinge.« Tamani, die Pixies Geschenk auch heute trug, tippte gegen das Glas. »Schmetterlinge wie der an meinem Ohr«, sagte sie stolz.

»Ach was. Nicht auf einem Krabbenkutter! Das ist ein stilisiertes Muster, vielleicht aus einem Wappen oder daran angelehnt.«

Pixie vergrößerte das Bild weiter, aber jetzt wurde es zu

unscharf. Sie holte eine Lupe und betrachtete den Bug des Schiffs durch das Glas. Es war schwierig, weil die Wölbung der Flasche die Sicht verzerrte.

Und doch war es eindeutig.

Zur Sicherheit lief sie hinauf und suchte das ausgedruckte Foto heraus. Es war auch nicht sehr scharf, doch dank Anna-Lisas Nachbearbeitung mit modernen Mitteln genügte es.

»Tamani hat recht! Es sind Schmetterlinge.«

Friso nahm ungläubig die Lupe zur Hand. »Tatsächlich. Entschuldige, Tamani. Natürlich hattest du recht.«

Pixie war bereits dabei zu googeln. Doch die Stichworte Schmetterling, Muster, Bug, Krabbenkutter brachten in keiner Kombination irgendwelche Resultate. »Ich fürchte, das wird uns nicht helfen. Schade.«

»Warte mal.« Friso starrte eine Rosenblüte an, ohne sie zu sehen, tief in Gedanken versunken. »Da ist irgendetwas in meinem Hinterkopf. Ich komm bloß nicht drauf.«

»Was mit Schmetterlingen und Kuttern?«

Tamani verlor das Interesse. »Pixie, darf ich einen Blumenstrauß pflücken?«

»Ja, gerne, den kannst du Venja mitbringen. Aber vorsichtig!«

»Na klar, Pixie. Ich tu doch den Blumen nicht weh!«

»Und bloß nicht die blauen Blüten dahinten anfassen. Die sind ganz giftig!«

»Das weiß ich doch. Das ist Eisenhut.«

»Okay. Sorry.« Pixie musste lachen, weil Tamani so empört war.

»Wir haben ein Blumenmemory, das sie liebt«, erklärte

Friso. »Du, ich komm nicht drauf, und wir müssen bald los, aber ich gebe dir Bescheid, sobald es mir einfällt, ja?«

An diesem Abend saß Pixie am Kanal und betrachtete die untergehende Sonne, die immer wieder nur für einen Moment in kleinen Wolkenlöchern auftauchte. Wenn, sah es beinahe unheimlich aus, wie ein feuriges Auge unter einem halb gesenkten Lid, und es tauchte die Landschaft in ein unwirkliches Licht.

Ich habe eindeutig zu viele Fantasygeschichten zusammengesponnen, schalt Pixie sich selbst. Ich fühle mich beobachtet. Aber wenigstens nicht unfreundlich.

Höchstens streng.

Sie ging hinein und zündete das tröstliche Windlicht an, das Tamani ihr am Vortag geschenkt hatte, damit sie nicht so allein war.

13

In der Nacht gab es ein Gewitter. Pixie wachte auf, lag lange im Bett und hörte zu. Dann stand sie auf, machte sich einen Kakao und beobachtete aus dem Fenster, wie die Böen den Schopf der Weide wild zerzausten und die Astern auf ihren Stängeln schwingen ließen. Gelbe Blätter wirbelten durch die Luft, hell im Schein der Laterne an der Hausecke. Schließlich setzte sie sich an den Tisch und versuchte wieder einmal, an ihrem Buch zu arbeiten. Vielleicht ging es ja nach der tagelangen Pause und in der Wolfsstunde besser?

Doch nach wenigen Seiten wurde sie bereits wieder unruhig, stand auf und sah zum Kanal hinaus. Das Gewitter war vorüber, nun leuchtete die Mondsichel immer wieder zwischen rasenden Wolkenfetzen auf. Pixie schüttelte den Kopf über sich selbst. Wenn ihr eigenes Manuskript sie langweilte, dann konnte sie das keinem Leser zumuten. Stattdessen wanderten ihre Gedanken zu Friso, Venja, Tamani und dem Leben im Hafen. Sie dachte an die Caroline, die dafür sorgte, dass den Schiffen nichts geschah und der Cliner Wind erhalten blieb, die Weltoffenheit und Lebendigkeit, die dort herrschte. So offen, wie sie empfangen worden war, war es wohl keine Legende, sondern wohltuende Wirklichkeit. Vielleicht musste sie selbst nur im Geiste offen genug bleiben, dann würden ihr mit der Zeit schon die richtigen Einfälle kommen. Das Mondlicht ließ in diesem Moment die

Ränder einer dicken Wolke silbern aufleuchten. Wieder beschlich sie das merkwürdige Gefühl, dass ihr das Licht hier an diesem ostfriesischen Himmel etwas zu sagen hatte.

Getröstet ging sie ins Bett und schlief, bis es längst Tag war und ihr Handy brummend auf dem Tisch hüpfte, weil es vibrierte.

Friso.

Mir ist wegen der Schmetterlinge nichts eingefallen, aber meiner Schwester! Deshalb hatte ich dazu was Vages im Kopf. Venja muss das mal erwähnt haben. Es ist aber nur eine Vermutung. Möchtest du mit ihr telefonieren oder magst du vorbeikommen? Es gibt Kürbissuppe mit Nordseekrabben, Meerrettich und Dill, sagt sie. Ab zwölf. Es ist allerdings heute stürmisch und wird es auch bleiben.

Da kann ich nicht widerstehen. Ich komme!, antwortete sie.

Das Frühstück ließ sie ausfallen und fuhr nach einem Becher Tee gleich los. Sie würde zwar lange vor Mittag da sein, aber sie wollte noch am Strand spazieren gehen. Laut Tidenkalender würde Flut sein, und sie hatte Sehnsucht danach, einmal wieder richtige Brandung zu erleben.

Es war angenehm leer dort, denn der Wind blies tatsächlich heftig und jagte eilige Ströme aus Sandkörnern über den Strand. In die Strandkörbe lockte es niemanden, auch wenn sie hier zum Teil auf grasigem Untergrund standen und erstaunlich sauber geblieben waren. Auf Amrum wären sie längst halb in kleinen Dünen vergraben oder würden schräg stehen.

Pixie lachte laut auf vor Freude und ließ sich mit ausgebreiteten Armen vom Wind vorwärts schieben. Er war so stark, dass sie sich dagegenlehnen konnte. Tangstücke flogen herum. Sie bückte sich nach einer besonders großen Sandklaffmuschel. Die würde sie im Waterhuuske auf das Fensterbrett legen, für ein bisschen mehr Nordseefeeling. Die Brandung war herrlich, rauschte und rollte und spritzte wie ein gewaltiger Atem, in dessen Rhythmus sie sich innerlich fallen ließ, bis sich ihre eigenen Lungen weiteten und ihr ganzer Körper kribbelte. Die Möwen hatten ihren Spaß daran, sich vom Wind abtreiben, niederdrücken und wieder hochwirbeln zu lassen, den roten und gelben Herbstblättern ähnlich, die wie feurige Funken in der Gischt tanzten.

Sie konnte sich nicht losreißen und kam erst lange nach zwölf im *Verpuusten* an.

»Oh, moin«, sagte Venja hinter einer Theke und lachte, als Pixie mitsamt einigen Blättern zur Tür hereinkam. »Ich höre deinen Magen ja schon von hier aus knurren! Du warst wohl spazieren?«

Es duftete himmlisch. Da erst merkte Pixie, wie hungrig sie von der Seeluft war. Und durchgefroren.

Die Terrasse war heute aus Sicherheitsgründen geschlossen, und in dem kleinen, gemütlichen Gastraum saßen nur wenige Leute. In einer Ecke bullerte ein alter, runder Ofen und ließ bizarre Schatten in den Ecken huschen.

»Setz dich doch dorthin.« Venja nickte zu einem kleinen Tisch in der Nähe des Feuers. »Da wird dir warm.«

»Paradiesisch. Vielen Dank! Ist das die Kürbissuppe, die so duftet?« Pixie freute sich schon seit Frisos Nachricht darauf.

»Klar. Ich bringe dir gleich einen Teller, und dazu gibt es Kastanienbrötchen.«

Die Brötchen, lernte sie wenig später, waren mit Kastanienmehl gebacken, und Walnusskerne waren auch drin.

Zusammen mit der köstlichen Kürbissuppe, in der reichlich fangfrische Nordseekrabben schwammen, schmeckte das Mahl würzig wie der Herbst persönlich. Pixie schloss die Augen vor Genuss und kostete die Aromen aus, das Knistern des Feuers dabei wohlig im Ohr. Die Wärme erreichte durch den getrockneten Stoff allmählich ihre Haut, und von innen war es die Suppe, die das Frösteln vertrieb.

Warum war Venja nicht in einem Sternerestaurant tätig?, überlegte sie und gab sich dann gleich selbst die Antwort: Das *Verpuusten* war Venjas ganz eigenes Ding, ihr Abenteuerland, wo sie tun und testen konnte, was und wie sie wollte. Tamani durfte ein- und ausgehen, ohne einen Chef zu stören. Flexible Öffnungszeiten waren möglich. Venja hatte Freiheiten, und Freiheit, das wusste Pixie, war für Ostfriesen seit jeher oberstes Bedürfnis.

»Mir scheint, dir schmeckt es.« Venja setzte sich zu ihr, als sie gerade den Rest aus dem Teller kratzte. »Ich hätte da noch ein Apfel-Kaffee-Crumble zum Nachtisch. Aber bevor Tamani aus der Schule kommt und wieder nicht von deiner Seite weicht, wollte ich dir etwas erzählen. Es ist nur ein ganz vager Hinweis, eine bloße Theorie, aber vielleicht hilft es dir ja weiter.«

Apfel-Kaffee-Crumble! Bei dieser Aussicht fiel es Pixie beinahe schwer, sich zu konzentrieren. Sie nahm sich zusammen und besann sich auf ihre Neugier und ihr Vorhaben.

»Ja, bitte erzähl!«

»Okay. Also, ich weiß nicht, inwieweit du dich in der Gegend auskennst. Westlich von hier, etwa zehn Autominuten entfernt, liegt Neuharlingersiel. Da gibt es ebenfalls einen Hafen. Friso ist Teilhaber an einem Kutter dort, mit dem auch Ausflugsfahrten stattfinden. Da ist er jetzt gerade und kümmert sich darum, ob alles sturmfest ist. Zehn Minuten weiter liegt Bensersiel. Und zwischen Bensersiel und Neuharlingersiel, direkt hinter dem Deich, gibt es einen alten Gulfhof. Moment, bitte!« Venja sprang auf, um ein Pärchen, das hereingekommen war, an einen Tisch zu geleiten und ihnen die Speisekarte zu reichen. Dann kehrte sie zurück.

»Was ist denn ein Gulfhof?«, wollte Pixie wissen. Das Wort war ihr vertraut, aber in einem ganz anderen Zusammenhang. Die Golfküste von Florida hieß auf Englisch »Gulf Coast«, und da war sie oft mit Nathan gewesen. Sie verband tropische Hitze damit, nicht das raue Nordseeklima.

»Das ist eine Form des Bauernhauses aus dem siebzehnten und achtzehnten Jahrhundert. Da waren die Höfe hier sehr verbreitet. So ein Gulfhof sieht aus wie ein schmales Haus, das vorn an ein sehr breites angesetzt ist, meist durch eine Brandmauer getrennt«, erklärte Venja bereitwillig. »Es gab kaum tragende Wände, stattdessen liegt das Gewicht des großen Dachs auf einem inneren Ständerwerk. Das Kiefernholz für die Ständer wurde auf dem Seeweg aus Skandinavien hierher geflößt, weil es so lange gerade Stämme hier in der Gegend nicht gab.« Sie zog einen Kugelschreiber aus der Tasche und zeichnete ein Rechteck auf eine Serviette. »Der wirtschaftliche Trakt wird durch diese Ständer in drei Längsschiffe geteilt, so, siehst du? In den Seitenschiffen wurde das Vieh gehalten. Hier, im großen Mittelteil zwischen den vier zentralen Ständern, ist der sogenannte Gulf, der große Raum, wo gearbeitet, gedroschen und vor allem die Ernte und Geräte aufbewahrt wurden. Er liegt oft etwas tiefer als der Rest der Scheune. Daher wahrscheinlich die Bezeichnung Gulf, denn das altnordische Wort *Golf* bezeichnet eine Vertiefung.«

Venja war es, wie Friso, anscheinend gewöhnt, unkundigen Gästen kleine Vorträge zu halten. Pixie machte sich rasch einige Notizen. Das klang spannend. Vor ihrem inneren Auge tauchten sofort Bilder auf, aber die hatten sicher wenig mit der Realität zu tun. Da musste sie unbedingt mehr herausfinden. Selbst die Gerüche in einem solchen Gulf glaubte sie wahrzunehmen. Den Duft von Heu, den Schweiß der Rinder. Frisches Brot aus der Küche … und dann die Geräusche. Schnauben, Grunzen, die Stimmen der Bauern, das Klappern von Eimern und Knistern von Stroh.

»Der Gulf war deshalb so praktisch, weil man die Arbeiten wie Getreide dreschen und Heu lagern, was man in wärmeren Regionen auf dem Feld machte, dadurch im oft regnerischen Ostfriesland unter dem großen Dach tun konnte«, fuhr Venja fort. »Der Scheunentrakt ist viel breiter als der Wohntrakt, und das Dach wird dort ganz weit heruntergezogen. Dadurch entstehen die Abseiten, zum Beispiel für die Ställe.« Venja lächelte. Es war nicht zu übersehen, wie sie ihre Heimat liebte. »Durch diese Breite wirkt es, als ob sich die Häuser behaglich unter den Wind ducken und an die Erde schmiegen. Heute hält man das Vieh natürlich längst nicht mehr im Haus, und die Höfe sind zu Wohnhäusern umgebaut worden, meist mit vielen Zimmern für Feriengäste.«

»Und das Dach ist aus Reet?«

Venja schüttelte den Kopf. »Nein, auf dem Wohnteil und dem unteren Teil des Scheunendachs sind es rote Dachpfannen. Aber der obere Teil des Scheunendachs war zumindest früher reetgedeckt. Es gibt natürlich auch ein großes Scheunentor, durch das man mit dem Wagen hineinfahren konnte. Meist mit einem halbrunden Fenster darüber, das manchmal wie eine aufgehende Sonne gestaltet ist. Und es gibt noch eine kleine Tür, durch die man zum Beispiel den Mist abtransportierte.«

»Und die Mauern?«

»Die sind aus Backsteinen, die konnte man in Ostfriesland selbst herstellen.« Venja sah zu den Gästen hin, doch die grübelten noch über der Karte. »Du wirst bald einen Gulfhof sehen, denke ich, das ist viel anschaulicher. Es ist nämlich so: Der Gulfhof, den ich meine, der heißt Filapperhoff. Ich weiß es nur, weil ich früher mal mit einer der Töchter der Familie eine Zeitlang in die Schule ging. Sika hieß sie. Sie war aber in einer anderen Klasse, ich kannte sie kaum.«

»Filapperhoff.« Pixie probierte das Wort aus. »Das klingt lustig.«

»Filapper ist ein plattdeutscher Ausdruck für Schmetterling. Und Hoff für Hof.«

»Oh!« Hoff, das gefiel ihr, man dachte sofort an Hoffnung.

Venja hob die Schultern. »Ich weiß nicht, ob es was zu bedeuten hat. Aber es könnte doch sein, dass zwischen diesen Schmetterlingsmustern auf den Schiffen und dem Filapperhoff eine Verbindung besteht? Vielleicht hat ihnen der Kutter einmal gehört. Fragen könntest du ja, wenn du willst. Ich hab die Adresse rausgesucht. Ich schick sie dir.« Venja zückte ihr Handy. »Wenn nicht, hast du jedenfalls einen alten Gulfhof zu Gesicht bekommen, vielleicht kannst du das mal für eine Geschichte gebrauchen. Die Höfe haben etwas Besonderes. Ich finde, allein der Anblick gibt einem das Gefühl von Geborgenheit. Sie halten jeden Sturm aus, und unter einem so ausladenden Dach hat so viel Platz. Ich wünsche dir Glück!« Sie stand auf.

»Lieben Dank, Venja! Darf ich bezahlen?« Pixie war zu aufgeregt, um jetzt noch Nachtisch zu essen. Sie war beinahe sicher, dass sie hier endlich eine Spur gefunden hatte.

»Ach was, geht aufs Haus. Tamani und Friso haben erzählt, wie viel Kuchen sie gestern bei dir verputzt haben.«

Warm war ihr jetzt jedenfalls. Als Pixie sich wieder in Schal und Jacke gemummelt hatte und gerade versuchte, die Tür hinter sich zuzuziehen, die der Wind immer wieder aufdrücken wollte, kam Friso vom Steg herauf.

»Ah, hallo. Na, was hältst du von Venjas Idee?«

»Ich kann es kaum erwarten, diesen Hof zu sehen! Ich fahre gleich mal hin. Ist alles okay mit eurem Kutter?«

»Ja, ich denke schon. Dem *Hunnert* geht es gut. Nur die Ausflugsfahrt muss heute ausfallen. Dafür kann ich Venja helfen, die hat hier später eine Familienfeier zu stemmen. Und ich habe gerade die Tretboote kontrolliert, nicht, dass mir eins abtreibt.«

»Hunnert?«

»Der Kutter. Mir gehört nur ein kleiner Anteil. Mein Kumpel Lutz ist der Haupteigner. *Hunnert* heißt so viel wie *großartig*. Er hat den Kutter so genannt, weil das sein Empfinden war, als er ihn das erste Mal gesehen hat, sagt er – und weil er sich jedes Mal großartig fühlt, wenn er damit rausfährt. Ich bin gespannt, ob du jetzt herausfindest, wie der Kutter auf dem alten Bild heißt. Ich drück die Daumen! Berichte mal!«

»Na klar, auf jeden Fall.«

Auf dem Weg zum Auto blieb sie an der Caroline stehen. »Wünsch mir Glück!«, sagte sie leise. Etwas an dieser Figur berührte sie jedes Mal. Die Caroline war noch nicht hiergewesen, als das Bild aufgenommen worden war. Aber sie war schließlich für das Beschützen der Schiffe zuständig. Ihre Unterstützung konnte nicht schaden.

Hoffentlich wehte auf dem Filapperhoff auch etwas von dem weltoffenen, toleranten Cliner Wind. Es mochte ja nicht jeder, wenn fremde Leute auftauchten und Fragen stellten.

14

Pixie entdeckte den Hof schon aus der Ferne. Ganz allein lag er im weiten Land unter den schweren Sturmwolken, die über den Himmel jagten. Jedenfalls hoffte sie, dass es der Richtige war. Immer wieder tauchte er kurz auf, dann verschwand er hinter einer Kurve oder einer Gruppe Weiden. Die Straße war schmal, uneben und schien nirgendwo anders hinzuführen als dorthin. Das Haus duckte sich direkt hinter den Deich. Dann bog die Straße scharf ab und verlief nun zwischen dem Deich und einem Graben. Sie hielt an und sah auf der Karte nach, ob sie sich noch auf der angegebenen Route befand. Es sah so aus. Der Graben hieß Ringschloot.

Gelegentlich rissen die Wolken auf, ließen Sonnenflecken über herbstliche Stoppelfelder wandern und über solche, auf denen leuchtende Gründüngung wie ein Teppich wirkte. Die einzelnen Strahlen tauchten goldene Birken, Silberpappeln und Weiden mal hier, mal dort in ein konzentriertes, beinahe unheimliches Licht und dann, für einen Moment, trafen sie das rote Dach des Hofes mit dem Schopf aus Reet. Ein merkwürdiges Gefühl flackerte in Pixies Bauch auf, rätselhaft und verheißungsvoll. So als ob da vorn etwas auf sie wartete, nach dem sie lange auf der Suche gewesen war, obwohl sie nie gewusst hatte, dass es ihr fehlte.

Und dazu kam diese seltsame Ahnung, die sie in letzter

Zeit öfter überkam, dass manche Lichtspiele des Himmels nicht nur wetterbedingt waren, sondern ihr etwas sagen wollten.

Sie fuhr dicht an einem Streifen Schilf vorbei, da zeigte ihr das Navi plötzlich an, dass sie dahinter rechts abbiegen musste. Also rumpelte sie folgsam über eine schmale Brücke, die über den Graben führte.

Auf einmal lag der Hof direkt vor ihr. Es gab kein Schild, außer eines, auf dem »Zimmer frei« stand. Aber die Hausnummer stimmte, und vor allem war auf dem Giebel eine weiße hölzerne Stange befestigt, die in den Himmel ragte wie bei Kirchen das Kreuz. Etwas unterhalb der Spitze war ein Schmetterling daran befestigt.

Pixie hatte rechts einen kleinen, sandigen Parkplatz entdeckt, in der Ecke einer Wildrosenhecke, die sich vorn um das Grundstück zog. Große rote Hagebutten leuchteten zwischen späten weißen und violetten windzerzausten Blüten. Nur ein Auto stand dort.

Sie suchte sich einen Weg über die unebene Fläche, parkte zwischen zwei Findlingen, stieg aus und sah zu der Stange mit dem weißen Schmetterling empor, der vor den dunklen Wolken hell leuchtete. Eine Wetterfahne, wie sie zuerst gedacht hatte, war das nicht. Auch ähnelte es nicht im Geringsten den verzierten Windbrettern, die sie von anderen Reetdachhäusern kannte, bei denen sich am Giebel zwei Pferdeköpfe oder ähnliche Figuren kreuzten.

»Das ist ein Maljan«, sagte jemand. Pixie sah sich um und entdeckte eine Frau in Arbeitskleidung, die mit einem schweren Korb um die Ecke kam. Sie war vielleicht um die sechzig, nicht größer als Pixie selbst, ein bisschen kräftiger um die Mitte herum, mit einem kurzen, dicken, silbergrauen Zopf. Sie stellte den Korb ab und lächelte herzlich. In diesem Moment schien Pixie, dass das kleine Wolkenloch von eben gerade viel größer geworden war.

»Ein Maljan? Was ist das?«

»Ein Beschwörungszeichen. Die meisten Gulfhöfe haben eines. Es soll sie vor den Stürmen und anderen Gewalten beschützen. *Mall* ist ein Ostfriesisch-Plattdeutsches Wort und heißt so viel wie *verrückt*, und *Jan* ist in diesem Zusammenhang eine etwas respektlose Form von *Wodan*, dem altgermanischen Gott. *Maljan* bedeutet wörtlich übersetzt also *Verrückter Jan*.«

»Wodan, auch Odin genannt«, murmelte Pixie. »Er war auch der Gott der Runen und der Dichtung.«

»Ganz genau«, sagte die Frau und hielt dabei den Blick auf Pixies Anhänger gerichtet. Dann hob sie ihn wieder. Ihre Augen waren groß und von der Farbe des Mooses auf den Findlingen, fiel Pixie auf – hellbraun mit viel Moosgrün darin, je nach Lichteinfall. »Ich bin übrigens Feeke Sirkinga, die Inhaberin des Hofes. Machen Sie hier Urlaub? Möchten Sie ein Zimmer?«, erkundigte sie sich hoffnungsvoll. »Es verirrt sich ja kaum jemand aus Versehen hierher«, fügte sie entschuldigend an.

Pixie versuchte, sich zu konzentrieren. Hier gab es so viel zu sehen! Ein Stück unter dem Maljan an der Hauswand hing eine bunte weibliche Figur, die einmal eine Galionsfigur an einem Schiff gewesen sein musste. Pixie fühlte sich von ihr angestarrt, wenn auch nicht unfreundlich.

»Ich, äh, nein, tut mir leid«, brachte sie heraus. »Ich heiße Pixie. Pixie Paleske. Ich bin auf der Suche nach Informationen zu einem alten Foto. Venja Tönjes aus Carolinensiel meinte, ich könnte Sie fragen, weil …«

»Na, dann fragen Sie mal«, sagte Feeke Sirkinga mit einer feinen Mischung aus Belustigung und Mütterlichkeit. »Kommen Sie. Setzen wir uns.« Sie machte eine Geste hin zu einer verwitterten hölzernen Sitzgruppe vor dem Haus, nahm den Korb wieder auf und ging voraus. In dem Korb lagen dicke Porreestangen, Zucchini und ein Hokkaidokürbis, bemerkte Pixie. Frau Sirkinga schien das Gehen etwas schwerzufallen, sie hinkte ein wenig. Pixie wollte ihr die Last abnehmen, aber da waren sie schon angekommen. Feeke ließ sich mit einem Ausdruck der Erleichterung auf die Bank sinken.

Als sie sich gegenübersaßen, reichte Pixie ihr das Foto herüber. Friso hatte es ihr noch einmal ausgedruckt. »Wir haben festgestellt, dass am Bug dieses Kutters ein Schmetterlingsmuster zu sehen ist. Das ist ungewöhnlich. Darum dachte Venja, es könnte eine Verbindung zu Ihrem Hof geben. Dem Filapperhoff. Das hier ist er doch, richtig?«

»Ja. Das ist er.« Frau Sirkinga betrachtete das Foto eingehend. »Die Schmetterlinge sehe ich auch. Aber sonst sagt mir das leider gar nichts. Es ist der alte Hafen, der dann verschlickte und durch Harlesiel ersetzt wurde. 1962 wurde er bis auf eine Entwässerungsrinne zugeschüttet. Das war drei Jahre nach meiner Geburt, daher kann ich mich nicht daran erinnern. Erst Mitte der achtziger Jahre ist er wieder als Museumshafen erneuert worden.«

»Das Foto soll etwa aus den dreißiger Jahren stammen. Ich hatte auch nicht erwartet, dass Sie sich erinnern.« Pixie merkte, dass sie rot wurde. »Ich meine, ich weiß, dass …«

»Dass ich nicht ganz so alt bin?« Frau Sirkinga lachte und

wirkte mit ihren Grübchen im sonnenbraunen Gesicht ganz und gar nicht alt. »Ihre Frage ist doch trotzdem berechtigt. Geht es um eine Familiengeschichte?«

»Ja, im weitesten Sinne schon.« Es war ja unwichtig, dass es nicht ihre eigene war. Sie wollte diese nette Frau nicht mit langen Erklärungen aufhalten.

»Ich kann Ihnen leider wirklich nicht weiterhelfen. Aber wenn ich das Bild abfotografieren darf, könnte ich bei Gelegenheit ein wenig herumfragen.« Sie hob mit hochgezogenen Brauen ihr Handy.

»Oh, Sie können die Kopie gern behalten. Das wäre wunderbar, vielen Dank!« Pixie schrieb ihre Nummer auf die Rückseite.

»Ich kann Ihnen aber nichts versprechen. Alteingesessene treffe ich höchstens noch auf dem Markt oder auf der Post. Jetzt muss ich aber in die Küche, mich um die Ernte kümmern.« Frau Sirkinga legte das Bild auf das Gemüse und rappelte sich auf.

»Kann ich Ihnen helfen?«, erkundigte sich Pixie.

Die Frau lächelte etwas traurig. »Ich danke Ihnen. Aber es ist gerade nur ein Zimmer belegt. Nicht viel zu tun. Wir liegen zu einsam hier. Es ist nichts los. Die Leute wollen heutzutage mehr geboten bekommen.«

»Wenn ich nicht schon eine Unterkunft hätte, die einer Freundin gehört, würde es mir hier sehr gut gefallen«, sagte Pixie hastig.

»Nett von Ihnen. Machen Sie's gut, ich wünsche Ihnen, dass sich bei Ihrer Suche etwas ergibt.«

Pixie sah Frau Sirkinga nach, die in einer Seitentür verschwand. Der Hof war genau so gebaut, wie Venja es beschrieben hatte. Der vordere Teil sah aus wie ein normales Haus, doch es klebte gewissermaßen an einem größeren, sehr breiten dahinter, mit einem Dach, das so weit heruntergezogen war, dass sich die Dachrinne etwa auf der Höhe von Pixies Nase befand. Das große Scheunentor war auch vorhanden. Nur war das halbrunde Fenster darüber nicht in Form einer Sonne gestaltet. Der Innenrahmen war vielmehr so geformt, dass er einen Schmetterling darstellte, und das Glas der Flügel war bunt.

Sie hätte Feeke Sirkinga fragen sollen, warum der Hof so hieß und was für eine Bedeutung der Schmetterling hatte. Auf einmal erschien ihr das beinahe wichtiger, als etwas über Flömer herauszufinden.

Als sie sich zum Gehen wandte, sah sie die schmale Brücke und dahinter, auf der anderen Seite der Straße, einen Elektrozaun mit einer hölzernen Stiege, die darüber hinwegführte. Pixie konnte nicht anders, sie musste einmal über den Deich sehen.

Die Schafe, denen der Zaun galt, konnte sie nur ganz weit entfernt als Punkte ausmachen. Vorsichtig bewältigte sie die glitschige Leiter und dahinter die schiefen Stufen den Abhang hinauf. Als sie die Deichkrone erreichte, wäre sie fast wieder hinuntergeweht worden, so gnadenlos fegte der Wind herüber und machte deutlich, wie viel Schutz der Deich bot. Kein Wunder, dass es im Mittelalter brutale Strafen für diejenigen gegeben hatte, die ihre Deichpflichten vernachlässigten! Nathan hatte ihr früher davon erzählt. Wer Land hinter dem Deich besaß, war verpflichtet, sich um die Instandhaltung zu kümmern. Deichdurchbrüche konnten für ganze

Landstriche schlimme Folgen haben. Deshalb wurden jene, die diesen Pflichten nicht nachkamen, verbrannt, lebendig begraben oder verstümmelt. Mancher Bauer hatte wegen der ungeheuren Belastung aufgeben müssen. Dann steckte er seine Schaufel in den Deich und verließ Haus und Hof. Wer das Grundstück übernehmen wollte, zog die Schaufel heraus und bekannte sich dadurch zu der Verantwortung, den Deich an dem betreffenden Ort instand zu halten.

Pixie beeilte sich, wieder von der Deichkrone herunterzukommen. Auf der Meerseite blies es noch immer heftig, aber wenigstens konnte sie sich hier aufrecht halten. Sie stopfte ihre Haare unter ihre Mütze, damit sie ihr nicht in die Augen peitschten. Der Deich war grasbewachsen, doch am Fuß mit einem breiten Streifen Asphalt befestigt, auf dem zwei Radfahrer mit aufgeblähten Jacken vorbeisausten und freundlich grüßten. Das Wasser war inzwischen wieder ein ganzes Stück weit abgelaufen. Watvögel waren eifrig in den Prielen und auf den Schlickflächen unterwegs. Dort, wo der Sand nicht trockengefallen war, spiegelte sich der Himmel, mal grau, mal blau, und immer wieder schickte eines der Wolkenlöcher ein solches Glitzern und Funkeln darüber, dass Pixie geblendet die Augen schließen musste. Sie lief ein Stückchen am Wasser, an einer Buhne entlang sogar ein kurzes Stück ins Watt, steckte noch ein paar Muschelschalen in die Tasche und den Panzer einer Krabbe, sog den Duft ihrer geliebten Nordsee so tief wie möglich ein.

Doch dann stieg am Horizont bedrohlich eine beinahe schwarze Wolkenwand auf, die keine Lücken mehr hatte, und der Wind drückte die Kälte schneidend durch die Reißverschlüsse bis auf Pixies Haut. Sie beschloss, sich besser auf den Heimweg zu machen. Eine Bö schob sie wieder den Deich hinauf. Oben blieb sie für einen Moment stehen, breitbeinig, um den Halt nicht zu verlieren. Da unten, auf einmal erstaunlich klein, lag der Filapperhoff. Jetzt erst sah Pixie, dass er von einer Wallhecke oder sogenannten Knick geschützt war, einem Erdwall, der ihn in einigem Abstand umringte und mit alten Kiefern, Silberpappeln und Weiden bewachsen war. Sie bogen sich im Wind, hielten jedoch das Schlimmste vom Haus fern. Es war also nicht nur der Maljan, der den Hof beschützte. Die Erbauer hatten vorgesorgt.

Während sie auf das breite rote Dach hinunterblickte, das sich an den Boden zu schmiegen schien wie eine Henne mit ausgebreiteten Flügeln, riss darüber der Himmel noch einmal senkrecht auf. Nicht alle Wolkenschichten waren beteiligt, nur die schwere graue, so dass man dahinter eine hellere leuchten sah, schwefelgelb mit silbernen Rändern. Pixie erstarrte, dann schaffte sie es mit klammgefrorenen Händen, ihr Handy aus der Tasche zu kramen und gerade noch eine Aufnahme zu machen, bevor sich alles wieder zuschob.

Das Licht hatte nur einen Atemzug lang ein Ausrufezeichen genau über den First des Filapperhoffs gesetzt.

Nachdem sie sich ins Auto gekämpft und aus der Jacke befreit hatte, betrachtete sie das Bild lange, immer noch ungläubig. Als eine Nachricht von Venja aufploppte, fuhr sie zusammen. Im Anhang war auch ein Bild. Eine Kinderzeichnung von drei Personen am Strand, die Häuser bauten.

Hat Tamani für dich gemalt, stand darunter. *Liebe Grüße von allen.*

Gleich war ihr wieder warm, von innen her.

Danke, wie toll, sag ihr, ich freue mich, drück sie bitte von mir. Der Filapperhoff hat nichts ergeben, trotzdem danke für den Tipp. War sehr schön dort. Liebe Grüße zurück und bis bald.

Der Sturm ließ nach, je weiter sie sich von der Küste entfernte, aber auch in Großefehn wehte er noch heftig, und Pixie war erschöpft und erleichtert, als sie die Tür des Waterhuuske mit Mühe hinter sich zudrücken konnte. Hier war es warm und gemütlich. Oben pfiff der Wind ums Dach, aber er blieb draußen. Pixie klaubte die nassen Muscheln aus ihren Taschen und legte sie auf das Fensterbrett. Gleich roch es ein wenig nach Nordsee und fühlte sich noch heimeliger an. Elin und Anna-Lisa würden sicher nichts dagegen haben, und die Urlauber, die nach ihr hier unterkommen würden, noch weniger.

Pixie gönnte sich eine heiße Dusche und einen Kakao. Während sie im Schneidersitz unter einer Decke auf dem weinroten Sofa hockte und genießerisch an der Tasse nippte, versuchte sie, ihre Gefühle zu sortieren. Der Tag war so erfüllt gewesen! Zweimal Nordsee, mit Flut, dann Ebbe, dazu Sturm, das leckere Essen und interessante Gespräch mit Venja, die liebe Geste von Tamani, die nette Begegnung mit Feeke Sirkinga und dem Gulfhof. Eigentlich war sie voller Euphorie.

Und doch hatte sie das alles kein Stück weitergebracht. Sie war mit so viel Hoffnung zum Gulfhof gefahren, sicher, dass es eine Spur war. Dabei herausgekommen war einzig die Enttäuschung in Frau Sirkingas Augen, weil Pixie kein Zimmer gewollt hatte.

Sie schickte das Foto von dem Gulfhof mit den eigenartigen Wolken darüber an Friso. Warum gerade an ihn, wusste sie auch nicht. Sie hätte sich mit Emily dazu austauschen können, mit Remy oder am besten mit Lian, der den launischen Himmel Amrums so gut kannte. Auch mit Elin verstand sie sich längst gut genug für solche Themen.

Doch sie schickte es an Friso. Etwas sagte ihr, dass er am besten verstehen würde, wie ihr zumute war.

Oh, schrieb er nach einer Weile. *Das ist ja mal ›verwunnerlik‹. Erstaunlich. Und ganz merkwürdig anrührend. Da hilft wohl nur ›ofwachten un Tee drinken‹, – abwarten und Tee trinken, dann werden wir herausfinden, ob das etwas zu bedeuten hat.*

Wir, hatte er geschrieben.

Feeke

15

Feeke kümmerte sich um die Zucchini, den Kürbis und den Porree. Der Porree kam für morgen in den Kühlschrank, heute würde es Suppe geben. Der Geschmack einer guten Kürbissuppe war für Feeke das pure Aroma von Herbst, zu übertreffen nur von einem richtigen, dicken Zwiebelkuchen. Es war ein Glück, dass der Garten so viel hergab. Das war nicht nur bei den Gästen beliebt, falls welche kamen, es entlastete auch die Haushaltskasse.

Wenn nur der Ischias sie in den letzten Tagen nicht so behindern würde! Der Schmerz, der immer wieder nadelscharf vom Bein in den Rücken hochschoss, zermürbte sie, und sie fragte sich, wie lange sie das mit dem Gemüsegarten noch schaffen mochte. Doch sie war es nicht gewöhnt, sich von so etwas unterkriegen zu lassen. Auch jetzt würde das nicht passieren. Sie schaltete das Radio ein, weil es in der Küche so still war. Der einzige Gast saß oben an seinem Schreibtisch und würde wahrscheinlich den ganzen Tag nicht aus seinem Zimmer kommen. Sibo dagegen kehrte meist erst spät abends zurück, wenn sie schon schlief. Er hatte das, was er nicht seinen »freien«, sondern seinen »befreiten« Tag nannte, und obwohl er seit zweiundsechzig Jahren ihr Bruder war, hatte sie keine Ahnung, was er dann trieb. Auch hatte er ihr nie verraten, wovon er sich eigentlich »befreit« sehen wollte. »Nichts, was dir Sorgen bereiten muss, Schwesterherz«, war seine stete Antwort auf diese Frage gewesen, bis sie es aufgegeben und hingenommen hatte. Jetzt, da er siebzig geworden war, fing ohnehin das Alter an, in dem man auch mal schrullig sein durfte, sagte sie sich.

Sie selbst empfand sich noch als weit davon entfernt, Ischias hin oder her. Wenn sie morgens aus dem Fenster über die Felder sah, hinter denen grandios die Sonne aufging, die Landschaft mit Gold flutete, die Konturen jedes Halms und Zweiges leuchten und die Vögel in Gesang ausbrechen ließ, dann fühlte sie sich kein bisschen anders oder weniger lebendig als mit zwanzig. Der Ausblick war ja derselbe gewesen. Gut, ein bisschen dankbarer noch als damals war sie vielleicht, dass sie genau hier sein und genau das sehen durfte. Ja, und dann war da eben der Ischias und ein paar andere Hinweise darauf, dass sie nicht mehr so jung war, wie sie sich fühlte. Die Zeit war etwas Seltsames. Vielleicht, weil sie in dieser Landschaft lebte, die sich kaum veränderte, dass es ihr innerlich genauso ging. Sie gehörten zusammen, dieser Ort und sie selbst, und waren sich ähnlich geworden. Zeit war gar nicht wichtig, bemaß sich nicht in Stunden und Jahren. Es zählten Ebbe und Flut, Morgen und Abend, Winter und Sommer, die Ernte, die Richtung der Zugvögel. Es war ein langsames, reiches Leben, im Inneren still trotz der Stürme, die über das Harlingerland hinweggingen, über den Hof und über Feekes Seele.

Zu langsam und still für ihre Kinder, die längst in alle Welt verstreut waren und sich zwar in unregelmäßigen Abständen meldeten, aber kaum dafür interessierten, wie es zu Hause ging. Sie vertrauten vielleicht genauso darauf, dass sich hier nie etwas änderte.

Doch das stimmte nicht. Die Zeit lief nur langsamer, wie manche Flüsse, die sich kaum merklich vorwärtsbewegten und dann doch plötzlich an einem Hindernis stauten. Dann fiel es auf. So war es jetzt auch.

Feeke schaltete das Radio wieder aus. Es störte sie nur. »Alles bloß noch Krach«, murmelte sie. Was gingen sie diese aufdringlichen Stimmen an, die ihr irgendwelche Cremes aufdrängen wollten, die sie auch nicht jünger machen würden. Wozu auch? Sie fühlte sich wohl in ihrer Haut, bis auf den Ischias. Die wirklich junge Frau von vorhin aber mit den dunklen Augen und Haaren und den spitzen Ohren, die ging ihr nicht aus dem Kopf. Der Hof kam ihr noch menschenleerer vor als sonst, seit ihre Besucherin wieder gegangen war. Wie hieß sie noch – Pixie? Kobold, Elfe oder Fee hieß das. So eine Art Mischung aus Kobold und Elfe. Zu ihr selbst passte der Name Feeke nicht, hatte sie immer gefunden. Sie hatte früh zupacken und vernünftig sein müssen, war nie feenhaft gewesen. Das Mädchen Pixie aber hatte Geschichten in den Augen. Wie Sibo. Schade, dass sie ihr nicht hatte helfen können. Pixie war ungefähr so alt wie ihre Tochter Rixa.

Ihr Blick wanderte immer wieder zu dem Bild vom Kutter, das sie hinter die Pfeffermühle gesteckt hatte, damit der Wind, der durch das offene Fenster blies, es nicht hinunterwehte. Wie alt heutzutage so eine Schwarzweißaufnahme wirkte, vor allem, wenn es ein so schlechtes Bild war! Wer auch immer es damals aufgenommen hatte, wusste wohl nicht mal, was er da eigentlich festzuhalten beabsichtigte. Und doch, wenn es aus den dreißiger Jahren stammte, war das Abgebildete einst ein Stück Wirklichkeit aus der Zeit, in der ihr Vater jung gewesen war, ein Kind noch. Gut möglich, dass er diesen Kutter gekannt hatte, dass er dort am Hafen gespielt oder Botengänge erledigt hatte. Doch ihn konnte sie nicht mehr fragen. Ihre Eltern waren beide tot, noch gar nicht so lange. Nicht einmal hier begraben waren sie, denn es hatte sie in den Süden gezogen, gleich nach Feekes Heirat, als der Schwiegersohn in ihren Augen fähig gewesen war, den Hof zu übernehmen. Die zwei hatten noch Abenteuer erleben wollen, endlich etwas ganz anderes. Das hatte Feeke ihnen nicht übelgenommen, es war ihr gutes Recht. Anders die Tatsache, dass man ihr nie zugetraut hatte, den Hof selbst zu führen. Bis zuletzt hatten ihre Eltern nicht daran geglaubt, obwohl Feeke nun schon so lange das Gegenteil bewies. Das tat immer noch weh.

Am meisten aber schmerzte es sie, dass die beiden womöglich am Ende noch posthum recht behalten würden, wenn es weiterging wie in den vergangenen Monaten.

Später schmeckte sie die fertige Suppe ab, brachte dem Gast einen Teller voll hinauf, stellte einen in den Kühlschrank für Sibo, dann aß sie selbst, allein am Küchentisch. Der Sturm ließ allmählich nach, draußen wurde es dunkel.

Feeke spülte den Teller ab, zog ihre dicke Jacke an und ging hinaus, der See gute Nacht sagen. Eine Weile stand sie auf der Brücke und betrachtete das Tiefblau der Dämmerung, das sich darunter auf der Oberfläche des Ringschloot spiegelte. Dann stieg sie über den Deich und sah am Horizont einen roten Nachklang des Sonnenuntergangs unter den Wolken glühen, davor in der Ferne Windräder, klein wie Streichhölzer. Der Wind drückte das Meer nach der Ebbe schon wieder heran, aber noch leckte es nicht am Deich.

Stattdessen lockerten die Wolken über dem Land auf, als Feeke den Rückweg antrat. Über dem Filapperhoff, dessen wenige erleuchtete Fenster so einsam im dunklen Land schienen, blinkten die Sterne auf, einer nach dem anderen. Hier sah man sie besonders gut. Sehr viele und sehr hell.

Das wenigstens würde sich nie ändern.

Als sie am nächsten Morgen herunterkam, hatte Sibo schon den Tee fertig. In der dicken Kanne auf dem Stövchen schimmerte es goldbraun. Feeke bekam ein Lächeln und ein waches »Moin!« von ihm.

Nach einer Nacht wirrer Träume war sie noch dabei, ihr Gehirn aufzuwecken, und nahm dankbar einen Schluck, als er eingoss und ihr den Henkelbecher hinhielt. »Danke. Moin«, brachte sie heraus.

Er trug wie immer seinen zu großen Fischerpullover und hatte vergessen, sich die Haare zu kämmen, die um seine Ohren herum unternehmungslustig in alle Richtungen abstanden. Oben hatte er keine mehr. Seine Augen waren dafür so erstaunlich blau wie früher. Als Mädchen hatte sie ihn darum beneidet.

»Wo kommt das her?«, fragte er und deutete mit seiner Tasse auf das Foto hinter der Pfeffermühle.

»Ach ja, das. Da kam gestern eine junge Frau vorbei und fragte, ob ich etwas über diesen Kutter weiß. Weil der ein Schmetterlingsmuster am Bug hat. Sie war nett. Aber da musste ich sie leider enttäuschen.«

»Hmmm«, brummte er, setzte sich und nahm sich eine Scheibe von dem Brot, das Feeke am Vortag gebacken hatte und das herrlich duftete. Solange es in einem Haus nach Brot aus dem Ofen roch, war nicht alles verloren, fand Feeke und hielt sich an dieser Überzeugung fest, wann immer es nötig war. Darum gab es oft frisches Brot.

»Wer war sie denn?«, fragte er, nachdem er bedächtig gekaut hatte. So war er schon als Junge gewesen – ein Genießer. Er mochte die einfachen Dinge: aromatisches Brot, würzigen Käse, einen guten, malzigen Friesentee, Morgentau auf dem Feld, Heuballen, Schnee. Vor allem jetzt, da er nicht mehr täglich zum Fischen hinausmusste.

»Ich weiß nicht. Es ging wohl um eine Familiensache. Sie hat ihre Nummer auf der Rückseite hinterlassen, falls mir doch etwas einfällt.«

Er sagte nichts, aber die Sache schien ihn zu interessieren, was Feeke ein wenig wunderte. Sibo ließ sich selten ablenken von dem, was ihm so im Kopf herumging. Die meisten Angelegenheiten überließ er gern seiner Schwester. Er stand auf und drehte das Bild um. »Pixie Paleske«, las er. »Zur Zeit tätig für Remona Kreyhenibbe, Herausgeberin der Zeitschrift *Mervins Garten.*«

Sibo nahm sein Tablet aus der Schublade, das er selten benutzte, und versank in Schweigen, während er mit der einen Hand auf dem Bildschirm herumtippte und mit der anderen sein Brot aß. Feeke ließ ihm Zeit, obwohl sie jetzt neugierig geworden war. Warum hatte sie nicht selbst nachgesehen, ob ihr Besuch außer der Nummer etwas geschrieben hatte? Das kam davon, wenn man zu viel über die Vergangenheit grübelte – dann übersah man Dinge in der Gegenwart. Aber ihr war es recht, wenn Sibo das Recherchieren erledigte. Feeke brauchte eigentlich eine neue Lesebrille, aber das würde wieder so teuer werden.

»Scheint seriös zu sein«, sagte Sibo schließlich und stippte die Brotkruste in den Tee.

»Wer? Pixie Paleske, diese Frau Kreyhenibbe oder ihre Zeitschrift?«

»Von Pixie Paleske steht da nichts, aber die Zeitschrift macht einen guten Eindruck. Es geht viel um Natur, um Gärten und um Geschichten von ganz normalen Menschen, nicht so ein künstliches Möchtegern-Star-Gedöns. Diese Frau Kreyhenibbe hat einiges am Laufen, hauptsächlich an der Ostsee. Es gibt da eine Reihe Gärten und kleine Läden mit schönen handwerklichen Waren, die wohl zusammenarbeiten.«

»Dann will Pixie sicher einen Artikel für diese Zeitschrift schreiben. Sie hat ja nicht gesagt, dass es um ihre eigene Familie geht. Ich hoffe, sie findet irgendwo die Informationen, die sie braucht. Sie hat mich ein bisschen an Rixa erinnert.«

»Wenn du willst, ruf sie an«, sagte Sibo.

»Wie? Warum denn das?«

»Weil ich weiß, wem der Kutter gehört hat.«

Pixie kam wie verabredet zum Kaffee. Überpünktlich. Feeke betrachtete ihren Gast amüsiert. Die junge Frau sah aufgelöst aus, die Haare noch windzerzauster als beim letzten Mal, ein Jackenärmel umgekrempelt, ein Schnürsenkel lose, aber die dunklen Augen und ihr etwas schüchternes Lächeln voller Erwartung. »Hallo! Ich habe mich so gefreut, dass Sie sich doch noch gemeldet haben, Frau Sirkinga.«

»Moin. Sag ruhig Feeke. So förmlich sind wir hier nicht.« Sie führte Pixie in die Küche, wo Sibo gerade noch die Krüllkuchen auf einen Teller legte, die sie vorhin extra gebacken hatte. »Das hier ist mein Bruder Sibo. Den Anruf hast du ihm zu verdanken. Er ist acht Jahre älter als ich, deshalb kann er sich an Dinge erinnern, von denen ich nie erfahren habe. Auch, weil man damals Mädchen schonen wollte«, fügte sie hinzu. So hatte man es ihr oft erklärt, bei vielem, was sie erst später erfahren hatte. Es ärgerte sie immer noch. Denn manches, was verschwiegen wurde, hatte trotzdem immer wie ein bedrückender, unsichtbarer Spuk in der Luft gehangen. Das war meist viel belastender als die Wahrheit. Die kriegsgeprägte Generation ihrer Eltern war Meister darin gewesen, nicht über gescheiterte Angelegenheiten und unangenehme Gefühle zu sprechen.

Sibo hob die Schultern. »Sie meinten es gut damit. Aber in diesem Fall lag es mehr an der Eitelkeit unserer Eltern, die auf den Ruf der Familie bedacht waren. Moin, Pixie.«

»Moin.« Sie blickte verunsichert von einem zum anderen. »Ich wollte keine Konflikte auslösen oder Leichen im Keller aufstöbern. Tut mir leid.«

Sibo lachte auf und rückte ihr einen Stuhl zurecht. Sie setzten sich alle. »So schlimm ist es nicht. Unser Großvater ist zwar tot, aber wir waren es nicht, und im Keller liegt er auch nicht versteckt. Tee?«

Pixie nickte. »Danke. Sie … du weißt also etwas über den Kutter?«

Feeke schob Pixie zwei Krüllkuchen auf den Teller, dann ihrem Bruder. Jetzt brauchte sie nur zuzuhören. Da Sibo ihr das vorhin zum ersten Mal erzählt hatte, fühlte sie sich nicht verantwortlich. Aber eins wollte sie noch wissen. »Pixie, geht es hier um deine eigene Familiengeschichte? Oder schreibst du für diese Zeitschrift?«

Pixie schüttelte den Kopf. »Weder noch. Ich arbeite momentan für die Herausgeberin Remy und suche nur Informationen für sie zusammen. Sie möchte selbst darüber schreiben.«

»Aha, danke.« Feeke war ein wenig enttäuscht. Pixie hatte also keine Verbindung zur Familie. Machte nichts, sie mochte das Mädchen einfach.

»Der Kutter gehörte viele Jahrzehnte lang unserer Familie«, begann Sibo. »Zu der Zeit wurden hauptsächlich Muscheln gefischt. Der Name, den man auf dem Bild nicht lesen kann, ist *Koomweer*. Das heißt so viel wie Heimkehr, Rückkehr. Der letzte Besitzer war unser Großvater Mart Joken.«

»Koomweer«, sprach Pixie vor sich hin. »Das gefällt mir. Es klingt so … weich.«

»Ja, ein schöner Name. Nur kehrte die Koomweer eines Tages nicht zurück und Mart Joken auch nicht. Teile des Kutters wurden später weiter nördlich angespült.« Sibo trank einen Schluck Tee und lehnte sich zurück. Seine Stimme nahm einen anderen Tonfall an. Der Geschichtenerzähler in ihm kommt durch, dachte Feeke zärtlich. Sie hatte es als kleines Mädchen geliebt, wenn der Wind um die Giebel tobte und Sibo sich die tollsten Abenteuer für sie und Dajo ausdachte, bis sie einschlief. Doch an Dajo zu denken machte sie traurig. Die See, sosehr sie sie liebte, war unbarmherzig, und ein Mensch so winzig und zerbrechlich. Dajo war im Alter zwischen ihr und Sibo gewesen, immer da, zentraler Teil des Kleeblatts. Und dann, mit zweiundzwanzig, einfach weg für immer. Sie hatte oft gedacht, wenn er doch nur Fischer geblieben wäre wie Sibo und eine lange Reihe Vorfahren, dann würde er noch leben. Warum hatte es für ihn ein Frachter sein müssen irgendwo in Südamerika, wahrscheinlich nie gewartet und geprüft? Aber Dajo war es hier zu eng gewesen, ausgerechnet an dieser weiten Küste.

Da hatte Feeke noch nicht gewusst, dass genau an dieser heimischen Küste auch ihr Großvater ein Opfer seiner Tätigkeit geworden war. Man hatte ihr erzählt, er sei an einer Lungenentzündung gestorben, in einem strengen Winter nach Deichreparaturen bei einer Sturmflut. Warum diese Lüge?

»Weil es seine eigene Unvernunft und sein Eigensinn gewesen waren, die ihm zum Verhängnis wurden, wollten meine Eltern das uns gegenüber unter den Teppich kehren und dichteten seine Todesursache um«, erzählte Sibo gerade, als sie sich wieder auf seine Worte konzentrieren konnte. »Und bei anderen war das schon längst in Vergessenheit geraten, es war ja ewig her. Nur unsere Großmutter Lieke hat mir später einmal berichtet, was wirklich passiert ist. Die *Koomweer* war alt und ihr Mart ein fröhlicher, liebenswürdiger, aber leichtsinniger Mensch. Leichtsinn ist nicht gut auf See. Sein Freund, der einen moderneren Kutter besaß, hatte ihn immer wieder gewarnt. ›Mart, dein Kutter war mal zuverlässig, aber nu ist das bloß noch ein Seelenverkäufer! Das weißt du selbst. Schenk der *Koomweer* ihren Frieden und leg sie still, du kannst bei mir Teilhaber werden. Denk an deine Frau und deine Kinder, Mann. Sei doch nicht so stievkoppig!‹ Das berichtete er zu Tode betrübt meiner Großmutter bei der Trauerfeier für Mart. Genützt haben seine Worte nichts, obwohl er längst nicht der Einzige war, der so mit Mart geredet hatte. Mart liebte seine Familie, aber er liebte auch das Risiko, das Fischen und die *Koomweer*, und wahrscheinlich hielt er sich wie viele junge Männer für praktisch unverwundbar. Er fuhr weiter mit dem Kutter hinaus wie sein Vater und sein Großvater. Eben bis zu dem Tag, an dem er nicht wiederkam. Mart war einunddreißig, als er auf See blieb, seine Frau Lieke neunundzwanzig und unser Vater Harm fünf. Das war 1934.«

»Was ist denn bloß passiert? War Sturm? Aber da fährt man doch nicht raus?«, fragte Pixie leise. »Und war er denn allein?« Sie hatte sich Notizen gemacht, aber inzwischen saß sie ganz still. Es geht ihr wie mir, dachte Feeke. Berstendes Holz, verhallende Hilferufe, unerbittliche kalte, salzige Wellen – wir hören es, schmecken es, als wären wir dabei, als würde es gerade jetzt erst passieren. So war es für die meisten Zuhörer, wenn Sibo Geschichten erzählte. Zum Glück waren die sonst meist heiterer. Doch hier ging es um das Leben, wie es eben auch war.

Sibo nahm sich einen weiteren Krüllkuchen und betrachtete ihn, ohne ihn wahrzunehmen. »Ja, er war allein. Die *Koomweer* war ein kleiner Kutter, und wie so mancher Fischer mochte er es nicht, wenn jemand da war, der ihm in seine Entscheidungen reinredete. Wir wissen nicht, was passiert ist. Vielleicht ist er auf eine Sandbank getrieben und sofort gekentert. Es kommt auch vor, dass das Fangnetz sich plötzlich auf dem Meeresboden verhakt und das Boot auf die Seite gerissen wird. Wenn es zu sehr krängt, läuft es blitzschnell voll. Aber bei einem schrottreifen Gefährt kann auch ohne besonderen Anlass ein Wassereinbruch geschehen.«

»Er hätte also alt werden können«, stellte Feeke fest. »Er hätte Großmutter Lieke gar nicht allein lassen müssen.« Ihr Vater Harm wäre vielleicht anders geworden, wenn er selbst einen Vater gehabt hätte, an den er sich erinnern konnte. Einen wie Mart, der lustig war, das Leben liebte und Gefühle für etwas Normales hielt, über das man reden konnte. Sicher wäre er auch ein guter Großvater gewesen, wie sie ihn sich heimlich gewünscht hatte.

Sie wollte ihren Gedanken eine andere Richtung geben. »Pixie, hilft dir das denn jetzt irgendwie weiter?«

Unschlüssig betrachtete Pixie ihre Notizen. Es fiel ihr sichtlich schwer, aus Sibos Geschichte in die Gegenwart zurückzukehren. Feeke gefiel es, dass sie solchen Anteil nahm, sich so einfühlen konnte. »Was machst du eigentlich, wenn du nicht für diese Zeitschrift arbeitest?«, wollte sie wissen.

»Ich … ich schreibe. Bücher«, war die verlegene Antwort.

Das passte. Feeke war zufrieden. Sie liebte Bücher. Wenn es mal wieder zu still im Haus war, draußen der Wind tobte und die Kälte durch die alten Fenster kroch, gab es für sie nichts Schöneres, als sich mit einem Tee, Grog oder Kakao und einer Decke in den Stuhl am Kamin zu kuscheln und in die Welten zwischen zwei Buchdeckeln einzutauchen. Man konnte auf diese Art alle Sorgen vergessen und so viele verschiedene Leben leben, wie man wollte, ohne sich vom geliebten Ort entfernen zu müssen. Sie nahm sich vor, nach Möglichkeit Näheres über diese junge Frau zu erfahren, die so empfindsam und ein bisschen verloren wirkte.

»Ich muss jetzt jedenfalls nicht mehr danach suchen, was mit dem Kutter war. Er gehörte eurer Familie. Die Frage ist, was habt ihr mit Flömer zu tun? Warum hatte er das Foto von der *Koomweer*? Sagt euch der Name etwas? Kapitän Flömer?«

Feeke und Sibo sahen sich an. »Nie gehört«, sagte Sibo.

»Ich auch nicht«, sagte Feeke.

Pixie zog ein Lederband aus dem Ausschnitt ihres Pullovers und zeigte ihnen einen schweren goldenen Siegelring, der eindeutig zu einer Männerhand gehört haben musste. »Habt ihr den schon einmal gesehen?«

Feeke beugte sich vor. Auf dem Ring war ein F eingraviert, schwer zu erkennen, weil es einem Windflüchter ähnelte, einer krummen Kiefer wie sie an der Küste wuchsen. »Nein.« Ein schönes Stück war das, und es berührte sie seltsam, ohne dass sie einen Grund wusste.

»Nein. Ich glaube nicht.«

Sibo zögerte, aber dann schüttelte auch er den Kopf.

»Und kennt ihr vielleicht diesen Mann? Seid ihr ihm einmal begegnet – es müsste länger her sein –, oder habt ihr ihn auf einem Foto gesehen?« Sie legte ein Bild auf den Tisch, ein neueres diesmal. Es zeigte einen Mann mit einer Ledermütze, der auf einem Steg stand und gestikulierte.

»Nein, auch nicht, leider. Er sieht nett aus.« Bedauernd schob Feeke Sibo das Bild hin. »Und du?«

»Harrijassesne! Meine Güte!«, rief er und starrte es an.

»Was ist denn, Sibo? Du kennst den Mann?«, fragte Feeke erstaunt.

»Hier drauf ist er älter«, überlegte Sibo. »Aber die Ohren! Und die Mütze, die trug er damals schon, bloß war sie neuer. Es ist der Schnüs Fent. Der Fietefründ.«

Pixie setze sich kerzengerade. »Fiete! Ja, sein Vorname war Fiete! Ich vergesse das immer, weil alle ihn nur Flömer nannten.«

»Großmutter Lieke nannte ihn den Fietefründ. Und alle anderen sagten Schnüs Fent.«

»Das bedeutet ›pfiffiger Bursche‹«, erläuterte Feeke. »Und Fründ heißt Freund. Wann war das, Sibo?«

Er überlegte. »Ich war ungefähr acht, denn Mutter war mit dir schwanger. Also in den späten fünfziger Jahren. Da kam er noch mal her.«

»Noch mal?«, fragte Pixie gespannt.

»Ja. Als ich sie gefragt habe, wer das ist, sagte sie, ein Freund von früher, und sie hätte ihn ewig nicht gesehen.«

»Kannst du mir mehr erzählen, Sibo?«, bat Pixie. »Hast du mit ihm gesprochen? Wie war er?«

Feeke war ebenso neugierig. Anscheinend gab es noch mehr, das sie über ihre Familie nicht wusste. Und gerade Großmutter Lieke hatte sie für den offensten und ehrlichsten Menschen gehalten, den sie kannte.

Sibo sah auf die Uhr und stand erschrocken auf. »Oh, ich muss den Laden aufmachen. Ein andermal, Pixie, oder du kommst mit, vielleicht habe ich ja nebenbei Zeit, wenn nichts los ist. Ich geh schon mal voraus. Esst ihr in Ruhe auf.«

»Es ist nie viel los im Laden«, sagte Feeke bekümmert zu Pixie. »Ich zeig ihn dir dann. Schmeckt dir der Krüllkuchen?«

»Himmlisch«, versicherte Pixie und nahm sich noch einen.

Hinter ihr sah Feeke durch das Fenster, wie Wolkenlöcher aufgingen, trieben, sich zusammenfügten und wieder trennten wie in einem langsamen Tanz. Und sie fragte sich, was die Luchtwieven diesmal im Schilde führten.

Pixie

16

Pixie hatte das nicht aus Höflichkeit gesagt. Die Krüllkuchen schmeckten herrlich. Nach den besten Seiten des Herbstes, nach Weihnachten und nach Kindheit. Sie konnte sich erinnern, dass Rhea in den Nordseewintern auf Amrum solche gebacken hatte. Vielleicht fühlte sie sich darum hier so wohl?

Schweigend saßen sie eine Weile, jede in ihre Gedanken versunken.

»Tut mir leid, dass wir hier in der Küche sitzen«, sagte Feeke schließlich, als wäre sie aus der Vergangenheit gerade wieder aufgetaucht und hätte sich auf ihren Gast besonnen. »Normalerweise findet bei uns alles an dem großen Tisch vor dem Kamin statt. Aber der liegt gerade voller Ordner. Ich bin mit der Buchhaltung beschäftigt.«

»Kein Problem, ich mag Küchen«, versicherte Pixie. Besonders solche wie diese, wo alte Kuchenformen an den Wänden und trocknende Kräutersträußchen von einer Leine hingen. Sie überflog ihre Notizen. Viele waren es noch nicht. »Es ist schon merkwürdig, erst dachte ich, ich finde nie etwas über Flömer heraus, und jetzt bin ich hier auf einem Hof, wo er selbst gewesen ist. Sibo sagt, er hat deine Großmutter Lieke gekannt. Wann ist sie denn gestorben?«

»1983. In dem Jahr, bevor ich geheiratet habe. Da war sie achtundsiebzig.«

Pixie hätte gern erfahren, wo Feekes Mann war. Und ihre

Tochter, von der Venja gesprochen hatte. Aber sie wollte nicht aufdringlich sein. »Und deine Eltern haben Fiete Flömer nie erwähnt?«

»Nein. Sie leben beide auch nicht mehr, also können wir sie nicht fragen.« Feeke rührte in ihrem Tee, um die Reste der Kluntje darin aufzulösen. Es klirrte leise. Diese Zuckerkristalle brauchten zwei bis drei Wochen, ehe sie bei der Herstellung die nötige Größe erreichten, das wusste Pixie noch von Rhea. Da ließ man nichts in der Tasse zurück. »Ich hatte kein enges Verhältnis zu meinen Eltern«, fuhr Feeke fort. »Mit Lieke war das anders. Deshalb vermisse ich sie oft noch.« Sie sah sich um. »Dieses Haus war und ist immer wie eine Umarmung von ihr. Aber ich weiß nicht, wie lange wir den Hof noch halten können.« Sie schüttelte den Kopf, wie um düstere Gedanken zu vertreiben, trank den Tee aus und lächelte Pixie an. »Ich wollte dir ja Sibos Laden zeigen. Den hat er sich im ehemaligen Karnhaus eingerichtet, nachdem er in den Ruhestand gegangen ist. Es gibt einen Eingang von draußen.«

»Karnhaus?«

»Das war ein abgetrennter Raum in der Gulfhofscheune. Dort hat man damals die Milch verarbeitet. Die verdarb ja früher schnell, und man stellte Butter und Käse her, auch um damit zu handeln. Vieh halten wir aber schon lange nicht mehr. Meine Eltern hatten schon das meiste davon verkauft, und mein Mann hatte nichts dafür übrig. Er hat dann immer weiter umgebaut. Na ja, wir hatten Kinder, die brauchten mehr Zimmer, der Tourismus hier in der Gegend nahm zu, und so haben wir auf Feriengäste umgestellt.«

Pixie folgte ihr durch einen Seitenausgang nach draußen, ein Stück am Haus entlang. Hier befand sich die Dachrinne, die sich, wie von Venja beschrieben, tatsächlich auf der Höhe ihrer Stirn befand, was ihr seltsam, aber irgendwie auch freundlich erschien. Dann kamen sie zu einer breiteren Tür, über der ein Schild prangte. *Seemannsgarn* stand da, etwas ungelenk in blauer Schrift gemalt.

Drinnen waren die Wände holzverkleidet, der Boden gefliest. Kleine und größere Korbstühle standen herum, in einer Ecke lag ein Stapel bunter Sitzkissen, und an den Wänden gab es Regale voller herrlich bunter Wollknäuel. An einem stöberte eine Frau mit einem selbstvergessenen Lächeln. Ein kleiner Verkaufstresen mit Kasse zog sich unauffällig neben der Tür entlang, und ganz hinten unter einer gemütlichen Stehlampe stand ein altes Spinnrad.

Sibo saß dort und spann, das Rad ratterte leise, und vor ihm hockten drei Kinder auf Kissen. Sie hörten aufmerksam zu, denn Sibo erzählte eine Geschichte.

»… und als die Möwe aufwachte, sah sie eine kleine Insel. Sie war sehr froh darüber, denn auf dem Schiff war ihr längst langweilig, und ein wenig seekrank war sie auch, denn so weit draußen auf dem Meer war sie noch nie gewesen. Das würde sie aber lieber nicht verraten, wenn sie jemals wieder nach Hause fand. Sie wusste ja nicht, ob andere Möwen auch seekrank wurden. Sie flog auf die Insel, aber die bewegte sich auf einmal auch. Es war nämlich gar keine Insel, es war ein Walfisch! Vor Schreck hielt die kleine Möwe den Atem an.« Sibo machte eine bedeutungsvolle Pause, winkte Pixie heran und flüsterte ihr ins Ohr: »Kannst du morgen wiederkommen? Um neun zum Frühstück vielleicht? Ich muss gerade andere Geschichten erzählen, wie du siehst. Feeke kann es dir erklären.«

»Mach ich«, flüsterte sie zurück.

Es tat ihr direkt leid, den gemütlichen Raum zu verlassen, doch die Kinder sahen sie irritiert an, und sie mochte nicht stören.

Die andere Frau ging mit hinaus. »Ich weiß wirklich nicht, was wir ohne Sibo machen würden«, sagte sie zu Pixie. »Er ist eine Art inoffizieller Babysitter für die Nachbarschaft, sofern man von Nachbarschaft reden kann. Der Filapperhoff ist ja ganz schön abgelegen, aber wenn wir mal in Aurich oder Leer oder auch nur Esens Erledigungen haben, dann ist es doch sehr praktisch, die kleinen Kinder hier unterwegs eine Weile abgeben zu können.« Sie stieg in ihr Auto. »Ich bin in einer Dreiviertelstunde wieder da.«

Feeke sah ihr nach. »Oder auch in etwas mehr«, sagte sie trocken. »Gut, dass es Sibo so viel Freude macht. Er ist da irgendwie reingerutscht. Hat sich so ergeben. Kunden kommen nicht viele, um sein Garn zu kaufen. Dafür die Kinder, um Geschichten zu hören. Deshalb macht er auch am späten Nachmittag noch mal auf.«

»*Seemannsgarn.* Echtes und Erzähltes. Finde ich ein klasse Konzept.« Pixie war begeistert. »Bekommt er die Kinderbetreuung bezahlt?« Feeke hatte so sorgenvoll geklungen, was den Hof anging.

»Es steht ein Sparseehund auf dem Tresen. Manche stecken was rein«, sagte Feeke in neutralem Tonfall. »Er ist ja kein ausgebildeter Erzieher, nur Erzähler.«

»Wie kam er denn dazu, Garn zu spinnen?«

»Magst du ein Stück mit mir gehen? Ich muss noch nach dem hinteren Garten sehen.«

»Gerne.« Pixie mochte sich sowieso noch nicht losreißen. Ein unstetes, fast unwirkliches Abendlicht hatte sich über den Hof am Deich gelegt, warm, wehmütig und heimelig.

»Sibo ist immer Fischer gewesen«, erzählte Feeke, während sie an der Wallhecke entlang gemächlich einem Pfad durch feuchtes Gras und gefallene Blätter folgten. »Wir hatten keinen eigenen Kutter, aber er arbeitete für einen Freund, der ein entsprechendes Unternehmen führte. Als Sibo dann in den Ruhestand ging, wie man es nennt, kam er eben nicht zur Ruhe. Er brauchte etwas zu tun. Eine eigene Familie hatte er nie. Früher war er zwar einmal sehr verliebt, aber es wurde nichts daraus. Und wir haben leider nicht mehr so viele Gäste, dass ich seine Hilfe bei der Betreuung benötigt hätte. Gartenarbeit wiederum war nie seine Sache, obwohl er mir geholfen hat, wo er konnte. Das ist aber jetzt auch zu anstrengend für ihn. Er hatte schon mal einen Schlaganfall.« Feeke räusperte sich. »Tja, und dann erwähnte eine befreundete Landwirtin, dass sie ein paar Schafe angeschafft hat, aber nicht wusste, wer ihr die Wolle spinnen soll. Sibo erinnerte sich, bei der Entrümpelung eines Hofs ein altes Spinnrad auf dem Dachboden gesehen zu haben. Kurzerhand kaufte er es für wenig Geld, säuberte es mit viel Liebe und probierte sich daran aus. Er nahm sogar Lehrstunden bei einer Frau in Aurich. Nie hätte ich das für möglich gehalten.« Feeke bückte sich, um einen gefallenen Ast aus dem Weg zu räumen. Pixie beeilte sich, ihr zu helfen. »Danke. Tja, was soll ich sagen? Seit er das erste Mal den Antriebsfaden durch das

Einzugsloch gezogen und den Fuß auf das Pedal gesetzt hat, womit man das Rad dreht, war er davon gefesselt. ›Es ist der Rhythmus zwischen Festhalten und Loslassen‹, sagt er. So muss man es machen beim Spinnen: Die Faser abwechselnd festhalten und loslassen. Sibo sagt, mit dem Leben ist es genauso. Und das Rad auch – das dreht sich immer weiter, wie die Jahre im Leben, aber mit dem Pedal kannst du das Tempo bestimmten. Für ihn ist das Spinnen beruhigend. Tja, und seitdem bekommt er die kardierte und gefärbte Wolle von Marga, spinnt und verkauft sie. Seine Freunde von früher haben zuerst über ihn gelacht, aber so was war ihm früher schon egal. Jetzt kommen sie manchmal vorbei, um ihm zuzuhören. Da er immer schon gern Geschichten erzählt hat, bot sich der Titel *Seemannsgarn* für den Laden natürlich an. Es ist nur …« Sie brach ab.

»Hier gibt es kaum Laufkundschaft, nicht wahr?« Pixie konnte sich ungefähr denken, wie schwierig das war.

»Ja, es kommen hauptsächlich ein paar Frauen aus der Gegend, für die der Winter lang wird, wenn die Saison vorbei ist. Feriengäste sind meist nicht zum Stricken hier, und Wolle ist auch eher kein Souvenir, das jemand mitnehmen möchte. Das Hauptproblem ist aber die Lage. Wir sind hier eben allein am Ende der langen Straße, und drumherum nur die Silberpappeln und Kiefern.«

»Und wer hat ihm den tollen Fischerpullover gestrickt? Du?«

Feeke lachte. »Nein. Ich bekomme nicht mal einen Topflappen hin. Den hat ihm mal jemand geschenkt. Er hat ihn schon ewig. Stricken kann in dieser Familie nur meine Tochter, Rixa.«

»Ich dachte, deine Tochter heißt Sika? Wie viele Kinder hast du denn?«

»Ich habe tatsächlich fünf Sprösslinge. Sie sind alle in der ganzen Welt verstreut. Der Hang zum Abenteuer liegt nun mal in der Familie, auch wenn er an mir vorübergegangen ist. Wir liegen nicht nur für die Kunden zu einsam.« Ein Schatten flog über Feekes Gesicht, doch dann hellte sich ihre Miene auf. »So, hier sind wir.« Sie stieß eine Pforte in einem Staketenzaun auf, über den sich Trichterwinden, Schwarzäugige Susanne, Wein und Himbeerranken gewunden hatten. Alles welkte jetzt, wurde rot und golden, und doch hingen noch reichlich letzte Blüten in Gelb und Himmelblau dazwischen.

»Wo sind wir hier?«, fragte Pixie, denn Feekes Worte hatten irgendwie bedeutungsschwer geklungen.

»Im *Filappers Tuun*«. Feeke zeigte auf ein Schild, das schief neben dem Tor steckte und so altersdunkel und flechtenbewachsen war, dass die Buchstaben kaum erkennbar waren. »*Tuun* heißt Garten.«

»Schmetterlingsgarten also«, folgerte Pixie.

»Ja. Es heißt, dass ein Vorfahre von uns Anfang des siebzehnten Jahrhunderts aus der Ferne hierherkam, auf der Suche nach einem Ort, an dem er sich niederlassen, einen Gulfhof bauen und eine Familie gründen wollte. Doch das Land sah in jeder Richtung gleich aus. Ratlos blickte er sich um und suchte nach einem Zeichen, zumal ein Unwetter drohte. Da flatterte ein Schmetterling vorbei, es heißt, es war ein Perlmutterfalter, so einer in den Farben der untergehenden Sonne, mit einem Muster aus dunklen Flecken. Der Mann folgte ihm ein ganzes Stück, und so stieß er auf die verfallene Ruine eines kleinen ostfriesischen Bauernhauses, wie man sie hatte, bevor die Gulfhöfe aufkamen. Die Stelle gefiel ihm, die Ruine bot ihm Schutz vor dem Unwetter, und so entschied er sich zu bleiben.«

»Darum also *Filapperhoff*.«

»Ja. Er hat es nie bereut, heißt es. Seitdem war es Tradition, dass ein Teil des Gartens immer mit Pflanzen bestückt wurde, die für die Schmetterlinge wichtig sind. Damit sie einen Ort haben, wo sie Futter finden, überwintern und sich verpuppen können. Meine Vorfahren haben das schon so gehandhabt, lange bevor man anfing, über naturnahes Gärtnern oder Biodiversität nachzudenken. Es hatte schlicht etwas mit Respekt und mit Liebe zu diesen Wesen zu tun.«

»Das wird Remy gefallen. Sie hat einmal einen Garten übernommen, der aus einem ähnlichen Grund angelegt wurde – um einen sicheren Rückzugsraum für Schmetterlinge und Insekten zu erschaffen. Darf ich es ihr erzählen?«

Pixie hatte Hintergedanken. Vielleicht konnte Remy ja in ihrer Zeitschrift einmal über den Filapperhoff schreiben? Eventuell zog das ein paar Gäste an. Doch sie hörte Remy sagen: »Gut und schön, aber dann muss es auch einige gute Gründe für die Gäste geben, dort hinzukommen.«

Nun, einen Strand, an dem man liegen konnte, gab es hier nicht, und auch sonst nicht viel, was die meisten so erwarteten. Da müsste man sich etwas überlegen. Vielleicht hatte Elin eine Idee.

»Sicher, wenn du möchtest«, meinte Feeke zerstreut. »Sieh mal, hier! Da hat sich ein Schmetterling verpuppt.« Zärtlich schob sie das Blatt einer Brombeerranke beiseite und zeigte auf das braune Päckchen, das dort befestigt war.

»Und dort fliegt ein Zitronenfalter. Bald wird er sich im langen Gras oder einem Spalt verkriechen und auf den Frühling warten.« Zusammen sahen sie dem Falter nach, der im Spiel mit dem Wind über den späten Glockenblumen flog, leicht wie ein schöner Gedanke. »Magst du dir die Gießkanne dort schnappen und die Astern gießen?«, bat Feeke, als er außer Sicht war. »Du kannst aus der Regentonne dort schöpfen. Ich muss hier die Säckelblume anbinden, bevor sie abbricht.«

Als Pixie in der blauen Dämmerung aufbrach, wandte sie sich noch einmal um. Ein herbstlich rot gefärbter Ahorn wuchs neben dem Tor. Er schien förmlich zu glühen, als ob tief in seinem Inneren ein ganz eigenes Licht brannte. Je mehr Zeit sie hier verbrachte, desto mehr rührte dieser Ort etwas tief in ihr an. Der Hof darf für Feeke und Sibo nicht verloren gehen, dachte sie. Auf gar keinen Fall!

Später, zurück im Waterhuuske, schlenderte sie durch den dunklen Garten. Sie betrachtete den Kerzenknöterich, die Samenstände von Kugeldisteln und Fenchel in einem verschleierten Mondlicht und war zufrieden, dass auch in diesem Garten die Schmetterlinge, die Eier des Heupferds, der Mosaikjungfer und andere gut überwintern würden. In einem einzigen Stängel hatten Forscher weit über hundert Insektenarten gefunden, hatte Feeke ihr erzählt. Wenn man solche trockenen Stängel im Herbst abschnitt und entsorgte, ging all das Leben verloren. »Viele Menschen haben Probleme damit, weil es für sie zu unordentlich aussieht, die abgestorbenen Pflanzen stehen zu lassen«, hatte Feeke gesagt. »Aber es muss bloß mal Schnee oder Raureif kommen, dann sieht es wieder wunderschön aus. Man braucht einfach nur ein bisschen Geduld. Und der übliche Begriff der Ordnung ist doch willkürlich, rein menschengemacht.«

Frisch war es geworden. Fröstelnd huschte Pixie hinein, schloss die Tür und den dicken Vorhang gegen die Nachtkälte, kuschelte sich auf das Sofa und rief kurzerhand Remy an. Von Anna-Lisa wusste sie, wie vielbeschäftigt diese Frau war, aber jetzt musste ein Gespräch sein.

Zu ihrer freudigen Überraschung war Remy jemand, der sich während der Unterhaltung völlig auf ihr Gegenüber konzentrierte, aufmerksam zuhörte und nicht den Eindruck machte, es eilig zu haben.

Pixie telefonierte nicht gern. Schreiben fiel ihr leichter. Aber seit es Videoanrufe gab, war es besser geworden. Wenn man das Gesicht des anderen sehen konnte, war es eigentlich gar nicht wie telefonieren, eher wie eine Begegnung.

»Wunderbar, dass du vorangekommen bist! Danke, Pixie. Das klingt spannend«, sagte Remy, als Pixie fertigerzählt hatte. Ihre hellblauen Augen leuchteten, und sie nickte ermutigend. »Erstens: Ja, du kannst Feeke Sirkinga und Sibo Joken natürlich gern genauer erzählen, worum es geht. Wenn Sibo dir seine Erinnerungen an Flömer anvertrauen soll, muss er auch wissen, warum wir so neugierig sind. Und zweitens: Ja, ich kann gern irgendwann einen Artikel über den Hof in der Zeitschrift mit aufnehmen. Das mit dem Schmetterlingsgarten passt ja bestens in unser Thema. Aber du hast recht, dazu brauche ich mehr Material, und ich muss etwas über das Konzept des Hofs wissen. Was macht seinen Charakter aus, was sind die Stärken, warum sollte jemand gerade dort ein Zimmer nehmen wollen? Macht euch Gedanken, und wenn es so weit ist, schick mir was. Und mach auch

Fotos. Wenn sie in der Qualität nicht ausreichen, schicke ich zur Ergänzung Anna-Lisa, aber erst, wenn alles andere fertig ist.«

Es gibt Neuigkeiten. Ich komme morgen Nachmittag vorbei, schrieb Pixie an Venja und Friso, bevor sie so müde wurde, dass sie es gerade noch schaffte, sich die Zähne zu putzen, bevor sie ins Bett fiel und einschlief.

17

Am Morgen fuhr Pixie im Regen zum Filapperhoff. Der Wind klebte gelbe Blätter an die Scheiben, und trotz der Heizung wurde ihr nicht richtig warm. Allmählich wurde sie es leid, so viel Autofahren zu müssen wie in den letzten Tagen. Doch als Feeke ihr öffnete und sie schnell hereinhuschte, damit das Wetter nicht mit ins Haus gelangte, fand sie unter dem breiten Dach eine angenehm tröstliche Stimmung vor. Zwischen vier dicken, dunklen Holzbalken, denen man ansah, dass sie gewissermaßen das Rückgrat des Hauses waren und über Jahrhunderte hinweg bereits zuverlässig alle Last trugen, knisterte in einem enormen Kamin ein Feuer. Darüber hing eine große alte Uhr mit römischen Zahlen und einem bronzefarbenen Pendel, das sich bewegte wie ein ruhiger Herzschlag. Das warme Licht der Flammen warf ein gemütliches Flackern in die dunklen Winkel und erhellte einen ebenso enormen Tisch aus ähnlichem Holz, der direkt vor dem Kamin stand. Drumherum gab es abgewetzte Bänke mit bunten Kissen. Man sah sofort, dass an diesem Tisch von Geburten bis Beerdigungen schon seit Generationen alles besprochen worden war. Hier gab es Wärme, Worte und zu Essen für den, der es brauchte und hierher geriet.

Das allein müsste doch genügen, jede Menge Gäste herzulocken, dachte Pixie.

»Dieser großzügige Raum hier war der Gulf«, erklärte

Feeke, »und dort an den niedrigen Seiten, wo die Nischen mit Tischen für die Gäste eingerichtet sind, hat vor langer Zeit das Vieh gestanden. Da oben lagerte Heu.« Sie wies hinauf, wo in einer offenen Etage ein Sitzbereich inmitten mehrerer Türen zu sehen war, die sicher zu den Gästezimmern führten. Alles wirkte großzügig und dennoch gemütlich.

Sibo kam aus der Küche. »Moin, setz dich doch, Pixie. Frühstücken wir erst mal.«

Es duftete herrlich. Feeke hatte Brot gebacken, und auch sonst schmeckte alles so anders, als Pixie es gewohnt war, die sich meist ohne Aufwand in dem nächstbesten Supermarkt versorgte. »Die Marmelade ist selbstgemacht«, verkündete Feeke stolz. »Der Honig ist von einem Bauern in der Nähe, der nebenbei Imker ist. Und auch der Schafskäse, die Eier und die Butter sind von einem Hofladen bei Bensersiel. Die Tomaten sind noch aus dem Garten, und die Äpfel sowieso.«

Regionale Kost, notierte Pixie in Gedanken. Das würde Elin gut finden und auch in Remys Zeitschrift passen.

Beim Essen wechselten sie nur wenige Worte. »So was muss man genießen«, sagte Feeke, »es steckt so viel Arbeit darin, und ich freue mich immer noch jeden Tag, wie gut das schmeckt. Es ist eine Sinnlichkeit darin, die man oft nicht mehr wahrnimmt, weil man sich daran gewöhnt hat.«

Pixie gab ihr recht. Sie hatte gar nicht gewusst, dass ein einfaches Brot mit Butter und Käse so herrlich schmecken konnte. Das wollte sie nachher in ihrem Notizbuch festhalten, das sie jetzt Krambuch nannte, weil es eben kein Tagebuch war. Eher eine Art Schublade, in die sie dies und jenes durcheinander erst mal sicher verwahrte, nur dass es eben Worte waren und keine Dinge. Es fühlte sich dennoch an wie ein kleiner Schatz, der sich da ansammelte. Zumindest schrieb sie, wenn auch nicht an ihrem Buch. Es war wesentlich besser als nichts, sie blieb dadurch immerhin in Übung.

Danach half sie, alles in die Küche zu bringen. Nur das Stövchen mit den drei Teelichtern leuchtete noch auf dem Tisch, und die große Kanne darauf war halbvoll. Feeke goss allen nach, dann lehnte sie sich zurück. »So, Bruder, nun mal die Fakten. Pixie hier will endlich hören, was du zu sagen hast – und ich auch. Was war mit unserer Lieke und diesem Fiete Flömer? Ich kann mich nicht erinnern, dass sie außer ihrem Mart jemals einen anderen Mann erwähnt hat.«

Sibo legte Holz nach. Die Flammen züngelten sofort hoch, als wollten auch sie mehr wissen.

»Das hat sie wohl nicht. Du warst ja noch gar nicht geboren, als er hier war. Hätte ich sie nicht zusammen gesehen, hätte sie mir auch nichts erzählt. Und wenn ich sie später nach ihrem ›Fietefründ‹ fragte, sagte sie nur: ›Er lebt an einem anderen Meer.‹ Mehr war nicht aus ihr herauszubekommen. Es klang, als meinte sie damit ›in einem anderen Leben‹ oder ›in einer anderen Welt‹. Ich merkte, dass sie nicht darüber reden wollte, und hörte auf zu fragen. Ich hatte jedoch nicht den Eindruck, dass es sie traurig machte. Es war mehr wie eine schöne Erinnerung, mit der sie abgeschlossen hatte, die sie aber wie einen Schatz im Herzen trug.«

»Wussten unsere Eltern davon?«

»Keine Ahnung. Wahrscheinlich nicht. Die hatten keine Zeit, sich im Garten und unten am Deich herumzutreiben wie ich.«

»Hast du Lieke und ihren Freund dort gesehen – im Garten?«

Er legte den Schürhaken weg, setzte sich und legte beide Hände um seine Tasse. »Ja. Das erste Mal in *Filappers Tuun.* Auf der Bank unter den Rosen und der Waldrebe. Es war Herbst, so wie jetzt, ein warmer Tag voller Licht und goldener Blätter. Weil es so mild war, waren viele Schmetterlinge unterwegs, um die letzten sonnigen Tage auszunutzen. Als ich Lieke und diesen Mann dort sitzen sah und ihnen zuhörte, schien es mir, als wäre da eine Ähnlichkeit zu den Schmetterlingen.«

Er kann wirklich gut erzählen, dachte Pixie, die bemerkte, wie seine Stimme einen anderen Tonfall annahm, als würde er aus einem alten Buch vorlesen.

»Was meinst du denn damit?«, fragte Feeke stirnrunzelnd.

»Na ja, da war so etwas Intensives in der Art, wie sie beisammensaßen. Ich kann es schlecht erklären. Sie strahlten etwas aus, so wie eben die Schmetterlinge auch, eine Art bunte Lebendigkeit, eine besondere Gegenwart im Augenblick, als wäre sonst überhaupt nichts wichtig.«

»Das kannst du doch mit acht Jahren gar nicht so empfunden haben«, meinte Feeke skeptisch.

»Ich hätte natürlich keine Worte dafür gehabt wie jetzt. Aber ich erinnere mich, dass ich spürte, dass es ihnen ging wie mir. Sie hatten in der Situation etwas Kindliches. Dieses absolute In-der-Gegenwart-sein, das Leben als Abenteuer sehen und an nichts anderes zu denken, sich selbst genug sein, glücklich im Moment, weil die Sonne scheint, die Blumen blühen, die Wildgänse am Himmel schnattern und man mittendrin ist. Das hatten wir gemeinsam. Ich habe es in ihren Augen gesehen, an ihrer ganzen Körperhaltung und in ihren Stimmen gehört. Das kannte ich von Erwachsenen bis dahin nicht.«

»Kindlich sollen sie gewesen sein, ja? Da war Großmutter … warte mal … etwa dreiundfünfzig«, warf Feeke ein. »Sie war 1905 geboren.«

Sibo lächelte sie verschmitzt an. »Ja – und? Ich werde doch auch zum Kind, wenn ich den anderen Kindern Seemannsgarn erzähle.«

Feeke lachte. »Stimmt. Das kann man wohl sagen.«

»Und es geht mir gut dabei. Genauso wie Lieke und dem Fremden. Sie lachten und strahlten.«

»Flömer muss da achtundvierzig gewesen sein. Dann war er jünger als eure Großmutter«, überlegte Pixie. »Er ist ja 1910 geboren. Wie war das, haben sie dich bemerkt, Sibo?«

»An dem Tag nicht. Ich hockte hinter der Ligusterhecke. Ich war im Garten unterwegs und habe gespielt, ich wäre ein Forscher und würde wilde Tiere beobachten. Nachdem ich Geräusche hörte, dachte ich, es wäre vielleicht wieder der Fuchs auf dem Komposthaufen. Als ich die beiden da entdeckt habe, habe ich gelauscht. Ich dachte ja, Lieke sitzt da mit irgendeinem Feriengast, und Mutter hatte uns eingeschärft, die Gäste nicht zu stören. Also wollte ich warten, bis er weg war.«

»Wie rücksichtsvoll«, sagte Feeke trocken.

»Bin ich doch immer«, entgegnete Sibo todernst, aber Pixie sah den Schalk in seinen Augen. Sie mochte diesen Mann, der vom Alter und einem Leben voller schwerer körperlicher Arbeit leicht gebeugt und dabei trotzdem so kreativ und lebendig war. Dennoch umgab ihn so etwas wie Einsamkeit. Das hatte sie schon am Vortag gedacht. Aber vielleicht bildete sie sich das auch nur ein. Doch Sibos nächster Satz zeigte ihr, dass sie sich nicht irrte.

»Wenn ich heute daran zurückdenke, bin ich beinahe ein wenig neidisch. So ein sichtliches, heiteres und tiefes Verständnis, wie zwischen den beiden, und wie zärtlich sie sich zugetan waren – zugetan ist übrigens ein vielleicht aus der Mode gekommenes, aber sehr schönes Wort, finde ich –, habe ich nur einmal für ganz kurze Zeit mit jemandem erleben dürfen. Aber es sollte nicht sein.« Sibos brach ab, nahm einen Schluck Tee und räusperte sich. »Jedenfalls, ich habe nichts von dem verstanden, was sie sagten, ich war zu weit entfernt, aber die Art und Weise, wie sie miteinander sprachen, die Melodie darin, die habe ich nie vergessen. Und auch nicht, wie sie sich ansahen und berührten. Ich dachte damals, vielleicht hätten die Schmetterlinge einen Zauber über sie gelegt. Für mich waren Schmetterlinge zu jener Zeit magische Wesen und *Filappers Tuun* mein Märchenreich. Meerjungfrauen und Seeungeheuer wie in den Büchern bekam ich nicht zu Gesicht, aber die Schmetterlinge waren mir sowieso viel lieber. Ich traute ihnen alles zu. So bunt und flüchtig und verletzlich, wie sie waren, musste es sich bei ihnen um eine Art Feen handeln.«

»Hast du dich denn selbst nie wieder richtig verliebt, Sibo?« Es rutschte ihr so heraus. Dass Flömer einmal so verliebt gewesen war, machte Pixie richtig glücklich. Auch wenn sie ihn nicht gekannt hatte, dadurch, dass sie sich jetzt so viel mit ihm beschäftigte, war er ihr irgendwie nahe und wichtig geworden. Aber Sibo war hier, war wirklich und lebendig. Schade, dass aus seiner Liebe nichts geworden war. Sie hätte ihm das auch gewünscht.

Sibo hob die Schultern. »Verliebt schon. Aber es waren

immer nur … Was soll ich sagen. Geschichten? Für eine Beziehung, die du ›richtig‹ nennen würdest, hat es nie gereicht. Ich wünschte mir etwas ganz Besonderes oder gar nichts. So was wie Lieke und ihr ›Fietefründ‹ hatten, nehme ich an. Wahrscheinlich ist dieses Bild mein Leben lang in meiner Erinnerung als ein Vorbild haften geblieben. Es sollte nicht sein, aber dafür hatte ich meinen Frieden. Eine Ehe wie meine Eltern wollte ich nicht.«

»So schlecht war die doch nicht«, protestierte Feeke. »Sie haben sich nie laut gestritten wie manche anderen Eheleute, die wir kannten.«

»Nein, aber sie haben sich auch selten unterhalten, außer über praktisch notwendige Dinge. Und sie sind nie Hand in Hand spazieren gegangen wie Lieke und der Fietefründ. Kapitän Flömer, sollte ich wohl sagen.«

»Fietefründ klingt nett. Du hast die beiden also noch öfter zusammen gesehen?«, wollte Pixie wissen.

»Ja. Einmal rannte ich in sie hinein, als ich um die Hausecke sauste, auf der Jagd nach einem entwischten Huhn. Da hatten wir noch welche. Der Mann lachte und fing mich auf, und ich sah zu ihm hoch und dachte, ich hätte noch nie so gütige und gleichzeitig fröhliche Augen gesehen. Lieke lachte auch und sagte: ›Sibo, das ist mein Fietefründ. Ich kenne ihn schon, seit dein Vater noch jünger war als du. Ein ganz alter Freund also.‹

›So alt nun auch wieder nicht‹, sagte der Fietefründ und zwinkerte mir zu. ›Jung genug, um zum Beispiel Drachen steigen zu lassen. Wollen wir einen bauen?‹

Ich musste das erst mal verdauen. Das hatte mein Vater nie mit mir gemacht. Er war eher …«

»Zweckorientiert«, half Feeke.

Sibo nickte. »Ja. Jedenfalls, als Lieke sah, dass ich keine Worte fand, sagte sie: ›O ja, lass uns das machen. Ich wollte schon lange mal wieder einen Drachen steigen lassen. Wie damals.‹

›Den haben wir über das Meer fliegen lassen‹, erinnerte sich der Fietefründ. ›Freigelassen, sagtest du, und ich weiß immer noch nicht, was du auf seinen Schwanz geschrieben hast.‹

Lieke flüsterte ihm etwas ins Ohr, und da vergaß er mich für einen Augenblick und sagte ernst: ›Du weißt nicht, wie glücklich mich das macht.‹ Dann nahm er mich bei der einen Hand und Lieke bei der anderen und steuerte uns auf die alte Remise zu. Dort bauten wir einen Drachen, einen ganz einfachen aus zwei Stöcken und Zeitungspapier. Später ließen wir ihn auf dem Deich steigen. Wir rannten umher und lachten viel. Ich hatte noch nie einen derart großen und unbeschwerten Spaß mit Erwachsenen gehabt, darum ist mir der Tag so deutlich in Erinnerung geblieben. Sogar die Möwen schienen mitzuspielen und segelten neben dem Drachen her. Gegen Abend wurden die Wolken feuerrot, und die Farbe spiegelte sich im Watt, es war beinahe Ebbe. Da sagte der Fietefründ: ›Jetzt lassen wir den Drachen in den Sonnenuntergang fliegen. Vielleicht trifft er den von damals.‹ Er holte den Drachen ein und schrieb etwas darauf, so dass ich es nicht sehen konnte, und dann bat er mich, damit zu rennen und ihn wieder hochzulassen. Als er weit oben war, hielt er einen Moment lang mit Lieke zusammen die Schnur, dann ließen sie sie los. Der Wind nahm den Drachen mit, bis er nur noch ein Punkt über dem Meer war, wie die Zugvögel. Sie dachten, ich gucke noch hinterher, aber ich habe gesehen, wie sie sich geküsst haben. ›Ich weiß, was du geschrieben hast‹, sagte Lieke.«

Sibo stand auf und legte noch ein Scheit nach. Pixie sah in die Flammen. Sie konnte sich alles so gut vorstellen. Es war, als ob sie Flömer beim Schreiben über die Schulter gesehen hätte. *Ich liebe dich.*

»Ein andermal haben wir alle zusammen Blumenzwiebeln im Garten gesetzt«, fuhr Sibo fort. »Der Fietefründ brachte einen ganzen Sack voll. ›Für die Schmetterlinge‹, sagte er. ›Die brauchen die Frühblüher unbedingt. Und von mir wird dann immer etwas hier sein.‹ Ich war stolz, helfen zu dürfen, auch wenn es nicht leicht war, die Löcher zu graben. Winterlinge und Krokusse, Tulpen und Narzissen und Hasenglöckchen. ›Ich werde immer an dich denken, wenn sie blühen‹, sagte Lieke zu ihm, als sie dachte, ich würde sie nicht hören.«

»Aber er ist nicht bei ihr geblieben?«, fragte Pixie.

»Nein. Er blieb ungefähr zwei Wochen. Sie waren viel am Meer und in den Feldern unterwegs, und im Garten. Immer wenn sie dachten, niemand sähe sie, küssten sie sich, und sie hielten sich fast immer bei der Hand. Er hatte Urlaub, sagte er, und danach musste er wieder auf ein Schiff. Ich fand damals nichts dabei. Hier musste ja immer irgendwer hinausfahren. Ob als Fischer auf einem Kutter oder als Kapitän auf einem Passagierdampfer, das machte für mich Knirps zu dem Zeitpunkt wenig Unterschied. Übrigens, der Ring, Pixie, den du uns gezeigt hast. Der Fietefründ trug so einen, ich erinnere mich jetzt. Ich habe ihn nur nie so genau angesehen. Das hat mich nicht interessiert. Ich weiß nicht, ob es derselbe war, aber es könnte sein.«

»Die Blumenzwiebeln blühen immer noch. Sie haben sich kräftig vermehrt. Sie wandern allmählich durch den ganzen Garten, vor allem die Elfenkrokusse, aber auch die Hasenglöckchen, die Milchsterne und die Narzissen. Wie ging es Lieke, als ihr Freund fortging?«, fragte Feeke. »Ist er später noch mal wiedergekommen? Ich kann mich jedenfalls nicht erinnern, ihm begegnet zu sein.«

»Das weiß ich nicht. Es ist möglich, dass sie sich in späteren Jahren noch einmal getroffen haben, da war sie zu einer Bekannten gezogen, weil sie sich von Mutter nicht pflegen lassen wollte. Wie es ihr nach dem Abschied ging, hat sie mir nicht verraten, sicher hielt sie mich für zu jung. Damals war sie besonders oft im Garten, das fiel mir auf, weil ich dort eine Weile kaum noch spielen konnte. Ich wollte sie nicht stören. Sie hat sich mit der Arbeit dort wohl abgelenkt. Ich selbst war ein bisschen traurig, weil ich den Fietefründ sehr gemocht habe. Er hat mir da im Garten ein paarmal eine Geschichte erzählt. Das war für mich eine Offenbarung.« Ein verträumtes Lächeln flog über Sibos Gesicht. »Unsere Eltern hielten ja nicht viel von Unterhaltungsliteratur, und überhaupt betrachteten sie Lesen eher als eine unnütze Zeitverschwendung. Dass jemand so erzählen konnte von Afrika und Mexiko und Eisbergen und Korallenriffen und Segelschiffen mit vier Masten, das hatte es für mich noch nie gegeben. Es war pure Zauberei für mich. Denn seine Worte schafften es, dass ich Dinge in meinem Kopf sah, die ich nie erlebt hatte. Als er uns verließ und seine Geschichten mitnahm, da beschloss ich, eines Tages selbst Geschichten zu erzählen, genau wie er. Ich war mir sicher, dass die Menschen das brauchen, weil es das Leben bunter und die Welt größer und schöner macht.« Er blickte einen Moment versonnen ins Feuer, dann sah er Pixie an. »Heute weiß ich, dass Geschichten allein die Welt nicht ändern können, aber zaubern können sie trotzdem, denn sie bringen uns an andere Orte, ohne dass wir uns fortbewegen müssen, sie trösten und sie lenken ab, sie ermutigen uns zu Ideen. Sie schaffen es, dass wir uns in andere besser hineinversetzen können und vielleicht ein wenig toleranter werden. Sie helfen uns dabei zu träumen. Das halte ich noch immer für wichtig. Deshalb freut es mich, dass hier an unserem Feuer im Filapperhoff mal eine Schriftstellerin sitzt. Lass dich nicht entmutigen, Pixie. Auch nicht, wenn dir etwas nicht gelingt oder mal Zeiten kommen sollten, in denen sich weniger Menschen für das interessieren, was du erschaffst. Mach weiter, egal wo dein Schreiben dich hinführt!«

»Das finde ich auch. Unbedingt«, bekräftigte Feeke.

Pixie blinzelte, auf einmal tief berührt. »Danke, ihr beiden! Das tut so gut zu hören, besonders da ich gerade feststecke, was mein Manuskript angeht. Und ich vermisse meinen Großvater.«

»Erzählst du mir von ihm?«, fragte Feeke sanft und reichte ihr ein Taschentuch.

»Das mache ich sehr gern. Aber jetzt habe ich noch eine Verabredung. Vielen lieben Dank für das schöne Frühstück und dass du von Flömer erzählt hast, Sibo. Das hilft mir sehr weiter.« Wenn sie hier noch länger saß mit diesen beiden lieben Menschen an dem behaglichen Feuer unter dem weiten Dach, würde sie sich womöglich gar nicht mehr losreißen können.

»Du bist hier immer herzlich willkommen«, versicherte Feeke.

Während Pixie Richtung Carolinensiel fuhr, gingen ihr Sibos Worte wieder durch den Kopf. »*Von Segelschiffen mit vier Masten …*«

Und in ihr keimte eine Idee.

18

Die Skulptur der Caroline war für Pixie immer noch so lebendig, dass sie ihr am liebsten auch ein Eis angeboten hätte. Sie und Friso lehnten am Geländer, blickten auf den Hafen und leckten an den Eiswaffeln, die Pixie spendiert hatte. Tamani saß mit ihrem Eis auf Carolines Podest und fütterte die Spatzen mit Krümeln. Venja hatte im *Verpuusten* zu tun und war froh, dass sie sich um Tamani kümmerten.

»Ich bin so froh, dass ihr mir den Hinweis zum Filapperhoff geben konntet«, sagte Pixie. Sie fühlte sich entspannt wie schon lange nicht mehr und freute sich, wie sehr Erdbeereis im Herbst nach Sommer schmecken konnte. »Ich mag die Leute dort sehr, und auch den Hof; und vor allem haben wir etwas Wichtiges über Flömer erfahren. Schade nur, dass sie nicht wissen, wie Lieke und er sich überhaupt kennengelernt haben. Und wie es mit ihm weiterging, als er dort weg ist, und wohin er wollte.«

Dass sie nicht nur Sibo und Feeke mochte und der Filapperhoff sie nicht losließ, sondern dass sie auch gern mit Friso und Tamani Zeit verbrachte, behielt sie lieber für sich.

»Ja, freut mich, dass du wenigstens etwas erfahren konntest. Und wie geht es jetzt für dich weiter? Wirst du noch bleiben?«

Wünschte er sich das vielleicht auch?

»Mal sehen. Ich werde heute Abend mit Remy sprechen. Ich habe einen Gedanken, aber der bringt uns mit Flömers Geschichte wahrscheinlich nicht voran. Am liebsten würde ich in der Gegend noch etwas herumstöbern und an meinem Manuskript schreiben. Ich habe das Gefühl, dass mich die Nähe zum Meer wieder in die Spur bringen könnte.«

»Mach das. Ich fühle mich von deinen Büchern jedenfalls gut unterhalten.« Er sah auf die Uhr. »Hör mal, ich habe später mit dem Kutter in Neuharlingersiel noch eine Ausflugsfahrt zu machen. Ein paar Feriengäste haben gebucht. Hast du vielleicht Lust mitzukommen?«

Tamani gesellte sich zu ihnen. »Ja, Pixie, komm mit! Das ist lustiger.«

»Findest du meine Touren etwa langweilig?«, fragte Friso mit gespielter Empörung.

»Och. Manchmal. Wenn da nur Erwachsene sind.«

»Okay. Ich komme mit.« Pixie konnte diesen beiden nicht widerstehen. Und sich draußen auf dem Wasser mal wieder den Wind so richtig um die Nase wehen zu lassen, würde ihr guttun, auch wenn sie Nathan dort besonders vermissen würde. »Wann müssen wir los?«

»Och, wir haben noch Zeit.« Friso widmete sich wieder seinem Eis. Pixie blickte hinunter auf ein Schiff namens *Hoop op Zegen*.

»Das ist eine Tjalk«, sagte Friso, »Baujahr 1912. Tjalken waren einmastige Wattensegler für flache Gewässer, meist für den Gütertransport.«

Pixie hörte nur halb zu. »Ich glaube, dass Flömer und Lieke sich hier begegnet sind. Dass sie sich hier kennengelernt haben.«

»So wie wir, meinst du? Warum?«, fragte Friso interessiert.

Sie war sich fast sicher, aber das war sehr schwer zu erklären. Das Leben jedes Menschen war eine Geschichte, hatte eine Art Form. Manchmal war ihr, als ob sie diese ahnte, sie ungefähr sah.

Wenn sie schrieb, konnte sie nicht vorhersagen, was sie da schreiben würde. Es war auch mehr so, als ob sie etwas formen würde wie aus Ton, eine Gestalt. Sie hätte eine Geschichte niemals erzählen können, wie Sibo es tat. Die Worte flossen nicht durch ihren Kopf und ihren Mund. Sie strömten nur durch ihre Hände, als ob sie aus der Luft kämen oder aus einer zweiten, rätselhaften Welt, die irgendwo hinter der ersten lag. Als wäre Pixie nur eine Brücke für die Worte. Manchmal waren es statt Worten aber auch Bilder, die ihr von irgendwoher in den Kopf kamen. Jetzt gerade sah sie Flömer und Lieke, beide noch jung, deutlich dort stehen, neben der Tjalk. Denn das war etwa die Stelle, von der aus der Fotograf das Bild von dem Kutter *Koomweer* mit dem Gebäude im Hintergrund geschossen hatte.

»Vielleicht wegen dem Foto. Aber es ist mehr so ein Gefühl.«

»Hm, naheliegend wäre es ja, schließlich hat er das Bild so lange aufbewahrt«, überlegte Friso.

»Wenn es so wäre, müsste Liekes Mann Mart zu dem Zeitpunkt noch gelebt haben, denn Sibo hat gesagt, er ist mit der *Koomweer* untergegangen«, überlegte Pixie. »Ob sie deshalb nicht zusammengekommen sind? Aber Lieke hat ihren Mann sehr geliebt, so klang es jedenfalls in Sibos Erzählung. Das passt nicht richtig zusammen.«

»Was fesselt dich so an einem Mann, den du nicht kanntest, mit dem du nicht verwandt bist und der schon lange nicht mehr lebt?«

»Erst war es nur ein Auftrag, aber jetzt ist es so, als ob er mir etwas zu geben hat. Er holt mich aus meiner Sackgasse raus, ich weiß nur noch nicht wie. Er hat sehr vielen Menschen weitergeholfen, als er noch gelebt hat, auf eine sehr unaufdringliche Weise. Warum sollte das nicht auch nach seinem Tod gehen? Sibo sagt, Flömer konnte gut erzählen. Ich erzähle schriftlich, nur gerade kann ich es nicht.« Pixie aß den letzten Rest ihrer Waffel und spazierte hinunter zu den Schiffen, während sie weitersprach. Friso folgte ihr, und Tamani hüpfte fröhlich voraus. »Schreiben ist wie eine Reise von Hafen zu Hafen. Ich fange ein Buch an, indem ich einen Ort für den Beginn einer Geschichte wähle, einen, an dem man sich wohlfühlt oder der eine Bedeutung hat, Eigenschaften, die geradezu danach verlangen, erzählt zu werden. Etwas springt mich an. So war es auf der Roseburg auch, nur dann habe ich die Spur verloren. Ich bin wohl gedanklich auf eine Sandbank gelaufen.«

»Und wenn du nicht strandest, wie läuft es dann?«, wollte Friso wissen.

»Dann wird jedes Buch eine Reise, und wenn die Geschichte schließlich auf ihr Ende zugeht, komme ich voller Erlebnisse und Erfahrungen zusammen mit meinen handelnden Figuren an, an demselben Ort oder an einem anderen. Das Gefühl ist jedenfalls dasselbe, wie in einen Hafen einzufahren. Ankommen verbinde ich mit keinem anderen Ort sosehr wie mit Häfen.«

Sie standen jetzt direkt vor der Tjalk, die träge auf dem

Wasser schaukelte, im Hintergrund das Restaurant, vor dem Menschen an Tischen und in Strandkörben saßen. »Darf ich ein Bild von euch machen?«, bat Pixie.

Friso lachte. »Du meinst, Tamani und ich sind jetzt Platzhalter für Lieke und Flömer? Warum nicht.«

»Och, vielleicht wird es ja ein schönes Bild von euch. Dann ist es für mich genauso eine Erinnerung wie für Flömer.« Das konnte doch sein, dachte sie, als sie das Foto auslöste, und dann noch einige mehr, als Tamani etwas zu Friso sagte und beide, selbstvergessen im Gespräch einander zugewandt, Pixies Gegenwart vergaßen.

An Remy wollte sie das Bild auch schicken, zusammen mit einigen vom Filapperhoff und ihrer Frage dazu.

Sie versuchte, sich tiefer in die Zeit hineinzudenken. »Wie war das damals mit dem Hafen? Es hieß, der ist später verschlickt?«

»Hier hat sich ständig was verändert.« Friso setzte sich auf eine der Treppenstufen, die die grasige Böschung zum Hafen hinunterführten. Pixie gesellte sich dazu, während Tamani Herbstblätter ins Wasser segeln ließ. »Ganz früher mal war hier noch die Nordsee, bevor man begann, die Harlebucht einzudeichen. 1729 legte man ein Hafenbecken an. Bald war der Carolinensieler Hafen nach Emden der zweitgrößte an der ostfriesischen Küste. Weil er später durch die Friedrichschleuse vor Sturmfluten geschützt war, ist er für den Handel in der Gegend äußerst wichtig geworden. Was in der Marsch produziert wurde, exportierte man von hier aus nach Großbritannien, in die Niederlande und die Hansestädte. Außerdem hat man aus Skandinavien Holz importiert, wie zum Beispiel auch das für die Gulfhöfe. Kohle und

Wolle aus England kamen hier an, und Lebensmittel wie Tee und Zucker. Waren aus den Hansestädten wurden von den Carolinensielern mit ihren kleinen Plattbodenschiffen, die sich für das Watt eigneten, in die anderen norddeutschen Häfen gebracht.«

»Da muss ja unglaublich was los gewesen sein.« Beeindruckt sah Pixie vor ihrem inneren Auge das Gewusel von emsigen Menschen, das Gewimmel von Schiffen und Booten, den Handel mit lebenswichtigen Dingen. Sie hörte das Rufen und Poltern und den Wind in den Segeln und Leinen.

»O ja. Mitte des neunzehnten Jahrhunderts hatte der Hafen seine beste Zeit gehabt. Es gab zwei Werften, viele Gaststätten, mehrere Brauereien, etwa vierzig Kapitäne und fast sechzig See- und Wattschiffe. Danach ging es bergab. Eisenbahn und Dampfschiffe übernahmen. Da stellte man sich hier in Carolinensiel auf die Fischerei um. Zwischen den Kriegen war die Muschelfischerei wichtig, weil die Muscheln in schweren Zeiten wertvolle Eiweißlieferanten waren.«

»Mart Joken fischte Muscheln mit der *Koomweer*.«

»Das passt zeitlich. Mitte des zwanzigsten Jahrhunderts nahm dann der Badetourismus in Harlesiel zu. Der alte Kutterhafen verschlickte.«

»Feeke sagte, er wurde schließlich zugeschüttet und erst später wieder hergerichtet, als Museumshafen.«

»Ja, zum Glück, so kann er nun mit alten Schiffen wie die *Ostfriesland* an die große Zeit erinnern.« Friso nickte zu einem schwarzen Segler hin.

»Und Yachthafen und Außenhafen sind modern. Das ist eine klasse Lösung«, fand Pixie.

Tamani kam zu ihnen. »Mir ist langweilig«, beschwerte sie sich.

Friso stand auf. »Jetzt müssen wir sowieso los nach Neuharlingersiel.«

In Neuharlingersiel gab es wie in Carolinensiel eine bronzene Skulptur am Hafen, die zwei Fischer darstellte, einen älteren und einen jüngeren. Sie wirkten ebenso lebendig und nahbar wie die Caroline und waren von denselben Künstlern geschaffen worden. Der Ältere lehnte über der Hafenmauer und blickte nachdenklich auf die Schiffe, der Jüngere saß auf der Mauer und sah ins Land.

»Ist das auch ein Museumshafen?«, wollte Pixie wissen.

»Nein, das hier ist ein lebendiger Arbeitshafen mit einer aktiven Kutterflotte.«

Hier gab es mehr dunkelrote Klinkerhäuser, die eng beieinanderstanden, ein schöner Gegensatz zu den bunten Kuttern, die in Grün, Rot und Blau leuchteten und stolz ihre Netze trugen wie Kleider. *Seestern*, *Medusa*, *Zenit*, *Harmonie*, *Polaris* las sie die Namen. Der Anblick ließ ihr Herz schneller schlagen. Ja, ihre alte Liebe zu Häfen war ungebrochen, diese tiefe freudige Aufregung, die sie in ihr auslösten, jedenfalls wenn sie so schön waren wie dieser.

Die *Hunnert* strahlte in Rot und Weiß. Friso hantierte geschickt mit den Leinen und lehnte Hilfe ab. »Amüsier dich einfach«, sagte er, »ich habe alles im Griff.« Pixie sah sich um und versuchte, sich wieder an das Gefühl eines Decks unter ihren Füßen zu gewöhnen. Ein leises Unbehagen schlich sich ein, aber sie wollte jetzt nicht darüber nachdenken. Tamani nahm sie bei der Hand und zeigte ihr alles – die Netze, das Steuer, den aus Korken und Federn gebastelten Schutzengel, den sie für Friso gemacht hatte. »Auf See braucht man einen!«, erklärte sie. »Die Caroline passt auf die Schiffe auf, aber die Engel auf die Menschen.«

»Nicht nur auf See braucht man die«, sagte Pixie. Ihre Eltern hatten damals wohl keinen gehabt. Aber sie konnte sich nicht an die beiden erinnern und war einfach nur froh und dankbar, dass Nathan und Moina für sie dagewesen waren. Vermisst hatte sie etwas anderes, gestand sie sich nun ein, als die zwei Familien, welche die Fahrt gebucht hatten, an Bord gekommen waren und sie hinausfuhren. Der Bug hob und senkte sich, die Gischt sprühte, und als die *Hunnert* einen Bogen beschrieb, sah Pixie die breite Spur aus Schaum, die sie auf den Wellen hinterließen. Es war alles unglaublich vertraut. Sie hatte mit Nathan so viel Zeit auf Prototypen von Booten und auf Testschiffen verbracht. Wohin auch immer seine Forschung ihn verschlug, waren sie, wenn sie nicht auf dem jeweiligen Boot nächtigten, bei Freunden untergekommen, in Wohnungen auf Zeit oder auf einem Campingplatz. Rheas Haus auf Amrum und Moinas in Irland waren eine Art Zuhause, die sie gekannt hatte, aber immer nur für ein paar Wochen. Wie auch in diesen Tagen das Waterhuuske, das so viel Charme besaß. Doch es war so klein und trotzdem so leer. Ein Haus alleine zu bewohnen, daran konnte sie sich nicht gewöhnen. Oder wollte sie es nur nicht, weil es wieder nur vorübergehend war?

Das war es wohl, was sie an dem Gulfhof so unwiderstehlich anzog. Der Filapperhoff war für Jahrhunderte und für eine große Familie geschaffen, wie Pixie sie sich immer vergeblich gewünscht hatte. Gegenwärtig stand er leer bis auf Feeke, Sibo und gelegentliche Feriengäste, aber er hatte auch schon andere Zeiten gesehen. Feeke hatte ihre Kinder da großgezogen, und viele Generationen davor hatten dort gelebt, früher sogar mitsamt ihren Kühen. Vor allem aber stand das Haus mit seinem breiten Dach schon so lange unerschütterlich hinter den Deich gekuschelt. Immer geschützt von der Wallhecke und den alten Weiden, Kiefern und Silberpappeln, unter den weiten Himmel geduckt und mit dem lichterfüllten Band des Ringschloots davor, über den die kleine Brücke führte wie zu einem Versprechen von Geborgenheit.

19

Draußen auf See, als der Hafen hinter ihnen zurückblieb und die Häuser klein wurden wie Spielzeug, während sie Richtung Langeoog fuhren, kam Pixie eine Idee. Noch eine! Es schien, als ob ihr hier in Ostfriesland mit dem Wind um die Ohren jede Menge Einfälle kamen, nur eben leider keine zu ihrem Manuskript.

Zu dem aktuellen musste sie Anna-Lisa befragen, bevor sie mit Remy sprach. Nachher wollte sie unbedingt rasch zurück ins Waterhuuske, um einiges zu organisieren, ehe sich totales Chaos in ihrem Kopf breitmachte.

Auf jeden Fall machte ihr diese Fahrt eines klar: Die Nähe von Wasser war für sie wichtig, doch es war das Land, nach dem sie sich sehnte, nach festem Boden unter ihren Füßen. *Auf* dem Wasser musste sie nicht sein.

Während sie ihren Gedanken nachhing, hatte Friso das Schaufischen begonnen und seinen Gästen mit einem kleineren Krabbennetz das Krabbenfischen erklärt. Tamani verteilte derweil wie eine erfahrene Kraft auf Wunsch Limonade und Wasser und wies auf die Decken hin, in die man sich einmummeln konnte. Die tief stehende Sonne legte noch Wärme auf die Gesichter. Für Pixie war das wie ein Gruß und Segen von Nathan. *Egal was du tust, es wird richtig sein, wenn es aus deinem Herzen kommt*, hörte sie ihn sagen. *So habe ich es auch immer gemacht, egal ob andere das klug fanden.*

Friso erzählte etwas von den Muscheln, die hier lebten, Herzmuscheln, Miesmuscheln, amerikanischen Schwertmuscheln, Austern, Sandklaffmuscheln, Pfeffermuscheln, baltischen Plattmuscheln. Er sprach von Strandschnecken und Wattschnecken, Bäumchenröhrenwürmern und Ringelwürmern, von Ohrenquallen, Nesselquallen und Zwergtintenfischen. »Durch die Wassererwärmung aufgrund des Klimawandels nimmt der Bestand an Tintenfischen in der Nordsee rasch zu.« Man merkte ihm an, wie sehr er ein Kind des Watts war und wie leidenschaftlich er diese empfindliche, unendlich vielfältige und lebendige Landschaft liebte.

Dann holte er das Netz ein und schüttete den Fang in eine wassergefüllte Plastikwanne. Alle bestaunten die Seesterne, und Friso zeigte, wie man Krebse am Panzer so anfasste, dass sie einen nicht kneifen konnten. »Wir nennen sie *Dwarslooper*, das heißt Querläufer.« Die Leute machten Fotos von ihren Stielaugen und betrachteten die Einsiedlerkrebse in ihren Muschelhäusern. Auch Fische waren dabei, ein Seeskorpion und kleine Schollen. Nachdem alle sie bewundert hatten, entließ Friso sie pikiert, aber unbeschadet wieder in die Freiheit. Danach verteilte Tamani Ferngläser, denn nun waren die Seehundsbänke nahe genug. Nur wenige dort ruhende Seehunde waren in der Ferne zu erkennen, doch die Gäste waren zufrieden, und dann war es Zeit für die Rückkehr, denn die Wolken begannen, sich golden und rötlich zu färben. Die sinkende Sonne warf bereits eine glitzernde Bahn aus Licht auf die See.

Koomweer, dachte Pixie, als der Hafen näherkam. Heimkehr. Rückkehr. Es ist so schön, aber was heißt das für mich?

»Es ist doch seltsam, dass ich Häfen so mag, aber es mich nicht unbedingt aufs Wasser zieht«, sagte sie zu sich selbst. Sie hatte nicht bemerkt, dass Tamani jetzt neben ihr stand.

»Och Pixie, ist doch logo! Wenn du Häfen magst, warum solltest du auf dem Wasser sein, da fährt man ja bloß weg vom Hafen«, sagte sie.

Pixie lachte. »Ja, da hast du recht.« Sie legte die Arme um das Kind, um sie gegen den Fahrtwind zu schützen, der jetzt schneidend wurde, aber Tamani breitete ihre eigenen kleinen Arme weit aus wie einst Kate Winslet im Bug der Titanic. »Ich mag es auf dem Wasser. Da spiele ich, ich bin eine Möwe und kann fliegen.«

»Du hast recht.« Pixie machte es ihr nach. »Genau das habe ich auch immer getan. Ich habe es bloß vergessen.«

»Die Erwachsenen vergessen immer, was wichtig ist.«

Danach schwiegen sie, genossen den salzigen, würzigen, wilden Duft der Weite und betrachteten die unendlich vielen Blau-, Grau- und Grüntöne des Meeres.

Als sie in den Hafen einfuhren, war es fast dunkel. Die Laternen und erleuchteten Fenster spiegelten sich hell und zitternd im Wasser und verschwammen zu einem Aquarell aus schimmernder, flüssiger Bewegung. Neben einem der Häuser flammte ein Ahorn in gelbroten feurigen Herbsttönen. Er glühte genau wie der am Tor von *Filappers Tuun* in der Dämmerung, als ob ihm ein eigenes Licht innewohnte. Pixie starrte darauf und spürte einen Widerklang in sich. Etwas begann, ungeduldig auch in ihr wieder zu brennen, etwas, das sie ebenfalls fast vergessen hatte: die pure Lust am Schreiben und das von den Ostfriesen so beschworene Gefühl von Freiheit, das dazugehörte.

Dämmerung. Flömerzeit, hatte Remy das genannt, weil der alte Kapitän diese Minuten zwischen Tag und Nacht am meisten geliebt hatte. Jetzt ahnte sie, warum.

Am Horizont hinter den Häusern löste sich eine Wolke auf und gab für einen Moment einen orangen Streifen frei wie ein Signal.

Im Waterhuuske war es still und kühl. Pixie schaltete alle Lichter an, um die Schatten aus den Winkeln zu vertreiben. Essen musste sie sich nicht machen, sie hatte in Neuharlingersiel am Hafen Pizza mit Tamani und Friso gegessen. »Dann braucht Tamani zu Hause nur noch ins Bett fallen, und Venja ist entlastet«, hatte Friso gemeint. »Danke für deine Begleitung.«

»*Ich* danke. Es hat mir sehr gut gefallen. Euer Kutter ist wirklich so großartig, wie er heißt.«

»Aber Pixie mag lieber im Hafen sein als auf einem Boot«, informierte Tamani ihn mit vollem Mund.

»Ach ja?« Friso lächelte sie fragend an.

Pixie hoffte, dass sie nicht rot wurde. »Die Tour hat mir wirklich Freude gemacht. Aber mir ist dabei einiges klar geworden. Erzähle ich dir ein andermal. Ich muss los, ich will noch ein paar Dinge regeln. Bis bald.«

Jetzt kuschelte sie sich auf die rote Couch und rief Anna-Lisa an. Sie redeten ein wenig, dann stellte Pixie die Frage, die ihr seit vorhin auf einmal so wichtig war. »Anna-Lisa, wäre es ein Problem, wenn ich mir eine Unterkunft näher an der Küste nehme? Gehen dir dann Einnahmen verloren?«

»Aber nein. Gar kein Problem. Wir hatten ja schon mal darüber gesprochen, dass das sinnvoll sein könnte. Ich habe zwei interessierte Ehepaare, die gern bald ein paar Wochen im Waterhuuske Urlaub machen wollen. Gib den Schlüssel einfach Elin. Sagst du Remy Bescheid, oder soll ich das machen?«

»Ich mach das schon, ich muss sowieso mit ihr sprechen. Liebe Grüße an Lian!«

Das war der erste Schritt gewesen. Pixie war so aufgeregt, dass sie eine trockene Kehle bekam und sich ein Glas Saft holen musste. Damit trat sie auf die Terrasse, sah zu den Sternen auf und lauschte dem Flüstern des Gartens mit der elfenhaften Melodie der Wasserspiele im Hintergrund. Eigentlich hatte hier alles perfekt zu ihr gepasst, dennoch fühlte sie sich einsam und verloren. Das Haus lag zwar in der Umarmung des Kanals, der Flumm und des Fehntjer Tiefs und somit gab es reichlich Wasser. Aber es war nicht das Meer. Sie wollte es gleich hinter dem Deich haben.

Sie würde Elin vermissen und das alte rote Sofa und die Dohle, doch es zog sie mit Macht zum Filapperhoff.

Es würde eine kalte Nacht werden. Pixie fröstelte und ging hinein. Im Netz suchte sie die Website des Hofs und stellte fest, dass diese rudimentär war. Kein Wunder, dass dort kaum jemand buchte. Da musste man doch etwas machen! Warum halfen denn Feekes Kinder nicht? Auch wenn die im Ausland lebten, konnten sie doch mal vorbeikommen, und außerdem würde es ja in diesen herrlich mobilen Zeiten auch von dort gehen. Immerhin fand sie eine Preisliste und die Telefonnummer. Es dauerte, bis schließlich jemand antwortete.

»Filapperhoff am Deich, Feeke Sirkinga, was kann ich für Sie tun?«

»Guten Abend, Feeke. Ich bin's, Pixie. Feeke, kann ich für ein paar Tage ein Zimmer bei euch buchen?«

Verblüfftes Schweigen, dann lachte Feeke. »Liebe Pixie, du kannst elf Zimmer buchen, wenn du magst! Es ist ja nur eines belegt. Wir würden uns sehr freuen. Ab wann denn?«

»Morgen? Ich meine natürlich ein Einzelzimmer. Und gibt es eins mit Schreibtisch?«

»Das gibt es. Herzlich willkommen, Pixie. Ich bin morgen zu Hause, du kannst jederzeit einchecken.«

Sie amüsierte sich über sich selbst, weil in ihr ein so glückliches Gefühl sprudelte, als sie auflegte. Warum, wusste Pixie selbst nicht, aber sie beschloss, heute nicht weiter darüber nachzudenken. Sie würde es wie Flömer machen und einfach mal den Strömungen vertrauen. Es gab eine, die sie dorthin zog, warum sollte sie ihr nicht folgen? Sie war doch frei. Ein Vorteil wenigstens, wenn man keine Familie hatte, war der, dass man keine Rücksicht auf sie zu nehmen brauchte.

Blieb nur noch Remy. Pixie öffnete die Notizen auf ihrem Laptop und suchte etwas heraus, dann schrieb sie Remy eine Nachricht. *Können wir telefonieren?*

Kurze Zeit später klingelte ihr Handy.

»Hey, Pixie, ich hab gerade Zeit. Gibt es was Neues?«

Pixie machte es sich wieder auf dem Sofa gemütlich, um dessen großzügige Umarmung, in der man so schön versank, noch einmal auszunutzen. Sie berichtete Remy, was Sibo über Lieke und Flömer erzählt hatte.

»Na, das ist ja ein schöner Einblick in Flömers Leben«, freute sich Remy. »Danke, Pixie.«

»Und Remy, kann ich meine Unterkunft wechseln und auf den Gulfhof ziehen? Es kostet sogar etwas weniger.«

»Natürlich. Meinst du denn, du kannst noch mehr herausfinden? Es klingt jetzt erst mal etwas nach Sackgasse.«

»Es könnte doch sein, dass Sibo noch etwas einfällt, jetzt, da er darüber gesprochen hat. Ich möchte auch Feeke fragen, ob es vielleicht Aufzeichnungen ihrer Großmutter gibt, ein Tagebuch, Briefe, irgendwas.«

»Das ist ein guter Plan, einen Versuch ist es wert.«

»Außerdem kann ich dort besser die Infos und Fotos über den Garten für deine Zeitschrift zusammenstellen.«

»Ja, stimmt. Ich bin gespannt darauf.«

Als Pixie dann schwieg, sagte Remy mit einem Lächeln in ihrer Stimme: »Pixie, sag schon, was möchtest du noch fragen? Immer raus damit.«

»Na ja, ich habe was überlegt. Der Brief von Flömer, den er im Flaschenschiff hinterlassen hat …«

»Ja?«

»Da hat er geschrieben, dass das erste Flaschenschiff, das er gemacht hat, als er jung war, ein Geschenk für jemanden war, und dass ihm das sehr wichtig gewesen ist. Was wäre, wenn es ein Geschenk für Lieke war? Und dann denk mal an diese Stelle über sein letztes Schiff!« Sie las aus ihrer Abschrift vor.

»Licht as en Feer – *ein Schiff diesen Namens hat es nie in Wirklichkeit gegeben, aber ihre Schwesternschiffe, denen sie nachempfunden ist. Sie wird ihrem Namen gerecht werden und es in sich bewahren, mein glückliches Gefühl der Leichtigkeit. Zusammen mit einem tief empfundenen Dank an einen besonderen Menschen und viele andere, die mir danach begegneten. Wer weiß, wohin die Zeit und die Menschen dieses Schiff eines Tages führen werden, lange nachdem ich nicht mehr bin. Vielleicht zurück an den Anfang? Ich habe da eine Ahnung, eine sehr alte, die ich nie bezweifelt habe, doch wenn es anders kommt, wird es auch einen guten Sinn ergeben. Ich vertraue auf die Menschen und auf die Strömungen.*«

Remy schwieg zunächst, als Pixie geendet hatte. »*Zurück an den Anfang*«, sagte sie dann langsam. »Du meinst, er wollte, dass es auf den Gulfhof gebracht wird, als Andenken an Lieke und seine Liebe zu ihr?«

»Es ist eine ziemlich gewagte Annahme, aber es könnte doch sein. Du sagtest, wenn mehr Gäste auf den Hof gelockt werden sollen, dann braucht er etwas Besonderes, ein Alleinstellungsmerkmal. Eine besondere Geschichte wäre doch so etwas! Kapitän Flömer hat sich als junger Mann in Lieke verliebt und sie ein Leben lang nicht vergessen, obwohl sie anscheinend nur kurz und selten zusammen waren. Am Ende seines langen Lebens fühlt er sich trotzdem leicht und fertigt weit über ein halbes Jahrhundert später ein Schiff zum Gedenken an. Ihm legt er ein Foto bei, in der Hoffnung, dass sein Werk den Weg zum Ort seiner alten Liebe findet. Und uns dabei etwas über ihn verrät.«

»Es stimmt, es gibt nichts Besseres, um die Menschen zu berühren, als eine so berührende Geschichte«, meinte Remy nachdenklich. »Aber wenn er damals Lieke das erste Schiff geschenkt hätte – das wäre doch bestimmt noch da. Haben die Leute auf dem Hof denn erwähnt, dass Lieke ein Flaschenschiff besaß?«

»Nein, aber ich habe auch nicht danach gefragt. Da hatte ich noch nicht daran gedacht.«

»Aber du hast ihnen erzählt, warum wir nach Flömers Geschichte suchen, und dass das durch den Fund des Schiffs ausgelöst wurde. Und dass das Foto darin war, das du ihnen gezeigt hast. Da hätten sie es doch gesagt.«

Da hatte sie recht. Aber Pixie wollte ihre Theorie nicht so schnell aufgeben. »Es kann ja sein, dass Lieke das Schiff an jemanden weiterverschenkt hat. Oder es ging verloren. Sie war weggezogen vom Hof, vielleicht hat sie es da mitgenommen, und niemand wusste davon. Ich frage bei den beiden noch mal genau nach.«

»Ist gut. Bleib dran und lass dir Zeit. Wenn du mehr weißt, überlegen wir uns, was wir machen. Hast du ihnen die *Licht as en Feer* schon gezeigt?«

»Nein. Ich wollte sie nicht unnötig herumtransportieren.«

»Gut. Tu es auch jetzt nicht. Wenn sich deine These als wahr erweisen sollte – was ich für unwahrscheinlich, aber möglich halte –, dann sollten wir Flömers Willen erfüllen und sie ihnen schenken. Mindestens als Dauerleihgabe. Aber dann machen wir etwas Feierliches daraus, also lass uns abwarten.«

»Ja, na klar. Danke, Remy!« Innerlich jubelte Pixie. Remy glaubte ihr! Jedenfalls gab sie ihr eine Chance und hielt es nicht für eine fixe Idee.

Morgen schon würde sie im Filapperhoff schlafen. Vielleicht konnte sie dann auch wieder richtig schreiben. Sie würde mit Feeke in *Filappers Tuun* arbeiten und Sibos Geschichten lauschen.

Und gleich hinter dem Deich warteten immer das Meer und der lichte Himmel darüber.

20

»Ich bin ein bisschen neidisch«, sagte Elin. »Du weißt wenigstens, was du willst.«

Pixie hatte sie zum Frühstück eingeladen. Zum Abschied.

»Ich? Ausgerechnet? Wie kommst du darauf?«

»Na ja, zumindest für die nächsten Tage. Du willst auf diesen wundervollen Hof ziehen, Material für einen Artikel über den Garten zusammenstellen und vielleicht sogar noch mehr über deinen Fall ergründen.«

»Das ist doch kein ›Fall‹! Ich bin ja keine Krimiautorin.« Pixie musste lachen.

Elin war unbeeindruckt. »Vielleicht wirst du mal eine. Das mit diesem Herrn Flömer ist doch wie Detektivarbeit.«

»Das ist Recherche. Ich will doch niemanden überführen.«

»Wie auch immer. Es ist spannend. Und ich gurke hier rum, warte auf eine Urkunde und weiß selbst, wenn sie kommt, nicht, wohin mit mir. In der Tourist-Info wollen sie, dass ich Vollzeit arbeite. Das ist ein Brotjob, aber nicht mein Ding.«

Pixie goss ihr Tee nach. »Aber das heißt doch, dass sie viel von dir halten. Könntest du dort nicht etwas in deinem Sinne bewegen, für nachhaltigeren Tourismus?«

Elin schnaubte und fuchtelte so heftig mit ihrem Brötchen, dass ein Klecks Erdbeermarmelade bis an den Kühlschrank flog. »Das habe ich versucht! Aber ich bin in der Hackordnung ganz unten. Zu jung, zu neumodische Ideen, keine Ahnung vom wirklichen Leben, von Wirtschaftlichkeit, von Wachstum, von Golf. Kurz gesagt, von gar nichts. Ich soll artig die Klappe halten und mich bestenfalls um Social Media kümmern. Und den elenden Bürokram.«

»Oh.« Pixie schwieg betreten. Da hatte sie es momentan leichter, und ihr Problem mit dem Manuskript kam ihr im Vergleich nichtig vor. Wenigstens war sie dank Remy noch nicht ganz pleite, und es gab immer noch ein paar Leute, die Bücher bestellten.

Elin nahm sich noch ein Brötchen. »Außerdem hat meine Oma immer noch Besuch von der Familie meiner Cousine. Ihre Geschwister sind lieb, aber sie sind ständig am Lärmen und Toben. Da kann ich nicht denken.« Ihre kupferrote Mähne schien sich zu sträuben, aber es war nur das Licht, das jetzt durch die Fenster fiel. »Lange halte ich es dort nicht mehr aus. Ich muss mir eine Bleibe suchen. Aber das will ich eigentlich nicht, falls ich woanders endlich einen besseren Job finde.«

»Vielleicht kannst du ein paar Tage hier im Waterhuuske wohnen, bis Anna-Lisas neue Gäste eintreffen.«

Elins Miene hellte sich auf. »Das ist eine gute Idee. Das habe ich ja schon mal gemacht.«

Beim Abschied versprachen sie sich, in Kontakt zu bleiben. Pixie mochte Elin mit ihrer Ehrlichkeit und ihrem Temperament von Herzen gern.

»Mach's gut, Waterhuuske«, sagte sie wenig später, nachdem sie die Tür hinter sich zugezogen und den Schlüssel in den Briefkasten gesteckt hatte. Sie fragte sich, wer dort nach

Elin als nächstes Station machen würde. Das Waterhuuske war eine sichere Basis, um dort zu heilen, nachzudenken, auszuruhen oder nach neuen Richtungen zu suchen. Aber kein Ort um zu bleiben, jedenfalls nicht für sie.

Es war aufregend, als sie über die kleine Brücke fuhr. Wolken jagten den Himmel entlang, zwischendurch wanderten Lichtflecken über das Land. Das goldene Schilf verneigte sich im Wind, und der Ringschloot funkelte blau und silbern in dem Augenblick, als sie ihn überquerte. Für Pixie war das, wie in einer anderen Welt anzukommen, an einem verwunschenen, ganz eigenständigen Ort, an dem alles ein bisschen märchenhaft war.

Feeke strahlte, als sie öffnete. »Herzlich willkommen, Pixie! Wir und der Filapperhoff freuen uns! Hier geht's lang.«

Zwischen den Balken und den seitlichen Nischen mit den sauber gedeckten Tischen führte eine grüne Holztreppe nach oben auf die Empore, wo einst der Kornspeicher gewesen war. Hier gab es auch einige Sitzmöglichkeiten zum Verweilen. Über eine hölzerne Balustrade blickte man hinunter auf die Tischnischen, und geradeaus durch ein großes, schräges Fenster im Dach. Man sah weit über die Felder, in der Ferne ein Stück Meer. »Das haben wir noch gar nicht so lange eingebaut«, sagte Feeke, »es ist ein großer Gewinn, endlich haben wir überall Licht von oben. Der Himmel muss doch ins Haus können, schon damit ...« Sie brach ab.

»Damit was?«

Statt einer Antwort öffnete Lieke eine schmale Tür. Von der Empore gingen einige Türen ab, jede mit einer Zimmernummer versehen. »Würde dir dieses Zimmer gefallen? Es hat einen Blick nach vorn raus zum Deich und den Wolken über dem Meer, und ist eines der wenigen Einzelzimmer mit Schreibtisch – und es ist schön hell. Hier hat übrigens vor der letzten Renovierung Lieke geschlafen, solange sie die Treppe noch steigen konnte. Aber die Möbel wurden später alle erneuert.«

Das Zimmer war schlicht, weiß getüncht bis auf eine zart blaugrüne Wand hinter einem Bett aus naturbelassenem Massivholz. Eine Seite der Decke war schräg, und einige sichtlich uralte, zum Teil ebenfalls schräge Holzbalken durchzogen den Raum und gingen unter der Decke entlang. In zarten, kühlen Meeresfarben war auch der Läufer auf den gepflegten alten Dielen gehalten, ebenso die Tagesdecke, und es gab einen gemütlichen Sessel und einen Schreibtischstuhl vor einem Schreibtisch in demselben Holz wie das Bett. Ein passender Kleiderschrank, eine kleine Truhe und ein Beistelltisch vervollständigten das einfache Mobiliar. Die kühlen Farben wurden durch verteilte dicke Kissen in einem zarten, warmen Apricot ergänzt. Der Effekt des Ganzen war luftig, gemütlich und beruhigend.

»Was meinst du?«, fragte Feeke.

»Es ist wundervoll!« Pixie hätte Feeke am liebsten umarmt.

»Das freut mich sehr. Ich hoffe, du wirst dich hier wohlfühlen. Sag Bescheid, wenn etwas fehlt. Handtücher sind im Bad. Der momentan einzige Gast hat das Zimmer gegenüber. Er ist Lehrer, erholt sich aber von einer Krankheit und braucht Ruhe. Inzwischen bereitet er sich auf den Wiedereinstieg vor und arbeitet viel. Bestimmt wird er dich nicht stören«, erklärte Feeke. »Nun lasse ich dich in Ruhe. Komm jederzeit gern runter.«

»Mach ich, ich möchte dich unbedingt etwas fragen.«

»Fein, bis dann.«

Feeke legte den Schlüssel auf den Tisch und schloss leise die Tür hinter sich.

Das Bad war winzig, aber sauber, hell und praktisch. Ein dezentes Muster aus graublauen Muscheln und Segelbooten zierte die Fliesen.

Neugierig betrachtete Pixie das einzige Bild im Zimmer, das über dem Bett hing. Auf eine Korkplatte war eine Schilfmatte aufgebracht, in natürlichen Braun- und Goldtönen belassen. Darüber war ein Motiv aus Garn gespannt. Bei näherem Hinsehen war sich Pixie sicher, dass es Wolle aus Sibos *Seemannsgarn* war, in gebrochenen, sanften Farben: Weinrot, Petrol, Dunkelblau, Blattgrün, Apricot, Meeresblau. Die Fäden waren miteinander verknüpft, verflochten oder nur nebeneinandergelegt. Auf den ersten Blick wirkte das Ganze fast abstrakt, auf den zweiten erkannte man deutlich einen Krabbenkutter mit seinen Netzen, Möwen im Flug dahinter und eine Bugwelle, vor einem Horizont mit Wolken und einem Sonnenaufgang. Die Fäden waren an den Enden sauber hinter der Schilfmatte vernäht und an der Korkplatte fixiert, stellte Pixie bewundernd fest. Das Kunstwerk berührte sie in der Wahl der Materialien, dem handwerklichen Geschick und der verspielten Leichtigkeit. So möchte ich schreiben!, dachte sie. Alle Fäden geschickt verknüpfen und auf eine stabile Unterlage bringen, in weichen, ansprechenden Farben. Spannend, und trotzdem natürlich in der Wirkung.

Ein Blick aus den zwei schrägen Fenstern zeigte Pixie, dass sie von hier aus das Dach der alten Remise sah und darauf zu ihrer Freude Dohlen herumturnten. Das war wie ein Gruß aus dem Waterhuuske.

Sie räumte gerade ihre wenigen Sachen in den Schrank, da meldete ihr Telefon eine Nachricht.

Herzlichen Glückwunsch, schrieb Emily aus London. Pixie hatte ihr von ihrem Ortswechsel erzählt. *Das ist eine gute Entscheidung. Am Meer hast du dich immer am meisten du selbst gefühlt, das habe ich immer deutlich gemerkt, wenn wir zusammen auf Amrum waren. Da ist alles leichter für dich, weicher, irgendwie durchlässiger, und du bist dir näher. Man sieht es sofort an der Art, wie du dich dort bewegst, wie du lächelst, wie du sprichst. Wenn du irgendwo zum Schreiben zurückfindest, dann an der See! Und dieser alte Hof klingt so schön, den würde ich auch gern eines Tages sehen. Hoffentlich kann er bestehen bleiben. Das ist in diesen Zeiten wirklich nicht einfach.*

»Feeke, wer hat das Bild in meinem Zimmer gemacht?«, erkundigte sich Pixie, als sie hinunterging.

Feeke war in der Küche gerade dabei, Saft, ein paar Brote und Obst auf einem Tablett anzurichten. »Ich dachte, wir könnten in den Garten gehen. Es ist zwar windig, aber doch recht mild«, sagte sie. »Du wolltest ja noch etwas wissen. Das Bild hat Reent gemacht, mein Sohn.«

»Das ist ja toll. Es gefällt mir sehr und passt super zum Hof. Er hat Sibos Garn verwendet, oder? Macht er das öfter? Wo lebt er denn?«

Feeke musste lachen. »Ach, Pixie. Wenn sich meine Kinder nur halb so sehr für alles interessieren würden wie du, würde es hier vielleicht anders aussehen. Aber ich mache ihnen keinen Vorwurf, versteh mich bloß nicht falsch. Die

Annahme, dass Kinder dieselben Interessen haben sollten wie ihre Eltern, ist einfach nur absurd. Ich bin froh, dass meine ihre eigenen Wege gehen und dabei hoffentlich glücklich sind.« Sie legte noch Servietten auf das Tablett. »Ich weiß eben nur nicht, wie es hier weitergehen soll. Aber vielleicht ist das nicht so wichtig. Die Küsten verändern sich ja auch ständig, da darf es mit den Behausungen der Menschen erst recht so sein. Um auf das Bild zurückzukommen, ja, Reent hat Sibos Garn verwendet. In meinem Zimmer hängt noch so eines, und in Sibos Laden auch. Reent hatte mal ein gebrochenes Bein, da hat er sich damit die Zeit vertrieben, während er sich hier erholt hat. Zurzeit ist er in Lettland im Küstenschutz tätig. So, fertig.«

»Lass mich das Tablett nehmen.« Pixie folgte ihr hinaus in den Garten. Feeke führte sie zu einer Bank unter einem von Rosen und Waldrebe zugewucherten Bogen. Ein paar halboffene weiße und violette Rosenblüten hingen zwischen roten Hagebutten noch an den Enden langer Triebe. »Im Frühling muss sie gründlich zurückgeschnitten werden«, murmelte Feeke und prüfte, ob der Sitz trocken war. »Setz dich doch.«

»Ist das die Bank, auf der Sibo Lieke und Flömer beobachtet hat?« Das war ein merkwürdiges Gefühl.

»Wir haben den Sitz mal reparieren müssen, weil zwei Stangen durchgerostet waren, aber ansonsten ja.«

Sie saßen eine Weile schweigend, genossen das frische Brot mit Kräuterkäse und Kresse und sahen einem Aurorafalter zu, der sich an den Salbeiblüten beschäftigte. In der Ecke des Rosenbogens hing silberglänzend ein Spinnennetz, in dem sich bunte Herbstblätter verfangen hatten. Es bewegte sich sanft im Wind. Pixie betrachtete es beglückt und gedankenverloren.

»Die Natur erschafft die schönsten Kunstwerke«, sagte Feeke, die ihrem Blick gefolgt war.

»Ja. Je älter ich werde, desto mehr fasziniert mich das.« Pixie hätte hier ewig sitzen können, einfach nur da sein und solche Dinge betrachten.

Sie dachte an einen anderen Garten, nein, Park, an dem man sich nicht sattsehen konnte. An die Roseburg, wo jeder Blick etwas Neues ergab und eine wundersame Geschichte erzählte. Und an Lotte Eichhorn und ihr Leben, das mit diesem Park verflochten war wie Feekes mit *Filappers Tuun*. Auf einmal wusste sie, was sie später an dem Schreibtisch unter dem breiten Dach erst einmal zu schreiben beginnen würde, bis sie endlich mit ihrem Buch weiterkam. Ein Leben wie das Lottes, wie Feekes, wie Flömers war so einzigartig und kostbar und erstaunlich und bunt wie jedes einzelne dieser Herbstblätter, die hier an silbernen Fäden vor ihr hingen, zwischen Himmel und Erde. Nur für kurze Zeit waren sie dort bewahrt und sichtbar im Licht, bevor sie zu Boden fallen und vergehen würden, um im großen Kreislauf wieder zu Erde und dann zu Blumen zu werden. Wenn Pixie nicht aufschrieb, was Lotte ihr erzählt hatte, würde ihre Geschichte womöglich irgendwann vergessen und verloren sein. Dabei konnte sie vielleicht damit irgendwen berühren und inspirieren.

»Du wolltest etwas wissen?«, fragte Feeke schließlich in die Stille hinein.

»Ja. Gibt es von deiner Großmutter irgendwelche Aufzeichnungen? Tagebücher oder so was?«

Feeke schüttelte den Kopf. »Nein. Leider nicht. Daran habe ich nach Sibos Eröffnungen auch gedacht, aber wir haben nichts. Auch keine Briefe.«

»Schade. Etwas anderes ist aber noch wichtiger. Feeke, habt ihr vielleicht von Lieke ein Flaschenschiff geerbt? Steht hier irgendwo eins auf dem Hof?«

»Ein Flaschenschiff?« Feeke blickte ratlos. »Nein. Hier hat sich zwar, wie in allen alten Häusern, in den Ecken und Winkeln und Schränken so einiges angesammelt, aber ein Flaschenschiff ist mir nie begegnet. Warum?«

Pixie schluckte ihre Enttäuschung herunter. »Ach, aus Flömers Andeutungen und Sibos Erzählung hatte ich geschlossen, dass er Lieke eventuell eines geschenkt haben könnte.«

»Aha. Dann fragst du am besten Sibo. Es kann gut sein, dass Lieke es nur nie erwähnt und bei ihrem Auszug mitgenommen hat. Sie war in manchen Dingen recht schweigsam. Sibo hat ihr beim Umzug geholfen.«

»Ist gut, ich frag ihn.« Es saß sich so angenehm und friedlich hier. Und heute musste sie ja nicht mehr fort. »Feeke, darf ich dich auch noch etwas Persönliches fragen?«

Feeke schob das Tablett beiseite und lehnte sich zurück. »Ja?«

»Was ist mit deinem Mann? Seid ihr geschieden? Oder ist er auch …«

»… auf See geblieben? Nein. Wir sind tatsächlich geschieden.« Feeke pflückte eine der filigranen Grasblüten, die neben der Bank im Wind schwankten, und betrachtete sie versonnen. »Der Hof kam aus meiner Familie. Lieke hatte ihn von ihrem Vater geerbt. Jetzt gehört er Sibo und mir. Mein

Mann Oke hat eingeheiratet, wie man das nannte. Aber es lag ihm nicht – weder die Landwirtschaft noch sich um das Wohl von Feriengästen zu kümmern. Er war weder Fischer noch Bauer, er war, was wir hier einen *Klüterbaas* nennen – ein vielseitiger, sehr geschickter Handwerker. Wir haben uns geliebt, aber wir haben das unterschätzt. Es lief lange gut, unsere Liebe hat uns weit getragen, trotz aller Probleme. Sonst hätten wir nicht fünf Kinder. Es gab ja auch viel zu werkeln, als wir den Hof nach und nach immer mehr auf Fremdenverkehr umgestellt haben. All die Zimmer herrichten, die Bäder einbauen …« Sie drehte das Gras zwischen den Fingern, sah zu, wie die feinen Schatten über ihr Knie liefen. Dann war das Licht weg, weil wieder eine Flotte dicke graue Wolken angesegelt kam. »Als das neue Jahrtausend anbrach, wusste er, dass er noch einmal ein neues Leben anfangen wollte. Er konnte nicht anders. Wir haben lange darüber gesprochen, oft, und dann gemeinsam die Entscheidung getroffen, uns zu trennen. Oke ging nach Thailand, und dort ist er glücklich. Er kann nach Herzenslust in den Hotels werkeln, gibt ja genug davon. Dort baut er Beach Bars und Hütten und was weiß ich.«

»Und das hast du einfach so weggesteckt?«

»Einfach? Nein. Aber ich habe es lange kommen sehen. Eigentlich hatte ich es viel früher erwartet. Und irgendwie war es dann auch ein Stück Freiheit für mich. Ich fühlte mich nicht mehr wie ein Klotz an seinem Bein.« Sie lächelte. »Weißt du, ich war nicht einsam. Natürlich hat Oke mir gefehlt. Wir haben aber noch freundschaftlichen Kontakt, hin und wieder. Nur, ich konnte mich endlich wieder guten Gewissens dem Hof widmen, ohne dass Oke sich deswegen verbiegen musste. Ich hatte den Garten hier und den Himmel hinter dem Deich. Das Meer. All die Wetter und Jahreszeiten, jede Pflanze und jede Frucht, die ich blühen sehe oder ernte. Die Vögel, die hier brüten, die Schmetterlinge, die fliegen. Das alles bin ich, das ist *mein* Leben. Das ist auch Liebe. Und da fühle ich mich nicht einsam, sondern erfüllt. Auch wenn ich mich über nette Gesellschaft wie deine natürlich freue.«

»Ich verstehe das. Über all dem hier liegt ein Zauber.« Aber was sollte werden, wenn Feeke und Sibo wirklich den Hof verloren? Das durfte nicht passieren!

Das kann nicht die richtige Strömung sein, Flömer, dachte sie inständig. Wir finden eine bessere.

In diesem Moment brach ein Spalt zwischen den Wolken auf. Ein goldenes Leuchten sickerte hindurch, strahlte auf, wurde verdeckt und schlüpfte woanders durch. Es war, als ob ein ganz eigener Wind die Formationen verwirbelte und das Licht tanzen ließ wie lange Schleier, bevor es wieder verschwand. Pixie fröstelte und fühlte sich dennoch getröstet und seltsam voller Energie. Sie wusste nicht, warum, aber bei Feeke war sie sich sicher, auch merkwürdige Gedanken äußern zu können. Diese Frau, die so eins war mit ihrem Land, die würde sie nicht auslachen. »Feeke, das klingt vielleicht komisch, aber hast du manchmal den Eindruck … ich meine, ich habe, seit ich hier bin, auch in Großefehn schon, das Gefühl, dass der Himmel, also die Wolken … ich meine, das Licht … dass es mir manchmal etwas sagen will?«

Feeke lächelte. »In Ostfriesland, liebe Pixie, klingt gar nichts komisch. Und das, was du meinst, das sind die *Lucht-*

wieven. Ganz alte Freundinnen von mir und auch ein Grund, warum ich nie einsam bin und nicht verzweifeln muss. Ich weiß nicht, wo und was ich heute ohne sie wäre.«

»Die Luchtwieven?« Selten war Pixie so gespannt auf eine Erklärung gewesen.

»Kennst du die Geschichte von den Erdmantjes?«

Pixie schüttelte den Kopf.

»Dann muss ich damit anfangen. Die meisten Gegenden haben ihre Wichtel oder Heinzelmännchen oder Ähnliches, wie du sicher weißt.«

»Ja. Auf Amrum und in Irland habe ich auch schon einiges davon gehört.«

»Auch die Erdmantjes sind kleine Männchen, die nachts den Menschen helfen, wenn man sie bittet und respektiert, die aber nicht gesehen werden wollen. Sie lebten nicht weit von hier, in Leer im Plytenberg. Dort hüteten sie einst das Gold und das Grab des letzten Friesenkönigs Radbod. Irgendwann wurde ein Bauer gierig, ermordete den König der Erdmantjes und grub in dem Hügel nach dem Schatz. Der Bauer und der Schatz gingen im erbosten Fluss unter, und die Erdmantjes flohen. Doch es heißt, sie sind noch immer in der Nähe, nur verborgen, damit ihnen von den Menschen nicht wieder Unheil geschieht. Aber«, sagte Feeke, »nicht alle guten Geister sind Männer. Und so wie es zum Beispiel die *Törfwieven* gab, die Torffrauen, die in den Häfen den Torf von den ankommenden Schiffen in die Pferdefuhrwerke luden, so gibt es auch die *Luchtwieven.* Das Torfladen war übrigens eine sehr schwere Arbeit, und im Hafen von Weener hat man ihnen ein bronzenes Denkmal gesetzt, so wie der Caroline in Carolinensiel und den Fischern in Neuharlingersiel. Während die Erdmantjes ja in der Nacht helfen kommen und eher für die praktischen Dinge zuständig sind, sind es die Luchtwieven für das Licht und die Seele. Sie sind Wesen des Himmels, nicht des kirchlichen, sondern des Himmels über dem Meer. Die Nordlichter sind ihre kalten Cousinen. Die Luchtwieven sind sanfter, weicher.« Feeke lächelte Pixie zu. »Du sagtest ja, du bist mit deinem Großvater viel auf den Meeren unterwegs gewesen. Ich denke, du kennst sie, die Luchtwieven. Sie haben dich schon als Kind begleitet. Aber erst hier bist du ihnen vielleicht richtig begegnet, denn hier sind sie den Menschen besonders nahe. Vielleicht weil die Luft so klar und frisch und das Land so weit und grün ist oder weil wir hier so empfänglich sind für Seemannsgarn und andere Geschichten.«

»Ja«, sagte Pixie nachdenklich, »ich glaube, ich kenne sie schon lange. Nur nicht bewusst.«

»Sie machen erst richtig auf sich aufmerksam, wenn sie einem etwas Wichtiges zu sagen haben – und wenn man sie unbewusst etwas gefragt hat. Viele Menschen tun das, ohne es zu wissen. Wir wissen doch, wie viele Menschen am Strand spazieren gehen, um nachzudenken – weil sie spüren, dass da draußen über dem Meer etwas ist, das ihnen dabei weiterhelfen kann, mit Rat und mit Mut. Etwas, das erhellend wirkt auf das Denken, auf die Seele, auf die Zukunft und manchmal auf die Vergangenheit. Und auch über dem Land sind sie unterwegs, über den Feldern, den Wiesen, den Dünen. Manche Menschen finden sie in den Bergen. Weite brauchen sie jedenfalls, Wind und Luft. Sie mögen langsame Tänze und schnelle, manchmal kommen sie mit langen, leuchtenden Schleiern daher, ein andermal richten sie gezielte Strahlen wie Scheinwerfer auf etwas, gelegentlich ist es nur ein sanftes, diffuses Leuchten.« Feeke rutschte auf der Bank herum und sah Pixie ernst an. »Die Luchtwieven sind kein Orakel und kein Zeichen, Pixie. Aber eine freundliche Präsenz, die dich daran erinnert, dass du dich nicht mit Dunkel im Leben zufriedengeben musst. Dass dieses Leben geschenkt ist, um es auszuschöpfen, um die Winkel auszuleuchten. Da können sie nachdrücklich werden, die Luchtwieven. Und sie sind immer da, wenn jemand Trost braucht. Nur liegt es am Menschen selbst, ob er sie sehen will. Wenn ja, braucht er nur hinauszugehen, wo genug Weite ist, und mit freiem Geist aufblicken. Dann findet er sie auch. Manchmal verstecken sich die Luchtwieven, weil sie möchten, dass man auch bei grauem Wetter losgeht und sie sucht. Dann findet man sie in einem Graben, einer Pfütze oder in den Tropfen an den Halmen. Dann wieder, ganz plötzlich, zwinkern sie dir aus den Wolken zu. Und wenn sie sich benehmen, wie es dir letztens aufgefallen ist, und sehr präsent sind, immer wieder – ja, dann zeigt dir das, dass da etwas ist, was dich bewegt und über das neu nachzudenken sich lohnt. Etwas, das es heller in dir machen und auch für andere wichtig sein könnte. Und manchmal«, Feeke lächelte, »manchmal sind sie auch einfach ein Echo deiner Freude. Wenn du glücklich bist, dann spüren sie das und kommen mit dir feiern. Oft feiern sie auch allein, aus reinem Glück, treiben Schabernack oder erschaffen Wundersames wie das Glitzern auf den Wellen und flüchtige Diamanten in den Tautropfen. Und Regenbögen, bis die Menschen ihre Sorgen vergessen, die Größe des Lichts mit ihnen fühlen und das andächtige Staunen wieder lernen.«

Pixie dachte an den Abend im Tretboot und auf dem Kutter. Nach und nach fielen ihr andere, weiter zurückliegende Erlebnisse ein. Nicht zuletzt der Tag, an dem sie zum ersten Mal hier auf dem Deich gestanden hatte.

»Ich denke, ich weiß, was du meinst«, sagte sie leise. Feeke hatte recht. Die Luchtwieven waren eine warme, freundliche Gegenwart. Sie kannte sie schon lange, aber sie hatte keinen Namen dafür gehabt und zu wenig darauf geachtet, was sie ihr zu geben und zu sagen hatten. Pixie suchte in ihrem Handy nach dem Bild von dem lichten Ausrufezeichen, das an jenem Tag vom Wetter für einen Augenblick über den Hof gestellt worden war.

Sie zeigte es Feeke. »Sieh mal.«

»Oh.« Feeke betrachtete es lange, dann nickte sie nur.

Hinter dem Garten, unter den Wolkenbänken, spielte jetzt wieder ein verhaltenes, ruhiges Leuchten mit den Tropfen in den Samenständen, den Blüten der Astern und roten Früchten der Lampionblumen. Als wären die Luchtwieven froh, dass sie nun ihren Namen wusste.

»Deshalb war dir auch so wichtig, das große Fenster im Dach einzubauen«, erkannte Pixie.

Feeke nickte. »Damit die Luchtwieven hereinkönnen und man sie von innen sieht.«

»Wer hat dir zuerst von ihnen erzählt?«, wollte Pixie nach einer Weile wissen.

»Lieke. Lieke hat mich mit ihnen bekannt gemacht, als ich noch sehr jung war. Seitdem habe ich mich nie mehr ganz verloren gefühlt. Wann immer man es braucht, leisten sie einem auch einfach nur Gesellschaft.«

»Das ist schön.« Pixie atmete so tief durch, dass es wohl

wie ein Seufzer geklungen haben musste. Feeke sah sie scharf an. »Was ist eigentlich mit deiner Familie? Du hast nur deinen Großvater erwähnt.«

»Das erzähle ich dir ein andermal. Ich möchte gerade einfach nur noch ein Weilchen mit dir hier im Garten sitzen und den Schmetterlingen zusehen.« Feeke würde das verstehen.

»Sehr gern. Dafür ist *Filappers Tuun* da. Seit ich denken kann. Für uns und für alle kleinen Wesen, die hier leben wollen.« Feeke lehnte sich wieder zurück, verschränkte die Arme und blickte zufrieden über all die Farben hinweg.

Und die Luchtwieven, dachte Pixie und entspannte sich ebenfalls. Die sind gern hier.

21

Pixie setzte sich an den Schreibtisch. Beklommen überflog sie die letzten Seiten ihres Manuskripts. Die Worte, in die sie vor kurzer Zeit noch ihre ganze Leidenschaft gelegt hatte, schienen ihr fremd, als hätte jemand anderes sie geschrieben. Ärgerlich schloss sie die Datei und sah sich um. Hier fühlte sie sich wohl und seltsam erleichtert, in diesem einfachen Zimmer unter dem uralten Dach. Neue Umgebung, neues Glück, dachte sie. Dann las sie ihre Materialsammlung zum Garten. Doch als sie begann, eine Gliederung zu entwerfen, merkte sie, dass sie sich dafür erst gründlicher und systematischer umsehen musste, dazu Fotos machen. Bis jetzt hatte sie hauptsächlich Stimmungen mitgenommen, die Gespräche mit Feeke, einzelne Eindrücke. Ein Gesamtüberblick fehlte.

Und eben diese Gespräche mit Feeke beschäftigten sie noch. »Ich habe immer darauf geachtet, dass es für die Schmetterlinge hier alles gibt, was sie brauchen«, hatte Feeke bekümmert erklärt. »Ungefüllte Blüten, einheimische Wildpflanzen, Futterpflanzen, Überwinterungsverstecke. Trotzdem werden es immer weniger. Das darf nicht passieren! Lieke hat immer gesagt, wenn auf dem Filapperhoff keine Schmetterlinge mehr sind, dann verlässt uns das Glück.«

»Es ist überall so«, hatte Pixie versucht, sie zu trösten. »Es liegt nicht an dir.«

»Das macht es nicht besser.« Feeke hob die Schultern. »Ich bin ja gar nicht abergläubisch. Aber es sieht trotzdem so aus, als könnte es wahr werden. Um den Hof steht es schlecht. Dass es sicher nur zufällig mit dem Rückgang der Schmetterlinge zusammenkommt, macht es nicht weniger traurig.«

»Hier gibt es jedenfalls noch mehr davon als anderswo.« Pixie sah einem Pärchen Pfauenaugen nach, die eng umeinander flatterten und sicher vorhatten, für die nächste Generation zu sorgen.

Feeke folgte ihrem Blick und lächelte. »Ja. Deswegen gebe ich die Hoffnung nicht auf. Noch nicht.«

Später war Pixie auf dem Weg ins Haus am *Seemannsgarn* vorbeigekommen. Die Tür stand offen, drinnen brannte Licht, die bunten Farben der Garnrollen in den Regalen leuchteten durch die allmählich einsetzende Dämmerung. Es sah unglaublich gemütlich aus. Pixie blieb eine Weile unbemerkt in der Tür stehen und lauschte. Sibos Spinnrad drehte sich, seine knorrigen, schönen Hände handhabten den Faden mit gleichmäßiger Zärtlichkeit, sein Fuß bediente das Pedal. Vier Kinder lauschten aufmerksam seiner Erzählung von einem Fischer, der von seinem Kutter herab den Fisch verkaufte. Den besten hob er immer für eine alte Frau auf, die täglich vorbeikam und ganz allein war. Der Fisch und das Lächeln des Fischers war das Schönste an ihrem Tag.

Pixie machte ein Bild zur Erinnerung für sich. Dann ging sie hinauf. Sie wollte nicht stören. Ob Lieke ein Flaschenschiff besessen hatte, konnte sie ihn ein andermal fragen.

Sibos Geschichten sind besser als alles, was ich je geschrieben habe, dachte sie jetzt. Sie sind so wärmend wie die Pullover aus seinem Garn.

Dann kam ihr wieder Lotte in den Sinn. Die alte Gärtnerin, wie sie im Park der Roseburg stand, umweht vom Gesang der Kanarienvögel. Im Hintergrund der weite Blick auf den Harz, der in geheimnisvollen Dunst gehüllt war, davor die verwitterten Putten, die alle menschlichen Gefühle darstellten. Wie gerne hatte Pixie auch ihr gelauscht, wenn sie mit so viel Energie und Weisheit von ihrem langen, wechselhaften Leben erzählte. Was, wenn das in Vergessenheit geriet wie Flömers Lebensgeschichte, nach der sie nun so mühsam auf der Suche waren?

Entschlossen legte Pixie einen neuen Ordner an, öffnete eine frische Datei und begann zu schreiben. Nach wenigen Sätzen war es wie früher. Auf einmal flossen die Worte wieder wie aus dem Nichts durch ihre Hände. Nur schien es ihr, als kämen sie diesmal aus einer anderen Quelle als zuvor. Doch darüber wollte sie nicht unnötig nachdenken. Es war wie bei ihrem geliebten Selkefall. Der wurde auch aus einer Vielzahl von Rinnsalen aus verschiedenen Richtungen gespeist und gewann dadurch nur an Kraft und Schönheit.

Als sie aufblickte, bemerkte sie am Horizont über dem Deich einen Nachklang des Tages, einen goldroten Lichtstreifen, durch die treibenden Wolken halb verdeckt und dadurch leicht aufwärts gebogen. Wie ein Lächeln der Luchtwieven! Pixie nahm es als Zeichen, dass sie auf einem guten Weg war.

Sie vergaß die Zeit und schrieb noch lange.

Nachts wurde sie wach, holte sich ein Glas Wasser im Bad und öffnete das Fenster, um sich hinauszulehnen. Die Wolken waren fort, es war kalt, aber klar. Nicht einmal eine leichte Brise ging. Hinter dem Deich schwiegen die Wellen, obwohl Flut war. Pixie vergaß für einen Moment zu atmen, so gewaltig und dicht bestückt spann sich der Sternenhimmel über den Hof und das Meer. Ein stilles, grandioses Flimmern aus Silber, das sich unten im Ringschloot spiegelte. Pixie dachte an das viele Wasser, das das Land durchzog, je nach Lichteinfall wie blaue oder silberne Adern. Sie hatte es auf der Landkarte gesehen. Unzählige Gräben, und in der Nähe gab es einen Fluss namens Bettenwarfer Leide. Wirklich. Doch nicht einmal das konnte der Gegend den Zauber nehmen. Lange stand sie dort, bis ihr etwas schwindlig wurde, sie fühlte sich, als ob sie sich in dem hohen Funkeln auflösen könnte. Widerstrebend schloss sie das Fenster und kroch ins warme Bett.

Gegen Morgen kam Wind auf. Pixie lag still und lauschte, während die Dämmerung ins Zimmer schlich. Sie fühlte sich beschützt von dem alten Haus, das schon so viele Stürme überstanden hatte – die der Menschen und die der Natur. Vor allem die unerschütterlichen dicken, dunklen Holzbalken an der Decke und um sie herum mochte sie. Sie trugen charaktervolle Altersspuren, Risse, Kratzer und Einkerbungen. An manchen Stellen hatten Gäste oder Bewohner ihre Initialen eingeritzt. Pixie fühlte sich von den Balken getragen und darunter geborgen. Schwärme von Wildgänsen und Kranichen reisten schnatternd und rufend unter den Wolken nach Süden, sie konnte es hören und durch die schrägen Fenster sehen.

Heute wollte sie Fotos im Garten machen. Sie nahm ihr

Handy, um den Wetterbericht zu prüfen, und stellte fest, dass Elin geschrieben hatte.

Alles gut? Wie ist es dort?

Wundervoll! Es würde dir gefallen.

Sie schickte ein Bild vom Hof im Abendlicht, mit dem Garten und den Luchtwieven dahinter. Auch gleich eines an Emily.

Wow, das komme ich mir bei Gelegenheit mal ansehen. Da will man sofort hin!, kam die Antwort von Elin.

Ich bin sooo neidisch!, verkündete gleichzeitig Emily.

Na also, dachte Pixie, während sie sich anzog. Es gefällt auf Anhieb. Ich verstehe gar nicht, warum so wenig Gäste kommen.

Der Wetterbericht sah nicht schlecht aus. Mittlerweile war es ja längst Oktober, kühl würde es bleiben, aber wohl bald aufklaren.

Bevor sie zum Frühstück ging, las sie noch einmal den gestern geschriebenen Text genau durch. Es waren Erinnerungen von Lotte an die Roseburg in ihrer Kindheit, so wie die alte Gärtnerin es Pixie erzählt hatte. Nachdem sie mehrere wirre Sätze bereinigt, unklare Formulierungen geändert, jede Menge Tippfehler, Wortwiederholungen und zweifelhaft gesetzte Kommata korrigiert und einige Absätze eingefügt hatte, zeigte das Schreibprogramm achtundneunzig Prozent Lesbarkeit an. Wenigstens beherrsche ich mein Handwerk halbwegs, auch wenn ich zurzeit mit dem Inhalt hadere, munterte Pixie sich selbst auf. Im Übrigen war sie mit dem Produkt zum ersten Mal seit langer Zeit zufrieden. Sie schickte den Text an Lotte, mit einer Nachricht dazu.

Liebe Lotte,
ich hoffe, du empfindest das nicht als übergriffig. Ich musste das einfach mal aufschreiben. Du hast in meinem Kopf alles so lebendig werden lassen. Selbstverständlich mache ich damit nichts, was du nicht möchtest. Es ist ja auch nur ein Fragment. Was hältst du von dem Text? Habe ich deine Erzählungen richtig wiedergegeben? Ich bin so gespannt!
Ganz liebe Grüße, ich hoffe, es geht dir gut.
Pixie

Der Frühstückstisch war auf der Empore gedeckt, einer für sie und noch ein zweiter. Das wirkte ein wenig verloren zwischen all den anderen Tischen, aber Pixie war froh über die Ruhe. Der Raum war dezent dekoriert mit alten Rechen, diversem anderen Werkzeug, Zierkürbissen und einem Kranz aus Ähren. Die Empore gehörte auch zu dem alten Kornspeicher, und nach unten blickte man über eine Reling in den großen Gulf, auf die Tische in den Nischen und ein Stück vom Kamin. Gleichzeitig sah man durch das große Dachfenster in die Weite. Die Zugvögel waren von hier noch besser zu beobachten, und auch, wie sich das Licht allmählich einen Weg durch die dichten Wolken bahnte. Die Luchtwieven wachen auf, dachte Pixie, hoffentlich sind sie nachher im Garten hilfreich gestimmt.

Sie hatte noch nie unter Zugvögeln gefrühstückt. Die unterhielten sich so laut, dass ihre Rufe gedämpft durch die Scheibe drangen, und es war, als ob die Wolken selbst schnatterten.

Noch stand sie da, unentschlossen, welcher Tisch zu ihrem Zimmer gehörte, und unwillig, sich von Feeke bedienen zu lassen. Sollte sie nicht einfach in die Küche hinuntergehen? Doch da tauchte Feeke schon aus einer Seitentür auf, mit einem lieben Lächeln und einem großen Tablett in der Hand. Pixie beeilte sich, es ihr abzunehmen.

»Pixie, wirklich! Tu nicht so, als ob ich so alt wäre!«, protestierte Feeke halb ärgerlich, halb gerührt. »Du bist hier Gast.«

»Deswegen kann ich doch ein Tablett tragen. Natürlich bist du nicht alt.«

»Ich bin nicht alt, ich habe nur mehr Erinnerungen«, zitierte Feeke. »Das habe ich mal gelesen, und ich finde es genau zutreffend. Ich denke gar nicht daran, mich alt zu fühlen! Auch wenn es in den Knien manchmal zwickt, der Ischias mal muckt und die Gartenarbeit schwerer fällt«, gab sie zu. »Möchtest du Kaffee? Setz dich doch. Hierhin, dachte ich.«

»Nein, Tee ist super.« Pixie nahm Platz und genoss es trotz ihres Widerstrebens, sich bedienen zu lassen. So wäre es gewesen, wenn sie eine Mutter gehabt hätte. Oma Moina hatte es getan, als Pixie noch klein war, aber sie hatte sie sehr bald zur Selbstständigkeit angehalten. »Nathan ist ein wunderbarer Großvater, aber er ist ein Mann. Haushalt lernst du besser von mir«, hatte sie erklärt.

Pixie hatte schon damals genug Taktgefühl besessen, um Moina nicht zu verraten, dass Nathan wesentlich besser und effektiver im Haushalt arbeitete als ihre Großmutter. Dass seine Kajüten in den Ecken sauberer waren als Moinas Wohnzimmer und es, wenn er kochte, mindestens so lecker schmeckte wie bei ihr.

»Guten Appetit«, sagte Feeke, nachdem sie Brötchen, Butter, Käse, Wurst, ein Ei, Honig und Marmelade sorgfältig auf dem Tisch verteilt und die Vase mit den frischen Astern zurechtgerückt hatte. »Wenn was fehlt, ruf einfach.«

»Feeke, das ist ja viel mehr, als ich essen kann! Danke dir!«, protestierte Pixie.

»Du kannst es vertragen«, meinte Feeke, »genieß es unbeschwert. In späteren Jahren wird das schwieriger.« Sie deutete auf ihre etwas umfangreichere Mitte und zwinkerte ihr zu.

»Sag mal, Feeke«, wollte Pixie noch loswerden, »da gibt es anscheinend Gäste, die ihre Initialen in deine Balken ritzen. Ärgert dich das nicht?«

Feeke zuckte mit den Schultern. »Ja, manchmal, aber ich habe beschlossen, es als Kompliment zu verstehen. Wenn es ihnen hier so gefallen hat, dass sie sich verewigen wollen, ist es doch was Gutes, oder? Außerdem hat es Tradition. Das haben die Leute hier schon lange gemacht. Manche stammen noch von den Handwerkern, die den Hof gebaut oder später renoviert haben. Da waren immer Buchstaben, auch schon vor meiner Geburt. Menschen hinterlassen gern Spuren, das ist wie bei dem Fuchs, wenn er sein Revier markiert. So, jetzt muss ich aber unbedingt in die Küche.« Sie verschwand mit dem Tablett.

»Na, dann wollen wir mal«, sagte Pixie zu dem freundlichen Eierwärmer in Schafform, der sie fragend ansah. Bestimmt war er aus Sibos Garn gehäkelt. Pixie machte ein Foto davon, denn einige Ideen, die in ihrem Kopf kreisten, nahmen immer deutlichere Formen an.

Die Marmelade war selbstgemacht. Pixie sah es an dem schlichten Etikett, auf dem in Schreibschrift *Brombeer-Johannisbeermarmelade* stand, *Filapperhoff 2021*. Auch ohne das hätte sie es geschmeckt. Das Aroma vollführte wahre Freudenpirouetten auf ihrer Zunge. Sie spürte die goldene Sonnenwärme des vergangenen Sommers darin, die würzige Meeresbrise, die hier mühsam erkämpfte fruchtbare Erde des Gartens und auch Feekes Liebe zu allem, was da wuchs und flog.

Das kann mit jedem Hotel mithalten, dachte Pixie, und wer so essen darf, der muss nicht unbedingt eine Menge Entertainment geboten bekommen. Nur an den Etiketten, da könnte man was verbessern. Ihr fiel die schön gestaltete Karte im *Verpuusten* ein. So etwas machte einen großen Unterschied. Das hatte sie auch von Lotte gelernt, die ihr gezeigt hatte, wie verändert ein Ausblick wirken konnte, wenn man nur einen Blumentopf oder eine Säule verschob, eine Pflanze austauschte oder eine Bank platzierte. Oder eben dieser Bank einen anderen Anstrich gab. Nichts durfte mit Macht die Aufmerksamkeit auf sich ziehen, nur subtil die Atmosphäre unterstreichen und ein gutes Gefühl im Besucher auslösen, der den Ort betrachtete.

Auch das Brot war lecker. Pixie musste sich streng daran erinnern, dass sie nicht im Urlaub war, denn genau dieses Empfinden machte sich gerade in ihr breit.

Eine Weile später öffnete sich eine Zimmertür, und ein Mann erschien, etwas älter als sie, schlank und dunkelhaarig und mit einem scheuen Lächeln. »Guten Morgen!« Er setzte sich an den anderen gedeckten Tisch.

»Guten Morgen und guten Appetit«, erwiderte sie.

»Danke.« Er setzte sich und schwieg, anscheinend war er nicht auf ein Gespräch aus. Pixie war ohnehin fertig. Vielleicht würde sie ihn ein andermal dazu befragen können, was den Hof zu seinem Ziel gemacht hatte und ob ihm hier etwas fehlte. Jeder Hinweis konnte helfen.

»Setz dich doch. Sibo ist nicht da«, sagte Feeke. »Ich wollte ihn heute früh schon für dich wegen des Flaschenschiffs fragen, aber es war nur ein Zettel in der Küche. Er hat sich mal wieder einen seiner ›befreiten Tage‹ genommen.«

»Warum nennt er die so? Wovon befreit?«

»Erklärt er nicht.« Feeke saß an dem großen Tisch vor dem Kamin und trank einen Tee. Als Pixie auf die Bank ihr gegenüber rutschte, schob sie einige Papiere zur Seite. »Buchhaltung!«, sagte sie naserümpfend. »Immer noch. So was mache ich hier, weil es mich tröstet. Der Kamin und der Tisch sind das ›Hoffbinnerste‹, das Hofherz sozusagen, so hieß es immer schon bei uns. Da ist man jederzeit willkommen und gut aufgehoben und schafft selbst Dinge, vor denen man sich fürchtet.«

»Das klingt schön. Vielleicht sollte ich hier schreiben«, meinte Pixie. »Ich wollte dich nicht stören, nur fragen, ob ich im Garten fotografieren darf. Für den Artikel in Remys Zeitschrift.«

»Sehr gerne! Wir können alle Hilfe brauchen, die wir kriegen können«, sagte Feeke. »Wenn diese Veröffentlichung in der neuen Saison nur ein paar Gäste bringen würde, wäre das schon ein Gewinn. Sonst wird es unsere letzte und wir müssen verkaufen. Wenn sich überhaupt ein Käufer findet.«

»Ist es wirklich so schlimm?« Pixie sah den Schmerz in Feekes Augen.

»Früher lief es besser. Da hatten wir abends auch noch einen richtigen Restaurantbetrieb, nicht nur Gästeversorgung. Aber schon vor der Pandemie wurde es schwieriger, dann fielen ja viele Einnahmen weg, und nun ist alles noch mehr in Schieflage. Alle möchten jetzt, wo es allmählich wieder geht, etwas nachholen, viel erleben, am liebsten im Ausland. Sie wollen Wellness mit Whirlpool und Massage, sehnen sich nach Shoppen und Tanzen und Shows, möchten die Kinder auf tollen Spielplätzen und beheizten Wasserrutschen beschäftigt wissen oder wenigstens in der Sonne liegen, und das ohne zu frieren. Am liebsten sind ihnen wohl Kreuzfahrten, da haben sie alles dicht beisammen und kommen auch noch weit herum. Das ist bequem. Ich nehme es ihnen nicht übel. Bloß weiß ich nicht, was ich machen soll. Wir haben nichts in dieser Richtung.«

»Ach was. Dann müssen wir eben eine andere Richtung anbieten. Und ›nichts‹ stimmt nicht! In der Sonne liegen kann man hier auch. Gut, der Strand ist ein ganzes Stück weg, aber so weit auch nicht, und hier im Garten ist es nicht so voll. Shows sehen kann man am Horizont, dafür sorgen die Luchtwieven – das schlägt jede Show! Mit Wellen- und Windmusik untermalt.« Pixie merkte, wie sie sich in Begeisterung redete. Leider konnte sie so was nicht vor Publikum. Da blieben ihr die Worte weg. »Der Wind macht auch Massagen, wenn man gegen ihn läuft. Die Luft hier ist Wellness pur. Und wer friert, kann sich warm anziehen und vor dem Kamin Tee oder Grog trinken, das ist doch herrlich gemütlich! Und die Kinder können im Watt auf Schatzsuche gehen. Da gibt es so unendlich viel zu entdecken. Auf der Kutterfahrt hat sich niemand gelangweilt.«

»Das sehen nicht alle so.«

»Alle brauchen wir nicht. Nur ein paar mehr.« Pixie machte sich Notizen.

»Wir?«, fragte Feeke.

»Na ja, ich meine ja nur.« Pixie war verlegen. »Ich habe in letzter Zeit öfter mit meiner neuen Freundin Elin über diese Dinge gesprochen, sie hat nämlich nachhaltigen Tourismus studiert. Sie hätte sicher Ideen. Wenn du magst, frag ich sie mal.«

»Das ist lieb von dir. Wie gesagt, ich freue mich über jede Hilfe, die ich bekommen kann.«

»Und Sibo? Hilft er dir auch?«

Feeke nickte. »Wenn er und seine Geschichten und sein Garn nicht wären, würden wohl noch weniger Leute kommen. Dann wären wir hier ganz abgeschnitten. So gibt es wenigstens noch Kontakte zu den Einheimischen, und manchmal vermittelt jemand Gäste, wenn er zum Beispiel Verwandtenbesuch bekommt, den er nicht unterbringen kann. Ansonsten ist Sibo halt ein Träumer – kein Praktiker in Landdingen, nur auf der See. Er hofft einfach, dass alles gut wird, und verdrängt den Ernst der Lage. Der Hof ist seit über zweihundert Jahren in Familienbesitz. Er glaubt wohl, da kann sich nichts daran ändern.«

»Und deine Kinder?«

Feeke schüttelte den Kopf. »Die wollen auch etwas erleben. Denen war es zu eng hier. Ich meine, der Erlebnishorizont war auf Dauer zu eng, nicht der über dem Meer«, korrigierte sie sich. »Es hat sie mit Macht fortgetrieben, und ich kann das sogar verstehen. Ich werde sie nicht behelligen. Die Zeiten ändern sich eben.« Sie lächelte Pixie an. »Wenn wir den Hof verlieren, dann ist es nun mal so. Ich werde nicht daran zugrunde gehen, und Sibo schon gar nicht. Die Luchtwieven lassen uns nicht im Stich, auch wenn wir fort müssen. Sie sind überall, wenn man sie zu sehen weiß. Hör mal, Pixie, was ist mit deiner Familie? Du weichst immer aus, wenn ich danach frage. Wenn du nicht darüber sprechen möchtest, frage ich nie wieder. Du sollst nur wissen, dass es mich interessiert. Ich interessiere mich für jeden, der hier mit uns am Hoffbinnersten sitzt. Und für dich besonders.«

Pixie schluckte. Feekes Augen waren so warm und offen.

»Ich rede eigentlich nicht deswegen nicht darüber, weil es traurig ist, sondern weil ich es gar nicht als so traurig empfinde, wie ich sollte – also, wie andere Leute erwarten, dass ich mich fühlen sollte«, versuchte sie zu erklären.

»Ich erwarte gar nichts!«, sagte Feeke. »Immer diese Moralisten. Das hat mich auch immer aufgeregt und verletzt, dass Menschen von anderen Menschen bestimmte Verhaltensweisen erwarten, weil sie finden, dass es nur eine richtige gäbe und sie selbst natürlich auch noch wissen, welche das ist. Das ist schlichtweg Quatsch, außerdem arrogant und übergriffig.«

Ostfriesische Ehrlichkeit und Direktheit, dachte Pixie. Hier fühle ich mich wohl. Das kann ich auch. »Es klingt kompliziert, ist es aber nicht. Ich bin bei meinem Großvater Nathan aufgewachsen, weil meine Eltern bei einem Unfall gestorben sind, als ich noch klein war. Er reiste beruflich viel. Vor langer Zeit in Indien hatte er eine Sommerliebe erlebt, mit einer Frau namens Benisha, das heißt Blitz. Nathan sagte, so sei das auch gewesen, als hätte der sprichwörtliche Blitz eingeschlagen. Sie trennten sich am Ende freundschaftlich, als er fortmusste. Damals wusste er nicht, dass sie außer den wundervollen Erinnerungen auch ein Kind gemacht hatten. Benisha war eine fortschrittliche, unabhängige Frau und benachrichtigte ihn nicht.«

»Das war damals in Indien bestimmt nicht einfach«, meinte Feeke nachdenklich. »Deine indische Großmutter erklärt deine schönen dunklen Haare und Augen.«

»Sie war wohl ganz gut gestellt, jedenfalls kam sie zurecht. Das Kind war eine Tochter und hieß Samira, was ›die Reisende‹ bedeutet, also wurde sie gewissermaßen nach Nathan benannt, weil der ständig unterwegs war. Das hat ihm später viel gegeben, denn er hat sie nie kennengelernt. Sie war meine Mutter. Als Samira erwachsen war, traf sie einen gewissen Cormac aus Irland, der das Land seines Vaters kennenlernen wollte. Die Gespräche über ferne Väter brachten die beiden zusammen. Cormac blieb in Indien. Sie heirateten und bekamen mich. Cormacs Mutter war meine irische Großmutter Moina.« Pixie lächelte bei dem Gedanken. »Moina war auch so eine unabhängige Frau. Sie hatte sich in Irland leidenschaftlich in einen durchreisenden Inder verliebt, und es machte ihr gar nichts aus, dass sie ihre strenggläubige katholische Familie mit dem unehelichen Kind geschockt hatte. Sie liebte das Leben, immer. Sie kämpfte sich allein durch. Ich habe so viel von ihr gelernt! Auch das Geschichtenerzählen. Ich vermisse sie sehr.« Pixie musste sich die Nase putzen. »Entschuldige! Jetzt ist es doch ein bisschen traurig geworden.«

»Was für ein Glück, dass du sie hattest«, sagte Feeke. »Sie und deinen Großvater. Das ist doch normal, dass sie dir fehlen. Kannst du dich an deine Eltern erinnern?«

»Fast gar nicht. Ich war gerade sechs. Moina besuchte meine Eltern in Indien. Sie wollten ihr die Gegend zeigen. Einmal brachten sie mich für den Nachmittag bei unserer Nachbarin unter und fuhren alle in eine andere Stadt – meine

Großmütter Benisha und Moina, und meine Eltern.« Sie räusperte sich. »Der überfüllte Zug stieß mit einer Kuhherde zusammen. Nur Moina überlebte, aber sie lag lange im Koma. Also suchten die Behörden nach Angehörigen, die sich um mich kümmern konnten. Die Nachbarin erinnerte sich zum Glück an Nathans Namen. Er setzte sich in den nächsten Flieger, als er alles erfuhr, und von da an waren wir immer zusammen. Ich war die große Überraschung in seinem Leben, sagte er.« Pixie war, als würde Nathan hinter ihr stehen. Für einen Moment glaubte sie, sein Rasierwasser zu riechen. »Ein Jahr später war Moina wieder halbwegs fit und zurück in Irland. Sie kontaktierte Nathan, und wir besuchten sie. Ab da war ich manchmal ein paar Wochen bei ihr, in den Ferien und wenn Nathan auf einer Exkursion war, auf die ich ihn nicht begleiten konnte.« Pixie steckte das Taschentuch ein. »Jetzt sind sie beide schon eine ganze Weile nicht mehr da. Aber ich habe gute Freunde und so was wie einen Patenonkel. Es ist nur …« Sie sah sich um. Der große alte Tisch, der Kamin, das beruhigende Pendel der Uhr darüber, das großzügige Dach über den offenen Räumen, in denen sie sich frei und beschützt zugleich fühlte. Feekes Lächeln. Draußen der Garten. Die Brücke über den Ringschloot, das Watt mit seinem Licht und dem Wind gleich hinter dem Deich. Die Silhouetten der Schafe vor dem Himmel. Sibos Garn, weich und fest zugleich, wenn man es berührte. Die Farben überall. Das alles hatte sie vom ersten Augenblick an gehalten, umarmt, ihr Kraft gegeben und ein merkwürdiges warmes Glück. Als hätte Sibo auf geheimnisvolle Weise sein Garn auch um sie gesponnen und ihre Seele warm darin eingehüllt.

Lian würde es sofort verstehen und Friso sicher auch, wurde ihr klar. Ihm hätte sie es erklären können und vielleicht selbst dabei erst richtig verstanden. Doch wie sollte sie es Feeke sagen, ohne aufdringlich zu wirken?

»Was denn, Pixie? Kann ich dir irgendwie helfen?«

Heftig schüttelte sie den Kopf. »Nein, das hast du schon! Das ist es ja. Ich fühle mich hier ganz merkwürdig zu Hause. Vielleicht ist es, weil wir so viel herumgereist sind. Ich hatte ein Zuhause bei Moina, außerdem bei Freunden auf Amrum, wo sich nie viel verändert hat, egal wann ich kam. Aber hier ist so eine Atmosphäre von … ich weiß nicht, wie ich es nennen soll.«

»Lebendige Unerschütterlichkeit mit einem Schuss Zeitlosigkeit?«, fragte Feeke. »Ich suche selber immer nach Worten dafür. Mir geht es ja auch so. Sicher, ich habe immer hier gewohnt. Aber es ist das, was es mir so schwer machen würde zu gehen.«

»Ja. Und auch die Geborgenheit. Als ob man hier so sein kann, wie man will, oder eher, wer man wirklich ist, egal wie lange man dafür braucht, es herauszufinden – und trotzdem immer willkommen und aufgehoben ist. Auch wenn man Fehler macht oder etwas nicht gelingt. Vielleicht, weil schon so viele Menschen unter diesem Dach gelebt haben, und Tiere, und weil hier so viel Platz ist. Und der Hof nach den zahllosen Stürmen und Sturmfluten immer noch steht, hier ganz am Rand des Landes.«

»Deshalb hast du vorhin ›wir‹ gesagt«, erkannte Feeke. »Pixie, ich weiß nicht, wie lange wir den Filapperhoff halten können, aber solange Sibo und ich hier sind, bist du herzlich willkommen. Auch ohne ein Zimmer zu bezahlen, solange so viele leer stehen. Hattest du nicht erzählt, du hättest dir deinen Patenonkel selbst ausgesucht? Vielleicht geht das mit einem Zuhause auch.«

Wenn Pixies Instinkte ihr nicht alle versichert hätten, dass Feeke das genau so einfach meinte, wie sie es gesagt hatte, hätte sie es nicht glauben können. So holte sie wortlos ihr Taschentuch wieder heraus und nahm sich vor, den Filapperhoff auf jeden Fall zu retten, schon um dieser Menschen willen.

Feeke stand auf und legte ihr die Hand auf die Schulter. »Weißt du, mien Deern, jeden Morgen, wenn ich aus dem Küchenfenster blicke, sehe ich den Sonnenaufgang hinter den Feldern, und jedes einzelne Mal ist es wieder ein tröstliches Wunder, ganz gleich, ob die Luchtwieven sich verstecken oder mich begrüßen. Und es ist nicht nur das. In der Ferne hocken die anderen alten Höfe gemütlich und fest auf dem Land wie die Seepocken auf den Muscheln.«

»Oder die Teemützen auf den Kannen«, sagte Pixie und wischte sich entschlossen die Augen. Es gab viel zu tun.

»Genau. Sie halten warm, auch die Hoffnung und die Träume. In die alten Obstbäume fällt das Licht morgens zuerst, und so knorrig und schief, wie sie sind, sie leuchten. Immer, ob sie weiße Blüten tragen oder rote Früchte, goldene Herbstblätter oder Frost an kahlen Ästen. Und dann weiß ich, dass es auf mich Einzelnen nicht ankommt. Die Geschichte der Höfe reicht lange zurück und wird auch weitergehen, ob mit oder ohne uns. Selbst wenn einmal keine Menschen mehr darin leben sollten, das Land bleibt, bis das Meer es sich nimmt. Und dann ist es eben davon ein Teil. Nichts geht verloren, nur weiter. Ich denke, das ist es, was dein

Flömer mit den Strömungen gemeint hat. Mich wird das immer trösten, egal wo ich bin.«

»Nicht *mein* Flömer. *Unser* Flömer. Flömer eben.« Pixie machte ihre Kamera bereit. »Ich glaube, das Licht im Garten ist jetzt gerade richtig.«

22

Pixie verlor sich glücklich darin, in *Filappers Tuun* Bilder aufzuspüren. Vielleicht würde sie dabei auch einen weiteren Hinweis auf Flömer finden, aber vor allem wollte sie die filigranen Wunder einfangen, die in den tropfenbehangenen Samenkapseln, spinnwebverschleierten Gräsern und tiefroten Hagebutten warteten. Die romantischen Bänke, umgeben von Rosen, Jasmin und Waldrebe. Ebenso die weiten Perspektiven: der alte Hof vor dem Garten und den sanft geschwungenen Feldern, das Haus von hinten betrachtet vor dem Deich, den Schafen und dem Himmel. Dann den Blick über die Brücke und den Ringschloot zum Hof hin. Sie entdeckte ständig Neues und war froh darüber, dass Remy die Auswahl für die Zeitschrift treffen würde.

Feeke war einkaufen gefahren. Pixies Angebot zu helfen hatte sie abgelehnt. »Konzentriere du dich auf deine Arbeit«, hatte sie gesagt. »Das geht am besten, wenn man alleine ist. Jede macht das, was sie am besten kann.«

Pixie genoss es tatsächlich, einmal Zeit für sich zu haben, ganz allein auf dem großen Hof bis auf den anderen Gast, der nicht auftauchte. Als sie mit Fotografieren fertig war, die Bilder auf den Rechner geladen und die besten in einer Zipdatei an Remy geschickt hatte, setzte sie sich zum Schreiben an den großen Tisch am Kamin. Sie wollte ausprobieren, wie das war, und stellte fest, dass an Feekes Ausdruck vom *Hoff-*

binnersten, vom »Hofherz«, etwas dran war. Sie fühlte sich hier geerdet, sicher, als wäre sie ein Teil vom Ganzen, in stiller Gesellschaft all derer, die hier schon gesessen, gegessen, geredet und gearbeitet hatten. Feeke hatte recht, sie konnte sich ganz wunderbar konzentrieren, die Worte flossen noch besser als gestern Abend aus ihr heraus. Sie fasste alle Eindrücke und Informationen über Hof und Garten zusammen. Dabei vergaß sie völlig die Zeit, und als sie am Ende angekommen war und alles von vorn durchlas, staunte sie, wie lebendig und aus einem Guss der Text vor ihr lag, obwohl es nur eine Materialsammlung sein sollte. Er traf genau das, was sie Remy vermitteln wollte.

Sie hatte erst abwarten wollen, um alles später noch einmal durchzugehen, schickte es aber doch kurzerhand gleich an Remy. Es fehlten ja ohnehin noch Puzzleteile, ehe Remy den Artikel schreiben und veröffentlichen konnte.

Pixie konnte es nicht erwarten, Sibo endlich nach dem Flaschenschiff zu fragen, aber weder er noch Feeke waren schon zurück.

Sie nahm sich in der Küche ein Brot und einen Apfel, dann brachte sie ihren Laptop nach oben und zog sich die warme Jacke über. Herbstlich launisch, wie das Wetter war, zogen gerade wieder Wolken auf, der Wind nahm zu. Ein Blick auf das Wetterradar zeigte, dass sich eine Front näherte, und auf den Tidenkalender, dass Flut herrschte. Sie lief über die Brücke, kletterte über das Gatter und erklomm den Deich. Die Schafe hatten sich irgendwohin verkrümelt, wo sie mehr Schutz hatten.

Der Wind war auflandig, die Wellen schlugen mit Wucht

gegen die Befestigung unterhalb des Asphaltweges am meerseitigen Fuß des Deichs. Pixie blieb oben auf der Deichkrone stehen und breitete die Arme aus, stellte sich glücklich vor, sie wäre eine der Möwen, die verspielt auf den Böen segelten. Sie genoss diese Urgewalt tief. Diesen stürmischen, ungeduldigen, übermütigen Wind, an den sie sich anlehnen konnte, der sie schob und zog, als wollte er sie zu einem Tanz bitten. Nach einer Weile lief sie hinunter ans Wasser und streckte der Gischt die Arme entgegen, wollte die schäumenden Tropfen auf den Handflächen spüren, das Salz auf den Lippen schmecken.

»Großartig und gewaltig, nicht wahr? Dabei ist es nur stürmisch, noch kein echter Sturm«, sagte jemand hinter ihr und trat neben sie, die Hände in den Taschen eines langen Mantels vergraben, der eher in die Stadt gepasst hätte.

»Ach, der Mann vom Frühstück«, erkannte sie. »Hallo.«

»Dann doch lieber Hendrik«, meinte er. »Hallo.«

»Pixie. Wohnst du schon lange auf dem Hof?«

»Seit einem Monat. Ich erhole mich von einer Krankheit, aber ich hatte keine Lust auf eine Reha in der Klinik. Zu viele Leute dort. Ich bin jemand, der Raum und Einsamkeit und Stille um sich braucht. Da bin ich hier genau richtig. Und ich kann mich auf diese Weise gut auf den Wiedereinstieg in den Beruf vorbereiten.«

»Was für ein Beruf?«

»Lehrer. Ich bin Lehrer.«

Sie waren zusammen ein paar Schritte weitergeschlendert, aber nun blieb sie verblüfft stehen und suchte nach einer diplomatischen Frage. Widersprüche reizten die Schriftstellerin in ihr und machten sie neugierig.

Er blieb ebenfalls stehen und warf ihr einen amüsierten Blick zu. »Du meinst, Lehrersein passt nicht zu Stille und Einsamkeit? Sehr richtig. Und trotzdem liebe ich es. Ich brauche eben nur meine Ruhephasen, um mich zu regenerieren. Aber jetzt, nach dem langen Ausfall, muss ich schon ein wenig mehr Mut zusammenkratzen als sonst. Trotzdem kann ich es nicht erwarten, wieder mit den Schülern auf geistige Entdeckungsreisen zu gehen. Und? Kennst du auch solche Widersprüche? Was machst du?«

Pixie ging weiter. »O ja. Widersprüche ohne Ende. Ich schreibe, und trotzdem drücke ich mich davor. Mein Kopf ist voller Geschichten, aber ich finde keine Worte. Ich weiß ganz genau, was ich machen will, und gleichzeitig weiß ich es überhaupt nicht.«

Er nickte. »Die bekannte Angst der Schriftsteller vor der weißen Seite.«

»Oder der leeren Datei.«

Sie liefen eine Weile schweigend weiter. Pixie fand Hendriks Gesellschaft angenehm und hoffte, dass sie ihn nicht störte. »Wusstest du, dass die Promenade auf der Insel Amrum ›Wandelbahn‹ heißt?«, fragte sie. »Das ist so ein schönes Wort! Wie eine ganze, entspannte Lebenseinstellung. Wandeln.«

»Das stimmt«, meinte er mit einem Lächeln im Mundwinkel. »Und so wunderbar zweideutig. Schließlich ist immer etwas im Wandel, jedenfalls, solange man nicht völlig abgestumpft und festgefahren ist. Ich sollte das Wort meinen Schülern beibringen. Das kennen sie bestimmt nicht. Wandeln wir hier gerade?«

»Na ja«, gab sie zu, als eine besonders heftige Bö sie

stolpern und gegen Hendrik schwanken ließ. »Vielleicht schwierig bei dem Wetter. Ich glaube, dem Wandeln sollte ursprünglich eine gewisse Eleganz und Ruhe inne sein.«

»Nein, eher eine Wohltat. Und ich finde dieses Wetter außerordentlich wohltuend«, verkündete er. »Es bläst das Hirn frei, ob man will oder nicht, und fegt Bedenken weg. Das angestaute Gewirr von Gedanken wird sortiert und neu gewichtet. Man ist nur auf den Himmel, die Luft und den Augenblick konzentriert. Der Wind nimmt einem den Atem und gibt dafür etwas zurück, eine innere Klarheit, eine befreite Erschöpfung, eine angenehme Müdigkeit, und dabei fühlt man sich gelöst und wie neugeboren. Danach kehrt man zurück in die Ruhe unter dem Dach des Gulfhofs, unter das man kriechen kann wie ein Küken unter die Flügel einer Glucke. Ein idealer Ort für jemanden wie mich.«

»Feeke sagt, es kommen genau deswegen kaum mehr Gäste – weil es ihnen zu ruhig und fernab ist.«

»Oh, es gibt eigentlich viele wie mich«, sagte er, »man bemerkt sie nur nicht, weil sie leise sind. Ich denke, ich kehre jetzt um. Mir ist nach etwas Warmen am Kamin.«

»Möchtest du allein gehen? Sonst würde ich mitkommen. Warm klingt jetzt verlockend.«

»Aber gerne doch, so ein Eigenbrötler bin ich nun auch wieder nicht. Oder doch? Findest du es seltsam, dass ich manchmal nur dasitzen und eine Blüte betrachten möchte oder einen der Schmetterlinge im Garten unserer Gastgeberin? Dass mich das mit tiefem Glück erfüllt und es mir einfach vollauf genügt, gegenwärtig zu sein und tausend wundersame kleine Details wahrzunehmen?«

»Nein.« Pixie rutschte auf dem nassen Gras aus, als sie zurück auf den Deich stiegen. Hendrik fing sie wortlos auf und stellte sie wieder hin.

»Nein«, wiederholte sie. »Mir geht es neuerdings auch manchmal ein bisschen so, wenn ich an besondere Orte gerate. Davon gibt es mehr, als ich dachte. Ich bin weiter in der Welt herumgekommen, als mir lieb ist, und trotzdem entdecke ich das erst jetzt so richtig.«

»Ich sag's ja«, schnaufte er. »Hier pustet es einem das Hirn frei.«

»Ich war kürzlich an einem Ort, der mich bezaubert hat. Der Park der Roseburg. Und ich bin daran verzweifelt, Worte zu finden, mit denen es mir gelingt, diese Wunder denen mitzuteilen, die das gerade nicht erleben können, so dass sie es spüren und sich dorthin versetzt fühlen.«

»Ja, ja, die Worte. Sie sind scheu und flüchtig wie Elfen, und andererseits können sie gewaltig und mitreißend über einen hinwegbranden. Hoppla.« Er hielt Pixie erneut fest, als sie noch einmal stolperte.

Oben hielten sie an, um wieder zu Atem zu kommen, und sahen auf den Hof hinab, der so allein in der Weite und seinem Nest aus Wildrosenhecke und Bäumen geduckt lag. Pixie konnte den Tee schon beinahe riechen und das Feuer knistern hören. Dann kniff sie die Augen zusammen. »Was ist … siehst du das auch …?«

Da legte sich etwas über das Land, wie ein heller Gedanke, eine Idee, ein Traum. Ein Schimmern, ein Flirren, denn hinter ihnen brach die Sonne unter den Wolken hindurch, nur für einen Moment. Erst dachte Pixie, es wäre bloß eine optische Täuschung.

»Das ist keine Illusion«, sagte Hendrik. »Ein früher Schneeschauer. Übrigens, richtig gewählte Worte können auch sein wie das – ein Licht, das sich für einen Augenblick über alles legt.«

Tja, dann musste sie die beim Schreiben nur noch finden. Sie legte die Hand über die Augen, dann den Kopf in den Nacken. »Tatsächlich! Schnee und Sonne zugleich.« Die Luchtwieven, dachte sie. Sie wollen mir Mut machen, ein Zeichen geben, dass wir den Hof unbedingt retten müssen und dass es eine Möglichkeit gibt.

In diesem Moment, als sie beobachtete, wie der wirbelnde Schauer über das Dach hinwegzog, die Bäume puderte, die Umrisse der Bänke im Garten hervorhob und mitten im Wind eine kleine Stille über das Land legte, kam ihr eine Idee. Hendriks entspanntes Lächeln bei dem Anblick mochte der Auslöser gewesen sein, doch der Gruß der Luchtwieven ließ einen Plan Form annehmen.

Als sie sich vor der Tür die Stiefel abklopften, fiel ein Klumpen nasser Schnee auf Pixies Schulter. Sie blickte nach oben und stellte fest, dass er von der Galionsfigur unter dem Maljan herabgerutscht sein musste, falls es eine solche war.

»Na so was«, sagte Hendrik und klopfte ihr Schnee vom Rücken, »die Dame da oben sollte eigentlich zu alt sein für solche Fisimatenten. Es ist zu früh für eine Schneeballschlacht.«

Feeke hatte Bratäpfel gemacht. Sie rochen das Aroma in dem Augenblick, als sie über die Schwelle traten. Sibo war auch wieder da und hatte das Feuer angezündet. »Ihr kommt gerade richtig.«

»Bratäpfel habe ich schon ewig nicht mehr gegessen!« Pixie war glücklich und genoss die familiäre Atmosphäre. Hendrik aß mit, verabschiedete sich dann aber.

»Ich gestalte gerade eine Serie neuer Arbeitsbögen«, sagte er. »Das macht mir Freude. Entschuldigt mich bitte.«

Feeke sah ihm nach. »Er braucht seine Ruhe. Aber er sieht viel besser aus als bei seiner Ankunft.«

»Der Filapperhoff tut ihm gut.« Jetzt war ihre Gelegenheit gekommen. »Sibo, ich habe schon wieder eine Frage.« Pixie schob den leeren Teller beiseite. »Weißt du vielleicht, ob eure Großmutter ein Flaschenschiff besessen hat? Es gibt Hinweise darauf, dass Flömer ihr eins geschenkt hat. Das ist aber nur eine Vermutung.«

Sibo blickte erstaunt auf. »Ein Flaschenschiff? Davon weiß ich nichts.« Er lehnte sich zurück und sah gedankenvoll in das flackernde Licht des Feuers. »Ich erinnere mich nur, dass sie sich kleine Geschenke und Botschaften in die hintere Ecke der Dachrinne gelegt haben, solange er hier war. Lieke konnte gerade hineingreifen, wenn sie den Arm hob. Für Flömer war es ungefähr auf Augenhöhe. Mich ärgerte, dass ich da noch lange nicht herankam. Ich beobachtete, wie Lieke im Vorübergehen hineingriff und vor Freude strahlte, wenn sie etwas fand. Ein Stück Seeglas, einen schönen Stein, eine besondere Muschel und oft auch eine Nachricht in einem kleinen Schraubglas. Als Flömer fort war, griff sie ein paarmal aus Gewohnheit hinein und schüttelte dann über sich selbst den Kopf. Aber so lange es dauerte, genoss sie es. Ich kann noch ihren Ausdruck vor mir sehen, wenn sie die Zettel las. Sie sah dabei so jung aus.« Sibo lächelte bei der Erinnerung. Dann wurde er ernst und setzte sich auf. »Wartet mal, da fällt mir etwas ein! Das hatte ich völlig vergessen. Sie hat mir mal einen Stein aus der Dachrinne gezeigt, einen versteinerten Seeigel, filigran und winzig. ›Schenkt der Fietefründ dir nicht auch mal was Großes?‹, habe ich sie da gefragt. Der war schließlich ein großer Mann, ich fand es damals irgendwie ein bisschen schäbig von ihm.

Sie wuschelte mir über den Kopf. ›Kleine Dinge können riesig groß sein‹, sagte sie, ›das wirst du erst verstehen, wenn du älter bist. Nur damit du beruhigt bist: Ja, er hat mir mal etwas Großes geschenkt. Das war früher, als er das erste Mal hier und dein Vater noch klein war. Es war so groß, dass es niemals in die Dachrinne gepasst hätte.‹

›Was war es denn, und wo ist es? Kann ich es sehen?‹

›Nein. Es ist ein Geheimnis. Ich habe es versteckt, damit es immer auf den Hof aufpasst.‹ Mehr war nicht aus ihr herauszubekommen und aus dem Fietefründ auch nicht. Er lächelte bloß, als ich ihn fragte. ›Geheimnisse sind nun mal Geheimnisse‹, sagte er. ›Jeder hat sie, und man muss sie respektieren. Oder möchtest du, dass jemand, dem du sie nicht verraten willst, deine kennt?‹ Ich dachte an meine Sammlung von Knöpfen, die ich hin und wieder aus Liekes Nähkasten gemopst hatte, um damit zu spielen, und schüttelte den Kopf. Aber ich war lange davon überzeugt, dass das Geschenk ein richtig großer Stein war, ein irgendwie magischer, der nun irgendwo in *Filappers Tuun* herumlag, versteckt zwischen all den anderen Steinen, und nur Lieke konnte wissen, welcher es war. Wenn ein Sturm aufzog, hoffte ich, dass dieser Stein wie ein Anker dafür sorgen würde, dass nichts wegflog. Denn sie hatte ja gesagt, das Geschenk würde auf den Hof aufpassen. Ich habe ewig nicht mehr daran gedacht. Als ich erwachsen wurde, hatte ich andere Dinge im Kopf. Aber«, er sah von Feeke zu Pixie, »vielleicht war es kein Stein? Vielleicht war es ein Flaschenschiff?«

Pixies Puls beschleunigte sich. Ja! Das konnte sehr gut sein. Und da in dem letzten Schiff eine Nachricht aufgehoben gewesen war, hatte das erste sicher auch eine enthalten. So würden sie womöglich noch mehr über Flömer erfahren, direkt von ihm. »Aber warum sollte Lieke ein Geheimnis daraus gemacht haben?«, überlegte sie.

»Na, sie hat ja aus ihrer Beziehung zu Flömer auch eins gemacht. Außer mir wusste, glaube ich, niemand davon«, meinte Sibo. »Ich hab sie jedenfalls instinktiv nicht bei unseren Eltern verpetzt.«

»Wieso verpetzt? Es war keine Sünde. Sie war doch Witwe«, rätselte Pixie.

»Unsere Eltern waren etwas konservativ«, erklärte Feeke. »Und Klatsch und Tratsch war beliebt, jeder kannte jeden, und es gab ja sonst wenig Unterhaltung hier in den dunklen Monaten. Was einem besonders am Herzen lag und einen verletzlich machte, hat man manchmal besser für sich behalten. Ist ja heute nicht anders. Wenn man bei Lieke, die sich nie etwas kaufte, ein Flaschenschiff gesehen hätte, hätte man sie ausgefragt. Ich kann mir gut vorstellen, dass sie das vermeiden wollte. Mart war ja anscheinend noch nicht lange tot, als sie Flömer kennenlernte. Das hätte als ungehörig gegolten.«

»Aber wo könnte sie es dann versteckt haben?«

Sibo und Feeke sahen sich ratlos an. »Überall und nirgends«, meinte Sibo schließlich. »Ich habe keinen Schimmer.«

»Aber wir werden darüber nachdenken«, versicherte Feeke. »Ich würde das Schiff zu gern sehen! Flaschenschiffe haben mich schon als kleines Mädchen fasziniert. Da gab es eines im Laden, oben im Regal, aber ich durfte es nicht haben, es war zu teuer. Und überflüssig, sagte Vater. Ich stand oft lange davor, sah andächtig zu dem Schiff hinauf und stellte mir vor, wie es innen aussah und wie es über die Meere segelte. Wenn ich es lange genug betrachtete, fing es an, sich zu bewegen.« Sie stand auf und stellte das Geschirr zusammen. Pixie beeilte sich, ihr zu helfen. Feeke würde ein solches Schiff bekommen, nahm sie sich vor. So oder so.

Nach dem Abwasch verschwand Feeke in ihre Privaträume und wünschte Pixie eine gute Nacht. Draußen hatte sich die Herbstnacht dicht um das Haus gelegt, stockdunkel und neblig. Sibo saß immer noch am Feuer, einen Grog in der Hand. »Magst du auch einen?«, fragte er Pixie. Er sah entspannt aus. Seine verbliebenen Haare standen verwuschelt hoch und glänzten silbern im Licht der Flammen, seine beeindruckende Nase war leicht gerötet. Er könnte auch aus einem Märchen entstiegen sein, dachte Pixie, aus einem meiner Bücher. Er hätte in die Fantasywelt gepasst, die sie so lange nicht mehr angefasst hatte. Doch seltsamerweise verspürte sie keine Sehnsucht danach. Stattdessen brannte sie darauf zu hören, was Lotte zu ihrem Text über sie sagte. Aber die hatte sich noch nicht gemeldet.

»Da kann ich nicht widerstehen.« Sie setzte sich zu Sibo und nahm das Glas entgegen, das er ihr reichte. Das war ihre Gelegenheit, ihn noch etwas zu fragen. Verlegen fasste sie an ihre Ohrmanschette. Heute war es eine aus Pusteblumen. Ihr war morgens nach einer Erinnerung an den Frühling gewesen. Jetzt in den kurzen Tagen war es gut zu wissen, dass wieder einer kommen würde.

»Sibo, du kennst so viele Geschichten. Die Galionsfigur am Haus, gibt es dazu auch eine? Wie alt ist sie? Hat sie eine Bedeutung? Ich finde sie so schön dort. Und ich frage deshalb, weil ich euch anbieten wollte, euren Internetauftritt neu zu gestalten. Ich bin keine Expertin, aber mit Frisos und Elins Hilfe würde ich das hinbekommen. Es könnte wirklich helfen. Der Giebel mit der Galionsfigur würde gut auf dem Titelbild wirken. Wir könnten auch ein Logo mit dem Schmetterlingsmaljan entwerfen.«

Sibo lächelte sie an. »Das ist lieb von dir. Ich weiß nicht, ob es helfen wird. Aber über die Galionsfigur kann ich dir natürlich etwas erzählen. Sie ist älter als das Haus. Ihr Name ist Taleja, es steht unten eingraviert. Wir nehmen an, es war der Name des Schiffes, zu dem sie einst gehört hat.« Er streckte behaglich die Beine aus. »Du weißt ja schon durch Feeke von unserem Vorfahren, der auf der Suche nach einem Ort für seinen Gulfhof mit Hilfe eines Schmetterlings auf ein verfallenes altes Bauernhaus stieß. Diese Ruine wurde vollends abgerissen und ihre Steine für den Bau des Filapperhoffs verwendet. In einem Kellerraum fand man eine Kiste. Darin entdeckte man die Galionsfigur, zusammen mit einem gerade noch entzifferbaren Dokument, beides war in altes Sackleinen gewickelt. Was weißt du über die ostfriesischen Häuptlinge?« Er sah Pixie fragend an.

»Häuptlinge? Die kenne ich nur im Zusammenhang mit den indigenen Völkern Amerikas.« Pixie war verwirrt.

Sibo legte Holz nach. Während er vor den knisternden

Flammen hockte und mit dem Schürhaken die Scheite zurechtrückte, wirkte er wie ein Druide aus alten Zeiten. »Vom vierzehnten Jahrhundert an bis weit in das fünfzehnte übernahmen in dieser Gegend bestimmte Männer Führungspositionen. Ihr Ansehen beruhte auf erworbenem Reichtum oder großem Landbesitz. Anfangs wählte man sie, aber das wurde zur Formsache und fiel schließlich weg. Sie konnten sich ein Gefolge einfach kaufen und ihre Macht für ihre ganze Sippe festigen. Nach der Zeit der vielbesungenen Friesischen Freiheit kam so die Zeit der ›Hovetlinge‹, also Häuptlinge.« Sibo hob die Schultern. »Wie Menschen so sind, sie sahen sich bald auch als Richter. Da gab es unter anderem Keno tom Brok. Seine Nachkommen regierten einen großen Teil des heutigen Ostfrieslands. Ein Teil ihres Reichtums stammte aus Seeraub, aus dem Kapern von Schiffen und vor allem vom Stranden lassen von Schiffen durch vorgetäuschte Leuchtsignale, denn die Häuptlinge hatten Strandrecht. Sie konnten alles in Besitz nehmen, was angespült oder aus den Wracks geborgen wurde, und sie arbeiteten mit Piraten zusammen. Auch aus dem Verpachten von Land hatten sie natürlich Einnahmen, und durch Schutzgelder.«

Da muss man sich wirklich keine Geschichten ausdenken, dachte Pixie, die Wirklichkeit ist aufregend genug. Und sie war hart.

Sibo goss sich nach. Pixie lehnte dankend ab. Sie brauchte einen klaren Kopf, um sich das alles zu merken.

»Aber zurück zu Taleja«, fuhr Sibo fort. »Ein Häuptling namens Focko Ukena hat sich laut des Dokuments in dem alten Vorgängerhaus einmal in großer Bedrängnis vor Feinden versteckt. Es gab natürlich reichlich Fehden zwischen den Häuptlingssippen. In dem Dokument – das übrigens an ein Museum übergeben wurde – hieß es, zum Dank würde er das Haus und die Familie des Pächters fortan kostenlos unter seinen Schutz stellen, und die Galionsfigur wäre ein Zeichen dafür. Ob es den Bewohnern eine Zeitlang genutzt hat, wissen wir nicht.« Sibo drehte das Glas in den Fingern. »Taleja stammt also sicherlich von einem gekaperten oder gestrandeten Schiff und war nicht auf ehrlichem Wege in den Besitz des Häuptlings gekommen. Aber unsere Vorfahren folgerten, dass die Figur so lange erhalten geblieben sei, zeige, dass sie ein kraftvoller Glücksbringer ist. Und jedenfalls schon sehr lange eine echte Friesin. Also wurde sie neu wetterfest gestrichen und am Giebel angebracht, um den Filapperhoff zu beschützen, denn ein Verfallsdatum des Schutzes hatte ja schließlich nicht im Dokument gestanden. Seit damals hängt sie dort und hat gute Dienste geleistet. Na, jedenfalls bisher.« Ein Schatten flog über sein Gesicht. »Für moderne finanzielle Probleme ist sie wohl nicht mehr zuständig, das kann man nicht verlangen. Gelegentlich hat sie einen neuen Schutzanstrich bekommen, denn auch schützende Geister brauchen Schutz. Feeke meint übrigens, sie denkt nicht an die Häuptlinge, wenn sie Taleja betrachtet. Für Feeke steht die Frau für die Luchtwieven.« Sibo verstummte.

»Danke, Sibo. Das mit den Luchtwieven ist zu persönlich, aber meinst du, die Geschichte vom Häuptling und der Schutzmacht könnte ich auf der Website einbauen? Ich finde es faszinierend und authentisch. Weißt du, ich sehe das wie mit Porträts. Ein Gesicht mit Falten, mit Lebensspuren darin sagt so viel mehr aus als ein glattes. Es ist eine viel tiefere

Schönheit, finde ich. Das gilt auch für Unterkünfte. Wir sollten die Falten des Filapperhoffs zeigen, sozusagen.«

Sibo nickte langsam. »Das ist ein gutes Konzept. Irgendwie friesisch. Klar und ehrlich. Gefällt mir.«

Pixie haderte mit sich. »Kann ich dich noch was ganz Persönliches fragen, Sibo? Du brauchst nicht zu antworten. Aber ich habe da noch eine Idee.«

Sibo seufzte. »Mir scheint, Schriftstellerinnen haben gefährlich viele Ideen!« Aber dann schmunzelte er. »Na, raus damit, mien Deern.«

»Deine ›befreiten‹ Tage. Was machst du an denen? Und wovon möchtest du befreit sein?«

Er lachte auf. »Ach das! Das ist nicht so dramatisch, wie es klingt. Ich fand es einfach anschaulicher als ›freier Tag‹. Das ist langweilig. Ich mache nichts Geheimes, ich treibe mich einfach in der Gegend herum, gern in den Häfen, wie früher. Bensersiel, Greetsiel, Neuharlingersiel, Carolinensiel, Harlesiel. Ist ja alles nicht weit. Es macht mich glücklich und erinnert mich an gute Zeiten. Dort vergesse ich, dass ich jetzt nutzlos bin, seit ich nicht mehr fischen kann. Vielleicht ist es das, wovon ich mich eine Weile befreit fühlen möchte. In den Häfen ist ein Kommen und Gehen, Anfang und Ende von Geschichten, dort wohnen die Träume von Menschen, die nie fort waren, aber es gerne wollten, oder nie zurückkamen, obwohl sie erwartet wurden. Dort gibt es Kutter und Tjalken, die schon viel erlebt haben, so wie ich. Dort sind Einheimische und Gäste und Möwen. Kurz gesagt, es weht der tolerante, weltoffene Cliner Wind, und den lasse ich mir gern mal um die Ohren wehen, ehe ich wieder in die Ruhe des Filapperhoffs zurückkehre. Was ich jedes Mal sehr gerne tue, übrigens.« Er sah sie fragend an. »Nützt dir das bei deiner Idee?«

»Wahrscheinlich. Aber Sibo, du bist doch alles andere als nutzlos! Du machst den Kindern mit deinen Geschichten Freude, hilfst den Eltern und spinnst dieses wunderschöne Garn.«

»Das kaum einer kauft. Ist doch bloß der Zeitvertreib eines alten Mannes.«

»Und genau das will ich ändern.« Pixie war jetzt fest entschlossen. Das kam alles anders als geplant, aber so war das wohl mit Flömers Strömungen. Was sprach dagegen? Sie fühlte sich beinahe selbst wie ein Hafen. Einfälle kamen und gingen, frischer Wind blies, und es gab jede Menge Möglichkeiten, einen neuen Kurs zu setzen. Das gefiel ihr.

Feeke

23

Der Gedanke, dass ihre bescheidene Großmutter einen so bleibenden Eindruck auf einen offenbar bemerkenswerten Mann wie Kapitän Flömer gemacht hatte, beschäftigte und rührte Feeke. Dieser hatte ein ganzes Jahrhundert gelebt, und am Ende seines Lebens absichtlich ein Bild von der *Koomweer* oder jedenfalls dem Hafen von Carolinensiel hinterlassen! Das konnte ja nur heißen, dass er nach all der Zeit immer noch an Lieke gedacht haben musste. Und nun war die Spur, die er auf diese Weise gelegt hatte, auch noch Anlass, dass jemand wie Pixie auf den Filapperhoff gekommen war und helfen wollte.

Wenn dieses Flaschenschiff, das er Lieke vielleicht geschenkt hatte, tatsächlich existierte, dann wollte Feeke es unbedingt finden. Sie zerbrach sich den Kopf, wo es sein konnte. Sie durchsuchte alle alten Schränke im Keller so gründlich wie möglich, auch nach doppelten Böden und Geheimfächern, doch außer ausrangiertem Werkzeug und ein paar vergessenen Marmeladengläsern fand sie nichts. Und oben hatte man beim Umbau der Zimmer alles auseinandergenommen, da konnte es unmöglich sein.

In der Remise wurde sie ebenfalls nicht fündig, auch nicht im alten Backhaus.

So klein war so ein Flaschenschiff ja nicht, dass man es in einer Ritze verstecken konnte.

Vielleicht hatte Pixie als Außenstehende mehr Glück. Gewohnte Dinge übersah man ja leicht.

Pixie hatte sie in letzter Zeit allerdings kaum zu Gesicht bekommen, die arbeitete nun schon seit Tagen angestrengt an etwas und tauchte nur mit abwesendem Ausdruck zum Essen auf. Feeke hatte sich an ihre Gegenwart gewöhnt und hoffte, sie würde noch eine Weile bleiben. Der Kobold passt zu uns, fand sie. Seit Pixie da war, wirkte es zumindest so, als ob wieder etwas Leben eingekehrt wäre. Dass sie dem Filapperhoff wirklich eine glückliche Wendung geben konnte, war zwar schwer vorstellbar, aber in Feeke keimte doch eine Hoffnung auf.

»Vielleicht habt ihr noch ein Ass im Ärmel«, sagte sie leise zu den Luchtwieven. Die trieben in dieser Oktoberabenddämmerung, die so würzig nach den zerfallenden Blättern unter ihren Füßen roch, ausgelassen über dem Meer und ließen goldene und feurig orange Streifen über den Himmel ziehen.

Feeke stemmte sich gegen den Wind und stieg über den Deich, bis sie unten am Watt stand und beobachten konnte, wie sich das bewegte Schimmern der Farben dort in der weiten, gebrochenen Fläche spiegelte, wie jeder Priel eine andere Tönung annahm. Eine tiefe, schmerzliche Sehnsucht setzte sich in ihr fest, dass sie den Rest ihres Lebens hier würde verbringen können. Ihr war bis jetzt nicht bewusst geworden, wie verzweifelt sie sich das wünschte. Sie war sich sicher gewesen, dass sie auch woanders zurechtkommen würde, wenn es sein musste. Dann würden ja auch die Sorgen weniger. Eine kleine Wohnung, irgendwo nicht allzu weit weg. Sie war noch jung genug, sich umstellen zu können. Aber sie wollte es nicht!

Wenn Pixie irgendein Wunder zaubern konnte, Feeke würde alles tun, um sie zu unterstützen. Sie hätte selbst viel eher kämpfen müssen. Stattdessen hatte sie bloß Tag für Tag bewältigt und alles andere verdrängt. Aus reiner Panik, gab sie nun zu. Es war ja außer den Luchtwieven niemand da, der es hörte. »Du Döskopp, du alte Dummsnuut, du«, schimpfte sie sich selbst. »Du hast dich zu viel um den Garten gekümmert und zu wenig um das Ganze!« Sie wusste auch, warum: Weil im Garten alles leichter schien, unter dem hohen, weiten Himmel und dem Licht. Bei den Schmetterlingen.

Die Schmetterlinge waren es, die sie hoffen ließen, dass die aktuellen Geschehnisse kein Zufall und Pixie wirklich gekommen war, um etwas zu ändern. Denn Feeke hatte inzwischen die Zeitschrift von Pixies Auftraggeberin Remy bestellt und gelesen. Ein kostenloses Probeheft. So hatte sie erfahren, dass diese Zeitschrift von einem Mann namens Mervin inspiriert worden war, der einst auf der Insel Rügen ebenfalls einen Garten für Schmetterlinge geschaffen hatte, damit sie auf der Suche nach Nahrung nicht zu weit aufs Meer hinausflogen. Das war doch wie ein Zeichen, eine Verbindung! Der Filapperhoff und sein Garten waren gar kein Überbleibsel einer anderen Zeit, die niemanden mehr interessierte. Eher war er genau das, was heutzutage wieder wichtig war und allmählich ins Bewusstsein rückte. Nur leider war er zu einsam gelegen für die vielen Menschen, die sich im Urlaub Einkaufsmöglichkeiten und jede Menge Unterhaltung wünschten.

Feeke war stolz darauf, dass ein Artikel über ihren Garten in dieser Zeitschrift erscheinen würde. Pixie hatte der Herausgeberin Informationen geschickt und machte immer noch mehr Bilder. Sie wollte festhalten, wie der Garten zur Ruhe kam, wie die letzten Blätter und Samen fielen, wie der erste Raureif sich an die Halme setzte. Dazu arbeitete sie an etwas, das sie »eine Marketingstrategie« nannte. Feeke ärgerte es ein wenig, dass man sich mit so was überhaupt befassen musste. Sie wollte doch niemandem etwas aufdrängen! Früher hatte es genügt, den Menschen ein zuverlässiges Dach über dem Kopf, ein gutes, warmes Bett, schmackhaftes Essen und eine attraktive Umgebung anzubieten. Andererseits wollte sie sich dem Neuen keineswegs verschließen oder zu diesen »Früher war alles besser«-Jammerern gehören.

»Ich werde tun, was nötig ist!«, rief sie in den Wind hinein. Es war ein Versprechen. An den Filapperhoff, die Schmetterlinge und die Luchtwieven. Denn die waren nur denjenigen zugetan, die sich selbst halfen. Aber dann gründlich.

Als sie zurück auf den Hof kam, war es dunkel. Die Tür vom *Seemannsgarn* stand etwas offen. Sibo brauchte immer wieder einen Stoß frische Luft. Drinnen leuchteten die Farben der Garne in den Regalen und die der Kinderpullover auf den Stühlen. Feeke hörte das Surren des Spinnrads als geheimnisvolle Untermalung der Geschichte, die Sibo gerade erzählte. Sie handelte von einem selbstgemachten Drachen aus Papier, der mit den bösen Träumen wegflog, die ihm ein Kind anvertraut hatte. Er trug sie hoch durch die Wolken und streifte sie darin ab, und weil es in den Wolken so nass war, lösten sich die dunklen Träume auf, und ihre Reste wurden später weit, weit fort mit dem Regen in die offene See gespült. »Und wenn der Wind doll genug bläst, so wie jetzt im Oktober«, versicherte Sibo, »dann fliegen die schlechten Träume, die man loswerden möchte, sogar von allein zu den Wolken hoch, auch wenn man gerade keinen Drachen hat.«

»Auch an Halloween?«, wollte der kleine Tamme wissen.

»Aber sicher«, beruhigte ihn Sibo. »Da sind ja die Wolken oft besonders dick.«

»Und wenn aber gar keine Wolken da sind?«

Sibo hatte für vieles eine Lösung. Nur das mit dem Filapperhoff hatte er ebenso verdrängt wie Feeke, dachte sie liebevoll. Aber das war in Ordnung so. Überall brauchte man Künstler, Träumer und Poeten, wenn etwas funktionieren sollte, und das war Sibos Platz auf dem Gulfhof. »Wenn keine Wolken da sind, dann funkeln doch die Sterne«, erklärte er. »Und im Sternenlicht haben böse Träume sowieso keine Chance. Da verschwinden sie sofort. Einfach so. Sie zerspringen, sobald das Licht sie berührt.«

Tamme nickte ernsthaft. Sibo beugte sich vor und drückte ihm einen kleinen Zopf in die Hand, den er aus verschiedenen Garnen geflochten hatte. Die anderen Kinder bekamen auch einen. »Um ganz sicherzugehen bekommt ihr das hier«, sagte er, »das könnt ihr unter euer Kopfkissen legen. Denn es gibt noch etwas, das böse Träume nicht mögen. Bunte Farben nämlich. Das vertreibt sie.«

Feeke lächelte, als sie die Kinder strahlen sah. Dann bemerkte sie, dass Pixie drinnen neben der Tür lehnte und einiges mit ihrem Handy aufgenommen hatte. Jetzt legte sie den Finger auf die Lippen und schlich sich zu Feeke hinaus. »Das ist tolles Material«, flüsterte sie. »Ich muss es bloß bearbeiten und dann Sibo überreden, dass ich es veröffentlichen darf. Ich will nämlich unbedingt einen Instagram-Account für ihn anlegen.«

Instagram? Ja, Feeke kannte das, war da sogar angemeldet. Rixa hatte sie vor ein paar Jahren noch dazu gedrängt. Aber sie mochte es nicht. So viele Bilder von Dingen, die sie nicht interessierten, und alles so klein. Da war nichts Sinnliches dabei. Wenn sie draußen am Meer stand oder im Garten, dann gab es zu der Vielfalt, die sie überall um sich herum sah, die Gerüche nach Wasser, Blumen und Gras. Dann spürte sie den Regen oder die Sonne auf der Haut, hörte die Möwen rufen und den Atem der See in den Wellen. Das war ihr unendlich viel lieber. Das machte tief lebendig. Und wenn es doch um Bilder ging, dann mochte sie diese großzügig und ehrlich und mit einem liebevollen, einfühlsamen Blick gestaltet. So wie die Landschaften aus einem großen Fotokalender, den ihr Sibo geschenkt hatte. Die Seiten hatte sie gerahmt und in den Zimmern aufgehängt. Das waren Bilder, die sie berührten, in die sie sich hineinträumen konnte. Die sie im Winter den Frühling spüren ließen. Die nicht als beiläufige, flüchtige Miniatur auf einem Display an ihr vorüberhuschten, eingebettet in Werbung und eine blinkende Masse. Womöglich noch mit diesen unsäglichen Zappelgifs unten dran, die hässlich und hektisch waren, ihr jede Ruhe nahmen und die Schönheit zunichtemachten.

Aber sie hatte ja eben beschlossen, *alles* zu unterstützen, wenn es nur nützen konnte.

»Lass mich wissen, wenn ich helfen kann«, sagte sie.

Pixie warf ihr einen verständnisvollen Blick zu. »Ich mag

das auch nicht so. Aber trotzdem, das Internet und all diese Plattformen sind wie für euch gemacht, weißt du. Der Filapperhoff ist so weit weg von allem, und trotzdem kannst du auf diese Weise von hier aus die ganze Welt erreichen. So kommunizierst du doch auch mit deinen Kindern, oder?«

»Ich … ja. Manchmal.« Möglicherweise lag es ja an ihr, dass das so selten geworden war?, überlegte Feeke schuldbewusst. Es war wohl nötig, dass Pixie ihr einen Anstoß gab, sich mehr daran zu gewöhnen und eine neue, positivere Perspektive zu gewinnen. Wenn die Kinder nicht mehr den Weg zum Gulfhof fanden, vielleicht konnte der Hof zu ihnen kommen? Ob sie diesem Instagram-Account auch irgendwann folgen würden?

»Nur so hatte ich mit meinen Büchern Erfolg«, fuhr Pixie fort. »Mich hat es auch überrascht. Aber ohne das alles hätte niemand von dem erfahren, was ich mache.«

»Ich habe mir eine deiner Geschichten runtergeladen.« Sie hatte ein ganzes Buch auf dem Handy gelesen.

»Oh. Wirklich? Und was hältst du davon?«

»Sie sind lustig«, sagte Feeke etwas zu schnell. »Unterhaltsam.«

Sie waren Richtung Haustür geschlendert, doch nun blieb Pixie stehen. »Aber?«

Verflixt. Sie hatte nicht gewollt, dass Pixie das *Aber* heraushörte.

»Sag schon!«, bat Pixie. »Bitte! Ernstgemeinte und ehrliche Kritik hilft mir sehr. Ich weiß doch selbst nicht, warum ich zurzeit nicht weiterkomme.«

Feeke suchte nach den richtigen Worten. »Diese Geschichten sind halt für Jüngere gedacht, denke ich. Es ist durchaus ein Zauber darin, den ich mag. Du schreibst ausgezeichnet, ich kann alles genau vor mir sehen. Für Unterhaltungszwecke und Ablenkung ist das prima. Nur, es ist nicht *mein* Zauber. Es ist eben eine ausgedachte Welt. Und meine Welt hier, die wirkliche, die kommt mir wesentlich wundersamer vor. Es ist so eine Vielfalt, die kann man sich nicht ausdenken. Die Blüten im Garten, die Luchtwieven, der Geruch und die bizarren Lebewesen im Watt, der Wind auf dem Deich. Die Vielfalt der Muscheln im Sand. Da haben es deine Flughörnchen und ihre Reiter ein bisschen schwer mitzuhalten.«

Pixie nickte. »Ich glaube, mir geht es inzwischen selbst so. Bloß habe ich es im Kopf nicht so bewusst sortiert bekommen.« Sie sah unglücklich aus, das erkannte Feeke sogar im Licht der Laternen am Eingang. Und einsam. Sie selbst hatte wenigstens Sibo. Und irgendwo ihre Kinder. Aber Pixie hatte niemanden mehr.

»Was quält dich denn so, kleiner Kobold?«, fragte sie sanft.

»Ach, es ist …« Pixie lief ein paar Schritte weiter auf die Brücke und lehnte sich über das Geländer. Finster betrachtete sie das Funkeln, das die Spiegelungen der Laternen in den Restwiderschein des Tages auf die Oberfläche des Ringschloots streute. Feeke stellte sich geduldig daneben. Hier konnte sie ewig Zeit verbringen. »Nathan. Mein Großvater«, begann Pixie schließlich. »Er konstruierte Boote, die mit Solarkraft fuhren. Sonnenlicht, das Menschen trägt. Das ist etwas so Großes! Und was mache ich? Ich spinne alberne Geschichten von Flughörnchen und nichtexistenten Welten. Ich komme mir so oberflächlich und unnütz vor.«

Feeke kannte dieses Gefühl. Ihr Vater hatte einen gewissen Ruhm in der Gegend gehabt als der geniale Handwerker, der er war, nie um eine Lösung verlegen. Da hatte sie auch nicht mithalten können. Aber der Hof war es, der sie immer gerettet hatte. Mit den Händen in der Erde des Gartens konnte man sich nicht nutzlos vorkommen, und oberflächlich schon gar nicht. Nicht mit diesem Himmel über sich, unter dem alle gleich waren, ebenso wie auf der See. Beide urteilten nicht. Hier war man ein Lebewesen unter unzähligen winzigen und größeren, mit Flossen oder Beinen oder nur Füßen wie die Muscheln, jedes für sich ein Wunder.

»Ich denke, du kannst genau dasselbe mit deinen Geschichten«, versuchte sie, Pixie deutlich zu machen, was sie dachte. »Du schenkst den Menschen, die das lesen, helle Stunden, in denen sie getragen werden, weil sie ihre Sorgen eine Weile vergessen und vielleicht sogar eine neue Perspektive gewinnen. Dein Großvater hat Körperliches bewegt, du bewegst die Seelen und Träume. Das ist genauso wichtig.«

Pixie schluckte hörbar und sah Feeke an. Ihre Augen glänzten im Dunkeln. »Das hast du aber schön gesagt. Wenn das wahr werden könnte … aber daran muss ich erst noch arbeiten.«

»So was fliegt niemandem zu. Du bist noch so jung und schon weit auf dem Weg vorangekommen.« Sie legte unwillkürlich eine Hand auf Pixies Arm. »Du hast Hilfe dabei, wenn du sie annimmst. Die Luchtwieven unterstützen die Seele und das Schöne. Lass sie in deine Arbeit hinein, in dein Herz und deine Geschichten. Sie können die Galionsfiguren in deinem Leben sein, wenn du dich dafür entscheidest. Du weißt, eine Galionsfigur wird am Schiff unter dem Bugspriet angebracht, sie schaut immer voraus. Sie hat ein wachsames Auge auf den Kurs und bewahrt das Schiff vor Unglück.«

»Wie die Caroline«, meinte Pixie.

»Ja. Die ist für alle Schiffe zuständig. Die Galionsfigur immer für ihr eigenes.«

»Oder für ein Haus.« Pixie sah zu Taleja am Giebel auf.

»Genau. Und die Luchtwieven können deinen Kurs unterstützen, ob beim Schreiben oder im Leben. Sie sind flexibler, was Orte angeht. Anders als Menschen, die irgendwann gehen müssen, sind sie immer da. Das ist ihre ewig verlässliche Stärke. Ein Blick zum Himmel genügt. Sie lassen dich niemals allein.«

»Feeke«, sagte Pixie leise, »kann ich dich mal drücken?«

»Unbedingt. Lass dich knuddeln, mien Deern.« Sie öffnete die Arme. Die Dunkelheit schluckte jede Verlegenheit und machte es ihnen beiden leicht. Hinter dem Deich flüsterten zustimmend die Wellen der auflaufenden Flut.

Feeke war so dankbar, dass sie nicht nur Hilfe von Pixie annehmen musste. Sie hatte der jungen Frau auch etwas zu geben.

Sie hielten sich einen langen Moment fest. Dann vibrierte Pixies Handy. Das Display leuchtete hell auf und warf einen kleinen Lichtkegel auf eine späte Glockenblume, die sich im Schutz des Brückenpfeilers geöffnet hatte, der Jahreszeit zum Trotz. Feeke hatte sie vorher gar nicht bemerkt und betrachtete sie beglückt, während Pixie die Nachricht las. »Oh!« Feeke hörte Staunen, Überraschung, Erleichterung und Glück in dieser einen Silbe schwingen. Sie wartete.

»Sind die Luchtwieven auch bei Nacht anwesend?«, fragte Pixie. »Ich glaube, ich habe gerade ein Zeichen bekommen.«

»Nun, sie sind gut Freund mit dem Mond.« Feeke deutete auf die helle Sichel, die hinter einer Silberpappel emporglitt, und das weiche silberne Leuchten, das er über eine langgezogene Wolke legte. Es sah aus, als trüge er eine Schleppe, die sich sacht im Wind bewegte.

»Lotte mag den Text, den ich über sie geschrieben habe!«, sprudelte es aus Pixie heraus. »Das ist etwas ganz anderes als sonst. Das sind Geschichten, die wirklich passiert sind. Es passt zu dem, was du gesagt hast. Ich hatte eine Freude beim Schreiben wie noch nie. Ich wusste nur nicht, was sie davon hält. Es hat gedauert, bis Lotte alles lesen konnte, es gab im Herbst so viel Arbeit im Park. Ich hatte schon befürchtet, sie wüsste nur nicht, wie sie mir schonend beibringen soll, dass es Mist ist und dass es so nicht geht. Aber sie klingt richtig gerührt und glücklich!« Pixie steckte das Handy weg und lächelte Feeke an. »Du glaubst nicht, wie erleichtert ich bin. Kann sein, dass wir hier heute Abend zusammen eine Antwort gefunden haben auf das, was mich seit Monaten beschäftigt.« Sie machte ein paar kleine Hüpfer die Brücke entlang und zurück. »Du liebe Feeke, jetzt lass uns für den Filapperhoff auch eine finden! Können wir bitte morgen am Spätnachmittag eine Beratungsrunde einberufen? Mit Tee am Hoffbinnersten? Es ist wichtig.«

»Das machen wir«, sagte Feeke entschieden. Sie konnte Pixies Euphorie geradezu wie kleine Funken in der Nacht sprühen sehen, und es war ansteckend.

Sie zwinkerte dem Mond heimlich zu, ehe sie Pixie ins Haus folgte.

Über der Tür war Taleja eine vertraute Silhouette vor dem Sternenhimmel. Bestimmt würde sie darauf achten, dass sie hier alle gemeinsam den richtigen Kurs fanden.

Pixie

24

Pixie konnte nicht schlafen. Zu viel trieb ihre Gedanken um. Es war, als ob alles in dieser Gegend mit ihr sprach. Der Hof, der Hafen, die Caroline, die alten Schiffe. Das Licht im Watt und wie die Wellen sich bei Flut am Deich brachen. Ein paar Regentropfen auf dem Fensterbrett. Der Wind im Reet des Giebels. Der Schatten, den die Figur der Taleja auf die Zimmerdecke warf, weil das Licht über der Haustür von unten dagegen strahlte. Die uralten Balken um ihr Bett. Das Knarren, das jemandes Schritte auf den Dielen verursachten – vielleicht ging Hendrik in seinem Zimmer auf und ab, weil er auch unruhig war? Oder Feeke, weil die Sorgen um den Hof sie nicht ruhen ließen? Sibo, der im Kopf ein neues Seemannsgarn spann, eine Geschichte für die Kinder von morgen?

Eine Möwe schrie im Schlaf, vielleicht träumte sie auch, wie die Menschen.

Das Gespräch mit Feeke ging Pixie nicht aus dem Kopf. Auch nicht die tief bewegten Worte von Lotte, die fassungslos war, dass jemand Stücke ihres Lebens so aufgeschrieben hatte, dass sich die von ihr empfundene und erlebte, turbulente Wirklichkeit zu einer lebendigen Geschichte voller Farben und Facetten fügte, festgehalten gegen die Vergänglichkeit.

Ja, die Wirklichkeit war spannender als die erdachte Welt.

Nicht nur Feeke empfand es so. Pixie sah es in letzter Zeit genauso. Sie musste unbedingt mit Friso darüber sprechen.

Seltsam. Früher hätte sie das mit Lian diskutiert. Oder Emily. Selbst mit Elin würde es gehen. Doch Friso war es, der ihr jetzt wie selbstverständlich für so etwas als der Richtige erschien. Da war ein Gleichklang in ihnen, ein Verständnis, als hätten sie sich schon immer gekannt.

Bist du verliebt?, fragte sie sich, stand auf und blickte aus dem schrägen Fenster über das Dach der Remise hinweg, auf den Deich, in den Garten hinunter. Nein, war die Antwort nach einigem Nachdenken. Nein, das ist es nicht, es ist etwas anderes.

Sie setzte sich an den Schreibtisch und schrieb direkt in den Laptop ihre Empfindungen, eine Skizze des Moments und der Tage auf dem Hof. Wie sie das standhafte Gebäude erlebte, die Menschen darin, die Geschichte und die Augenblicke. Wie es war, dort am Feuer zu sitzen, in der Mitte des Gulfs an dem alten Tisch, ringsum Wind, Land, Himmel und Meer. Erst schwankte sie zwischen Rausch und Verzweiflung, weil sie die treffenden Worte für das, was sie ausdrücken wollte, nicht fand. Oder existierten sie in dieser Sprache gar nicht? Doch sie gab nicht auf. Dann auf einmal floss es ihr so klar aus den Händen wie der Ringschloot unter der kleinen Brücke, und wenn es ein Wort nicht gab, erschuf sie ein neues aus zwei alten.

Am Ende las sie die elf Seiten noch einmal durch und schickte sie an Friso, zusammen mit einem Stück des Lotte-Textes. Lotte hatte ihr erlaubt, ihn anderen zu zeigen.

Würdest du mir sagen, was du davon hältst? Auch im Vergleich zu den Flughörnchenbüchern? Und kann ich morgen zum Essen ins Verpuusten *kommen? Ich möchte was mit dir besprechen.*

Danach fühlte sie sich leer, müde, aber glücklich und entspannt. Wenn sie das Schreiben auf genau diese Weise überkam, dann war es wie Fliegen. Nur, so schön wie diesmal war es noch nie gewesen. Pixie kroch unter die Decke und schlief sofort ein, noch immer auf diesem Gefühl schwebend.

Als sie aufwachte, hörte sie Feeke im Gulf leise mit Hendrik über Brötchen sprechen.

Noch halb im Schlaf griff sie nach ihrem Handy. Friso hatte schon geantwortet! Er war ein Frühaufsteher. »Der Morgen ist die allerschönste Zeit, finde ich, wenn der Tag nagelneu ist und alles vor dir liegt, womit du ihn füllen kannst«, hatte er kürzlich gesagt.

Pixie rückte ihr Kissen zurecht und öffnete die Nachricht.

Ich habe das heute Morgen gleich gelesen. Danke für dein Vertrauen. Ich fühle mich geehrt. Was für ein schöner Start in den Tag! Da hast du Garne gesponnen wie Sibo, nur aus der Wirklichkeit, nicht der Phantasie. Das sind meinem Empfinden nach haltbare, schön gefärbte Fäden! Die Fantasybücher waren wie Zuckerwatte, süß, lustig und schön zu haben, sie bereiten unterhaltsame Stunden und eine kleine Flucht aus dem Alltag. Nur, sie sind ohne dauerhafte Substanz. Texte wie der über Lotte aber, die können tragen, Halt geben, nachdenklich machen, Rat und Trost geben. Und ebenso deine Gedanken, deine Beschreibung des Filapperhoffs und seiner Umgebung. Du zauberst wie zuvor auch den Leser dorthin, so dass er es auch erleben kann. Aber das alles ist reichhaltiger als Fantasy, weil es wahr ist. Es ist eine ganz andere Ebene, weil es unser Leben ist, unsere Welt, es wäre für jeden auf seine Weise möglich. Man kann wirklich die Roseburg besuchen, kann selbst Ostfriesland erleben, wenn man nur will. Oder einen eigenen Schmetterlingsgarten anlegen, ein Wasserspiel entwerfen, ein Flaschenschiff bauen lernen. Mir gefällt es außerordentlich, und ich bin sehr gespannt, was du weiter machen wirst. Ich freue mich auf alles!

Auch auf dich, nachher. Komm gern ins Verpuusten, *wir sind alle dort.*

Pixie schnäuzte sich heftig, dann zog sie sich eilig an, um Feeke nicht warten zu lassen. Hunger hatte sie nun auch. Sie war erfüllt von stillem Jubel. »Ich bin jetzt auf dem richtigen Kurs, Nathan und Flömer!«, sagte sie leise. »Anscheinend brauchte ich *zwei* Kapitäne, um ihn mir zu zeigen.«

Bevor sie mittags das *Verpuusten* aufsuchte, machte sie einen Spaziergang am Strand, sah lange auf die Wellen und legte sich im Kopf Pläne zurecht. Sie fühlte sich unglaublich lebendig. Das lag nicht nur an der würzigen Seeluft, obwohl jeder Atemzug davon frische Energie in sie pumpte. Es war auch, weil sie allmählich eine Perspektive fand und mit kribbelnder freudiger Aufregung einen neuen Weg vor sich sah.

Das *Verpuusten* war gut besucht, als sie eintrat. Venja blickte auf und strahlte sie an. »Pixie, schön, dich zu sehen! Ich habe dir einen Tisch freigehalten.« Sie deutete auf eine gemütliche Nische mit Blick auf die Harle. »Friso kommt bald, er wintert im Lagerschuppen noch die letzten Tretboote ein.«

»Es wirkt richtig kahl da draußen ohne sie.«

»Nur kurz. Bald stellen sie dort die beleuchteten Buden vom Wintermarkt auf, und wir haben dann das alljährliche

Lichtermeer an der Promenade mit dem schwimmenden Weihnachtsbaum, genau im Blickfeld der Caroline. Das sieht herrlich aus. Wirst du noch ein wenig bleiben?«

»Ich weiß noch nicht, wie lange. Aber das sehe ich mir auf jeden Fall an!«

Gerade fuhr der Raddampfer *Concordia* vorbei. Der war in der Mitte des neunzehnten Jahrhunderts zwischen Wittmund und Carolinensiel unterwegs gewesen, hatte Friso ihr erzählt, und später hatte man ihn genau nachgebaut. Er pendelte nun zwischen dem Yachthafen Harlesiel und dem Museumshafen hin und her. Um diese Jahreszeit gab es einen eingeschränkten Winterfahrplan.

Venja setzte sich einen Moment zu ihr, nachdem sie sich vergewissert hatte, dass die Gäste alle versorgt waren. »Ich würde dir heute die Wraps empfehlen. Da ist Römersalat drin, Eier, Avocado, Matjes, Zwiebeln, Sauerrahm und Gewürze. Und davor eine Krabbensuppe.«

»Das klingt perfekt. Das nehme ich.« Pixie öffnete die Karte gar nicht erst. »Habt ihr viel zu tun? Ich würde mir Friso gern später mal eine Weile ausleihen. Wir bräuchten seinen Rat im Filapperhoff, und vor allem muss ich ihn etwas fragen wegen seinem Kutter. Aber wenn du ihn nicht entbehren kannst, spreche ich einfach hier mit ihm.«

»Nein, ich brauche ihn nicht. Er hat frei und wollte sowieso etwas mit Tamani unternehmen. Kann sie mitkommen?«

»Natürlich, sehr gerne.«

Venja blieb noch einen Moment sitzen. »Du verstehst dich gut mit Friso, scheint mir.«

Worauf wollte sie hinaus? »Ja. Man kann sich so prima mit

ihm unterhalten. Er versteht, ohne dass man viel erklären muss …« Pixie wusste nicht, wie sie es beschreiben sollte.

»Du tust ihm gut. Ich würde mich freuen, wenn … Ich finde, er ist zu viel alleine. Es ist lange her, seit er eine Freundin hatte.« Venja sah so besorgt aus, dass Pixie beinahe lachen musste.

»Vielleicht ist er gern allein. Mir geht es auch oft so. Ich finde nicht, dass er einen unglücklichen Eindruck macht.«

»Nein, das stimmt wohl. Sorry, ich kann eben das Schwestersein nicht ablegen. Ich hol dir mal dein Essen.« Verlegen verschwand Venja in der Küche.

Sowohl die Suppe als auch die Wraps waren himmlisch. Pixie war bald fertig, bat noch um einen Espresso und dachte darüber nach, ob es dem Filapperhoff jemals wieder so gut gehen würde, dass Feeke den ehemaligen Restaurantbetrieb neu aufnehmen konnte. Und ob es wohl jemanden gab, der brillant kochen konnte und trotzdem so abgelegen wohnen wollte. Da kam Friso herein. »Venja, ist Pixie schon … Ah, da bist du ja!« Er steuerte mit einem freudigen Lächeln auf sie zu. »Ich habe jetzt Zeit. Tamani wartet draußen. Wollen wir ein Stück gehen?«

Sie schlenderten in Richtung der Caroline. Tamani sprang fröhlich vor ihnen her, weil sie ein kompliziertes Hopsespiel übte, das in der Schule gerade angesagt war.

»Deine Texte haben mir wirklich sehr gut gefallen«, sagte Friso. »Sie klingen in mir nach. Diese Lotte würde ich am liebsten selbst mal kennenlernen. Und den Gulfhof beschreibst du so lebendig und anheimelnd, dass ich ihn unbedingt bald besuchen möchte, obwohl ich schon eine ganze Anzahl andere gesehen habe.«

»Das trifft sich gut. Ich wollte dich bitten, ob wir dort nachher hinfahren könnten. Ich würde dich gern bei einer Besprechungsrunde dabeihaben. Es ist eine Art Notkonferenz für den Hof.« Sie blieb stehen und sah ihn an. »Und es bedeutet mir unheimlich viel, dass du für gut hältst, was ich geschrieben habe. Das ist ein ganz neuer Weg für mich, und ich bin unsicher. Obwohl …«

»Eigentlich spürst du, dass es genau richtig ist, oder?«

Sie nickte. »Ja. Du hast recht.«

»Trau dir selbst, Pixie! Wie ist das eigentlich, wenn du schreibst? Wie funktioniert das? Machst du dir einen Plan?«

»Manchmal. Einen ungefähren. Aber meist sehe ich einen Film im Kopf, dreidimensional, in Farbe und mit Ton. Dann schreibe ich nur mit.«

»Und bist du dabei diesen Figuren sehr nah?«

»Ja, weil in ihnen echtes Leben ist, obwohl sie ausgedacht sind. Nur hatten sie bis jetzt, in den Fantasybüchern, eine andere Gestalt und fremdartige Namen. Jetzt heißen sie Lotte oder Feeke und sind Menschen. Da brauche ich nur aufschreiben, was sie mir über sich verraten.«

»Du hattest ja bis jetzt auch einen anderen Autorennamen, einen ausgedachten«, meinte Friso.

Tamani war unterdessen bei der Caroline angekommen, hüpfte zu ihr und legte ihr einen freundschaftlichen Arm um die Schultern.

Pixie betrachtete die beiden. In diesem Augenblick wurde ihr etwas klar, und es war wie eine Befreiung, die sie glücklich durchströmte. »Weißt du was?«, sagte sie zu Friso. »Ich bin gar nicht mehr Ellie Ennis! Das war gut, aber ich bin da herausgewachsen. Ich muss das angefangene Buch ja gar nicht beenden, nur weil ich es begonnen habe! Man kann sich auch mal einen Fehlversuch eingestehen. Ich werde es meinen Lesern ehrlich sagen und nachher auf meiner Seite posten. Wenn ich ab jetzt etwas Neues veröffentliche, dann unter meinem eigenen Namen!«

»Finde ich gut«, sagte er und reichte ihr ernsthaft die Hand. »Tschüs, Ellie Ennis. Willkommen, Pixie Paleske! Schön, dich kennenzulernen. Viel Freude und Erfolg auf deinen Wegen!«

»Vielen Dank.« Pixie lachte und war gleichzeitig gerührt. Am liebsten wäre sie herumgehüpft wie Tamani.

»Was wirst du denn anstellen als Pixie Paleske?«, fragte er interessiert.

»Ich möchte ganz neue, andere Bücher schreiben, wenn ich auch noch überhaupt nicht recht weiß, wie und was. Auf jeden Fall sollen die Leser sich fühlen wie Sibos Zuhörer. Die Geschichte soll sie alles erleben lassen und sie dorthin transportieren, während sie lesen, so wie du es gesagt hast. Es soll im besten Fall als etwas Schönes lange in den Köpfen der Leser bleiben, so wie Flömers Flaschenschiff geblieben ist. Langfristig möchte ich mir sogar eine Agentin suchen, die einen Verlag findet, der zu meinen Texten passt und die Bücher druckt.« Sie spürte, wie dieser Wunsch in ihr kribbelte, als hätte sie einen lange eingesperrten Geist herausgelassen.

»Kann man das nicht auch selbst heutzutage?«, fragte Friso.

»Ja. Aber ich habe kein Geld, um zu investieren. Und ich möchte, wenn möglich, in Zukunft lieber mit einem Team arbeiten. Ich denke, das würde mir Freude machen. Früher war da nur Nathan, und ich dachte, man muss alles allein bewältigen können. Jetzt bei euch im *Verpuusten* und auf dem Filapperhoff habe ich erlebt, wie fruchtbar und wie inspirierend und voller Freude und Energie Teamwork sein kann.«

»Dann tu genau das. Dann ist es richtig.«

Frisos Ermutigung machte sie verwegen. »Eines Tages möchte ich vom Schreiben leben können«, platzte es noch aus ihr heraus.

Vielleicht lag es an der Caroline, dass ihr Traum plötzlich klarer vor ihr lag. Oder an der Gegenwart lieber Menschen. Oder an diesem Ort. Vielleicht war das hier ein besonderer Hafen, einer, in dem man etwas für sich fand, das einen auf einen glücklichen Weg brachte? Denn Flömer war es bestimmt ähnlich gegangen, sonst hätte er das Bild nicht aufgehoben. Sie wusste nur noch nicht, warum genau er das getan hatte. Plötzlich hatte sie das Gefühl, ganz dringend Flömers Geschenk an Feeke finden zu müssen. Als wäre es ein Symbol. Wenn sie es fand, würde ihr auch der Rest gelingen. Dann würde sie noch genauer herausfinden, was und wie sie in Zukunft schreiben wollte.

»Du bekommst das hin, ganz bestimmt. Ach so, und natürlich kommen wir gerne mit zum Filapperhoff«, ergänzte Friso. »War da nicht noch etwas, was du vorher mit mir besprechen wolltest?«

»Ja. Das hätte ich fast vergessen.« Sie standen noch eine Weile dort und blickten auf die Harle, während sie ihm ihre Idee erklärte, bei der nur er ihr helfen konnte.

Tamani zeichnete inzwischen mit einem Stück Kreide aus ihrer bodenlosen Hosentasche ein anderes Hopsespiel auf den Boden und übte sich in diesem.

»Tamani, darf ich mal deine Kreide benutzen?«, fragte Pixie, als sie sich mit Friso einig war.

»Klar, warum denn?« Bereitwillig streckte ihr Tamani den Stummel entgegen.

»Der Kapitän Flömer, wegen dem ich hierhergekommen bin, der hat in einem anderen Hafen oft mit Kreide Worte auf den Steg geschrieben, über die er nachdenken wollte. Und die Menschen, die sich mit ihm unterhalten haben, haben das auch gemacht. Manchmal hilft es, sich über etwas klarzuwerden. Aber es kann auch ein Gruß sein, finde ich.«

Sie hockte sich hin und schrieb zu Carolines Füßen: *Danke, Flömer! Danke, Caroline!*

»Das war der Gruß. Und jetzt kommt ein Wort zum Nachdenken.« Friso nahm ihr die Kreide aus der Hand und schrieb: *Bücher.* »Jedes Buch ist eine ganze Welt. In Büchern kann man reisen, ohne sich zu bewegen. In Büchern findet man Trost oder Ablenkung oder Inspiration. Man lernt Neues. Man bekommt schöne Vorstellungen geschenkt. Es kann einem darin nichts passieren, und trotzdem erlebt man Abenteuer. Man hat eine gute Zeit.«

»Das klingt wie eine Wundertüte«, meinte Tamani und schnappte sich die Kreide. *Kuchen*, schrieb sie. Friso lachte. »Hast du Hunger? Schon wieder?«

»Kuchen gibt es bei Feeke«, verkündete Pixie. »Lasst uns losfahren.«

Pixie hatte mit Elin über den Hof sprechen wollen, doch die hatte ein Vorstellungsgespräch irgendwo in Süddeutschland und mit sich selbst genug zu tun. Also hatte Pixie eigenhändig Pläne entwickelt. Elins Rat konnte sie später noch einholen.

Friso sah sich anerkennend um, als sie über die Brücke fuhren. Tamani sauste los, kaum dass sie aus dem Auto gestiegen war, spähte über das Geländer in den Ringschloot und lief dann voraus in den Garten. Dort tauchte Feeke gerade auf, einen spätherbstlichen Strauß Hagebutten, Gräser, Samenstände der Waldrebe und Karden in der Hand.

»Feeke, das sind Friso Tönjes und seine Nichte Tamani.«

»Herzlich willkommen! Pixie hat Sie ja angekündigt«, sagte Feeke und schüttelte Friso die Hand. »Hallo, Tamani. Schön, dich kennenzulernen.«

»Hallo, Frau Feeke.« Tamani spähte an ihr vorbei. »Sind das da Kürbisse?«

»Ja, die sind schön dieses Jahr. Sie haben die Wurzeln im Kompost, das schmeckt ihnen.« Zufrieden betrachte Feeke die dicken Kugeln, die orangerot durch die Dämmerung leuchteten wie untergehende Sonnen.

»Friso, können wir einen kaufen?« Tamani sah mit strahlenden Augen zu Friso auf. »Für Halloween. Das ist doch bald! So einen dicken hatten wir noch nie!«

Bevor Friso antworten konnte, sagte Feeke: »Was für eine hervorragende Idee! Ich schenk dir einen. Ich weiß immer gar nicht, wohin mit den vielen Kürbissen, weißt du? Es sind nicht genug Gäste da, um sie alle aufzuessen. Wollen wir zusammen einen aussuchen? Dann könnt ihr ihn gleich ins Auto legen. Später ist es ja schon dunkel.«

»Au ja!« Pixie schob ihre Hand in Feekes und zog sie in den Garten. Während Friso noch am Haus hinaufsah, die Galionsfigur betrachtete und sichtlich angetan die Atmosphäre erspürte, blieb Pixie stehen und nickte unwillkürlich. Dank Tamanis Bitte hatte sie einen Einfall, der ihren Plan perfekt abrunden würde. Halloween! Warme Farben, gelöstes Feiern, Spaß, schöne Bilder. Es war genau das, was ihr noch gefehlt hatte, der Anfang des Fadens sozusagen. Vorausgesetzt, alle machten mit. Sie konnte es kaum erwarten zu erklären, was ihre Überlegungen waren. Sie war sich sicher, dass der Hof eine Chance hatte. Aber was, wenn Feeke und Sibo sich überfahren fühlten?

Tamani brauchte nicht lange, um sich zu entscheiden. Bald hatte Friso den riesigen Kürbis auf der Rückbank festgeschnallt.

»Feeke, können sich die beiden kurz drinnen umsehen, bevor wir uns für die Besprechung zusammensetzen?«, bat Pixie.

»Aber sicher, fühlt euch wie zu Hause. Ich sehe mal nach, ob Sibo Hilfe in der Küche braucht.«

Pixie erklärte ihnen die Nischen an der Seite mit den Tischen für die Gäste, wenn so viele da waren, dass es richtiges Abendessen gab oder sogar wieder einen Restaurantbetrieb.

»Früher haben da echt die Tiere gewohnt? Schade, dass sie nicht mehr da sind.« Tamani war begeistert. »Ich würde spielen, dass ich ein Kälbchen bin, wenn wir hier essen würden.« Danach erklommen sie die Treppe zur Frühstücksempore und den Zimmern. Tamani betrachtete die schlichten Nummern an den Zimmertüren. »Ich dachte, die Zimmer heißen nach Schmetterlingen? Weil das doch der Filapperhoff ist.«

Feeke sollte sie einstellen, dachte Pixie. Tamani ist die geborene Marketingexpertin. »Weißt du was? Das ist eine tolle Idee. Das könntest du gleich Feeke und Sibo vorschlagen.«

Tamani nickte ernsthaft. »Mach ich. Ich würde im Zitronenfalterzimmer wohnen wollen, wenn ich hier Ferien machen würde. Und an der Tür müsste ein Bild davon sein.«

Sie spähte aus dem Fenster und sah den Dohlen auf dem Dach der Remise zu, dann umfasste sie staunend einen der Balken neben dem Bett. »Die sind auch toll.«

»Also, du hast recht, Pixie, das ist hier so voller Potenzial, da muss sich doch was machen lassen! Ich werde sehr gern helfen«, bestätigte Friso, was sie ihm vorhin vorgeschlagen hatte.

Danach saßen sie alle am Hoffbinnersten beim Feuer. Sibo hatte die größte Teekanne gefüllt, die auf einem enormen Stövchen wartete, und außerdem gab es einen Kürbis-Schokoladenkuchen, bei dessen Anblick selbst die von Venjas Küche verwöhnte Tamani große Augen machte. Feekes Gartenstrauß stand neben dem Kuchen und verlieh der Atmosphäre zusätzlichen Zauber, weil die Schatten der Gräser über die Balken tanzten, wenn das Feuer flackerte.

Hendrik kam herunter, als Sibo gerade den Kuchen verteilte. »Setzen Sie sich doch zu uns!«, rief Feeke. Er zögerte, aber Pixie lächelte ihn an und rückte ein Stück auf der Bank, damit er Platz hatte.

Als alle ein Stück gegessen und begeistert Feekes Kuchen gelobt hatten, lehnten sie sich zurück. Sibo schenkte noch einmal nach. »So, Pixie, dann schieß los. Was hast du auf dem Herzen? Feeke sagt, du willst uns helfen, den Hof zu retten?«

Pixie schluckte, als sich alle Gesichter erwartungsvoll auf sie richteten.

25

»Ich geh dann mal besser, ihr wollt bestimmt unter euch sein.« Hendrik stand auf.

»Bitte, bleib, wenn du möchtest«, bat Pixie. »Du magst den Hof doch auch. Vielleicht hast du ja eine Idee. Wir können jeden gebrauchen, der mitdenkt.«

»Okay.« Er blickte skeptisch, aber er blieb.

»Tamani, möchtest du als Erstes deine Idee erzählen?« Pixie fand, das wäre ein guter Auftakt, der ein wenig den Ernst herausnahm.

Tamani setzte sich kerzengerade und beschrieb, wie sie sich das mit den Türen vorstellte. »Wenn man einen Schlüssel bekommt, und da ist vielleicht ein Schmetterling dran, und man kriegt gesagt, du wohnst im Tagpfauenaugenzimmer, das wäre doch schön. Und das passt doch auch zu deinem Garten, Feeke.«

Sibo nickte anerkennend, und Feeke lächelte. »Ja, Tamani, das ist eine wirklich feine Idee! Und das können wir gut machen, das kostet fast nichts.«

Hier stieg Pixie ein. »Davon würde ich dann Bilder auf der Website einbauen. Das wäre viel attraktiver, als es jetzt ist. Wir könnten die Türen neu streichen, jede in der Farbe des entsprechenden Schmetterlings, dezent natürlich, mit Kreidefarbe.« Sie sah sich um. Alle hörten aufmerksam zu, auch Tamani, die sichtlich stolz darauf war, an der Runde teilnehmen zu dürfen. »Ich habe schon an einer neuen Website gearbeitet. Ich gebe nachher mal den Laptop herum und würde gerne eure Meinung hören. Einige Fotos habe ich schon eingearbeitet – vom Garten, vom Frühstück, vom Haus –, aber wir brauchen mehr. Etwas ganz Aktuelles, mit Stimmung und Menschen. Was meint ihr, könnten wir hier vielleicht eine Halloweenfeier ausrichten? Es fällt in diesem Jahr auf einen Sonntag. Wenn wir früh am Nachmittag anfangen und abends nicht so spät aufhören, würde das gut passen. Ich könnte mir vorstellen, dass die wenigen Gäste, die um diese Zeit in der Gegend sind, sich darüber freuen würden, und die Einheimischen, die immer ihre Kinder vorbeibringen, auch. Feeke, den Garten brauchst du dafür nicht zu öffnen, damit im Dunkeln niemand darin herumtrampelt. Aber vor dem Hof könnten wir Fackeln aufstellen und einige Kürbislaternen. Wir könnten Würstchen grillen und vielleicht ein kleines Büffet mit leckerem Fingerfood aus Venjas Küche anbieten, wenn sie mitmacht. Das könnte auch gleichzeitig Werbung für das *Verpuusten* sein.«

»Das wäre auf dem Hof das allererste Mal, dass wir Halloween feiern, aber warum nicht? Wir haben auch noch einige alte Laternen in der Remise, die wir verteilen könnten«, bot Sibo an.

»Ich weiß nicht. Mit einem amerikanischen Fest willst du Werbung für einen ostfriesischen Gulfhof machen?« Feeke klang skeptisch.

»Es ist kein amerikanisches Fest«, stellte Pixie richtig. »Es kommt aus Irland. Die Kelten haben damit die Ernte und den Beginn der kalten Jahreszeit gefeiert. Sie nannten es Samhain. Für sie war es auch der Anfang des neuen Kalenderjahres. Für den Hof könnte es der Anfang einer neuen Zeit sein.«

»Ah. Das ist was anderes. Die Kelten waren naturverbunden, ich fühle mich ihnen manchmal recht nahe.« Feeke begegnete Pixies Blick und zwinkerte ihr zu. »Ich könnte Geisterkuchen backen. Und für Süßigkeiten zum Verteilen sorge ich auch. Ich mache Bonbons und ein paar Bleche spanisches Quittengelee. Das, was man in Stücke schneiden und naschen kann.«

Mhm. Pixie hatte den Geschmack sofort auf der Zunge. Sie liebte ihn.

»Ich bin ziemlich gut darin, Fledermäuse zu basteln«, schlug Hendrik vor. »Das habe ich öfter mit Schulklassen gemacht.«

»Wunderbar, Hendrik!« Pixie freute sich.

»Man muss sich verkleiden. Kann ich als Pirat kommen?«, wollte Tamani wissen.

»Klar kannst du.« Sibo lachte sie an. »Mit Piraten hat man hier schließlich schon früher zusammengearbeitet. Das passt.«

»Sibo, könntest du im *Seemannsgarn* vielleicht an dem Abend ein paar passende Geschichten erzählen? So ein bisschen gespenstisch, nur nicht zu gruselig?«, bat Pixie.

»Na klar, mien Deern, das ist mal was, was ich kann. Und wie wäre es, wenn wir zum Verschenken ein paar kleine bunte Geister aus Wollresten tütern? Das können Feeke und ich vorher machen, jetzt wo die Abende am Kamin so lang sind.«

»Tütern heißt basteln«, warf Feeke mit einem Lächeln ein.

»Das ist eine wunderbare Idee, Sibo. Gut, wenn ihr alle einverstanden seid, setze ich die Einladung zur Feier gleich auf die Website. Und wir drucken Flyer, die kann Venja im *Verpuusten* auslegen.« Pixie machte sich Notizen. Das lief besser, als sie gedacht hatte. »Apropos Verkauf. Sibo, dein Garn. Ich bin mir sicher, davon könntest du viel mehr verkaufen, wenn du dich nicht nur auf den Hofladen beschränkst. Darum habe ich Friso gefragt, ob du nicht mal welches vom Kutter herab verkaufen könntest, wenn er im Hafen liegt. So wie andere Leute Fischbrötchen, weißt du? Seemannsgarn vom Kutter. Das wäre doch mal was anderes. Für Frisos Fahrten mit der *Hunnert* wäre das auch gleich Werbung. Und du bist doch gern mal im Hafen.«

Sibo wirkte verdattert, fing sich aber schnell. »Och, warum nicht?«

»Das würde viele Leute auf dich aufmerksam machen, die sich nie hierher verirren würden. Zusätzlich möchte ich vorschlagen, auf der Website des Hofs einen Webshop zu eröffnen. Zur Probe für ein Jahr. Darum könnte ich mich kümmern. Feeke, würdest du den Versand übernehmen, wenn Leute bestellen? Ich glaube, viele Feriengäste, die hier Sibos Garn kaufen, merken vielleicht später zu Hause, dass sie mehr brauchen oder wollen. Das könnte sich lohnen, und diese Wolle hat es verdient, verbreitet zu werden. Was meint ihr?«

Feeke und Sibo sahen sich an. »Einkaufen fahren muss ich ja sowieso, da könnte ich Pakete mitnehmen«, meinte Feeke zögernd.

»Und ich kann sie packen. Können wir denn jederzeit aussteigen, wenn es uns zu viel wird, Pixie?«, fragte Sibo.

»Ja, natürlich, dann brechen wir sofort ab.«

»Gut, dann machen wir das«, sagte Feeke entschlossen.

Sibo nickte. Ein Lächeln flog über sein Gesicht. »Ich glaube, Lieke würde das alles gefallen. Ich kann sie mir vorstellen, wie sie mit ihrem Fietefründ hier im Hof steht, die Kürbislaternen betrachtet und meinen Geschichten lauscht. Oder mir beim Garnverkaufen auf dem Kutter zur Hand geht und die Leute mit ihrem Charme anzieht. Wir wissen immer noch nicht, warum der Fietefründ dieses Foto vom Hafen hatte, oder?«

Pixie schüttelte den Kopf. »Nein. Das werden wir wohl nicht herausfinden. Es sei denn, wir finden das verschwundene Geschenk und darin einen Hinweis.«

»Ich wollte euch übrigens alle mal bitten, danach zu suchen«, fiel Feeke ein. »Mir ist jeder Winkel hier zu vertraut, da fällt es mir womöglich einfach nicht auf?«

»Das wäre toll, wenn wir das dürfen, Feeke«, sagte Pixie dankbar. Sie hatte nicht drängen wollen. »Aber das sollten wir bei Tageslicht machen. Wie wäre es, wenn wir uns am Samstag vor Halloween hier zum Kürbisschnitzen treffen? Beim Dekorieren des Hofs können wir uns dann gleich ganz genau umsehen.«

Alle nickten.

»Gut, dann noch etwas. Tamani hat mit den Namen für die Zimmer ja schon eine sehr gute Idee gehabt. Gibt es noch andere Vorschläge, wie wir den Hof attraktiver machen können? Sagt einfach, was ihr denkt! Bitte. Wir brauchen etwas, das ihn besonders macht, ein Alleinstellungsmerkmal nennt man das, sagt Elin. Etwas, das die Urlauber veranlasst, genau hierherzukommen, anstatt woanders zu buchen.«

»Obwohl wir so einsam liegen und hier nichts los ist außer Langeweile, meinst du?« Feeke klang skeptisch. »Kein Strand, keine Läden außer für Wolle, eine Straße, auf der man kaum einen anderen Wagen überholen kann und die nirgendwo sonst hinführt. Kein Spielplatz, keine Bar …«

»Aber ein historisches Gebäude, ein Kaminfeuer, leckerer Kuchen, Meeresluft, ein bezaubernder Garten, liebenswürdige Wirtsleute, Geschichten für Kinder …«, konterte Pixie. »Und welches Kind braucht einen Spielplatz, wenn es einen solchen Garten gibt?«

»So was alles bieten sie woanders auch – aber *mit* Strand und Läden und Unterhaltungsangeboten«, meinte Feeke müde.

Hendrik räusperte sich. Pixie entdeckte ein amüsiertes Lächeln in seinen Mundwinkeln. »Wenn ich wirklich etwas dazu sagen darf? Eine Schwäche kann ebenso eine Stärke sein. Es kommt nur auf die Perspektive an. Dieses Alleinstellungsmerkmal, das habt ihr doch längst! Es weiß bloß keiner. Die Information muss nur die richtigen Menschen erreichen. Die sind nicht nur dafür empfänglich, die sind verzweifelt auf der Suche danach.«

Selbst Tamani starrte ihn erstaunt an. Er wurde rot. »Na, Leute wie ich! Die nicht gern im Mittelpunkt der Aufmerksamkeit stehen. Die auf der Suche nach Ruhe und Einsamkeit sind und eben nicht nach Krawallkram. Die Sensiblen, denen ihre Umgebung oft zu laut ist. Die sich erholen wollen, so richtig, anders als man in den Touristenorten immer denkt …«

»Die krank waren und gesund werden wollen, meinst du?«, fragte Feeke.

Er schüttelte den Kopf. »Die auch, aber dafür gibt es Kurkliniken. Ich meine introvertierte Menschen, Naturliebhaber, Kreative. Ich bin mit einigen befreundet, mit anderen bin ich in entsprechenden Internetforen in Kontakt. Sie haben alle ein ähnliches Problem, wenn sie Urlaub machen oder ein Forschungssemester nehmen. Überall wird wohlmeinend für Unterhaltung gesorgt. Es gibt Straßenfeste, Trampoline, Freiluftkonzerte, Wassersportanlagen, Strandpromenaden voller Läden und Gastronomie, selbst Seebrücken werden vollgebaut. Man veranstaltet Volleyballturniere am Strand. Tanzabende. Wettessen. Lightshows, Feuerwerk. Woanders legen Ausflugsschiffe voller Menschen an. Für viele ist das toll, sie mögen das und genießen die Unterhaltung, das ist völlig okay. Aber es gibt eben auch die, die anderes wollen. Endlich mal Ruhe. Zeit, zu sich zu kommen, zu schreiben, zu lernen, zu denken, zu träumen, zu entspannen. Sich im Garten umzusehen. Auf dem Deich den Wind zu spüren. Für Typen wie mich sind der feurige Widerschein des Lichts im Watt oder die Spiegelungen der Gräser im tiefblauen Ringschloot, wenn die Sonne untergeht, die beste Lightshow, die es geben kann.«

»Du, Hendrik, ich mag das auch, wenn ich traurig bin und am Himmel macht die Sonne abends Farben«, sagte Tamani in die Stille.

Feeke legte den Arm um sie. »Das glaube ich dir. Sie kennt die Luchtwieven, siehst du, Pixie?«

»Was schreckt Urlauber wie dich von einer Unterkunft ab, Hendrik?«, erkundigte sich Friso.

»Was wir nicht wollen, sind Rasenmäher vor dem Fenster oder irgendwo ständiges Hintergrundgedudel. Gedränge und mitternächtliche Lachsalven von Angeheiterten. Essensgerüche überall. Neonlicht. Dagegen von einem Spaziergang hereinzukommen, am Feuer zu sitzen wie jetzt, tiefsinnige Gespräche zu führen oder miteinander zu schweigen, aufzuwachen unter diesem erstaunlichen alten Dach und dem Wind im Reet zu lauschen – das macht uns glücklich. Für so einen Ort würden wir weit fahren. Und länger bleiben. So, jetzt habe ich aber genug geredet! Ich hoffe, ich konnte helfen. Jetzt ziehe ich mich zurück. In mein schönes, stilles Zimmer.« Hastig stand er auf.

»Vielen Dank, Hendrik! Du hast uns sehr geholfen!«, rief Pixie ihm nach.

»Hat er recht?«, fragte Feeke verdattert.

»Natürlich hat er recht«, sagte Sibo. »Er meint Leute wie uns. Ich hab bloß nie drüber nachgedacht. Für uns war es immer selbstverständlich, wie es hier ist. Warum haben wir gedacht, was uns gefällt, mag sonst niemand?«

»Haben wir nicht. Aber es kommt ja kaum jemand, das muss einen Grund haben«, widersprach Feeke.

»Es ist, wie Hendrik sagt. Die Informationen über den Hof kommen nicht bei den Kunden an«, bestätigte Friso. »Das ändern wir jetzt.«

»Ja, und die Idee mit Sibos Garn ist noch besser, als ich dachte.« Für Pixie kamen immer mehr Puzzlestücke zusammen. »Menschen, wie Hendrik sie beschreibt, machen oft gern Handarbeiten, auch Männer übrigens. Hier beim Spinnen zusehen, dann Wolle aussuchen, im Garten sitzen oder am Kamin und etwas Schönes dabei stricken oder häkeln, wenn man nicht gerade unterwegs ist, mit Gleichgesinnten sprechen, dann Garn und Tipps mit nach Hause nehmen –

das könnte vielen Freude machen. Deswegen ist der Instagram-Account, den ich für Sibo und das *Seemannsgarn* einrichten möchte, so wichtig. Könntet ihr eigentlich einen Shuttlebetrieb zum Bahnhof Esens anbieten?«

»Ich habe schon oft Gäste dort abgeholt, wenn du das meinst«, sagte Sibo.

»Ich auch. Ich verbinde das mit Einkäufen«, bestätigte Feeke.

»Dann müssen wir das unbedingt auf der Website einbauen.«

»Sag mal, habe ich das richtig gehört – Instagram-Account?« Sibo blickte skeptisch. »Wozu soll das gut sein? Du willst doch nicht so einen dieser sogenannten Beeinflusser aus mir machen? Das Wort wird auf Englisch auch nicht besser. Influencer! So'n dumm Tüüg braucht kein Mensch.«

Pixie musste lachen. »Nicht direkt. Andererseits, warum nicht? Ein Einfluss von einem wie dir schadet nicht. Im Gegenteil. Auf jeden Fall erreichen wir damit einige eurer zukünftigen Gäste. Darf ich, Sibo? Hast du Lust auf ein kleines Abenteuer? Es ist genau wie Fischen, nur im Internet. Nach interessierten Leuten. Du musst nichts machen, nur sein wie immer. Und wenn deine tollen Geschichten Verbreitung finden, wäre es doch eine feine Sache, die vielen Menschen da draußen schöne Momente bescheren kann.«

Sibo breitete ergeben die Arme aus. »Fischen, so, so. Na, wenn's hilft, warum nicht? Dann bin ich wenigstens nützlich.«

Feeke sprang spontan auf und umarmte ihn. »Langsam habe ich Hoffnung, dass wir den Hof durch die Flaute bringen können!«

Verlegen klopfte Sibo sie auf den Rücken. »Sicher. Wir haben noch immer Wind in die Segel bekommen. Also, wo fangen wir an?«

»Mit dem Kürbisschnitzen am Samstag«, erklärte Pixie. »Wenn heute Abend wieder Eltern ihre Kinder vorbeibringen, lädst du sie dazu ein. Und zur Halloweenfeier auch gleich. Sie werden es herumerzählen.«

»Wir hängen ein Banner im *Verpuusten* auf«, versprach Friso. Pixie nickte zufrieden. »Gut. Mit atmosphärischen Bildern und Reels von beidem eröffne ich dann Sibos Instagram-Account, sibos.seemannsgarn. Und eines für den Filapperhoff. Auch auf Facebook. Die besten Bilder kommen auf die Website. Dann lassen wir Flyer drucken, die wir in der Tourist-Information auslegen. Und im *Verpuusten* natürlich.«

»Was sind Reels?«, wollte Sibo wissen.

»Kurze Videos. Von den leuchtenden Kürbislaternen zum Beispiel. Davon, wie du Garn spinnst. Und Ausschnitte aus deinen Geschichten, wenn du sie erzählst. Reels sind sehr beliebt und werden von vielen Menschen angesehen. Ich zeige sie dir natürlich immer, bevor ich sie veröffentliche. Ohne dein und Feekes Einverständnis passiert nichts. Das Wochenende nach Halloween können wir die erste Verkaufsaktion vom Kutter starten, das gibt noch mal tolle Bilder. Seid ihr mit diesem Plan einverstanden? Sibo? Feeke? Ich möchte euch auf keinen Fall überfahren.« Tat sie hier das Richtige? Doch irgendetwas trieb Pixie dazu, sie konnte nicht anders.

Die Kelten hatten Samhain, also Halloween, als den Tag betrachtet, an dem man mit den Toten in Kontakt treten konnte. Vielleicht beeinflussten Flömer und Nathan sie ja von irgendwoher. Wer wusste das schon?

Sibo und Feeke sahen sich an, dann nickten sie beide. »Volle Kraft voraus!«, meinte Sibo. »Ich habe noch jede Geschichte anständig zu Ende gebracht. Und dies hier soll ein gutes Ende werden.«

»Jetzt, wo ich dank dir wieder Hoffnung habe, Pixie, werde ich nichts unversucht lassen«, sagte Feeke. »Was ist mit der Umbenennung der Zimmer und dem Türenstreichen? Soll ich jemanden finden, der das übernimmt?«

»Ach was, Feeke«, sagte Friso. »Ich habe morgen frei. Ich mach das mit Pixie, wenn es euch recht ist. Die Türen hab ich mir angesehen. Man muss sie nicht abschleifen, einfach nur mit Kreidefarbe überstreichen.«

»Gut, dann male ich die Schmetterlinge drauf«, erklärte Feeke unerwartet. »So was habe ich lange nicht mehr gemacht, aber ich kann es.«

»Und ich säge neue Schlüsselanhänger aus«, steuerte Sibo bei. »Passende Schmetterlinge. Die kannst du gleich mitbemalen.«

»Wunderbar!« Pixie freute sich. Die Dinge kamen in Bewegung.

»Jetzt mache ich ein Foto von euch allen, wie ihr hier so schön gemütlich am Hoffbinnersten sitzt. Das wirkt garantiert verlockend, außerdem wollen die Leute euch sehen, die Gesichter hinter dem Betrieb. Ich zeige euch auch noch kurz meinen Entwurf für die Website. Und dann ist Feierabend für heute.«

Als sie später Friso und die müde Tamani zum Auto begleiteten und ihnen hinterherwinkten, funkelten schon die unfassbar vielen Sterne am Himmel, die man hier sehen konnte, da es keinerlei Lichtverschmutzung gab. »Es wird bald Frost geben«, sagte Sibo. »Man riecht es schon.«

Feeke, die wahrscheinlich aufgewühlt war, stieg noch auf den Deich. Sibo ging ins Haus, doch Pixie folgte ihr. Oben traf sie der Wind mit Wucht. Sibo hatte recht, es lag eine Ahnung von Winter in der Luft.

»Die Luchtwieven werden uns unterstützen«, sagte Feeke leise. »Das wollte ich nur wissen.« Sie wies auf den Horizont. Ganz unten über dem Meer entlang zog sich noch ein Streifen aus Silberblau, Gold und warmem roten Leuchten, und während sie zusahen, glomm er noch einmal heller auf.

26

Am Samstag vor Halloween waren alle früh auf und bereiteten den Hof auf das Wochenende vor. Venja hatte im *Verpuusten* Hilfe von Winni und Vivaan, so dass Friso und Tamani frei hatten, um zu helfen. Sie würden sogar im neugetauften Zitronenfalterzimmer übernachten, der Einfachheit halber und weil Tamani sich das brennend gewünscht hatte.

Sibo suchte an Laternen zusammen, was er finden konnte, und verteilte sie strategisch, danach stellte er einige Strohgespenster auf, die eher fröhlich als gruselig wirkten. Pixie war begeistert, genau das war bestes Bildmaterial. Friso fegte die Wege, Hendrik hängte zu Tamanis Freude an der Dachrinne seine Fledermäuse auf, die er aus Pappe, Draht und Sackleinen gebastelt und schwarz besprüht hatte.

Tamani half Feeke in der Küche, Muffins und Brownies zu backen und mit jeder Menge orangenem Zuckerguss und weißen Geistern zu verzieren.

Später ernteten und schleppten sie Kürbisse auf den Platz vor Sibos *Seemannsgarn*, wo der lange Holztisch mit den Bänken stand, und legten Löffel zum Aushöhlen und Schnitzmesser, die nicht zu scharf waren, bereit. Ein Büffet aus Strohballen wurde aufgeschichtet und mit Lampionpflanzen, Zierkürbissen, Äpfeln und den Samenständen der Karde dekoriert. Morgen bei der Feier sollten die Platten mit Kuchen und Venjas Häppchen darauf Platz finden. Zum Glück war verhangenes, aber trockenes Wetter angesagt.

»So«, sagte Sibo schließlich, klopfte sich die Hände an den Arbeitshosen ab und sah sich um. »Pixie, bist du zufrieden, oder fehlt noch was?«

»Es ist perfekt!« So schön hatte sie es sich gar nicht vorstellen können.

Feeke räusperte sich. »Dann würde ich euch bitten, jetzt alle noch mal in den Nebengebäuden und sämtlichen Winkeln nach dem versteckten Geschenk von Flömer an Lieke zu suchen, das vielleicht ein Flaschenschiff sein könnte, aber auch etwas anderes. Dass wir es finden, halte ich für unwahrscheinlich, aber …« Sie brach ab. Sibo legte den Arm um seine Schwester und nickte. »Aber dein Gefühl sagt dir, dass es hier irgendwo ist. Und dein Instinkt hat dich noch nie getrogen, wenn er sich derart bemerkbar gemacht hat. Also, lasst uns suchen! Wenn ihr dabei noch Dinge findet, die der Dekoration den letzten Schliff geben, umso besser.«

Tamani ließ sich das nicht zweimal sagen. Sie kroch in buchstäblich jede erreichbare Nische und förderte eine schaurige Maske aus der Remise zutage, von der sich niemand erklären konnte, wie sie dorthin gekommen war, sowie eine zerbrochene Heugabel, die Friso einem der Strohgespenster in die Hand drückte. Pixie stieß auf die alte Schultüte von Feekes jüngster Tochter, aus der sie sich einen Hexenhut für die morgige Halloweenfeier basteln wollte. Doch als die ersten Familien der Umgegend eintrafen, um die Kürbisse zu gestalten, hatten sie noch immer nichts gefunden, das ein Geschenk von Flömer an Lieke vermuten ließ, geschweige denn etwas Verstecktes, und schon gar kein Flaschenschiff.

»Dann soll es wohl nicht sein«, seufzte Feeke. »Lieke hat eben ein gutes Versteck gewählt. Vielleicht taucht irgendwann etwas auf, wenn wir gerade überhaupt nicht daran denken. Ist ja oft so.«

Pixie war tief enttäuscht. Würde es gar keine weiteren Hinweise auf Flömer geben? So hatte er sich das bestimmt nicht gedacht. Sie war inzwischen felsenfest davon überzeugt, dass der alte Kapitän gewollt hatte, dass sein Leben sich nach und nach von selbst erzählte und der Nachwelt zugänglich gemacht wurde. Und das dabei allerhand in Bewegung geraten konnte, so wie in ihrem eigenen Leben. Er hatte doch eindeutig wie sie und Sibo ein Gespür für Geschichten gehabt und würde nicht alles im Sande versickern lassen! Aber es konnte natürlich etwas in seiner Planung schiefgegangen sein. Immerhin war er schon lange tot, und seitdem hatte sich viel verändert.

Momentan war jedenfalls keine Zeit zum Grübeln. Jetzt warteten Kürbisse, denen kleine und große Hände Gesichter geben wollten.

Bald wurde auf dem Filapperhoff geschwatzt und gelacht wie schon lange nicht mehr. Kürbiskerne flogen in alle Richtungen, und eine Platte voller Muffins und Plätzchen in Fledermausform verschwand auf geheimnisvolle Weise, während Sibo hinter der offenen Tür vom *Seemannsgarn*, aus dem ein heller Schein von Lampen, Kerzen und Laternen drang, Gespenstergeschichten erzählte. Eine sanfte Brise trug seine Worte hinaus bis zum Deich und darüber hinweg, und später behauptete jemand mit glaubwürdiger Überzeugung, dass seine Schafe sich an jenem Abend vor Angst ganz eng zusammengestellt hatten.

An Halloween kamen nachmittags – bereits lange vor der Dämmerung – die Luchtwieven am Himmel zusammen und quirlten in goldenen, orangefarbenen und rosa Gewändern aus Federwolken über dem ausladenden Dach des Filapperhoffs, den Feldern und dem Meer. Möglicherweise wollten sie nur sichergehen, dass der Oktober sich auch wirklich trollte und dem November Platz machte, wie es sich gehörte. Wahrscheinlicher aber war, dass sie von dem Leuchten der unzähligen lachenden, schmollenden, grimmigen, zahnlosen oder zahnreichen, kleinen und großen Kürbisse angelockt worden waren und ihnen zeigen wollten, wer in Sachen Licht immer noch überlegen war.

So jedenfalls erzählte es Sibo den ersten Neugierigen, die in Hexen-, Gespenster- und Piratenkostümen über die Brücke gewandert kamen, um Stockbrot ins Feuer zu halten, Würstchen vom Grill zu essen, Venjas Fingerfood und Feekes Muffins, Kürbiskuchen und Brownies zu verzehren. Es waren nicht nur Familien aus der Umgegend. Venja hatte ganze Arbeit geleistet und einen großen Teil ihrer Gäste überredet, sich den Filapperhoff einmal anzusehen. Wer nicht schon im *Verpuusten* einen der neuen Flyer eingesteckt hatte, nahm an diesem Abend einen mit. Pixie hörte unter ihrem Hexenhut hervor immer wieder Gesprächsfetzen: »In diesem Haus könnte man doch nächstes Mal unterkommen, ist mal etwas anderes.« Oder: »Hier draußen ist zwar nichts los, aber man könnte wenigstens schlafen.« und »Wäre das nicht für Oma Berthe genau das Richtige? Sie beschwert sich doch immer über Lärm, wenn sie an die See fährt. Wir sollten es ihr empfehlen.«

In Pixie kam Hoffnung auf. Vielleicht würde es hier nun weitergehen, auch wenn das Flaschenschiff nie auftauchte. Wichtig wäre, dass ihre Aktionen im Internet eine Resonanz fanden. Darum filmte und fotografierte sie, wo sie konnte. Die flackernden Kürbisse, die tanzenden Piraten und Hexen, Hendriks Fledermäuse im Wind. Die Himmelsfarben über dem Dach, die schmausenden Gäste und Sibos Geschichten am Spinnrad mit der lauschenden Kinderschar um ihn, dahinter die Erwachsenen mit dampfendem Grog in der Hand. Ein Pärchen Gespenster, das sich auf der Brücke küsste und dabei im Ringschloot spiegelte, zusammen mit dem Licht des allmählichen Sonnenuntergangs.

Dann auf einmal hielt sie inne, weil ihr seltsam schwindelig wurde. Sie hatte nichts getrunken, und dennoch erschien ihr das Ganze wie ein Rausch, als sei sie in eines ihrer eigenen Fantasybücher geraten. Alles hatte sich so schnell verändert! Das hier, das war so neu in ihrem Leben. Immer war sie allein gewesen mit Nathan oder Moina, und meist unterwegs. Zu diesem alten Hof aber und zu seinen Menschen hatte sie sich vom ersten Anblick an hingezogen gefühlt, als hätte sie an diesem Ort tiefe Wurzeln, ohne es zu wissen. Nicht weil sie hier unbekannte Vorfahren gehabt hätte oder sonst irgendeine Verbindung. Es war eher wie ein Ort aus ihrer Phantasie, der auf einmal Wirklichkeit geworden war. Genau so hatte sie sich als Kind manchmal ihr Leben gewünscht. An solch einem Ort und mit einer großen Familie. Nun war da nicht nur dieser Hof, den sie seltsam liebgewonnen hatte, da waren auch Feeke, Sibo, Friso, Venja und Tamani, die sie herzlich aufgenommen hatten und ihr so vertraut und nahe schienen, als wären sie Familie.

Aber was, wenn sie diese Menschen, denen sie Hoffnung gemacht hatte, enttäuschen würde? Wenn sie gar nicht helfen konnte, den Hof zu retten? Wenn sie sich übernommen, überschätzt hatte und womöglich durch ihre Einmischung alles noch schlimmer wurde?

Pixie ließ das Gelächter, die Musik und den Duft nach Bratäpfeln hinter sich und flüchtete für einen Moment nach oben in ihr Zimmer, um sich zu beruhigen. Sie legte sich rücklings auf ihr Bett. Draußen führten die Luchtwieven ein letztes flammendes Feuerwerk auf, bevor sie diesen Festtag der Nacht überließen. Rötliches Licht wanderte über die weiße Zimmerdecke, dann über die uralten dunklen Holzbalken mit den vielen Rissen, Kerben und Unregelmäßigkeiten. Die eingeritzten Initialen vergangener Handwerker und Zimmerbewohner traten deutlicher hervor als sonst. *H + I* in einem Herz. *B + K* in einer Sonne. Ein spitzes Dreieck, darin *F + L*. Nein, das sollte wohl ein Pfeil sein. Da war ja ein Strich an dem Dreieck, halb verdeckt von einem oberflächlicheren Kratzer.

F + L!

Pixie setzte sich so schnell auf, dass sie sich fast den Kopf an der schrägen Wand gestoßen hätte. *Fiete und Lieke!* Warum war ihr das nicht früher aufgefallen? Es konnte natürlich bloßer Zufall sein. Vielleicht standen die Buchstaben auch für Fiona und Lukas. Frida und Lars. Felix und Lara. Es gab zig Möglichkeiten. Doch ihr Instinkt sagte ihr etwas anderes. Und warum der Pfeil? Irgendwelche zufälligen Besucher hätten hier keinen Pfeil geschnitzt. Wohin zeigte er? Hinaus? Oder leicht schräg nach unten? Pixie stand auf, näherte sich dem Fenster und versuchte, die Linie des Pfeils in Gedanken zu verlängern. So ging das nicht, sie brauchte etwas Langes. Hastig lief sie hinunter und griff sich den Zollstock aus der Werkzeugschublade in der Küche. Dort hantierte Feeke gerade mit Kuchenblechen und sah sie verblüfft an. »Gibt es ein Problem? Ist was kaputt?«

»Nein, alles gut. Bin gleich zurück.«

Mit dem Zollstock ließ sich die Linie nun genau verlängern. Der Pfeil wies gar nicht auf das Fenster, sondern tiefer! Doch da war nur die glatte Wand. Pixie klopfte und fand keinen Hohlraum. Aber halt, was, wenn die Linie durch die Hauswand hindurch gemeint war? Pixie beugte sich aus dem Fenster.

Taleja! Natürlich. Genau da unter ihr hing die alte Galionsfigur an der Giebelwand.

»Ich habe es versteckt, damit es immer auf den Hof aufpasst«, so hatte Sibo seine Großmutter zitiert …

Pixie brachte den Zollstock zurück. In dem Moment kam Tamani hereingerannt. »Pixie, komm schnell, Friso sagt, das musst du filmen! Jemand spielt so toll Gitarre.« Sie packte Pixie am Ärmel und zog sie hinaus.

Die Gäste und der Internetauftritt gingen vor. Alles andere musste warten. Pixie konzentrierte sich darauf, den Gitarrenspieler aufzunehmen, und bezwang ihre Aufregung.

Vielleicht war an dem Glauben der Kelten, an diesem Tag könnte man Kontakt mit den Toten aufnehmen, etwas dran gewesen? Auf jeden Fall hatten Flömer und Lieke ihr möglicherweise ausgerechnet heute ein Zeichen gegeben.

Diese Nacht, ahnte sie, würde sie nicht schlafen können. Nicht wegen der Geister, sondern weil sie so gespannt war.

Abends hatte sie tatsächlich keine Gelegenheit mehr, mit

Feeke zu sprechen. Sibo war noch damit beschäftigt, den Gästen, die müde Kinder und gesammelte Süßigkeiten in ihr Auto packten und sich verabschiedeten, vorher von seiner Wolle zu verkaufen. Die Nachfrage war aufgrund der guten Laune und besonderen Atmosphäre groß. Friso brachte Tamani oben im Zitronenfalterzimmer ins Bett. Das dauerte länger, weil die Kleine vom Feiern so aufgedreht war. Hendrik hatte sich bereit erklärt, dafür zu sorgen, dass wirklich alle Laternen, Fackeln, Grillfeuer und Kürbisse gelöscht wurden. Inzwischen arbeiteten Pixie und Feeke daran, draußen und in der Küche halbwegs klar Schiff zu machen und vor allem die restlichen Lebensmittel zu versorgen. Viel war nicht übrig geblieben. »Das scheint geschmeckt zu haben«, stellte Feeke fest.

»Kein Wunder«, sagte Pixie, die plötzlich Hunger hatte und in einen der wenigen verbliebenen Krüllkuchen biss.

Draußen ertönten die grüßenden Hupen der letzten abfahrenden Gäste. Sibo kam herein, sichtlich müde, aber freudestrahlend. »So viel habe ich noch nie an einem Tag verkauft! Pixie, ich gebe zu, ich war skeptisch, was dieses Halloweentanterlatant anging, aber das Fest war sehr gelungen. Im Grunde ist es ja egal, warum man feiert, wenn sich die Gäste nur wohlfühlen.« Er lehnte sich über Feekes Schulter und mopste eine noch lauwarme Bratapfelspalte von einem Teller, den sie gerade in eine Frischhaltebox leerte. »Heute war es auf dem Filapperhoff beinahe so lebendig wie in alten Zeiten. Zwar hauptsächlich draußen, aber immerhin. Es hat gutgetan, findest du nicht auch?«

»O ja, das hat es! Sosehr ich die Ruhe hier genieße, es ist kein Haus für zwei alte Menschen allein, ganz abgesehen vom wirtschaftlichen Problem. Pixie, ich danke dir von ganzem Herzen!« Feeke wandte sich spontan um und warf die Arme um Pixie.

Tief gerührt erwiderte Pixie die Umarmung. Das war nicht der Moment, um von ihrer Vermutung bezüglich der Zeichen auf den Balken zu erzählen. Sie hatten alle schon genug mit ihren Gefühlen zu tun an diesem großen Abend, und erschöpft waren sie auch.

Die Luchtwieven hatten sämtliche Wolken mit sich genommen. Jetzt funkelten die Sterne hell über dem Filapperhoff und dem Deich. Auch über dem schrägen Fenster in der oberen Etage, wo Pixie Friso begegnete, als sie ihr Handy zum Laden hochbrachte.

»Tamani schläft jetzt«, sagte er. »Bist du zufrieden mit dem Tag?«

»O ja! Gleich morgen will ich die Fotos hochladen und die neue Website veröffentlichen. Ich denke, das wird ein sehr stimmungsvoller Auftakt. Wenn das mit der Zeit keine potenziellen Gäste aufmerksam macht, weiß ich auch nicht.«

»Das wird!«, meinte er.

»Kommst du noch kurz mit hinunter? Sibo serviert uns einen Schlaftrunk am Hoffbinnersten. Zum Abschalten.«

»Das lasse ich mir nicht entgehen.«

So saßen sie noch eine Weile alle gemeinsam am Kamin und ließen den Tag Revue passieren, selbst Hendrik, während sich das Aroma von warmem Johannisbeerwein mit Honig im Raum ausbreitete und behaglich auf der Zunge lag. Die Flammen warfen ihre bewegten Schatten auf die Wand. Pixie betrachtete sie glücklich. Echte, gute Geister, dachte sie, ganz lebendige.

Feeke

27

Sibo hatte recht gehabt. Der Filapperhoff war gestern Abend endlich wieder einmal so gewesen, wie er gedacht war. So wie in ihrer Kinderzeit, als es hier noch Tiere gab und Erntehelfer und Erntedankfeste. Wie früher, als ihre eigenen Kinder klein waren und Freunde mitbrachten. Wie später, als noch genug Gäste kamen. Rentner oder Familien, die in den Sommerferien nichts anderes suchten als gutes Essen, Platz zum Herumrennen, Ruhe, Blumen pflücken im Garten und Waten im Watt, Schiffe gucken und Sandburgen bauen in Carolinensiel, Bensersiel, Neuharlingersiel, vielleicht auch einen Ausflug nach Greetsiel. Da hatte es noch keine billigen Kreuzfahrten gegeben, keine »Erlebniswelten« mit Trampolinen und überdachten Allwetter-Spaßhallen und keine Kinoleinwände am Strand. Gestern endlich hatten nach der langen Flaute hier wieder zahlreiche Gesichter vor Freude gestrahlt. Lachen war durch den Garten und zum Deich hinauf erklungen, und das Dach des Hofs hatte sich aus einer Erstarrung gelöst, zufrieden zurechtgeräkelt und noch ein wenig weiter über alle ausgebreitet. So jedenfalls hatte Feeke es insgeheim empfunden, auch wenn sie über sich selbst lächeln musste. Ihr war noch einmal bewusst geworden, wie tief sie hier jeden Stein und jede Pflanze liebte und jeden Weg in der Umgebung, und dass sie niemals ohne die Luchtwieven, die Stimme des

Meeres und den frischen Wind auf der Deichkrone leben wollte.

Heute hatte sie die Frühstückstische oben nicht gedeckt. Pixie und selbst Hendrik gehörten jetzt zum Hof, ebenso Friso und Tamani. Sie sollten mit Sibo und Feeke am Hoffbinnersten frühstücken, genauso wie sie gestern hier gesessen hatten.

Sie war nicht ganz fertig mit Tischdecken, da kam Tamani die Treppe heruntergerannt. »Guten Morgen, Feeke! Kann ich dir helfen?«

»Du könntest bitte den Brotkorb aus der Küche holen. Hast du gut geschlafen?«

»Ja, bloß in den Balken hat es ein bisschen geknackt.«

»Ach, das Haus hat alte Knochen, weißt du. Das macht nichts.«

Tamani nickte verständnisvoll. »Opas Knie knacken auch manchmal.«

Sie stellte gerade stolz das Brot mitten auf den Tisch, als Sibo von draußen hereinkam und Pixie und Friso sich ebenfalls einfanden.

Feeke setzte sich. Sibo schob sich neben sie auf die lange Bank und bat die anderen mit einer Handbewegung an den Tisch.

»Ehe wir anfangen«, sagte Pixie, »schaut mal hier!« Sie hielt ihr Tablet hoch.

»Friso«, bat Feeke, »reichst du mir bitte meine Brille? Da auf dem Kaminsims.«

Es dauerte auch mit Brille einen Moment, bis sie erfasste, dass es sich bei dem einladenden Anwesen auf der freundlichen Website um ihren alten, sturmerprobten und bodenständigen Filapperhoff handelte. Natürlich war sie keine neutrale Betrachterin, doch sie war sofort sicher, dass jeden Besucher der Seite dasselbe spontane Wohlgefühl überkommen würde. Die Bilder der erleuchteten Fenster unter dem breiten Dach, der bunten Zimmertüren mit den Schmetterlingen, des Gartens um das Haus und der glücklichen Kindergesichter mit den Kürbislaternen strahlten eine so gemütliche Atmosphäre aus, dass bestimmt mancher den Wunsch verspüren würde, genau hier einige Urlaubstage zu verbringen. Da war der Blick vom Deich über den Hof inmitten der weiten grünen Landschaft, in Herbstfarben gekleidet, der Blick über das Meer und die Küste entlang. Das bunte Garn und Sibos Hände beim Spinnen. Das Kaminfeuer. Die Frühstücksempore mit einem gedeckten Tisch vor dem Dachfenster mit Ausblick. Die Brücke über den Ringschloot und dahinter die Haustür mit Taleja und dem Maljan darüber. Alles auf einem dezenten, heiteren Hintergrund, mit angedeutetem filigranen Gräser- und Möwenmuster. Und alles in ein so schönes, dramatisches und interessantes Licht getaucht, dass die Luchtwieven Pixie ganz sicher zur Seite gestanden hatten.

»Es fehlt noch die ganz große Geschichte, die es rund macht«, sagte Pixie hastig. »Wenn wir zum Beispiel das erste Flaschenschiff finden und zusammen mit dem letzten zeigen würden, und die Geschichte von Lieke und Flömer erzählen, eine historische Liebesgeschichte, das würde dem Filapperhoff einen ganz besonderen eigenen Charakter geben, einen persönlichen Aufhänger, der die Menschen berührt und mit dem sie sich identifizieren können …«

»Pixie, hör auf zu plappern. Du brauchst nicht nervös zu sein. Diese Seite ist …«

»… großartig!«, half Sibo.

»Wirklich, gefällt sie euch? Hier, wenn man auf diesen Button klickt, kann man die Zimmer direkt buchen«, erläuterte Pixie, nachdem sie tief durchgeatmet hatte. »Anna-Lisa hat die Seite bereits auf ihrer Fotostudioseite verlinkt und in ihren Accounts geteilt, Remy bei den Inselgärten und in der Zeitschrift, Lian in seinem Café und Elin bei dem Tourismusbüro, wo sie jobbt, und in dem Museum, wo ihre Großmutter arbeitet. Und Friso natürlich auf der *Verpuusten*-Seite.«

»Einen Aushang im *Verpuusten* machen wir auch«, ergänzte Friso.

»Ja, das wird auch an den anderen Orten geschehen. Greetsiel, Bensersiel, Neuharlingersiel. Leer, Aurich, Emden. Wenn die Gäste nicht zum Filapperhoff kommen, dann bringen wir den Hof zu ihnen, bis sie so viel Sehnsucht haben, dass sie davon träumen.« Pixie legte das Tablet weg und setzte sich.

»Pixie, ich weiß nicht, was ich sagen soll.« Ein neues Gefühl durchflutete Feeke. Mit Verwunderung identifizierte sie es als Stolz. Ihre Vorfahren, dann sie und Sibo hatten dieses besondere Fleckchen Erde durch die oft schweren Zeiten bereits bis in die Gegenwart gerettet. Es sah hier tatsächlich so aus wie auf dieser Website, nichts daran war geschönt oder mit Weitwinkelobjektiv geschummelt. Alles, was da zu sehen war, hatten sie bewahrt oder geschaffen. Wie lange es weitergehen würde, wusste niemand, aber das allein war schon viel. Manchmal brauchte es einen Blick von außen, um etwas zu bemerken, was schon immer dagewesen war. Bisher hatte sie immer gedacht, außer ihren fernen Kindern hätte sie wenig zuwege gebracht. Doch so war es ganz und gar nicht. Da hatte erst Pixie kommen müssen, um ihr das klarzumachen.

»Brauchst du nicht. Hauptsache, ihr freut euch – und Hauptsache, es zieht die Leute an.« Pixie griff nach einer Scheibe des duftenden Vollkornbrots.

»Das ist mehr als Freude! Es ist Hoffnung. Es ist eine neue Lebendigkeit.« Auch für Sibo. Feeke sah sein staunendes Lächeln. Sie wusste nur zu gut, dass ihm trotz des *Seemannsgarns* die Überzeugung gefehlt hatte, etwas Sinnvolles mit dem Rest seines Lebens anfangen zu können. Wer weiß, was nun mit mehr Gästen alles auf ihn zukam. Dafür wurde er gebraucht. Und dann war da der Garnverkauf vom Kutter, der ihn wieder in seine geliebten Häfen und unter mehr Menschen bringen würde. Hoffentlich wurde das ein Erfolg.

Mit Vergnügen sah sie zu, wie es Tamani schmeckte.

»Deine Marmelade ist toll, Feeke«, sagte sie mit vollem Mund.

»Nicht nur die«, meinte Friso und nahm sich noch ein Brötchen.

»Auch ein Grund, warum ich gern wiederkommen werde«, erklärte Hendrik.

Alle redeten noch von der Feier, von der Website, von Ideen für den Frühling, womöglich auch für Weihnachten, falls sich schon jemand dafür anmeldete.

Nur Pixie schob immer noch den Rest ihrer Brotscheibe auf dem Teller hin und her und schwieg. »Pixie? Was ist? Bedrückt dich etwas?« Feeke fragte sich, ob sie etwas Falsches gesagt hatte. Oder ob sie Pixie womöglich überlasteten. Das Mädchen hatte schließlich ihre eigenen Probleme. Eine berufliche Identitätskrise hatte Hendrik es genannt.

Pixie zuckte zusammen und blickte auf. »Nein, eher im Gegenteil. Ich wollte warten, bis ihr in Ruhe fertig gegessen habt, aber ich bin so gespannt!« Angesichts ihres verlegenen Lächelns hätte Feeke sie am liebsten wieder in den Arm genommen. Pixie sah so verletzlich, so jung und so liebenswert aus mit dem zerknirschten Gesichtsausdruck, den verstrubbelten dunklen Haaren und dem silbernen Delfin an einem ihrer zierlichen, spitzen Ohren. Ob Friso das auch bemerkte?

»Nur raus damit«, ermutigte Sibo.

»Taleja«, begann Pixie. »Wie ist sie befestigt? Ihr habt sie doch bestimmt schon mal heruntergenommen, um sie zu streichen. Könnte es sein, dass sie innen hohl ist?«

»Ich habe sie vor vielen Jahren mal neu mit Bootslack gestrichen. Das hält sehr lange. Sie hängt ja geschützt unter dem Dach«, sagte Sibo. »Natürlich ist sie hohl. Sie war ja früher an einem Bugspriet befestigt, gewissermaßen mit dem Rücken um einen Balken herum. Der Balken ist nicht mehr da, also wurde sie hinten mit einem geraden Brett verschlossen, und mit dem hängt sie an dicken Haken an der Wand. Die Dübel hat noch mein Großvater erneuert. Warum fragst du?«

»Wenn ihr fertig seid, muss ich euch was zeigen. Würdet ihr mit in mein Zimmer kommen?«, bat Pixie, die jetzt noch aufgeregter war.

F + L in einem Pfeil. Zwischen all den anderen Initialen, die schon immer in die Balken geschnitzt worden waren. Von Arbeitern, Dienstmädchen, Kindern der Familie, Gästen.

»Gesehen habe ich das, es war schon immer da, aber es ist mir nie richtig aufgefallen. Warum bloß nicht?« Feeke staunte, als sie mit dem Finger die Buchstaben nachfuhr.

»Weil du nichts vom Fietefründ wusstest, natürlich«, bemerkte Sibo. »Und ich war kaum jemals hier drin. Lieke hatte gern ihre Ruhe, wenn sie sich zurückzog.«

»Was meinst du, Sibo, könnte Lieke in der Figur ein Flaschenschiff versteckt haben?«, fragte Pixie voller Spannung. Feeke fand es rührend, wie wichtig ihr die Sache mit dem Schiff war. Einerseits verständlich, denn Pixie war ja von dieser Remy angestellt, alles über Kapitän Flömer herauszufinden. Es war ihr Job. Sie wollte nicht versagen. Doch es schien längst zu etwas Persönlichem geworden zu sein. Vielleicht, weil dieser Herr Flömer sie an ihren Großvater erinnerte. Oder weil Pixie selbst gerade nicht recht weiterwusste und ein Zeichen brauchte, das ihr Mut machte, ihr eigenes Lebensschiff wieder auf Kurs zu bringen.

»Allein wird sie das nicht geschafft haben. Aber möglich wäre es durchaus.« Sibo betrachtete Pixie belustigt. »Ich nehme an, du möchtest, dass wir nachsehen.«

Pixies Blick sagte alles.

»Ich kann mit anpacken«, bot Friso an.

»Na, dann hole ich mal zwei Leitern.« Sibo stapfte zur Tür.

Tamani sauste hinterher, die anderen folgten. Feeke legte Pixie einen Arm um die Schultern. »Sei nicht enttäuscht, wenn sie nichts finden. Selbst wenn Lieke es dort versteckt haben sollte, heißt das noch lange nicht, dass es immer noch dort ist.«

»Ich weiß. Aber Feeke, es wäre das perfekte Versteck! Du hast gesagt, Taleja beschützt den Hof. Und Lieke meinte, das

Geschenk von Flömer passt auch auf den Hof auf. Da würde es in der Figur doch deren Schutz verstärken.«

»Ich denke nicht, dass Lieke an so etwas geglaubt hat. Sie war eigentlich sehr praktisch und vernünftig, schon weil sie es musste, nachdem sie so früh Witwe wurde. Aber möglich ist es natürlich.«

Feeke wünschte sich selbst inständig, dieses Schiff zu finden, hauptsächlich wegen ihrer Schwäche für Flaschenschiffe, die sie so lange und tief in den Erinnerungen an ihre Kindheit vergraben hatte, dass sie erst durch Pixie wieder daran erinnert worden war. Pixie hatte bewirkt, dass sie das Kind in sich mit Freude wiederentdecken und befreien konnte. Das hatte sie schon gestern bei der Feier gemerkt. Der Anblick der leuchtenden Laternen und Kürbisse hatte sie ebenso beglückt wie Tamani.

Sibo und Friso stiegen jeweils auf eine Leiter und hoben die Galionsfigur zusammen von den Haken. Ein Vogelnest aus einem vergangenen Frühling fiel herunter. Feeke stand unten zwischen Pixie und Tamani und hoffte, dass Sibo heil wieder herunterkam. Sie fröstelte, eher vor Anspannung als von der Kälte. Hendrik reckte die Arme hoch, um den beiden etwas vom Gewicht abzunehmen, als sie langsam herunterstiegen. Unten legten sie die Figur auf einer bereitgelegten Decke ab, die Rückseite nach oben. Friso fegte sanft Spinnweben und altes Laub von der Holzplatte. Feeke warf einen Blick zum Himmel. Der schien die Brauen zusammenzuziehen, die Wolken hingen tief. Von den Luchtwieven war nichts zu sehen. Ob sie hier das Richtige taten? Und hoffentlich würde es nicht regnen, solange Taleja offen lag. Sibo kniete sich mühsam hin und setzte den Schraubenzieher an. Weder Pixie noch Friso oder Hendrik boten an zu helfen. Dies war eindeutig eine Familienangelegenheit, es war Sibos Moment. Er hatte Flömer und Lieke gekannt.

Die Schrauben knirschten im Holz. Es waren acht. Es hatte etwas Feierliches, dachte Feeke, als sie alle wortlos zusahen, wie Sibo eine nach der anderen löste. Man hörte nur seinen Atem. Selbst Tamani schwieg. Sie hockte sich hin, um als Erste einen Blick unter die Platte werfen zu können, sobald Sibo diese anhob. Endlich stand er auf, griff die Kante und kippte das Brett vorsichtig zur Seite.

»Uiii, da ist was!«, rief Tamani.

Dass sie den Atem angehalten hatte, merkte Feeke erst, als Sibo vorsichtig einen in Segeltuch eingeschlagenen und verschnürten Gegenstand heraushob. Für einen Augenblick stand er still da, mit einem Ausdruck des Erstaunens, der Feeke verriet, dass er trotz seiner Liebe zu Geschichten nicht geglaubt hatte, etwas zu finden. Dann übergab er Pixie das Bündel. »Ich glaube, das solltest du auspacken, mien Deern. Ohne dich würde es da noch Jahrzehnte schlummern, was auch immer es ist.«

Pixie nahm den Fund ehrfürchtig entgegen, doch dann zögerte sie. »Meint ihr, Lieke wäre es recht, dass wir es … stören? Sie hat es ja mit Absicht versteckt.«

»Das war eine andere Zeit, eine andere Situation. Wenn man etwas versteckt, will man, dass es wiedergefunden wird«, sagte Friso. »Sonst wirft man es weg, gibt es fort oder zerstört es.«

»Er hat recht, Pixie«, stimmte Feeke zu. Jetzt gab es kein Zurück.

Pixie nickte und trug den Fund zum Picknicktisch. Die Schnüre waren so brüchig, dass sie beim ersten vorsichtigen Ziehen zerfielen. Behutsam schlug sie das Segeltuch auseinander. Darin lag etwas Großes, noch einmal in Leinen eingeschlagenes, daneben ein Briefumschlag. Darauf stand in grauer Tinte: Hinterlegt von Lieke Joken, 1935.

»Ja, das ist Liekes Schrift«, bestätigte Feeke. Sie war beim Tod ihrer Großmutter zwar erst vierundzwanzig gewesen, das war nun schon lange her. Dennoch konnte sie sich an diese altmodische, einprägsame, schöne Handschrift auf Geburtstagskarten erinnern. Auch auf den älteren Dokumenten der Buchführung hatte sie diese gesehen. Wortlos reichte Pixie ihr den Umschlag. Er war nicht verschlossen. Feeke zog vergilbte Blätter heraus und musste sich auf die Bank setzen und zweimal räuspern, bevor sie die Worte vorlesen konnte.

Ich habe einen jungen Erntehelfer gebeten, dies hier in der Galionsfigur zu verbergen und es dann zu vergessen. Er ist aus dem Ausland und kommt sicherlich nie wieder, und so bleibt es hoffentlich vorerst ein Geheimnis zwischen Taleja und mir.

Ich weiß nicht, wer eines Tages darauf stoßen wird, doch wenn es soweit ist, hoffe ich, daß sich jemand darüber freut und eine Bedeutung darin findet. Hoffentlich eine so große wie ich. Es war ein Abschiedsgeschenk von Fiete, das mich sehr berührt hat. Ich weiß, welch große und liebevolle Arbeit darin steckt und welch vielfältige Gedanken es unsichtbar beherbergt. Es war unendlich schwer, ihn gehen zu lassen, und doch habe ich ihn fortgeschickt. Er ist bei Weitem zu jung, er hat noch so viel Leben vor sich, und ich habe ihn in der kurzen Zeit so gut kennen- und so tief lieben gelernt, daß ich weiß, daß er seinen Weg weitergehen muß. Er ist Seefahrer durch und durch und hat sich das so hart erkämpft. Oh, er ist klug und für sein Alter beinahe weise, aber gerade erst fünfundzwanzig, fünf Jahre jünger als ich. Ich möchte auf keinen Fall, daß jemand etwas für mich aufgibt. Fiete Flömer wird niemals ein Landwirt oder Gastwirt, und ich will nicht der Grund dafür sein, daß er es versucht und daran zerbricht. Ich liebe ihn so, wie er ist, und werde ihn niemals ändern und vom Kurs abbringen.

Doch ebenso habe ich ihn meinetwegen fortgeschickt, nicht aus Selbstlosigkeit. Denn genauso wenig, wie ich es ihm wünsche, möchte ich mich von meinem eigenen Kurs abtreiben lassen. Nach Marts Tod habe ich mir geschworen, niemals wieder eine Partnerschaft mit jemandem einzugehen, der auf See hinausfährt, ob als Fischer oder in einer anderen Funktion. Ein Jahr erst ist mein geliebter Mann tot, und ich denke noch immer, er würde wiederkehren und alles als einen Scherz betrachten. Noch einmal halte ich einen solchen Verlust nicht aus. Daß ich trotz allem bereits wieder lieben kann, obwohl es viel zu früh ist, lastet auf meinem Gewissen, und doch hat Fiete es fertiggebracht, daß die Stunden mit ihm reine Freude waren. So, denke ich, wird es in seinem Umkreis auch zukünftig sein. Er wird, wo immer er sich aufhält, anderen Menschen Freude schenken und einen Anstrich von Glück im Umgang mit dem Leben. Natürlich ist er kein Heiliger, er ist ein Mensch mit all seinen Schwächen, doch dabei ist ihm ein besonderes Wesen eigen, das eine Art stilles, inneres Licht verbreitet, wenn man dafür offen ist. Er ist so glasklar wie die Dämmerung im Winter.

Ich habe ihm von den Luchtwieven erzählt, denn in jenen Tagen, als wir zusammen am Meer und in Carolinensiel unterwegs waren, woben sie ein Farbenspiel wie noch nie, zumindest erschien es mir so. Seither ist mir Fiete immer, wenn ich sie sehe, nahe, denn mit diesen

Worten hat er sich von mir verabschiedet: »Über jedem Meer, in jedem Hafen werde ich an dich denken, wenn ich den Luchtwieven begegne, und diese lebendige, vom Himmel gesegnete Verbindung bleibt uns, egal, was geschieht.«

An demselben Morgen hat er mir das Flaschenschiff geschenkt, das erste, das er jemals allein gefertigt hat. Voller Stolz hat er es mir überreicht als ein Andenken an das, was zwischen uns war. »Damit die Zeit mit mir für immer auf dem Meer deiner Erinnerung segelt«, sagte er mit diesem Lächeln, das mich seither begleitet. Ich brauche den Anblick dieses Geschenks jedoch nicht, um mich zu erinnern. Ein Mensch, den man gut kennt oder gekannt hat, kann eine ständige tröstende Gegenwart sein, ohne daß man ihn um sich hat.

Das Flaschenschiff täglich zu sehen würde mich nur schmerzen und mein Gewissen Mart gegenüber noch mehr belasten. Auch würden die Leute reden, sie würden wissen wollen, woher es kommt. Vor allem, wie sollte ich es meiner Familie erklären? Belügen werde ich sie nicht. Das würde der Schönheit des Schiffes nur den zeitlosen Wind aus den Segeln nehmen.

Fiete hat gesagt, es soll mich und den Filapperhoff beschützen. So wie es Taleja schon lange tut. Darum denke ich, in ihrem Inneren ist ein guter Platz, so steht der Hof nun unter einem besonders liebevollen Schutz, und das Wissen, daß es da ist, genügt mir, um mich durch schwere Stunden zu tragen.

Wer dies liest, hat es nun wieder ans Licht gebracht, mit meinem Segen und gewiß auch mit Fietes. Es möge Gutes bewirken und Freude bringen!
Lieke Joken

Für einen Moment sagte niemand etwas. Dann faltete Feeke die Seiten wieder zusammen und steckte sie zurück in den

Umschlag. »Ich bringe das lieber hinein, falls es regnet«, meinte sie etwas heiser. Drinnen steckte sie den Brief in eine Schutzhülle und legte ihn in die Schreibtischschublade, bevor sie sich gründlich schnäuzte und wieder hinausging, wo die anderen warteten. »Na, nun wickelt es schon aus«, sagte sie, ungeduldig jetzt.

Friso faltete das Tuch auseinander, während Pixie sicherheitshalber nach dem zerbrechlichen Inneren griff und es festhielt, noch bevor es sichtbar wurde.

»Oooooh, das ist soooo schön!«, jubelte Tamani. »Da ist ja sogar Strand dabei, und guck mal, eine Krabbe!«

Feeke wunderte es nicht, dass gerade jetzt für einen Augenblick gedämpftes Licht durch einen Riss in den Wolken fiel und das Glas aufglänzen ließ.

Die Luchtwieven hießen ein altes Geschenk der Liebe willkommen zurück in der Gegenwart, der es wohl noch etwas zu sagen hatte.

Pixie

28

»Dunnerkiel! Als Küstenkind habe ich schon viele Buddelschiffe gesehen«, sagte Friso, »aber noch nie eines, das so groß und so fein gestaltet war!«

Pixie starrte auf das Schiff. Da lag es endlich vor ihr, die Wolken spiegelten sich darin, und sie hatte das kühle Glas berührt – und konnte trotzdem nicht fassen, dass sie mit ihrer Annahme, die auf so wenigen Hinweisen beruhte, recht gehabt hatte. Vielleicht bewies das, dass sie wirklich ein Gespür für Geschichten hatte. Denn mittlerweile war sie sicher, dass Flömer der Nachwelt eine erzählen wollte. Nach und nach, in Kapiteln, so wie es sich für eine lange Geschichte gehörte. Seine war schließlich hundert Jahre lang.

»Es heißt *Anna*«, entzifferte sie die feine Schrift auf dem Brett am Bug des Seglers. Dort entdeckte sie auch wieder das Schmetterlingsmuster, ganz dezent. An anderer Stelle gab es kleine geschnitzte Blüten und Blätter in gelb und grün. Auch der Bugkeil unten am hölzernen Rumpf war grün, der Rest des Rumpfes schwarz mit einem gelben Band entlang der Seiten.

»Der Rumpf ist so ungewöhnlich breit und niedrig«, stellte Friso fest. »Was ist das?«

»Das ist eine Eiderschnigge.« Sibo spähte ebenfalls ins Innere und nickte bekräftigend. Pixie war heilfroh, dass er sich so gut auskannte. Sie hätte nicht einmal gewusst, wo sie im Internet zu suchen beginnen sollte, weil sie ja die Suchworte nicht kannte. »Das waren früher die typischen Frachtsegler auf der Eider, dem Eiderkanal und im nordfriesischen Wattenmeer. Dafür waren sie geeignet, weil sie so wenig Tiefgang hatten, etwa neunzig Zentimeter«, erläuterte Sibo. »Man sieht es auch am runden Heck, dass sie eine Schnigge ist. Es sind nicht allzu viele davon gebaut worden. Sie ist als Anderthalbmaster getakelt, als Gaffelketsch.«

Die diesmal leicht bläulich gefärbte Flasche war ebenfalls ungewöhnlich groß, kaum kleiner als die zartgrüne der *Licht as en Feer*. Jedoch war sie runder. Was jedoch viel wichtiger war: Sie ruhte ebenfalls auf einem Ständer, der aus Holz gefertigt war und etwas zu klobig wirkte. Er war hier ein wenig gröber gearbeitet. Man sah, dass Flömer damals noch nicht so geübt gewesen war. Auch war die *Anna* ein einfacheres Schiff als die detailreiche *Licht as en Feer*. Dennoch war sie mit sichtlicher Liebe und Detailgetreue gefertigt. An der auslaufenden Sandbank am Rande des Meeres, dem Hafengebäude ganz hinten und der winzigen Mühle glaubte Pixie zu erkennen, dass Amrum gemeint war. Vor allem aber hoffte sie inständig, dass der Ständer auch diesmal eine Nachricht barg.

Die Wolkendecke hatte sich wieder geschlossen, war nun noch dunkler als vorhin. Erste Tropfen fielen. »Bringt ihr das Schiff rein?«, ordnete Sibo an, »Friso und ich hängen rasch Taleja zurück.«

Drinnen stellte Pixie den Fund mit zärtlicher Vorsicht mitten auf den Tisch des Hoffbinnersten. Während sie auf die anderen warteten, holte Feeke ein weiches Tuch und polierte das Glas. »So etwas Schönes!«, sagte sie beglückt.

Pixie bürstete die Spinnweben vom Ständer. Dabei hielt sie

Ausschau nach Ritzen, die darauf hinwiesen, dass sich auch dieser öffnen ließ. Sie sah es sofort, an der Unterseite: Da war eine Einkerbung für den Daumennagel, mit dem man das dünne Brett herausschieben konnte.

Als alle da waren und sich gesetzt hatten, zeigte sie es den anderen. Tamani interessierte sich nicht für den Ständer und seinen Inhalt. Sie hatte den Kopf auf die Arme gestützt und betrachtete verträumt das Schiff. Die Augen der anderen waren auf Pixie gerichtet. »Soll ich …? Oder willst du, Sibo? Feeke?«

Sie schüttelten stumm den Kopf.

Das Holz ließ sich nach anfänglichem Widerstand leicht herausschieben. Eine Rolle aus Wachstuch fiel in Pixies Hände. »Flömers Siegel!« Da war das wie eine Windflüchterkiefer geformte *F* im roten Siegelwachs. Es war tatsächlich wahr – sie hatte gefunden, was sie für Remy herausfinden sollte, hatte ihren Auftrag erfüllt! Doch längst schon hatte sie nicht nur für Remy etwas gesucht.

Vorsichtig löste sie das Siegel, ohne es zu brechen, und wickelte einige zusammengefaltete, vergilbte Seiten aus dem Tuch. »Feeke – du bist Liekes Enkelin –, ich denke, so wie ihre Notiz solltest du auch dies hier vorlesen.«

Während Feeke andächtig die Papiere an sich nahm, stand Sibo auf. »Ich glaube, da hole ich uns noch einen Tee.«

Ohne Tee ging hier in Friesland nun mal nichts, auch wenn das Frühstück noch nicht lange her war. Er beruhigte, erfrischte den Geist und gab den Menschen das Gefühl, alles unter Kontrolle zu haben.

»Kann ich in den Garten gehen?«, fragte Tamani. »Es regnet nicht mehr. Ich möchte einen Strauß für Mama pflücken. Mit Beeren und Gräsern und Lampionblumen.«

»Ja, gerne, Süße«, antwortete Feeke zerstreut, während sie vorsichtig das alte Papier auseinanderfaltete. Pixie erkannte Flömers Schrift sofort. Sie hatte ja lange genug gebraucht, den ersten Brief zu entziffern und zu digitalisieren. Hier war die Schrift noch nicht ganz so charaktervoll, aber sie stammte eindeutig von derselben Hand.

Feeke hatte weniger Probleme, die Zeilen zu lesen. Nachdem Sibo die Teetassen verteilt und sie einen Schluck genommen hatte, begann sie.

An den Menschen, der dies liest! (Ich denke nicht, daß es Lieke sein wird, die ich liebe. Denn sie nimmt die Dinge nicht auseinander, sie nimmt sie so, wie sie sind, so wie sie auch mich akzeptiert hat, ohne mich ändern oder festhalten zu wollen.)

Dieses Schiff ist ein Geschenk an sie, in der Hoffnung, daß es sie an das Glück unserer gemeinsamen Zeit erinnert und sie beschützt. Der lebensfrohe Wind in den kostbaren Tagen, als wir uns gegenseitig entdeckten, füllt für immer seine Segel, und sein breiter, zuverlässiger Rumpf trägt Lieke hoffentlich sicher durch die Stürme, die ihr im Leben begegnen werden.

Dieses Schreiben aber ist ein Geschenk an mich selbst. Ich möchte hier etwas hinterlassen, wenn ich gehe, da ich so vieles mitnehme. Die Erinnerungen und Erfahrungen werden mich für immer begleiten und der Ort ebenso wie die Liebe werden in meinem Herzen bleiben. Dazu kommen der Siegelring und die lederne Schirmmütze, beides Geschenke von Lieke, die für mich dasselbe bewirken sollen wie für sie das Schiff – mich stets an das zu erinnern, was mich ausmacht, und mich beschützen. Zudem habe ich gestern am Hafen in Carolinensiel eine Fotografie eingesteckt, die aus dem Mülleimer beim Geschäft eines Fotografen geweht war.

Ich wollte sie zurücktun und bemerkte, daß darauf ein Teil des alten Kutters von Liekes Mann zu sehen war, vor allem aber das Haus, vor dem ich Lieke traf, als wir uns kennenlernten. Das Bild muß vorher aufgenommen worden sein, denn damals war der Kutter bereits untergegangen. Doch es wird mich wegen des Ortes immer an den Tag unserer Begegnung erinnern. Lieke stand dort und blickte auf den Hafen, sie trauerte noch um ihren Mann. Auch ich war am Hafen und sah den Kuttern zu, die mich an Amrum erinnerten, wo ich als ganz junger Mann eine Zeitlang gearbeitet und mich wohlgefühlt habe. Ich bemerkte die Traurigkeit in Liekes Augen, sprach sie vorsichtig an und hörte ihr zu. Wir liefen an der Harle entlang und vergaßen die Zeit, redeten und redeten, und es war, als ob wir uns schon immer gekannt hätten. Ich war gerade angekommen, hatte abgeheuert und suchte eine Unterkunft. Lieke bot mir eine auf ihrem Hof an, gegen Arbeit. Zwei Wochen später hätte ich auf einem anderen Schiff wieder anheuern sollen, aber ich drückte mich und verschob meine Abreise. Lieke und ich, wir inspirierten uns gegenseitig, wir hatten uns so viel zu geben. Sie veränderte meinen Blick auf das Leben, mit ihr vergaß ich die Zeit.

Doch sie ist älter als ich und findet mich zu jung, um zu bleiben, ohne mehr von der Welt gesehen zu haben. Sie erkannte den Seefahrer in mir und besteht darauf, dass ich mir treu bleiben müsse. Ich weiß, daß sie recht hat. Dennoch wäre ich für sie geblieben, hätte all meine Pläne verworfen. Doch sie weigerte sich, wieder mit jemandem eine Partnerschaft einzugehen, den sie an die See verlieren könnte. »Noch einmal verkrafte ich das nicht«, sagte sie und bat mich zu gehen, um meinetwillen ebenso wie um ihretwillen. Sie wolle sich um den Filapperhoff und ihren sechsjährigen Sohn Harm kümmern, und sie versichert mir, die Zeit mit mir hätte ihr die Kraft gegeben, trotz ihrer Trauer zuversichtlich und sogar mit Freude in die Zukunft zu blicken. Sie hat mir von den Luchtwieven erzählt, die ich kannte, für die ich aber nie einen Namen gehabt hatte. Lieke versichert mir, diese würden sie behüten und stets sichtbar werden, wenn sie Trost brauchte. Es wäre schon immer so gewesen, denn sie hätte sie schon als Kind gekannt. Sie sagt, ich gehöre hinaus in die Welt, auf das Meer und unter den weiten Himmel, in dem die Luchtwieven zu Hause sind. Und wenn ich sie sehen würde, wann und wo auch immer, würden sie mir einen stillen Gruß von ihr schenken.

Eine andere Gewohnheit noch hat sie mir beigebracht, die uns zukünftig verbinden wird. Sie hat sich vom kleinen Harm ein Stück Kreide geliehen, und wir haben im Hafen auf einen Steg einzelne Worte geschrieben, die uns bewegten. Mit großen, freien Buchstaben, um diesen Worten von Angesicht zu Angesicht gegenüberzustehen und sie und unsere Gedanken dazu mit Muße und Gründlichkeit zu betrachten. Das erste Wort war Liebe. Ich habe gestaunt, wie viel Freude das machte und wie viel klarer uns dabei manches wurde und neue Einfälle geboren wurden. Ankommen war auch eines davon, Begegnung ein anderes, Lachen und Zukunft kamen ebenfalls vor, und alle diese Worte verwandelten sich in Schätze, zeigten sich als Persönlichkeiten, die zu Freunden wurden. Diese Methode, Dinge im Kopf und im Herzen zu klären, werde ich beibehalten. Häfen mit ihrer Weltoffenheit und ihren Stegen, die das Wetter wieder blankwischt, sind dafür die besten Orte.

Wir waren noch öfter im Hafen von Carolinensiel, der für mich immer ein Hafen des Glücks bleiben wird, weil ich Lieke dort begegnet bin und so viel über mich selbst gelernt habe. Dort ist mir die Erkenntnis gekommen, welches Schiff ich für Lieke anfertigen würde. In meiner Zeit auf Amrum habe ich auf der Anna gearbeitet. Diese Schnigge war ein Tonnenleger, unterwegs, um in den

Gewässern um Amrum die Fahrwassertonnen auszulegen, zu beaufsichtigen und zu warten. Man brauchte sechs Mann, um mit den schweren Tonnen zu hantieren. Es war eine befriedigende Aufgabe. Diese Seezeichen sind so entscheidend für die sichere Navigation von Schiffen. So wussten wir an jedem nassen grauen Morgen bei Kälte und Wind, warum wir aufgestanden und hinausgefahren sind.

Daran musste ich denken, als ich mit Lieke auf den Hafen blickte und wir schweigend unser Beisammensein genossen.

Es gibt Bäche mit reißender Strömung, die mitunter wie das Leben sind, in die man Trittsteine gelegt hat, damit man sie überqueren kann, ohne fortgerissen zu werden. Nasse Füße bekommt man meist trotzdem, ich weiß es aus meiner Kindheit, doch man kommt hinüber, Schritt für Schritt. Und jeder Stein, der auf jenen folgt, den man schon erreicht hat, schenkt Zuversicht, daß man es schafft. Man kann einen Blick voraus auf ihn werfen und sich bereits innerlich daran festhalten. Oder einen zurück auf die bereits bewältigten, auch das macht Mut. Meine Welt sind nun nicht mehr wie in meinen Kinderjahren die Bäche und Flüsse, sondern es ist längst das Meer. Ich werde mir aber aus dieser Erfahrung heraus ähnliche Trittsteine in mein Leben legen, nur werden es Seezeichen sein, wie einst auf dem Tonnenleger. Damit ich weiß, wo ich gewesen bin und eine Spur hinterlasse, und damit ich ebenfalls weiß, wohin ich demnächst einen Schritt setzen werde. Das gibt mir innere Sicherheit. Das erste Zeichen hinterlasse ich hier in Form dieses Schreibens im Ständer der Anna. Das nächste setze ich vorerst gedanklich in meine Zukunft, indem ich mir einen Ort vornehme, an den ich eines Tages kommen werde. Darauf freue ich mich dann.

Und wenn ich dort bin, hinterlasse ich wieder ein Zeichen, daß ich es geschafft habe, ein Seezeichen in meinem Leben: ein *weiteres Flaschenschiff wie dieses. Dabei werde ich an Lieke denken und Bilanz ziehen, ob ich zu jenem Zeitpunkt zufrieden mit mir bin und was sie wohl dazu sagen würde. Es wird immer ein Ort nahe eines deutschen Hafens sein, denn wie weit ich auch auf den Weltmeeren unterwegs sein mag, meine Heimat wird stets unsere Küste bleiben. Ein Mensch braucht einen Fixpunkt, an dem er sich ausruhen und über sich nachdenken kann, ob sein Lebenskompaß noch in Ordnung ist oder neu ausgerichtet werden muß.*

Liekes Fixpunkt wird der Filapperhoff sein, immer, und ich bin sicher, ihr Kompaß wird darum niemals verwirrt sein. Da ich von unruhigerem Wesen bin, werde ich eine Spur legen müssen, an der ich mich am Ende meines Lebens gedanklich festhalten kann. Eine Fahrrinne, markiert durch Seezeichen.

Wenn bis dahin alles kommt, wie ich es mir erhoffe und anstrebe, werden es auch Zeichen dafür sein, daß Lieke mein Licht im Dunkel war, mein Wegweiser, der mir alles an Mut und Freude und Liebe mitgegeben hat, was ich brauchte, um ein erfülltes Leben zu bewältigen und zu gestalten. So wie Lieke hoffentlich auch ihres leben wird, im besten Fall mit einer heiteren Färbung, die ich darin zurückgelassen habe.

Ich habe noch einen anderen Grund für dieses scheinbar verspielte Vorhaben. Kaum etwas, was man tut, bleibt ohne Folgen. So stelle ich mir vor, daß alle diese Flaschenschiffe für irgendjemanden eine Wirkung haben werden. Man gönne mir diesen kleinen, liebevollen Unfug! Ich lege sie auf meinen Weg, die Zeit wird sie tragen, und jedes davon wird eines Tages kleine Bugwellen in die Oberfläche eines Lebens schicken oder Strömungen geringfügig verändern. Immer mit einem guten Wind in den Segeln, denn wie man sie setzt, hat ja jeder selbst in der Hand.

Ich gehe voller Dankbarkeit von hier fort und glaube fest daran, daß das Glück, welches mir im Hafen von Carolinensiel zuteilgeworden ist, von den Strömungen des Daseins, die mich dorthin gebracht haben, auch einmal wieder zurückgetragen wird zum Gulfhof. Und zwar dann, wenn es gerade am nötigsten gebraucht wird. Das habe ich Lieke zum Abschied gesagt.

Sie erzählte mir, daß sie als junges Mädchen einmal auf Usedom glückliche Tage verbracht hat. Darum habe ich mir vorgenommen: Mein nächstes Flaschenschiff werde ich dort hinterlassen. Nicht mehr in diesem Jahr, vielleicht auch nicht im nächsten, aber irgendwann. Ein Ziel muss man haben, wenn man aufbrechen muß, vor allem, wenn es so schwerfällt und dennoch richtig ist. Ankommen und aufbrechen, alle Möglichkeiten ausschöpfen, das ist mein Wesen. Seelisch bin ich wohl ein Kind des hiesigen Cliner Windes, der das Leben feiert und für Weltoffenheit und Toleranz bekannt ist. Lieke hat mir geholfen, das klar zu erkennen. Sie hat mir gezeigt, wie tief ich lieben kann, nicht nur jemanden wie Lieke. Auch die See, das Land, den Sturm und die Wolken, den Himmel und die Häfen. Freundschaft und Einsamkeit. All das bin ich, und ich habe Lieke versprochen, mir selbst treu zu bleiben. Denn so liebt sie mich und so will sie an mich denken.

So werde ich besten Mutes aufbrechen, mit alledem im Herzen, und die Zeit wird zeigen, wohin die Strömung mich trägt.
Fiete Flömer, Filapperhoff, 1935

Feeke ließ die Seiten sinken. Alle schwiegen, mit ihren Gedanken noch bei Flömer und Lieke.

Friso suchte etwas im Internet. »Die *Anna* gab es wirklich. Sie wurde mehrfach etwas umgebaut und später in *Anna von Amrum* umbenannt.«

»Es ist alles so wirklich. Als ob Lieke und Flömer gleich Hand in Hand hereinkommen würden«, sagte Feeke leise.

Pixie ging es genauso. Doch was sie am glücklichsten machte, war Flömers Plan, weitere Flaschenschiffe zu hinterlassen. Das war viel mehr als erhofft. Wenn er das in die Tat umgesetzt hatte, dann war seine Geschichte hiermit noch längst nicht zu Ende. Dann war das erst der Anfang.

Sie fühlte sich ihm so nahe. Was es da wohl noch zu entdecken gab?

Vielleicht hatten sich ihre Leser ähnlich gefreut, wenn sie erfuhren, dass es eine Fortsetzung der Bücher geben würde. Doch irgendwann war jede Geschichte und jede Serie zu Ende. Ellie Ennis und die Flughörnchen würde es nicht mehr geben. Daran änderten auch Pixies spitze Ohren nicht. Flömer hatte recht gehabt! Schon dieses erste Flaschenschiff, dieses erste Seezeichen, das er auf seinem Weg hinterlassen hatte, hatte Bugwellen ausgesandt. Und *ihr* Leben war es, das davon beeinflusst worden war, indem es sie hierhergespült hatte! Auf den Filapperhoff, wo sie sich so wohlfühlte. Zu Friso, Tamani, Feeke und Sibo. Zur Caroline, die ihr Glücksbringer und Vorbild geworden war, weil sie mit dem Schiff in ihren Händen so sorgsam umging, wie Pixie selbst es mit ihren zukünftigen Geschichten tun wollte.

Der Hafen von Carolinensiel hatte auch ihr Glück gebracht. Nun musste sie nur noch etwas daraus machen und dafür sorgen, dass ihr innerer Kompass nicht irrte.

Trotzdem fehlte ihr noch ein entscheidender Einfall, wie es weitergehen würde. Sie haderte mit einer Idee, die einfach keine Form annehmen wollte.

29

»Als hätte er das schon immer gemacht. Dein Plan war genial, Pixie!« Friso biss von seiner Bratwurst ab. Es wehte ein frischer Wind, und die Zeit des Eisessens war lange vorbei. Sie standen im Hafen von Neuharlingersiel und beobachteten, wie Sibo von der *Hunnert* herunter seine Wolle verkaufte. Vor dem Kutter daneben, wo es Krabbenbrötchen gab, reihte sich eine Schlange. Das Wochenende hatte etliche Besucher hierher verschlagen. An der *Hunnert* aber drängte sich eine ganze Menschentraube. Der Wind trieb Lachsalven von dort herüber. Die auf Deck gestapelten Körbe voller bunter Garnknäule boten einen warmen, lockenden Farbklecks im Novembergrau. Der wahre Magnet jedoch war Sibo, der Geschichten erzählte, während er das Garn eintütete, das schneller wegging als die Brötchen seines Nachbarn. Diesmal waren es Geschichten für Erwachsene.

»... und er schwor, die Meerjungfrau hätte einen langen Mantel aus Seehundsfell getragen – ist ja auch logisch im Nordmeer, nicht wahr? Oder habt ihr schon einmal eine Meerjungfrau mit Gänsehaut gesehen? Woran er dann erkannt hätte, dass es sich um eine Meerjungfrau gehandelt hätte, erkundigte sich der Matrose, und der Kapitän fragte erschüttert: ›Wat, mien Jung, du weißt nicht, woran man eine Meerjungfrau erkennt?‹ ...«

Pixie schluckte den Rest ihrer Wurst herunter und

schmeckte dem rauchigen Aroma nach, dann beeilte sie sich, die Finger abzuwischen und Sibo zu filmen. »Das übertrifft alle meine Erwartungen. Wie unauffällig er in den Garntüten die Flyer unterbringt – einen vom Filapperhoff, einen von deinen Kutterfahrten und einen vom *Verpuusten*! Ich dachte, er macht das mit dem Garn nur zum Zeitvertreib, aber in ihm steckt ein wahrer Geschäftsmann.«

»Und ein Internetstar. Hast du gesehen, wie der Account abgeht, den du für ihn betreibst? Er hat jeden Tag mehr Follower. Tamani ist sein größter Fan und gibt mir täglich ein Update. Einige von den Leuten sind wahrscheinlich nur hergekommen, weil du die letzten Tage angekündigt hast, dass er hier sein wird.«

Pixie gluckste. »Er ist aber auch fotogen am Spinnrad mit der Wolle im Hintergrund – und die Reels, wenn er seine Geschichten erzählt! Warte, bis ich das hier poste – auf dem Kutter sieht man ihm den echten Seebär so was von an. Meine eigenen Follower finden ihn auch spitze. Ich musste ihm übrigens erklären, was Follower sind. ›Ich will keine Folger‹, sagte er, ›ich bin doch nicht der Rattenfänger von Hameln. Die Menschen sollen bloß Garn kaufen. Und neugierig auf den Hof werden.‹ Ich habe ihm gesagt, es sind so was wie Abonnenten einer Zeitung, da war er beruhigt. Inzwischen gefällt es ihm richtig gut, und er fragt immer, wie viele es jetzt sind. Ein Glück! Anfangs hatte ich befürchtet, ihm etwas aufgedrängt zu haben, was gar nicht zu ihm passt.«

»Ich glaube, daran brauchst du keine Zweifel mehr zu haben. Er fühlt sich pudelwohl. Endlich kann er wieder in einem Hafen und auf einem Kutter tätig sein. Ich hol uns mal noch einen Tee. Oder lieber Espresso?«

»Espresso. Sehr gute Idee.« Pixie prüfte, ob ihr Reel gut aussah, und freute sich, weil ringsum schon erste Lichter angegangen waren und die Szenen noch stimmungsvoller herüberkamen, als sie gehofft hatte. Sibo war nicht nur am Spinnrad fotogen.

Mit den Tassen in den Händen schlenderten sie näher zu Sibos Publikum hin, als eine Frau mit einem kurzen weißen Zopf und einem roten Anorak an der Reihe war. »Drei Knäuel von dem dunkelroten Garn und zwei von dem waldgrünen, bitte«, sagte sie. »Warum verkaufst du nicht auch fertige Pullover aus diesem Garn auf deinem Kutter, das würde doch gut passen?«

»Weil ich nur spinne, nicht stricke. Und das ist nicht mein …«, begann Sibo, dann erstarrte er, als wäre eine Meerjungfrau direkt vor ihm aufgetaucht. An Land und ohne Jacke. »*Harrijassesne!* Tessje?«

Pixie und Friso blieben stehen. Die Frau lächelte verschmitzt. »Jewoll, mien Schipper. Höchstpersönlich! Ich sehe, du trägst immer noch den Fischerpullover von mir. Und dass du spinnst, wissen wir beide schon lange.«

Pixie und Friso sahen sich an. Pixie steckte das Handy weg. Das wurde eindeutig zu privat, um es zu filmen. Sibo hatte es mitten in einer wilden Erzählung über die Abenteuer der Galionsfigur Taleja die Sprache verschlagen. Er schien immer noch unfähig zu sein, sich zu bewegen. Die Frau namens Tessje schien die Situation zu erfassen, war mit wenigen Schritten auf dem Kutter und schob Sibo sanft beiseite. »Bitte schön, welches Garn möchten Sie?«, fragte sie die ungeduldig gewordene Kundin, die als Nächste dran war.

Souverän zählte sie die Knäuel ab, tütete sie ein, rechnete nach einem Blick auf das Preisschild den Betrag im Kopf aus, gab das Wechselgeld aus dem Kästchen heraus, das als provisorische Kasse diente, und steckte sogar die Flyer, die daneben lagen, mit in den Einkauf.

»Sibo sollte sie einstellen«, sagte Pixie in Frisos Ohr.

»Ich glaube, das tut sie gerade selbst«, murmelte er und unterdrückte ein Lachen.

»Hast du ihren Pullover gesehen?« Pixie war hingerissen. »Diese wunderschönen Farbverläufe und das komplizierte Muster! Wenn sie so stricken kann, natürlich dann mit Sibos Garn, könnte sie die Pullover tatsächlich mit verkaufen. Auch im *Seemannsgarn*. Das würde noch mehr Leute anziehen und sich auch perfekt auf der Website und bei Instagram machen. Genau das hat noch gefehlt.« Pixie sah die Bilder schon vor sich. Was für lebendige, schöne Fotos man da vor dem Hintergrund des Gulfhofs machen könnte! Feeke in so einem Pullover zwischen ihren Frühlingsblumen, die Lieke mit Flömer gepflanzt hatte, oder auf der Streuobstwiese …

Friso bekam Mitleid mit Sibo, der sich auf eine Kiste gesetzt hatte, und brachte ihm seinen Espresso, anstatt ihn selbst zu trinken. »Danke, mien Jung«, murmelte Sibo. Das starke, heiße Getränk schien sein Hirn allmählich wieder in Bewegung zu bringen. »Tessje!«, sagte er und schüttelte ungläubig den Kopf. Er beobachtete staunend, wie sie freundlich und flott die Käufer abfertigte, oft mit einem Witz auf den Lippen, als täte sie das seit Jahren. Als endlich im Besucherandrang eine kurze Flaute entstand, erhob er sich, packte Tessje am Ärmel, zog sie bestimmt zu sich hin und küsste sie geradewegs und gründlich auf den Mund. Nun war sie an der Reihe, sprachlos zu sein, bevor ihr Lächeln wiederkehrte.

»Sibo Joken! Seit wann bist du so spontan?«

»Hab lang genug drauf gewartet!«, brummte er.

Pixie wünschte sich, Feeke wäre hier, um das zu sehen.

Friso stand immer noch hinter Sibo. Er lächelte ihr zu. Sie sah ihm an, dass er auch gerührt war, und fragte sich, was er wohl dachte.

Jetzt wurde Sibo ernst, fasste Tessje bei den Schultern, als befürchtete er, sie würde gleich wieder verschwinden, und betrachtete sie eingehend. Über ihnen färbte die sinkende Sonne die Wolken rötlich und warf einen warmen Schein auf die Gesichter. »Gut siehst du aus, mien Leevste. Sehr gut.«

Tessje, so praktisch und robust sie auch wirkte, war nicht nur von diesem Licht, dem Wind und der Kälte rot geworden, vermutete Pixie.

»Und dein Mann?«, fragte er dann so leise, dass Pixie näher trat, um ihn zu verstehen. Sie entschuldigte das insgeheim mit ihrer Berufskrankheit, der Neugier. Sibo wusste, dass Friso hinter ihm stand, da war es um die Diskretion ohnehin geschehen. Den beiden Älteren war alles egal, sie sahen nur sich.

»Manfred ist vor drei Jahren gestorben«, erwiderte sie. »Den Kindern geht es gut, ich bin Großmutter.« Sie legte eine Hand auf seine. »Ich habe eine Weile Zeit für mich gebraucht. Gestern hat mir meine Enkelin die Bilder und Filme von dir auf Instagram gezeigt, weil sie weiß, dass ich mich für Wolle interessiere. Ich habe es als ein Zeichen gesehen. Da musste ich kommen. Und außerdem«, sie räusperte sich mit einem schiefen Grinsen, »ich brauche Wolle, und deine ist unwiderstehlich.«

»Nicht nur meine Wolle.« Jetzt hatte er sich wieder gefasst. Pixie hatte ihn noch nie so gelöst lächeln sehen.

Hochzufrieden nickte sie Friso zu, der den Daumen hob.

Ein Zeichen! Ihre Bilder waren ein Zeichen für Tessje gewesen. Wer weiß, ob diese Frau und Sibo sich sonst wiedergesehen hätten? Selbst wenn eine Rettung des Hofes langfristig nicht gelingen würde, hatten Pixies Bemühungen doch immerhin etwas Gutes bewirkt.

Als sie abends mit voller Kasse und jeder Menge Bildmaterial todmüde auf dem Hof eintrafen, erlebte Feeke eine Überraschung. Als sie herauskam, um ihnen zu helfen und übrige Waren zurück ins *Seemannsgarn* zu tragen, lief Sibo ihr entgegen und umarmte sie fest. Pixie amüsierte sich über Feekes ratloses Gesicht, als er sie sogar hochhob und einmal herumwirbelte. »Habt ihr etwa dermaßen viel verkauft, dass du dich so freust?«, fragte sie.

»Fast alles, und noch viel mehr gewonnen!«, sagte er. »Unbezahlbares, um genau zu sein.«

»Ich verstehe kein Wort.« Feeke schüttelte den Kopf und nahm Pixie einige von den leeren Körben ab.

Sibo verschwand im Haus. »Wir brauchen alle einen Grog!«, verkündete er. »Setzt euch schon mal!«

»Was ist passiert?«, wollte Feeke von Pixie wissen.

»Das wirst du wohl gleich erfahren.« Pixie schloss den Kofferraum und hielt einen Moment auf der Brücke inne, um ins ruhige Wasser des Ringschloots zu blicken, in dem eine undeutliche Spiegelung des Mondes schwamm wie etwas aus einem Traum. Das war ein denkwürdiger Tag gewesen.

Drinnen hatte Feeke schon den Kamin angezündet und einen Teller mit belegten Broten, Fischhäppchen und Obst auf den Tisch gestellt. Pixie setzte sich dankbar und streckte die Hände der Wärme des Feuers entgegen. Es war eine Wohltat, jetzt hier am Hoffbinnersten sitzen zu können. Wie ein Nachhausekommen, das sie nie gekannt hatte, außer vielleicht früher in Rheas Haus auf Amrum. Aber auch das war immer nur vorübergehend gewesen, für ein paar Ferienwochen. Damals hatte sie Lian kennengelernt. Und ohne Lian wäre sie niemals hier gelandet. Flömer hatte recht, die Strömungen wussten wohl, wohin sie einen trugen, auch wenn sie verschlungene Wege nahmen und sich Zeit ließen.

Ich bin so froh, dass es kein Fehler war, dich zu diesem Auftrag zu überreden! Ich habe den Eindruck, dass es dir richtig gut geht, hatte Lian gestern geschrieben.

Ja, es ging ihr richtig gut, auch wenn noch viele Fragen offen blieben und ihr Aufenthalt hier wieder einmal nur vorübergehend war.

Sibo blieb stehen, die Hände auf seiner Stuhllehne. »Feeke, du wirst es nicht glauben. Tessje ist wieder da!«, verkündete er.

»Oh«, sagte Feeke und betrachtete ihn genauer. »Nach all der Zeit? Aber wenn ich dich so strahlen sehe, dann glaube ich das sofort.«

Sibo grinste glücklich, gab ihr einen Kuss auf den Scheitel und spazierte in die Küche, um den Grog zu brauen, nach dem es ihn verlangte.

»Tessje also«, sagte Feeke nachdenklich vor sich hin.

»Ist das was Gutes?«, fragte Pixie vorsichtig und merkte dabei, wie sehr sie Sibo ins Herz geschlossen hatte.

Feeke lehnte sich zurück. »Vor ungefähr dreißig Jahren war er mächtig in sie verliebt. Nein, falsch, es war kein Verliebtsein, es war Liebe! Tief und echt, bei beiden. Ich mochte Tessje auch außerordentlich gern. Der Haken war nur, dass Tessje frisch verheiratet und schwanger war, als sie sich begegneten. Es stand nie zur Diskussion, dass es etwas zwischen ihr und Sibo werden konnte, aber jeder sah, wie besonders das war, was zwischen ihnen hätte sein können, wenn nur das Timing gestimmt hätte. Ich weiß nicht, ob sie sich etwas versprochen haben, falls sich die Umstände eines Tages ändern würden. Sibo hat lange schwer daran getragen. Er hat versucht, über sie hinwegzukommen, und festgestellt, dass die Frage, ›Was wäre, wenn …‹ sinnlos war. Seitdem hat er ab und an lockere Beziehungen gehabt, aber sehr selten und jedes Mal nur von kurzer Dauer. Er gehört zu jenen, die einen Seelenverwandten brauchen. Und da hat es wohl immer nur Tessje gegeben.«

»Sie ist jetzt Witwe«, berichtete Pixie.

Feeke nickte nachdenklich. »Dann hoffe ich für ihn. Wenn jemand Glück verdient hat, dann Sibo.«

Du auch, dachte Pixie. Aber in erster Linie bedeutete Glück für Feeke wohl, auf dem Hof bleiben zu können.

Sibo kam mit einem Tablett dampfender, mit goldgelber Flüssigkeit gefüllter Gläser zurück.

»Prost!«, sagte er. »Auf das wundersame Leben und die Strömungen. Auf den Fietefründ, der durch seine Schiffe, Pixie und dieses merkwürdige Instagram bewirkt hat, dass

Tessje heute zu mir gekommen ist. Und auf Mut und zweite Chancen.«

Draußen jagte der Wind zarte Schleierwolken vor dem Mond vorbei, der sie geheimnisvoll silbern färbte und bewies, dass die Luchtwieven auch nachts anwesend waren, wenn es einen Grund gab.

30

Die Tage wurden rasch kürzer. Der Gulfhof schien sich in die langen, stürmischen oder nebligen Novembernächte zu ducken und die Seitenflügel noch ein wenig mehr auszubreiten, um zu schützen, wer unter seinem Dach zugegen war. Umso heller leuchtete es hinter den Fenstern, umso wärmer flackerte abends der Kamin und umso mehr wurde am Hoffbinnersten gesprochen, gelacht, geschmaust, geplant und geträumt.

Manches davon war genauso wie wohl schon vor hundert Jahren. Anderes änderte sich. Hendrik reiste gut erholt ab, mit Vorfreude auf einen frischen Arbeitsbeginn im neuen Jahr und dem Versprechen, im nächsten Urlaub zurückzukehren. Dafür kamen einige neue Gäste, die durch die Bilder von Sibo und seinem *Seemannsgarn* auf den Plattformen, durch die neue Website und auch die Flyer aufmerksam geworden waren. Noch waren es nur wenige, aber jetzt im November hatte Feeke mit gar keinen gerechnet. Außerdem mehrten sich die Buchungen für den Frühling, selbst für den Sommer gab es erste Anfragen.

»Ich glaube, ich muss die Buchführung neu gestalten«, sagte Feeke und umarmte Pixie wieder einmal spontan. Ihre Augen leuchteten, und in Pixie breitete sich ein warmes Gefühl aus. Zum ersten Mal fühlte sie, dass sie etwas wirklich Nützliches bewerkstelligt hatte. Es waren über all der Arbeit einige Wochen vergangen, aber die waren gut genutzt worden.

Feeke war es neuerdings sichtlich leichter ums Herz, und auch Sibo hatte sich verändert. Er lachte mehr, sein Schritt war schneller, er lächelte häufiger, und manchmal pfiff er vor sich hin. Seine Geschichten für die Kinder wurden noch lustiger und die für Erwachsene übermütiger. Das lag daran, dass Tessje sich oft in der behaglichen Runde am Hoffbinnersten einfand und es war, als hätte sie schon immer dazugehört. Zwischendurch nahmen Sibo und sie sich viel Zeit, einander neu kennenzulernen und ihre jeweiligen Erfahrungen miteinander zu teilen.

»Die Jahre in Greifswald mit Manfred und den Kindern, das ist wie ein anderes Leben«, hatte sie Pixie erzählt. »Ich war glücklich mit meiner Familie, und sie werden immer ein großer Teil von mir sein, aber nun beginnt etwas Neues. Meine ersten fünfzehn Jahre habe ich an dieser Küste verbracht, und die letzten will ich auch hier verleben, wo ich noch ein zweites Mal lieben darf. Und jede Menge lachen«, setzte sie hinzu.

Es stimmte, seit Tessje eine Menge Zeit auf dem Hof verbrachte, wurde viel mehr gelacht, auch weil sich genereller Optimismus verbreitete. Es herrschte Aufbruchsstimmung. Tessje war patent und packte unaufdringlich und selbstverständlich überall mit an. Sie entlastete Feeke im Garten und half Sibo im *Seemannsgarn*, packte Online-Bestellungen ein, fuhr Gäste zum Bahnhof oder erledigte einen Einkauf.

»Es tut gut, dass wir mit alledem nicht allein sind, jetzt, wo es wieder mehr Arbeit gibt«, gestand Feeke Pixie, als sie einmal zu dritt die Blätter vom Weg als Mulch in die Beete harkten. »Und du, Liebes, kannst dich endlich wieder deinen eigenen Angelegenheiten zuwenden. Du hast so viel für uns getan. Können wir zur Abwechslung einmal dir etwas Gutes tun?«

Da gab sich Pixie einen Ruck und wagte zu fragen, was ihr schon länger auf der Seele lag. »Feeke, darf ich Remy Kopien von Flömers und Liekes Schreiben schicken? Du weißt ja, ihr liegt viel daran, etwas über Flömers Geschichte herauszufinden, darum hat sie mich überhaupt erst hierhergeschickt. Aber Lieke ist deine Großmutter, es ist auch für euch eine Familienangelegenheit, und wenn es zu persönlich ist, würde ich es verstehen …«

»Aber natürlich darfst du! Sibo und ich haben schon darüber gesprochen. Wir freuen uns, wenn Lieke auf diese Art lebendig im Gedächtnis bleibt.« Sie warf einen kritischen Blick auf die Dachrinne und stellte sich auf die Zehenspitzen, um hineinzusehen. Pixie machte rasch ein Bild davon. Wo sonst konnte man ohne Leiter in die Dachrinne gucken? Das sagte viel über den Charakter des Gulfhofs aus.

»Die ist mit Blättern verstopft«, konstatierte Feeke. »Deshalb tropft sie. Ich muss Sibo bitten, sie sauberzumachen.«

Pixie war noch nicht fertig mit ihrem Anliegen. »Es könnte sogar sein, dass Remy das in ihrer Zeitschrift veröffentlichen möchte. Ich fände es gut, weil es dem Interesse am Hof förderlich sein könnte. Es gibt ihm eine menschliche Geschichte, eine Persönlichkeit, die auch Fremde berühren kann.«

»Macht ihr nur. Wir vertrauen euch! Du hast doch längst bewiesen, wie wichtig dir der Filapperhoff ist.« Feeke nickte so bekräftigend, dass es Pixie ganz warm ums Herz wurde. »Und wenn Lieke und ihr Fietefründ nicht gewollt hätten, dass man etwas über sie erfährt, dann hätten sie nichts Schriftliches hinterlassen.«

Tessje hatte mitgehört. »Genau, und alles, was hilft, ist gut«, sagte sie. »Pixie, ich kann die Betreuung des Onlineshops übernehmen, um dich zu entlasten, wenn du möchtest. Ich habe so was auch jahrelang für meinen Mann gemacht, ich kenne mich aus.«

»Wirklich? Oh, Tessje, das wäre eine enorme Hilfe! Es werden langsam immer mehr Kunden. Das Interesse am Stricken und Häkeln scheint wieder gestiegen zu sein. Die Leute werden wunderbar kreativ, sie schicken so schöne Bilder von ihren Werken. Können wir uns nachher gleich zusammensetzen und das besprechen, dann gebe ich dir die Zugangsdaten? Ich habe schon gegrübelt, was werden soll, wenn ich nicht mehr hier bin. Das ginge zwar auch von woanders, aber vor Ort ist doch viel besser, und …«

»Und du wirst auch wieder mit deinen eigenen Angelegenheiten zu tun haben«, sagte Tessje, praktisch wie immer.

»Aber den *Seemannsgarn*-Account würde ich gern weiter betreuen«, sagte Pixie. Sie wollte unbedingt eine Verbindung zum Hof behalten. Der bloße Gedanke, sie ganz zu verlieren, löste eine Art Panik in ihr aus, die sie selbst nicht verstand. »Nur müsste mir jemand regelmäßig Fotos von Sibos Geschichten, Garn und Aktivitäten schicken. Und Reels, denn die von seinen Geschichten im *Seemannsgarn* und auch auf dem Kutter sind sehr beliebt. Das zieht eine Menge Leute an. Sie schreiben, seine Geschichten sind so wärmend wie die Pullover, die man aus seinem Garn strickt. Selbst die Reels von der Landschaft, in denen man die Stille hört, kommen gut an und haben schon einige Buchungen ausgelöst.«

»Kein Wunder. Und Material schicken können wir beide ganz prima, nicht wahr, Feeke?« Tessje stieß Feeke in die Seite.

»Ja, natürlich. Da mach dir mal keine Gedanken.«

»Wunderbar!« Pixie war erleichtert. Eine Sorge weniger.

Nun musste sie nur noch eine Vorlage für Remy über den Filapperhoff und Flömer und Lieke fertigstellen. Das alles wollte sie zu einem Text verweben, der die Leser den alten Gulfhof ebenso lieben ließ wie sie selbst, der sie bewegte und neugierig machte und in ihnen den Wunsch weckte, ihn zu besuchen. Remy würde den endgültigen Beitrag selbst schreiben wollen, aber auf diese Weise konnte Pixie ihr am besten alle Informationen zur Verfügung stellen. Außerdem war es eine gute Übung für ihre neue Entwicklung.

»Übrigens haben Tessje und ich uns etwas überlegt«, sagte Feeke. »Den Restaurantbetrieb wieder aufzunehmen wird sich noch lange nicht lohnen, und das können wir auch nicht stemmen. An das Gehalt für einen Koch ist nicht zu denken, und so viele Gäste werden es nicht sein. Aber wir könnten zur neuen Saison ein kleines Café im Garten einrichten, wenigstens von Freitag bis Sonntag. Backen können wir selbst. Und eine Überdachung schaffen. Dann könnte Sibo die Kinder unterhalten und die Eltern eine Pause machen, und wenn es Feriengäste hierher verschlägt, nutzen sie vielleicht die Gelegenheit, die Zimmer zu besichtigen oder wenigstens einen Flyer mitzunehmen.«

»Das stelle ich mir herrlich vor. Da würde ich auch gern sitzen und arbeiten.« Pixie sah es vor sich. Frühling, endlich wieder Wärme, die Blumenfülle und die Schmetterlinge rundum, Feekes Tee und Kuchen vor sich auf dem Tisch, unter einem Sonnenschirm. Wenn man sich dann die Beine vertreten wollte, brauchte man nur über die Brücke auf den Deich zu gehen, und schon stand man am Meer.

»Ja, dann musst du unbedingt zur Eröffnung kommen!« Feeke wurde ernst. »Wie lange kannst du denn eigentlich noch bleiben?«

Sie hatten das Thema alle vermieden, Pixie selbst am meisten. Und doch kribbelte allmählich etwas in ihr. »Nicht mehr lange. Aber noch muss ich den Artikel zu Ende schreiben. Deswegen gehe ich besser mal hoch und arbeite daran.«

Kaum hatte sie sich an den Schreibtisch gesetzt, piepte ihr Handy.

Der Flyer sieht toll aus, ich möchte unbedingt mal auf diesem Hof Urlaub machen, schrieb Emily. *Leider habe ich hier noch viel Stress. Aber halt mich auf dem Laufenden. Es hilft gegen mein Heimweh.*

Pixie betrachtete die der Nachricht angehängten Bilder von London und glaubte das mit dem Heimweh sofort. Eine schöne Stadt. Aber zu viele Steine, Beton, Autos, und zu wenig Himmel.

Sie scannte die Briefe von Flömer und Lieke und suchte nach den genau richtigen Worten, damit ihr Artikel rund wurde. Vom Fund des Schiffes hatte sie der hocherfreuten Remy bereits in einem Videogespräch erzählt und ihr die *Anna* gezeigt. Sie machte für Remy auch Bilder davon, was aufgrund der Spiegelungen in der Flasche gar nicht so einfach war.

Pixie hatte das Fenster ein wenig offenstehen, damit die Meeresluft ihr frischen Wind ins Hirn blasen konnte. Durch ein lautes Klappern draußen wurde sie jedoch aus ihrer Konzentration gerissen. Erschrocken lehnte sie sich hinaus. »Sibo, ist was passiert?«

»Keine Sorge!«, rief er hinauf. »Ich bringe nur die Dachrinne in Ordnung. Dabei ist mir eingefallen, ich könnte doch diese schöne Tradition zwischen Flömer und Lieke wiederaufleben lassen, Botschaften oder kleine Geschenke darin zu hinterlassen. Was meinst du, würde Tessje das gefallen?«

»Ganz bestimmt. Das ist eine wundervolle Idee, Sibo! Flömer und Lieke würde das auch freuen.« Lächelnd schloss Pixie das Fenster und schrieb mit neuem Schwung weiter.

Ja, Flömer würde es gewiss glücklich machen, wenn er wüsste, wie viele kleine, schöne Geschehnisse der Fund der *Licht as en Feer* letztendlich angestoßen hatte und immer noch in Bewegung brachte. Den Wellen auf einer Wasseroberfläche gleich, genau wie er es vorausgesagt und sich gewünscht hatte.

Veröffentlichen konnte sie das nicht, aber insgeheim dachte Pixie, dass es das perfekte Ende war: Wie sich die Liebe zwischen Flömer und Lieke nun anders, aber mit demselben zärtlichen Brauch zwischen Sibo und Tessje fortsetzte. Und dass auch diese beiden sich in einem Hafen begegnet waren.

Als der November einige Tage später sein Ende fand und mit einer nebliggrauen Dämmerung entschwand, die alle Lichter am Haus in weichen Nebel hüllte und den Hof mystisch wirken ließ wie ein Gebäude aus ihren Fantasygeschichten, war auch Pixie fertig mit ihrer Arbeit. Mit banger Erwartung schickte sie an Remy, was sie geschrieben hatte, zusammen mit dem besten Bildmaterial. Sie hoffte so sehr, dass Remy damit zufrieden sein würde. Die Geschichte des Hofs und seiner Menschen hatte sich in ihrem Text mit der von Flömer und Lieke verwoben, mit der Landschaft, dem Garten, den Sorgen und Träumen, was die Zukunft anging. Wie so oft hatte sie nicht aufhören können, nachdem sie einmal angefangen hatte. So war das immer: Entweder fand sie gar keinen Anfang, oder es wurde so viel, dass das Ende jedes Mal wieder in die Ferne rückte, je näher sie ihm zu kommen glaubte.

Als sie alles zum gefühlt hundertsiebenundzwanzigsten Mal auf Fehler, Wortwiederholungen, wirre Bandwurmsätze und holprige Ausdrücke geprüft und endlich auf *Senden* gedrückt hatte, war sie so erschöpft, dass sie nur noch ins Bett kriechen und einschlafen konnte. Sie vergaß sogar nachzugucken, ob die Sterne zu sehen waren, was sie noch nie versäumt hatte.

Später träumte sie wirr von ihren bisherigen Büchern, die sie als hektischer Mob verfolgten und ihr Untreue vorwarfen. Von Remy, die einen Lachanfall bekam und die Datei löschte, und von sich selbst, die auf ein lächerlich dünnes Bändchen starrte, auf dem »Lottes Lebensbericht« stand. Wach wurde Pixie von einem seltsamen Geräusch. Sie bemerkte, dass ihr Schlafanzug nassgeschwitzt war. Im Dämmerlicht von draußen waren die Initialen *F + L* am Balken gerade zu erkennen, und der Blick darauf half ihr, sich zu sammeln. Sie kämpfte sich aus der feuchten Decke, um dem Geräusch auf den Grund zu gehen, und stellte fest, dass eine Mischung aus Graupel und dicken, nassen Schneeflocken auf die schrägen Fenster fielen.

Sie öffnete die Scheibe und streckte die Hand danach aus. Die Kühle war wohltuend, daher drückte sie sich etwas davon an die Stirn. Dann zog sie sich warm an und schlich nach unten. In der Küche rührte sich nichts. Der Kamin lag still und kalt. Es war ganz ungewohnt, dass niemand am Hoffbinnersten saß und Zeitung las, Bürokram erledigte oder Geschirr verteilte. Nicht nur die Menschen, auch das Herz des Hofs schlief noch. Sie schlüpfte zur Tür hinaus, lief vorsichtig über die rutschige Brücke, kletterte über das Gatter und erklomm den Deich. Dort zog sie ihre Jacke eng um sich, stemmte sich gegen den Wind und sah von oben zu, wie sich hinter dem Hof, der sich unten zwischen die schützenden Bäume duckte, allmählich die Luchtwieven in den Himmel stahlen. Wie über dem Garten und den weiß gepuderten Feldern das weiche Grau am Horizont gähnte, sich das Silberblau reckte, ein oranges Glühen emporkroch und sich schließlich warmes Gold dazu gesellte. Wie die eben noch schweren Wolkenschiffe hell und klein wurden und schließlich nach Osten davonsegelten. Wie das Licht den Morgenstern aus dem Himmel löschte und als Glänzen, dann Flimmern den Weg auf das Meer hinausfand. In den Vogelspuren und Muschelschalen blieb der schmelzende Schnee einen Moment länger liegen wie ein heller Zauber. Auf einmal spielte es für Pixie keine Rolle mehr, ob ihr Text gut war, ob er Remy gefallen würde, und dass sie immer noch nicht ganz schlüssig war, wie ihre berufliche Zukunft als Schriftstellerin aussehen sollte. Sie war hier und jetzt einfach nur glücklich anwesend und fühlte sich so tief lebendig, als hätte der Seewind jede Zelle in ihr geweckt und mit frischer Energie gefüllt. Ihr Magen knurrte. Nun freute sie sich auf frische Brötchen und Tee und auf Feekes herzliches Morgenlächeln.

»Sibo«, sagte sie später, »darf ich mal an deinen Arbeitstisch in der Remise, oder hast du da heute zu tun?«

»Kein Problem, ich bin mit Tessje unterwegs. Brauchst du Werkzeug? Nimm dir, was du willst, ich denke, das meiste findest du dort.«

Doch sie benötigte nur Platz und eine Steckdose für ihr elektrisches Gravierwerkzeug. Und den Steinbohrer, ihre Staubmaske und das Specksteinöl. Steine hatte sie in ihrer Zeit hier im Watt gesammelt. Nun wollte sie Anhänger als Abschiedsgeschenke machen. Für Sibo die Rune *Gebo*, die für Vertrauen und Beziehung stand, für Gastfreundschaft und Schenken. Für Feeke *Mannaz* für Menschlichkeit, Erinnerung, Tradition und Vernunft. Für Tamani *Othala*, das stand für Gemeinschaft, Heim und Familie. Für Venja *Jera* für Vollendung, Ernte, die Früchte der Arbeit. Friso war am schwierigsten. Er hatte so viele Facetten. Pixie entschied sich für *Laguz*, Wasser und Leben, aber auch das Eintauchen in die Seele, das Innere.

Sie vergaß die Zeit und alle Grübeleien und war freudig beschäftigt. Nur ein einziger Stein platzte beim Bohren und musste ersetzt werden.

Zufrieden betrachtete sie ihre Werke. Das Fertigen der Geschenke hatte es ihr leichter gemacht, sich auf den Abschied vorzubereiten, der nun einmal kommen musste, so schwer es ihr auch fiel. Sie musste sich nun wieder mit ihrer eigenen Zukunft befassen. So in der Luft zu hängen lag ihr gar nicht, sie wollte dringend ihr neues Leben als Schriftstellerin Pixie Paleske angehen, nun, da sie Ellie Ennis gewissermaßen beerdigt hatte. Und ihre Aufgabe hier war erfüllt.

Als sie gerade zusammenräumte, wurde es schon dunkel. Fast hätte sie vor Schreck alles fallenlassen, als in der Stille ihr Handy klingelte. Remy!

»Pixie, ich habe deinen Text gelesen. Gleich heute früh, aber ich musste auch die Worte von Flömer und Lieke erst mal verdauen. Das hat mich so berührt! Er ist wieder richtig lebendig für mich geworden. Und dass er vielleicht noch mehr Flaschenschiffe hinterlassen hat, damit hätte ich niemals gerechnet. Das ist die größte Neuigkeit für mich. So gibt es womöglich die Chance, sogar noch mehr über sein Leben zu erfahren. Hör mal, ich möchte den Artikel beizeiten im Frühling veröffentlichen. An deinem Text würde ich so gut wie nichts verändern, wenn du einverstanden bist. Vielleicht müssen wir ein wenig kürzen.«

»Remy, das … das würde mich sehr freuen. Ich dachte, du würdest das nur als Materialsammlung nehmen, als Grundlage, und den Artikel selbst formulieren.« Pixie war verblüfft und verlegen, und in ihr sprudelte eine Freude hoch, die sie kaum aushalten konnte.

»Ach was, das ist dir viel besser gelungen, als ich es könnte! Auch, weil du vor Ort warst. Es war eine sehr gute Idee, dich dort hinzuschicken. Du kannst dich sehr anschaulich ausdrücken, und deine Bilder vermitteln auch viel. Allerdings, für Instagram und so sind sie prima, aber man merkt doch, dass sie nicht professionell sind. Für die Zeitschrift werde ich deshalb Anna-Lisa auf den Hof schicken, am besten, wenn sich die ersten Frühlingsblüher öffnen.« Remy blätterte hörbar in Papieren. »Hör mal, Pixie, etwas anderes: Ich möchte deine Idee aufgreifen und Feeke Sirkinga und ihrem Bruder das letzte Flaschenschiff schenken. Ich denke, es sollte zusammen mit dem ersten, das du gefunden hast und das ihnen ja sowieso gehört, auf dem Hof ausgestellt werden. Ebenso weitere, falls einmal noch welche entdeckt werden sollten.

Der Hof ist der beste Ort dafür, und dort könnten sie zu einer schönen Attraktion werden. Ich denke, Flömer hat genau das gemeint, als er vorausgesagt hat, dass die Strömungen des Daseins das Glück, das er da erlebt hat, eines Tages zurück auf den Gulfhof tragen werden, wenn es am nötigsten gebraucht wird. Den Ring möchte ich ihnen auch zurückgeben. Da er ein Geschenk von Lieke war, gehört er in die Familie. Ich möchte beides persönlich überreichen. Wann, meinst du, wäre ein guter Zeitpunkt dafür?«

Pixie überlegte. »Was hältst du von der Sonnenwende? Ich habe Sibo überredet, dass wir da ein Feuer und eine kleine Feier machen. Mir ist die Sonnenwende fast wichtiger als Weihnachten. So feierte man lange vor dem Entstehen des christlichen Glaubens die Wiederkehr des Lichts. In diesem Fall ja auch die Wiederkehr der Hoffnung für den Hof.«

»Perfekt! So machen wir das. Reservierst du mir ein Zimmer für eine Nacht?«

Kaum hatte Remy aufgelegt und Pixie einen Freudentanz quer durch die Remise gemacht, trudelte eine Nachricht von Elin ein.

Anna-Lisa hat das Waterhuuske für den Januar vermietet!
Das freut mich für sie, aber bei Oma halte ich es nicht aus.
Die laute Familie ist immer noch da. Kannst du mir für
ein Weilchen ein Zimmer im Gulfhof besorgen? Ich möchte den
unbedingt kennenlernen, und vielleicht kann ich dort ja eine
Weile mithelfen, bis ich etwas anderes gefunden habe.
Liebe Grüße,
Elin

Noch ein Grund zur Freude! Feeke würde von Elin sicherlich einige professionelle Tipps bekommen können, wenn diese den Ort erst einmal kannte. Und da Pixie selbst nicht mehr da sein würde, war die Hilfe sicherlich willkommen, auch wenn Tessje jetzt mit anpackte. Im Frühling würde der Betrieb schließlich deutlich an Fahrt aufnehmen, wenn alles gutging. Vielleicht konnte Elin sogar länger bleiben.

Von dieser Aussicht ermutigt, rief sie Lotte an.

Später hatte Pixie Elins und Remys Reservierungen gerade an die erfreute Feeke weitergegeben, als Friso und Tamani auftauchten. »Pixie, komm mit, wir wollen dich entführen!«, rief Tamani freudestrahlend. Sie trug eine Strickmütze mit Rentiergeweih.

»Ach ja?« Pixie staunte. »Wohin denn?« Sie hatte selbst schon überlegt, ins *Verpuusten* zu fahren. Denn sie musste ihre Freude mit jemandem teilen und wollte Friso unbedingt erzählen, dass Remy ihren Artikel mochte.

»Zum Wintermarkt in Carolinensiel. Der hat vor ein paar Tagen eröffnet. Den musst du unbedingt gesehen haben!«, erklärte Friso.

»Du, da gibt es einen schwimmenden Weihnachtsbaum!« Tamani nahm Pixie bei der Hand und wollte sie energisch zur Tür ziehen. »Und Waffeln und Kinderpunsch und all so was!«

»Der heißt hier nicht Weihnachtsmarkt, weil es ihn früher erst in den Tagen nach Weihnachten gab, um den Jahreswechsel herum«, erklärte Feeke Pixie. »Aus alter Tradition hat man es darum bei *Wintermarkt* belassen. Und dazu gehört das *Lichtermeer*. Die Häuser am Hafen und der Promenade tragen Lichterketten, manche der Kutter auch, und all die vielen Marktbuden.«

Ach ja, das hatte Venja schon einmal erwähnt. Es klang schön. Pixie konnte es kaum erwarten, den Hafen im Lichterglanz zu sehen. Sie musste sich ja auch noch bei der Caroline bedanken, die ihr so viel Glück gebracht hatte.

»Warte, Tamani! Ich komme sehr gern mit, aber eine Jacke muss ich mir schon noch holen.«

31

Friso versprach, Pixie später zurückzufahren, damit sie nicht zwei Autos nehmen mussten.

»Wie geht es Venja?«, fragte Pixie unterwegs. Sie fand es immer noch verblüffend, wie dunkel es hier war, wenn man nachts irgendwohin fuhr. So, als wäre man völlig allein auf der Welt und durchquere ein etwas unheimliches Nichts, nur unterbrochen von einem gespenstischen Aufglänzen der allgegenwärtigen Wassergräben im Scheinwerferlicht. »Ich möchte unbedingt noch mal im *Verpuusten* vorbeischauen und mich verabschieden, bevor ich abreise.«

»Sie macht sich mal wieder Sorgen. Diesmal nicht nur um mich, sondern auch um unseren kleinen Bruder Tede. Er wollte unbedingt Lehrer werden, wie Hendrik. Aber er hat gerade hingeschmissen und sich irgendwo in der Walachei eingeigelt. Wir wissen nicht warum und was jetzt mit ihm wird. Venja versteht nicht, wieso er nicht einfach nach Hause kommt und mit uns redet.«

»Manchmal muss man eben einfach eine Sache mit sich allein klären.« Pixie dachte an ihre einsame, enge Bude in Alexisbad, in die sie zurückkehren würde und die trotz allem ein Ruhepunkt war, wo sie ohne jede Ablenkung ihren Gedanken nachhängen und sich auf ihre Arbeit konzentrieren konnte. Sie freute sich sogar darauf. Für eine Weile. »Das wird schon. Gebt ihm einfach Zeit.«

»Das glaube ich auch. Aber sag das mal Venja. Sie ist eben für immer große Schwester. Was anderes, Pixie, wann reist du denn ab? Doch nicht vor Weihnachten, oder? Weißt du schon, was du machen willst? Was wirst du schreiben?«

»Schwierige Frage. Ja, ich weiß es ungefähr, aber die entscheidende Idee fehlt mir noch, oder vielmehr die richtige Form. Fest steht, es soll ganz anderes sein als bisher. Durch Flömer und Feeke, Sibo und Tessje, den alten Hof und die Landschaft ist mir erschütternd glasklar geworden, wie unendlich spannend das echte Leben ist. Darum möchte ich jetzt von Lotte, ihren Erlebnissen und der Roseburg schreiben, eine Biographie. Dass die Roseburg eine Geschichte bereithält, die ich unbedingt schreiben will, hatte ich immer schon geahnt. Ich fürchte nur, was Lotte mir berichten kann, wird nicht für ein ganzes Buch reichen. Sie ist recht knapp und sachlich beim Erzählen, so interessant der Stoff auch ist. Aber mal sehen, was sich machen lässt.« Pixies Albtraum von dem erschreckend dünnen Band verfolgte sie immer noch. »Jedenfalls werde ich am Tag nach der Sonnwendfeier abreisen und Weihnachten mit ihr feiern. Sie wäre sonst ganz allein an den Tagen und freut sich, sagt sie, und es passt gut, dass sie dann frei hat und wir in Ruhe reden können.«

»Nicht wegfahren, Pixie!« Tamani beugte sich auf dem Rücksitz vor, soweit es ihr Gurt erlaubte. »Bleib doch einfach hier. Dann können wir noch mehr tolle Sachen am Strand bauen.«

»Ich komme auf jeden Fall mal wieder. Dann machen wir das.«

»Versprochen?«

»Versprochen.« Pixie war gerührt. Dieses Stück der Küste

würde sie nie mehr loslassen, wurde ihr bewusst. Spuren von Feekes Garten würden ebenso für immer ein Teil von ihr sein wie Tamanis Lachen, Sibos Geschichten, die unerschütterlichen Balken des Gulfhofs, der Geschmack von Venjas Krabbensandwiches und die Gesten von Frisos Händen, während er seine Gedanken erklärte.

Wie für Flömer aber würden die Luchtwieven, wenn sie diese anderswo am Himmel sah, immer ein Trost und ein Gruß von hier sein.

Als der Hafen vor ihnen lag, vergaß Pixie alles und staunte nur noch. Hier zeigte sich, wie nahe Märchenhaftes und Wirklichkeit sich kommen konnten und dass es sogar manchmal dasselbe war. Rundumher und die ganze Promenade entlang leuchteten schlichte Lichterketten an den Dächern der Häuser und vielen kleinen Marktbuden. Auch an der Takelage mancher der Schiffe zogen sie sich von der Mastspitze bis zu Bug und Heck hinunter. Selbst auf dem Raddampfer thronte ein stolz strahlendes, etwas windschiefes Bäumchen.

Die Krönung jedoch war der große Weihnachtsbaum, der mitten im Hafenbecken still und aufrecht auf einem schwimmenden Ponton stand. Seine Lichter spiegelten sich darin und schufen ein genaues Ebenbild auf der Wasseroberfläche, das in geheimnisvolle Tiefen zu reichen schien. Auch alle anderen Lichter reflektierten sich in der Harle und bildeten eine zweite, umgekehrte Welt.

»So etwas Schönes habe ich noch nie gesehen!«, sagte Pixie beglückt angesichts dieses doppelten Weihnachtszaubers.

Friso lächelte. »Das freut uns! Ich stehe auch jedes Jahr wieder davor wie ein Kind.«

Der Duft von Quarkbällchen, gebrannten Nüssen, Bratäpfeln, Würstchen und Räucherfisch trieb zu ihnen empor, verflochten mit dem Geruch von Meer.

»Kann ich eine Zuckerwatte haben, bitte?« Tamani hüpfte vor Erwartung.

Friso erfüllte ihr den Wunsch.

»Und du?«, fragte er Pixie.

»Gebrannte Mandeln wären toll.« Das gehörte einfach zu dieser Stimmung.

Tamani lief voraus, Friso und Pixie schlenderten knabbernd hinterher. Als sie an der Caroline ankamen, hatte Tamani eine Freundin getroffen und war ein Stück entfernt im Gespräch mit ihr und ihrer Mutter.

Pixie nutzte den Augenblick und berührte die Skulptur an der Schulter. »Danke, Caroline! Du hast mir Glück gebracht.« Sie wusste, dass Friso das verstehen würde. Vor ihm war ihr nichts peinlich, schon gar nicht so etwas. Sie wusste, wie tief er seine Heimat liebte und alles, was damit zu tun hatte.

Die Caroline passte wunderbar in diese nächtliche, magische Kulisse und schien sie zu bewachen wie ein guter Geist. Die Lichter verliehen ihr einen geheimnisvollen Glanz. Daneben beleuchtete eine Laterne die Tafel, die vom Cliner Wind erzählte, der für Lebensfreude, Weltoffenheit, Tatkraft und Wagemut stand.

Offenheit! Pixie spürte die kühle, glatte Bronze unter ihrer Hand, sah die Sterne ihr zuzwinkern, das weich verschwommene bunte Leuchten im Wasser und die alten Schiffe mit ihren Spiegelbildern. Hörte Tamani lachen und sah all die

Menschen herumwandern, die vom Leben gerade jetzt hierher gespült worden waren und allesamt ein zufriedenes Lächeln trugen.

Und da überfiel sie, jetzt und hier an diesem Ort, an dem Märchen und Wirklichkeit eins wurden, blitzartig und mit völliger Sicherheit die Erkenntnis, welche Form ihr nächstes Buch haben würde.

Warum sollte sie denn von einem Extrem ins andere fallen und sich nach der Zeit reiner Phantasie nur noch von den Fakten einengen lassen?

Zwischen die in gemütliche Winterjacken eingemummelten Menschen, welche Glühwein, Plätzchen und Baumschmuck kauften, mischten sich auf einmal andere. Sie sahen beinahe genauso aus und auch ihr Wesen war dasselbe. Sie sprachen miteinander, sie sahen sich um, sie blickten gespannt oder nachdenklich, sie warfen Pixie Blicke zu, die ihr etwas sagen wollten. Alle hatten etwas gemeinsam: So echt und lebendig sie auch wirkten, nur Pixie konnte sie wahrnehmen. Es waren die Personen, die in ihrem neuen Projekt die Rollen übernehmen würden. Sie kamen aus ihrem Kopf, und sie wollten unbedingt in das neue Buch. Pixie wusste, sie würde ihnen sämtlich dort Platz einräumen müssen. Eine andere Wahl hatte sie gar nicht! Sie würde nur die Stimme sein für diese Figuren, die ganz eigenwillig ihre Geschichte erzählen wollten und dadurch auch etwas über die echten Menschen verraten. Es war wie mit den doppelten Lichtern: Die einen konnte man anfassen, die anderen waren eine Spiegelung, aber wirklich waren beide.

»Pixie? Was ist? Du strahlst ja so!« Friso sah sie fragend und etwas verwirrt an.

Pixie nickte. »Ja. Ich bin so happy! Hier durch dein ›Lichtermeer‹ ist mir tatsächlich ein Licht aufgegangen. Ich werde aus Lottes Geschichte keine Biographie, sondern einen Roman machen! Durch Phantasie wird er viel mehr über die Realität erzählen, als es die bloßen Tatsachen könnten. Gleichzeitig wird niemandes Privatsphäre verletzt. Und die Unterhaltung kommt auch nicht zu kurz. Es geht alles zugleich, alles in einer Geschichte!« Ihr Blick ruhte auf Tamani und deren Freundin, die als zarte Silhouetten vor den Lichtern herumhüpften. Die fliegenden Zöpfe und Schals ließen sie wie kleine Sagengestalten wirken. Am liebsten wäre Pixie mit ihnen herumgesprungen.

Wenn sie Romane schrieb, würden auch die Elfen und Kobolde ab und zu einen Platz finden, dort, wo sie in eine Geschichte passten. Denn dass sie zu den Menschen gehörten und ihre Funktion hatten, das wussten nicht nur Feeke und die ostfriesischen Erdmantjes und Luchtwieven. Das hatte auch ihre irische Großmutter als selbstverständlich betrachtet. Manche Menschen konnten sie sehen, und für die, die es nicht konnten, würde Pixie sie sichtbar machen.

Vor allem aber würden die menschlichen Träume und die bunten Strömungen des Lebens ungeniert und leidenschaftlich durch ihre Bücher fließen. Möglichst mit derselben behutsamen Sorgfalt, mit der Caroline das Schiff in ihren Händen hielt.

»O ja. Das klingt gut!«, sagte Friso. »Ich freu mich sehr. Für dich, und auch für mich, weil ich die Bücher dann lesen kann. Darauf bin ich schon sehr gespannt.« Er drehte sie sanft ins Licht und sah sie genauer an. »Du bist ja ganz aufgeregt! Dann bist du auf dem für dich richtigen Weg.«

Er verstand sie so mühelos. Er war wie der Zwilling, den sie sich früher gewünscht hatte. Ein Freund wie Lian, dem sie ganz vertrauen konnte, und doch völlig anders. Sie kannten sich ja erst so kurz.

Pixie fühlte es selbst, das Sprudeln in sich, die Worte, die aus ihr herausströmen wollten, sie sah und hörte die Figuren, die immer näher kamen, sich erwartungsvoll um sie versammelten, um mit ihr gemeinsam die Geschichte zu weben. Lotte würde einen anderen Namen erhalten und die Hauptfigur sein. Pixie konnte es kaum erwarten, im Park der Roseburg die Einzelheiten und Geheimnisse für den Roman noch einmal neu aufzuspüren, mit ihren wahren Klängen, Formen, Gerüchen, verschlungenen Wegen, Wasserspielen und mystischen Grotten, alles durchzogen vom Lied der Kanarienvögel und bewacht von dem wolkenverhangenen Brockengipfel im Hintergrund. Denn ein Menschenleben war genau wie dieser Park, voller Winkel und Weitsichten und Gestalten, Ecken zum Ausruhen, überraschenden Wendungen und verträumten Verrücktheiten. »O ja. Aufgeregt bin ich!«, gab sie zu. »Herrlich aufgeregt. So war das noch nie.« Es fühlte sich ein bisschen so an, als ob die Luchtwieven in ihrem Inneren unterwegs waren. Aber das würde sie nur Feeke verraten.

»Das müssen wir feiern!«, sagte Friso. »Ich gebe einen heißen Sanddornpunsch aus.« Der Duft war schon seit einer Weile von einer nahen Bude herübergeweht. Als er mit den vollen Bechern auf einem Papptablett zurückkehrte, einer davon mit Saft, kam Tamani angerannt. »Wir wollen ein Foto machen!«, schlug sie vor. »Von uns und Caroline.«

»Gute Idee.« Pixie kramte ihr Handy heraus und schaltete in den Selfie-Modus mit Selbstauslöser, damit sie in Ruhe den

Bildausschnitt bestimmen konnten. Sie lehnten sich gemeinsam dicht an die Bronzefigur. »Nimm du es«, sagte sie zu Friso, »deine Arme sind länger. Dann passen wir alle drauf.«

Später auf dem Rückweg schenkte Friso ihr eine Glaskugel mit einem winzigen Kutter darin. »Den kannst du an euren Weihnachtsbaum hängen und an uns denken«, sagte er.

Das würde sie ganz sicher tun.

Die Zeit bis zum Tag der Sonnenwende verflog. Als er kam, war er trocken, aber frostig. Raureif säumte die Gräser. Die Luchtwieven taten nach den kurzen Stunden Helligkeit ihr Bestes, am Himmel noch einmal ein Feuer zu entfachen, ehe die Menschen nachher ihr eigenes anzünden würden.

Pixies Rucksack stand fertig gepackt in ihrem Zimmer. Sie hatte ihren Namen nicht in die Balken geritzt, aber sie war sicher, dass von den vielen Gedanken, die sie sich unter diesem Dach gemacht hatte, Spuren irgendeiner Art daran hängenbleiben würden.

Remy war eingetroffen, und Pixie hatte sich lange mit ihr unterhalten. Sie mochte diese Frau mit den hellen Augen sofort. Remy, die sich als Erstes für ihre gute Arbeit bedankt hatte, sprühte vor Energie und strahlte dennoch Ruhe aus. Sie konnte ausgezeichnet zuhören.

»Ich wollte dir mit dem Artikel nicht vorgreifen«, hatte Pixie ihr versichert. »Du kannst gern alles umformulieren und anders machen. Ich hatte nie erwartet, dass du ihn so übernimmst. Es sollte ursprünglich nur eine informative Materialsammlung werden. Flömer ist doch *dein* Verwandter!«

»Aber du fühlst dich ihm nahe, das spürt man«, erwiderte Remy mit einem Lächeln. »Es stimmt, Flömer ist für mich eine Herzensangelegenheit, und ich hatte vor, das selbst auszuarbeiten, aber da wusste ich noch nicht, wie besonders du mit Sprache umgehen kannst. Bei mir ist immer die Zeit knapp. Jetzt, wo du mir sagst, dass du zukünftig Romane schreiben willst, habe ich eine Idee. Wenn wir im Laufe der Zeit noch mehr über Flömer herausfinden sollten …«

»Meinst du, es tauchen tatsächlich weitere Flaschenschiffe auf?«, fragte Pixie gespannt.

»Wer weiß? Möglich wäre es doch. Wir haben immerhin einen Hinweis auf Usedom, der Hoffnung macht. Aber einmal weit in die Zukunft gedacht: Könntest du dir vorstellen, irgendwann einen Roman über Flömers Leben zu verfassen? Wenn ausreichend Stoff zusammengekommen ist? Die Frage mag dir verfrüht erscheinen, aber ich war selbst immer journalistisch tätig. Daher weiß ich aus Erfahrung, dass man gar nicht früh genug mit der Materialsammlung beginnen kann und es von Vorteil ist, ein Thema, das einen interessiert, langfristig im Auge zu behalten.«

In Pixies Gedanken wirbelte es. »Aber ich weiß doch noch gar nicht, ob ich wirklich einen Roman schreiben kann!« Ihr neues Vorhaben schien ihr manchmal ebenso beängstigend und größenwahnsinnig wie spannend und verlockend.

»Stimmt. Aber du hast jede Menge Zeit, das herauszufinden.« Remy lächelte sie zuversichtlich an.

Später bemerkte Pixie im Vorübergehen Remy auf der Brücke in angeregtem Gespräch mit Venja, die zusammen mit Friso und Tamani eingeladen war. Was die beiden wohl miteinander ausheckten? Wo Remy war, entstanden Pläne, das wusste Pixie nun.

Tamani half gerade Sibo beim Aufschichten des Holzstapels. Feeke stellte auf einem Tisch Getränke, Brote, Plätzchen und Stollen bereit.

»Kann ich helfen?«, erkundigte sich Pixie.

»Hier nicht, aber du könntest mit Friso im *Filappers Tuun* die Gartenlaternen anzünden. Zur Sonnenwende müssen sie leuchten. Passt auf, dass ihr im Dunkeln nicht fallt.« Feeke drückte ihr das lange Feuerzeug in die Hand.

Bei Nacht hatte der Garten etwas ganz Eigenes, möglicherweise weil jenseits des Deichs das Meer rauschte, ohne dass man es sah. Das wirkte, als ob ein unsichtbarer, geheimnisvoller Wind in den Büschen und Rosen unterwegs war. Friso erhellte mit der Taschenlampe vor ihnen die Wege und öffnete die Laternen, damit Pixie die Kerzen darin anzünden konnte. Als sie fertig und an der Bank angelangt waren, auf der Sibo einst Flömer und Lieke unfreiwillig belauscht hatte, legte Friso eine Hand auf Pixies Arm. »Wollen wir uns einen Augenblick setzen? Aber sag sofort Bescheid, wenn dir kalt wird.«

Sie spürte die Kälte nicht. In einträchtigem Schweigen lauschten sie eine Weile auf das leise Rauschen, auf die fernen Stimmen, auf das feine Rascheln kleiner Wesen im Efeu.

»Pixie, was ist das zwischen uns?«, fragte Friso schließlich.

Diese Frage hatte sie sich schon lange gestellt. Und oft. »Ich weiß es nicht«, antwortete sie ehrlich. »Auf jeden Fall etwas Besonderes! Ich bin immer so sehr froh und dankbar, mit dir Zeit verbringen zu können. Es gibt niemanden, mit dem ich so gerne lache und von dem ich mich so verstanden fühle. Ich möchte dich nie wieder aus meinem Leben verlieren. Aber …«

Er nahm ihre Hand wie zur Probe. »Du kannst es auch nicht beschreiben, oder? Mir geht es in allem sehr ähnlich. Ich genieße es und möchte es festhalten, aber ich weiß, es ist noch zerbrechlich. Ich bin genauso ratlos wie du. So war es für mich noch nie mit jemandem.«

Sie lehnte sich ein wenig an ihn, und er legte den Arm um sie. »Vielleicht liegt es daran, dass man mitten im Buch gar nicht wissen kann, wie eine Geschichte endet«, schlug sie vor. »Und wir sind beinahe noch am Anfang. Ich muss mich jetzt erst mal auf das Schreiben konzentrieren, weil mir das so unwahrscheinlich wichtig ist. Das möchte ich mehr als alles andere! Dazu kann ich nicht hierbleiben. Es ist etwas, was ich für mich allein machen muss, so ähnlich wie dein Bruder Tede. Und du wirst hier gebraucht. Aber ich komme wieder. Oder du besuchst mich. Tamani wäre begeistert von der Roseburg.«

»Dann warten wir einfach ab, wie es weitergeht, und genießen den Weg bis dahin? Das klingt nach einer spannenden Geschichte.« Seine Augen glänzten im Laternenlicht.

Pixie hatte tatsächlich noch nie etwas Vergleichbares gefühlt. Friso und sie hatten beide schon einiges erlebt. Da trafen so viel Schmerz und Freude und Erinnerungen und Träume zweier Persönlichkeiten aufeinander, so viel Starkes und so viel Empfindsames. Zwei Leben zusammenzubringen, so nahe, dass sie sich tief berührten und gemeinsam weitergingen, das war eine verflixt große Sache. So ähnlich wie in Skagen, wo an der Nordspitze Dänemarks die Nordsee und die Ostsee aufeinandertrafen und ihre gegeneinander laufenden Wellen sich ineinander verschränkten. Zwei Meere. Zwei Menschen.

Damit musste man behutsam umgehen. Das ging nicht so schnell. Doch es war voller schöner und verlockender Möglichkeiten. Pixie sah sie geradezu im silberweiß bereiften Gras funkeln, in jedem der unzähligen winzigen Kristalle, die an allem hafteten.

Auf einmal war sie glücklich. Zugleich fühlte sie sich frei wie noch nie. Sie nickte. »Das finde ich auch!«

Nach allem, was sie in letzter Zeit erlebt hatte, vertraute sie nun den Strömungen, von denen Flömer gesprochen hatte.

Vielleicht wird es bei uns so wie bei Flömer und Lieke, dachte sie. Dass wir uns in Abständen wiedertreffen. Uns dauerhaft gegenseitig inspirieren und helfen, dass wir zu dem werden, was wir sein wollen. Ich glaube, so war es bei den beiden. Und wer weiß, was noch geschieht.

Später saßen sie dicht nebeneinander, als Feeke das Feuer anzündete und eine kurze, berührende Rede hielt, in der sie sich für alle Hilfe und Unterstützung und die neue Hoffnung auf dem Filapperhoff bedankte. Danach trat Pixie in den Lichtkreis und sprach ebenfalls ein paar dankbare Worte, bevor sie ihre Geschenke verteilte. Frisos Augen leuchteten, als sie ihm den Anhänger umlegte. Tamani konnte nicht stillsitzen und tanzte um die Flammen wie ein Irrlicht, eine batteriebetriebene Lichterkette im Haar und ganz in ihrer eigenen Welt.

Remy ließ sich davon nicht stören. Nun war sie an der Reihe, stand auf und bat Feeke und Sibo zu sich an das Feuer. Feierlich überreichte sie ihnen die *Licht as en Feer* und den Siegelring.

»Hier an diesen Ort, wo er eine Liebe fand, die ihn ein

Leben lang geprägt hat, dorthin gehört Flömers letztes Flaschenschiff, gemeinsam mit dem ersten. Daran gibt es keinen Zweifel.« Die Flammen spiegelten sich mit den Gesichtern der Umstehenden winzig in dem gebogenen Glas und weckten geheimnisvolle Schatten im Inneren. »Falls wir im Laufe der Zeit weitere Schiffe aufspüren können, sollen sie nach und nach alle hier zusammenkommen, wo ihre Geschichte begann. Ich wünsche allen von Herzen, dass sie frischen Wind in die Segel des Hofs bringen werden.«

Genau wie in mein Leben, dachte Pixie, während Tamani auf ihren Schoß krabbelte.

»Du kommst doch wieder, Pixie, ja?«, vergewisserte sie sich noch einmal.

»Natürlich kommt sie wieder«, sagte Sibo, der das hörte. »Pixie wird hier von nun an ein Zuhause haben, wann immer sie möchte.«

»Und wenn dann aber gar kein Zimmer mehr frei ist?«, fragte Tamani besorgt. »Wo doch jetzt so viele Leute kommen wollen?«

»Ich werde das kleine Zimmer über der Remise ausbauen. Das wollte ich schon lange«, versprach Sibo. »Und das ist dann immer für Pixie da.«

Feeke trat neben ihn. »Ja, Pixie! Du gehörst jetzt zum Filapperhoff. Das weiß sogar Taleja.«

Pixie lächelte ihnen zu, weil sie keine Worte fand und nicht immer welche nötig sind. Stattdessen blickte sie hinauf zu dem Maljan auf dem Giebel, wo der hölzerne Schmetterling hell zwischen den Sternen in den Himmel zeigte. Wie ein Seezeichen, das sie zuverlässig in den Heimathafen führen würde, wenn sie einmal die Richtung verlor.

Epilog

Ich kam mächtig ins Schnaufen, als ich versuchte, Pixie einzuholen. Sie hatte auf dem Weg zu Lotte noch einmal an den gewaltigen Gegensteinen angehalten, die sie so beeindruckt hatten. Nun erklomm sie die schmale, in den Felsen gehauene Treppe. Sie war schon ein paar Minuten oben, als ich es endlich geschafft hatte. Da lagen eben doch schon einige Jahrzehnte zwischen uns. Pixie stand am Anfang eines Weges, auf dem ich schon lange durch Höhen und Tiefen gewandert war. An ihrem Vorhaben, das sie mit ebenso viel Freude wie Furcht und Zweifeln erfüllte, war ich schuld. Daher wollte ich unbedingt noch herausfinden, wie es ihr jetzt ging.

Als ich atemlos oben auftauchte, blickte sie gerade nachdenklich über die winterliche Welt. Hier oben lag Schnee und hüllte alles in Geheimnis. Sie wandte sich zu mir um und war kein bisschen überrascht, mich zu sehen – die Autorin, die alles festgehalten hatte, was ihr geschehen war. So gut kannte Pixie ihr Handwerk bereits. Wir beide hatten eine Menge gemeinsam.

»Hallo. Das ist fair von dir, dass ich dir auch mal begegnen kann«, fand sie.

»Hast du denn noch Fragen, Pixie?«, wollte ich wissen.

»Ja, eine. Was würdest du mir raten, wenn ich du wäre, als du in meinem Alter warst?«

Ich überlegte nicht lange. »Dass du nicht auf die hören brauchst, die dir sagen, dass etwas nicht geht, was du sehr gern tun möchtest.«

»In Ordnung«, sagte sie. »Dann höre ich auf dich.«

Zufrieden betrachteten wir das Land, das sich weit unten so verheißungsvoll vor uns ausbreitete, und genossen das Licht, das auf dem Schnee spielte und die Eiszapfen durchsichtig werden ließ wie Glas.

Danksagung

Wieder einmal habe ich die Entstehung dieser Geschichte sehr vielen Menschen, Orten und anderen Puzzleteilen zu verdanken.

Da sind die unzähligen Tassen guter Ostfriesentee. Die spannende Recherchefahrt quer durch Ostfriesland und an der Küste entlang, die ohne meinen lieben »Kapitän« Frank nicht möglich gewesen wäre. Die vielen langen Frühstücksgespräche mit ihm, aus denen die Ideen hervorgingen.

Da war der beeindruckende Himmel über Land und Meer, das Licht darin und die Nordsee, die kam und ging und uns mit Sandsturm, Schneeschauern und Sonnenuntergängen verwöhnte.

Dann Yvon Smit und ihr *Kastanjehoff* in Großefehn. In diesem gastlichen Haus konnte ich erfahren, wie es ist, in einem alten Gulfhof zu wohnen. Das *Landhaus Meer* gleich hinter dem Deich an der Ostbense inspirierte zu dem Ort des Filapperhoffs.

Dr. Ronald Henss, meine Freundin Christina Hinz und natürlich Frank haben durch Korrekturlesen des Manuskripts eine Menge Schreib- und Denkfehler aufgespürt, noch ehe ich es vertrauensvoll in die Hände der S. Fischer Verlage gelegt habe. Dort hat sich wie immer das wunderbare Team liebevoll darum gekümmert – Susanne Kiesow, Katinka Bock, Verena Wälscher und viele andere, die unserem »Geisteskind« das noch zerzauste Gefieder geglättet und es schön verpackt haben.

Für all das ein großes DANKESCHÖN!

Nicht zuletzt auch an die vielen Leser, die das alles erst möglich gemacht haben. Vielen lieben Dank für eure Unterstützung, eure ermutigenden Zuschriften, für das Weiterempfehlen und Verschenken der Bücher, vor allem für eure kostbare Zeit. Ich weiß es zu schätzen und hoffe, dass auch diese Geschichte euch die Freude bereitet hat, die wir alle so gut gebrauchen können. Damit wir im Lebensalltag immer wieder die Kraft und den Mut haben, die Segel zu setzen.

Auf meinem Blog www.meerschreibfrau.blog schreibe ich gelegentlich über das Bücherschreiben, unsere Recherchereisen und die Orte in den Geschichten, über das Leben und unseren Garten. Dort könnt ihr auch gern kommentieren und Fragen stellen.

Hat Ihnen »Flaschenpost vom Leben« gefallen?
Im Frühjahr 2025 erscheint
der zweite Band der Glückshafen-Reihe
von Patricia Koelle.